AF668176

लगभग सिंगल

अद्वैता काला अपने आप में विद्रोही (वेल्हम्स स्कूल में बिताये कई सालों का नतीजा), कन्फ़्यूज़्ड (बेरी कॉलेज, अमरीका में चार साल लिब्रल आर्ट्स की पढ़ाई के बाद) और बहु-आयामी हैं (लाइब्रेरियन से लेकर तेपनयाकि शेफ़ की नौकरी करने से)। तीन देशों और देश के कई शहरों में रहने के बाद वह आख़िरकार दिल्ली में बस गयीं। उन्हें संगीत, सेलिंग और पढ़ने का शौक है और अपने सेन्ट बरनार्ड पर जान छिड़कती हैं। यह उनका पहला उपन्यास है। लेखिका के बारे में और जानकारी पाने के लिए www.advaitakala.com पर लॉग आन करें

लगभग सिंगल

अद्वैता काला

अनुवाद

मनीषा तनेजा

हार्परकॉलिंस पब्लिशर्स इंडिया

प्रथम प्रकाशन 2010
हार्पर हिन्दी
(हार्परकॉलिंस *पब्लिशर्स* इंडिया) द्वारा प्रकाशित
हार्परकॉलिंस *पब्लिशर्स* इंडिया, साइबर सिटी, बिल्डिंग 10-A,
गुरुग्राम, हरियाणा – 122002, भारत
www.harpercollins.co.in

P-ISBN: 978-81-7223-928-2

टाइपसटिंग : निओ सॉफ्टवयर कन्सलटैंट्स, इलाहाबाद
मुद्रक : थॉम्सन प्रेस (इंडिया) लि.

HarperCollins *Publishers*, Macken House, 39/40 Mayor Street Upper, Dublin 1, D01 C9W8, Ireland

मुझे समझने के लिए मेरे परिवार को,

मुझ पर भरोसा करने के लिए सी.डी.टी. को,

और मुझे प्रेरणा देने के लिए अपने आस-पास

के संसार को।

मैं हमेशा की तरह कृतज्ञ हूँ।

‘क्या आप कृपा करके बता सकते हैं कि यहाँ से मुझे किस तरफ़ जाना चाहिए?’

‘वो तो इस पर निर्भर है कि तुम जाना कहाँ चाहती हो,’ बिल्ली ने कहा।

‘मुझे कुछ ख़ास फ़र्क नहीं पड़ता कहाँ–,’ एलिस ने कहा।

‘फिर कोई फ़र्क नहीं पड़ता तुम किस तरफ़ जाओ,’ बिल्ली ने कहा।

‘बस मैं वहीं पहुँच जाऊँ,’ एलिस ने समझाने की कोशिश की।

‘वो तो तुम पहुँच ही जाओगी,’ बिल्ली ने कहा, ‘अगर तुम चलती रहो तो।’

एलिस इन वंडरलैंड, लूईस केरोल

मेरी दुनिया

सुबह सुबह फ़ोन की घण्टी से मेरी नींद टूटी। चादर के बाहर हाथ निकाल कर मैंने फ़ोन टटोला।

"आईशा, उठो कुम्भकर्ण!" मीशा की आवाज़ शैम्पेन के बुलबुलों-सी ताज़ी थी और मेरा सिर फटा जा रहा था। कल रात को आख़िर हुआ क्या था ?

"क्या टाइम हुआ है?"

"ग्यारह... और क्या सुहाना दिन है! कॉफ़ी पीने बरिस्ता चलें? बाहर बैठ सकते हैं।"

मैंने फ़ोन काट दिया।

फ़ोन फिर बजा। हे भगवान, कुछ औरतें कितनी ज़िद्दी होती हैं।

"बोलो मिश," मैंने चिड़चिड़ा कर कहा। "मुझे कॉफ़ी नहीं पीनी। दाँतों पर दाग पड़ जाते हैं।"

"अच्छा! और जो दिन में एक पैकेट सिगरेट पी जाती हो उसका क्या? बहाने मत बनाओ।"

मैंने इसका जवाब देना ज़रूरी नहीं समझा। बहस करना

फिज़ूल था। और साढ़े ग्यारह बजे मिलना तय हुआ। मैं ४५ मिनट और सो सकती थी और इसी ख़याल से बिस्तर में जा घुसी। अन्दर से उठ रही मितली के लिए ख़ुद को तैयार किया, लेकिन उसके उठने से पहले रात की यादें ताज़ा हो आयीं। कल रात हम लड़कियों की रात थी। चलो दोबारा कहती हूँ, ठीक से : आजकल ज़्यादातर लड़कियों के साथ पार्टी करने की रातें होती है। फ़र्क इतना है कि कल रात बाहर जाने के बजाये हमने घर पर ही पार्टी की। मीशा ने कोई फ्रेंच नुमा नाम की शैम्पेन पर पैसे उड़ाये थे और कीमत वसूलने के लिए हमने पूरी बोतल खाली कर दी। लेकिन कीमत तो मैं अब चुका रही थी।

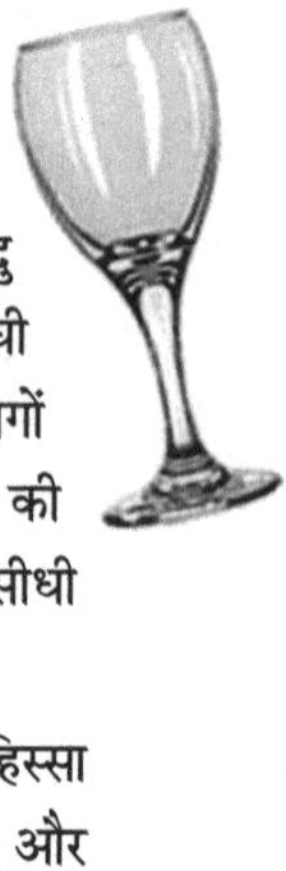

ज़्यादातर लोगों के लिए, ज़िन्दगी और प्यार, बिन्दु जोड़ने वाले खेल-सा होता है। बिन्दुओं को जोड़ती सीधी लकीरें एक सुन्दर चित्र बनाती हैं, पर बाकी बचे-खुचे लोगों के लिए – ख़ासतौर से मेरी दुनिया के लोग – बिन्दुओं की जगह सिर्फ़ छोटे-बड़े धब्बे दिखाई देते थे और कोई सीधी लकीरें नहीं थीं।

यह मेरी कहानी है और उनकी, जो मेरी ज़िन्दगी का हिस्सा हैं। मेरा नाम आईशा भाटिया है। मैं उन्नतीस साल की हूँ और कुँवारी, अंग्रेज़ी में बोले तो 'सिंगल'! लेकिन यह सब कहने से पहले मैं एक बात कहना चाहती हूँ : मैं थोड़ी तन्दरुस्त हूँ। मैं इस बात से हमेशा इनकार करती हूँ और अपना वज़न तो कतई नहीं बताऊँगी। इतना कह सकती हूँ कि ठीक लगता है क्योंकि लम्बाई की वजह से मैं उतनी भारी नहीं लगती जितनी

शायद हूँ। काफ़ी घटिया परिचय है यह, शराब छुड़ाने वाली किसी संस्था के इश्तिहार सरीखा, इससे ज़्यादा क्या कहूँ, समझ में नहीं आता। मुझे अपनी नौकरी बिलकुल पसन्द नहीं – असल में अपना बॉस नापसन्द है और मैं उसमें पड़ना नहीं चाहती। अभी तो मुझे अपने शरीर से भी कुछ ख़ास लगाव नहीं है और मेरा कोई प्यारा सा 'निकनेम' भी नहीं है। ऐसे में ये परिचय ख़राब है लेकिन सच है। और देखा जाए तो यह सिर्फ़ एक झलक है उस नज़रिए की 'जिससे' हमारा समाज एक ख़ास उम्र की सिंगल लड़कियों को देखता है। मेरा तो मानना है कि शराब छुड़ाने वाली संस्था जैसी कोई संस्था हम जैसी लड़कियों के लिए भी होनी चाहिए। कभी नौकरी छोड़ूँगी तो मैं ही शुरू कर लूँगी।

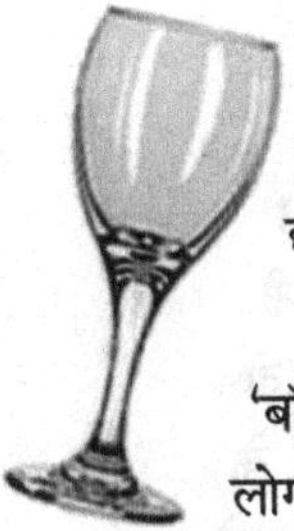

क्या मैंने कुँवारी कहा? वैसे तो मेरा एक भूतपूर्व 'बॉयफ्रेंड' है। अंग्रेज़ी में कहें तो एक्स बॉयफ्रेंड। अब हम लोग "अच्छे दोस्त" हैं और हमारा ब्रेकअप भी "दोस्ताना" था।

पर ब्रेकअप भी क्या दोस्ताना होते हैं?

लेकिन फिर इन शब्दों पर इतना ज़ोर क्यों? क्योंकि ब्रेकअप हमेशा अजीब होते हैं। मुझे लगता है आजकल मेरा प्रेम का दौर चल रहा है जिसके चलते मैं अपने रिश्तों को बारीकी से देख रही हूँ। सच कहूँ तो जब मुझे दुनिया और ख़ास कर मर्दों के ख़िलाफ़ ज़हर उगलना होता है तो सारी ग़लती उसके माथे मढ़ देती हूँ। जैसे मनोचिकित्सक हर बीमारी को बचपन से जोड़ते हैं वैसे ही मेरे हिसाब से, प्यार में मेरी हर दिक़्क़त इस एक्स

बॉयफ़्रेंड के कारण है।

मेरी दो दोस्त हैं, मीशा और अनुष्का – असल में दोस्त से ज़्यादा, मेरी ज़िन्दगी से भी ज़्यादा। मेरी ज़िन्दगी उनकी राय से चलती है। जब मुझे उनका या बाक़ी दुनिया का मनोविश्लेषण करने से फ़ुरसत मिलती है तो मैं एक होटल में काम करती हूँ, मेरी ज़िन्दगी काफ़ी व्यस्त है और कई मज़ेदार लोगों से मुलाकात होती रहती है। हाँ, यहाँ मैं अपना ही मज़ाक उड़ा रही हूँ। एक रात के लिए दस हज़ार से ज़्यादा ख़र्च करने वाले लोग अक्सर असहनीय होते हैं। फिर भी उतने नहीं जितना वो आदमी है जो ख़ुद को मेरा बॉस कहता है – लेकिन उसके बारे में कुछ देर में बताती हूँ। तो संक्षिप्त में मैं अपनी नौकरी को बर्दाश्त भर करती हूँ, अपने बॉस से नफ़रत करती हूँ, अपने एक्स बॉयफ़्रेंड को नागवार हूँ पर अपने दोस्तों के साथ ख़ूब याराना है। और यह सब दुनिया की दूसरी सबसे तेज़ बढ़ती अर्थव्यवस्था के शहरी, खुले आसमान के नीचे भारत में।

होटल में मैं काम क्या करती हूँ? कई बार ख़ुद से भी मैं यही सवाल करती हूँ। क्या इसे ज़िन्दगी का मक़सद, अन्तःप्रेरणा कहा जा सकता है? मैं होटल ग्रैंड ऑर्किड में गेस्ट रिलेशंस मैनेजर हूँ। मैं पाँच सितारा होटलों में उठती बैठती हूँ, शहर के बाहर पाँच सितारा होटलों में ठहरती हूँ, अच्छी वाइनों के नाम ज़ुबानी याद हैं मुझे और तरह तरह की 'चीज़' में फ़र्क करना जानती हूँ। यह मेरी अन्तःप्रेरणा थी और अपनी नौकरी

में मैंने उसे बहुत सही पाया है। लेकिन अब यह सही कुछ ग़लत लगता है। उबाऊ और थकाऊ। काम बहुत ज़्यादा है और पैसे बहुत कम।

ख़ैर, रात की बात पर लौटते हैं। शैम्पेन ख़त्म होते होते मीशा ने desivivah.com की बात उठाई थी। जी हाँ, बिलकुल सही सोचा आपने। मीशा भी उन्नतीस की तरफ़ कम, तीस की तरफ़ ज़्यादा है। उसके ऑफ़िस में एक साथी की रिश्तेदार पिछले हफ़्ते तक हमारी कश्ती में सवार थी। यहाँ मैं कश्ती कह रही हूँ क्योंकि नौका तो बदकिस्मती से हम जैसी अल्पमत लड़कियों के लिए बहुत बड़ी होगी क्योंकि भारत में बहुत ही कम औरतें उन्नतीस साल की उम्र में नौकरी पेशा कुँवारी औरतें होगीं। नौकरी भी उनकी अन्त:प्रेरणा नहीं होगी अतः शादी न करने के लिए बहाना भी नहीं बना पातीं। ख़ैर desivivah.com ने इस उन्नतीस साल की लड़की की ज़िन्दगी बदल दी और इस डगमगाती कश्ती से बचा लिया और दिन पर दिन कम होते तीस से उपर के 'एलेजिबल' बैचलरों की गिनती कम होने से भी बचा लिया। और मीशा ने बताया कि वो अब desivivah.com की बदौलत एक सुखी विवाहित जीवन बिता रही थी, ठण्डे शिकागो में देसी गरम खाना बना कर और झाड़ पोंछ करते हुए।

क्या मैंने बताया कि मीशा की ज़िन्दगी का इकलौता मक़सद है एक परफेक्ट NRI फँसाना; इसी मक़सद के चलते वो भटिंडा से दिल्ली आई। और अब उसने तय कर लिया है कि

desivivah.com पर रजिस्टर करना एक बेहद शानदार आइडिया है। हमने लॉग ऑन किया और अगले ४५ मिनट तक अपनी अच्छाई के लिए उत्साहपूर्ण विश्लेषण खोजते रहे और बुराईयाँ छुपाने के लिए दूसरे।

"अपनी सालाना आमदनी दो चार लाख बढ़ा दो तो दिवालिया टाईप के लड़के दूर रहेंगे," मीशा ने सुझाया। मैंने अपनी तनख़्वाह बढ़ा दी और वज़न घटा दिया। ऐसा झूठ तो एक नशा था। हालाँकि मुझे नशे की दवाइयों से ज़्यादा मज़ा आलू चिप्स में नज़र आता है। और जब मैं कुछ हिचकिचाते हुए नेट पर अपना शानदार झूठा प्रोफ़ाइल डालने जा रही थी, तभी किस्मत ने टाँग अड़ाई। मेरे पास कोई फ़ोटो नहीं थी। लेकिन मीशा ने अपनी एक खूबसूरत फ़ोटो ढूँढ निकाली। सिर्फ़ ऐक छोटी सी दिक़्क़त थी। उसका एक बॉयफ्रेंड भी फ़ोटो में था। इण्टरनेट पर साथी ढूँढने वालों को एक मशवरा : साथी ढूँढने में फ़ोटो आपके अवसर कई गुणा बढ़ा देता है। इसलिए हमने फ़ोटो को स्कैन किया। फ़ोटोशॉप खोला और फ़ोटो में उसकी तस्वीर मिटाने में सफल रहे। पाँच मिनट में हमारे पास एक बेहतरीन फ़ोटो थी। लेकिन एक गड़बड़ थी बस – मीशा के नंगे कंधों पर काले कपड़ों में एक हाथ लहरा रहा था। मैंने मीशा को विश्वास दिलाया कि कोई नहीं कह सकता था कि यह फ़ोटो शाम के समय की थी। मुझे मालूम था कि नंगे कंधे थोड़ा बोल्ड लगते थे लेकिन यदि शादी की उम्र की कोई लड़की घर गृहस्थी के काम नहीं जानती तो कुछ ऐसी ही तस्वीर की ज़रूरत होती है।

अब हम दोनों अधिकृत रूप से desivivah.com पर रेजिस्टरर्ड थे और हमारे सपनों का शहज़ादा बस एक क्लिक की दूरी पर था।

जैसे ही ख़याल आया कि वर्ल्ड वाइड वेब पर मेरा विस्तृत और बढ़ा-चढ़ा वर्णन छाया हुआ था पलँग पर लेटे मेरी आह निकल पड़ी। मुझे शत-प्रतिशत यक़ीन था कि यह बहुत मँहगा पड़ने वाला था। मैं किसी तरह बाथरूम तक पहुँची और गर्म पानी के नीचे तब तक खड़ी रही जब तक कि मेरी त्वचा एक सिकुड़ी किशमिश जैसी नहीं हो गयी। शायद ठीक वैसी जिससे कल रात की वाईन बनी होगी। अपना पसन्दीदा ट्रैक पजामा और टी शर्ट पहनते वक़्त मेरी नज़र शीशे में अपनी छवि पर पड़ी। सूखे फूलदान में रखे पाँच दिन पुराने फूल जैसी ताज़ी! लेकिन जिन लोगों को कुछ कर गुज़रने के इरादे होते हैं वो शराब जैसी छोटी चीज़ से नहीं ठहरते। दरवाज़ा खोला, धीरे-धीरे सीढ़ियाँ उतर कर मैं पास के बरिस्ता की तरफ़ बढ़ी। छटाँक भर की तेज़ तीखी मिर्च, मीशा केन की कुर्सी पर छतरी के नीचे बड़े-बड़े धूप के चश्मे और ढ़ेरों परफ्यूम लगाये विराजमान थी। "किसी ने तो कहा था कि दिन सुहाना है," मैंने ताना कसा। "धूप के मामले में जितना सावधान रहो, उतना कम है," मीशा ने शान्ति से कहा। डबल एसप्रेसो का ऑर्डर दे कर मैं धूप और मीशा के चेहरे की चमक से अपनी चुँधियाती आँखें बन्द करके बैठ गयी। मीशा की ऊँचाई मात्र पाँच फुट है और उसे देख कर हर लड़का उसकी रक्षा करना चाहेगा। बाल छोटे कटे हैं और गालों पर लुभावने डिम्पल

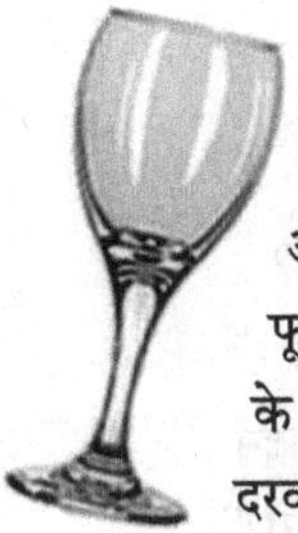

हैं और चमकती आँखें। वो किसी भी खाते–पीते घर के तन्दरुस्त बच्चे जैसी दिखती है। हाल में उसका वज़न कुछ बढ़ गया था और कपड़े कुछ तंग हो गये थे। ज़ाहिर है, यह बात मैं उससे कभी नहीं कह सकती। मुझे देख कर उसके चेहरे पर हज़ार वॉट की मुस्कराहट फैल गई।

वो फिर कल रात की उस वेबसाईट के बारे में बात करने लगी। महिला मित्रों की यह बात मुझे बहुत पसन्द है। लड़कों के साथ कोई बात करने के लिए भूमिका बाँधनी पड़ती है, लेकिन लड़कियाँ एक दूसरे के मन की बात भाँप लेती हैं।

"कोई जवाब आया?"

"हमने कब रजिस्टर किया था? पाँच घण्टे पहले? इतनी जल्दी कैसे आ सकता है जवाब?"

"आईशा, अमेरिका में दिन का समय है और लन्दन हम से पाँच घण्टे पीछे है। कभी तो अक्ल का इस्तेमाल करो!"

"ओह हो, मैं तो भूल ही गयी थी कि हमारा लक्ष्य NRI हैं। तो यह भावी पति जवाब कैसे देंगे?"

"तुम्हारे ई–मेल पर बेवक़ूफ़। मैंने तुम्हारे ऑफ़िस का ई–मेल डाल दिया था। तुम घर से चेक कर सकती हो न?"

"ऑफ़िस का? पागल हो क्या?" मेरे ज़हन में फ़ौरन अपने चिकने, मोटे बॉस की छवि प्रकट हुई, मेरा ई–मेल चेक करते हुए। हाल में हमारा एक सहकर्मी हमारे कुछ डॉक्यूमेंट एक प्रतिस्पर्धी को ई–मेल करते पकड़ा गया था, इसलिये अब सबके ई–मेल समय समय पर चेक किये जाते हैं। हालाँकि ये

अक्सर नहीं भी होता, लेकिन मेरे बॉस ऐसा ख़ुद को व्यस्त रखने के लिए करते थे। वैसे भी, उनका इकलौता काम है मेरे आने जाने के समय पर नज़र रखना। और अब मेरी अन्दरूनी निराशा का भी उन्हें पता लग जाएगा। होटल के हर शख़्स की ज़ुबान पर ऑनलाइन पति खरीदने की मेरी कोशिश के किस्से होंगे।

"मीशा मुझे बचाओ। यह तो दारू के नशे में की गयी ग़लती है।"

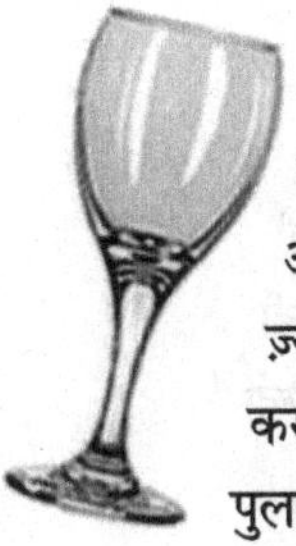

मीशा ने दुखी नज़रों से मुझे देखा और फिर दृढ़ता से कहा, "नहीं आईशा। हमें इस कुँवारेपन से ख़ुद लड़ना होगा। वहाँ इतने लड़के हैं और हमें उन तक पहुँचना है। और यही एक तरीका है। यहाँ के लड़कों के लिए तो हम ज़्यादा ही मॉर्डन हैं, तो हमें टेक्नालॉजी का फ़ायदा उठा कर अपना जाल दूर तक फेंकना होगा।" वो तो ख़याली पुलाव पकाने लग गयी थी और उसे टोकना ज़रूरी था लेकिन वो मेरे बस की बात नहीं थी।

"ठीक है बाबा। बस मेरा ऑफ़िस का ई-मेल तो बदल दो! और थोड़ा धीमा बोलो। सारी दुनिया को थोड़ी बताना है कि हम क्या कर रहे हैं?"

मीशा की नज़र में जीत की ख़ुशी झलक रही थी। "ठीक है, मैं ई-मेल अपने अकाउन्ट में डायरेक्ट कर लूँगी। याद रखना, जो जीता वही सिकन्दर।"

"और हाँ याद रखना मर्दों को मीलों दूर से एक 'डेस्परेट' औरत की गन्ध आ जाती है।"

दो डबल एसप्रेसो कॉफ़ी के बाद मैं घर लौट कर दोबारा सो गयी। शायद हैंगओवर के बाद कैफ़ीन का ओवरडोज़ कुछ ज़्यादा हो गया था। मेरा सण्डे बर्बाद हो गया लेकिन वो ग़म मनाने के लिए भी मैं बहुत थकी हुई थी। मैं शाम छः बजे उठी, भूख लगी थी और कुछ तला खाने की इच्छा हो रही थी। मैंने पीट्ज़ा ऑर्डर किया और टी वी का रिमोट उठाया। चैनल बदलते बदलते मैं नाइट क्लब के एक दृश्य पर रुक गयी। अगर किसी हिन्दी न्यूज़ चैनल पर नाइट क्लब का सीन हो, समझ लो कोई सनसनीख़ेज ख़बर है। अगर 'एक्सक्ल्यूसिव' लिखा हो तो सेक्स या ड्रग्स की स्टोरी है और अगर ब्रेकिंग न्यूज़ हो तो दोनों का मामला है। और हमेशा ही बड़े बड़े अक्षरों में 'अश्लील' और 'जलवा' जैसे शब्द लिखे होते हैं। (इन चैनलों के कारण मेरी हिन्दी काफ़ी सुधर गई है, हालाँकि सभ्य लोगों के बीच ऐसे शब्दों का प्रयोग कुछ मुश्किल है।)

मेरी नज़र रिक पर पड़ी, मेरा कॉलेज का दोस्त जो मुँह में सिगरेट दबाये अपना सिर हिला रहा था। कैमरा घूमा और दूसरा दोस्त, निक। और उस पल में मेरा दिल कुछ बैठ गया। मुझे एहसास हुआ कि मैं ये कैसे नकार सकती हूँ कि समय बहुत तेज़ी से बीता जा रहा था। और मेरी ज़िन्दगी बर्बाद थी। मेरी नौकरी बकवास थी, मैं सालों से किसी लड़के के साथ रिश्ता नहीं कायम कर पाई थी, और मेरा बैंक बेलेंस... उसकी तो पूछिये मत। पता नहीं मेरा क्या होगा और मैंने सिगरेट जलाई। ज़रूर उस प्रोग्राम के विषय से मुझे ऐसा लगा होगा : दिल की

बीमारियाँ। अचानक मेरी उम्र के लोग अब स्ट्डी के विषय बन गये थे।

मेरा जी ख़राब हो रहा था और मानो इसी एहसास से फ़ोन की घण्टी बज गयी थी। माँ का फ़ोन था।

"उम्मीद है तुम उन लड़कों के साथ घूम फिर नहीं रही हो। वो सिर्फ़ मुसीबत हैं।" ओर कुछ कहे बिना वह मेरे दोस्तों के ख़िलाफ शुरू हो गईं।

क्या इत्तफ़ाक है कि आज सैंकड़ों हज़ारों प्रोग्रामों के ज़माने में आप और आप की माँ एक ही प्रोग्राम देख रहे हैं? कोई "क" सीरियल नहीं आ रहा था क्या?

"अरे माँ, टी वी पर दिखने का मतलब यह तो नहीं कि वो मुसीबत हैं," मैंने रिक और निक का बचाव करते हुए कहा।

"उनकी शादी हो गयी है क्या?" मेरी माँ किसी कम्पयूटर से भी तेज़ शादी के हिसाब से लोगों को छाँट लेती हैं।

"नहीं माँ, अभी तो नहीं," मैं कहते हुए मुस्कुराई। निक और रिक तो शादी के नाम से ही बिदक जायेंगे।

"उनका क्या है, लड़के हैं। देर से शादी करें तो भी ठीक है। लेकिन तुम उनकी तरफ़ ध्यान मत दो। उन्हें बच्चे थोड़े ही पैदा करने हैं। हालाँकि कौन-सा अच्छा परिवार इन दोनों को अपनी लड़की देगा?"

लेकिन देखा जाये तो कई परिवार होते हैं जहाँ जैसे-

जैसे आदमी की उम्र बढ़ती है उसके लिए रिश्ते भी बढ़ते जाते हैं। औरतों के लिए एकदम उल्टा है। हमारे ऊपर तो 'बेस्ट बिफोर' का स्टिकर लगा होता है! और भगवान न करे शादी से पहले हम उस उम्र तक पहुँच जायें तो फिर ज़िन्दगी तबाह समझो!

आपकी औकात का सबसे सच्चा और बेहतर सूचक एक भिखारी होता है। यह मेरा अनुभव है। पहले आपको 'बेबी' कहते हैं, फिर 'दीदी' और फिर उसके बाद आता है सदमा देने वाला 'आण्टी' और अन्त में 'माताजी'। लेकिन आजकल की बोटॉक्स वाली दुनिया में यदि आप माताजी तक पहुँच जायें, तो इसका मतलब वैसे भी आपको कोई फ़र्क नहीं पड़ता होगा। एक आध बार मुझे आण्टी कहा गया है लेकिन ज़्यादातर दीदी। मतलब अभी तो मैं ठीक ठाक हूँ।

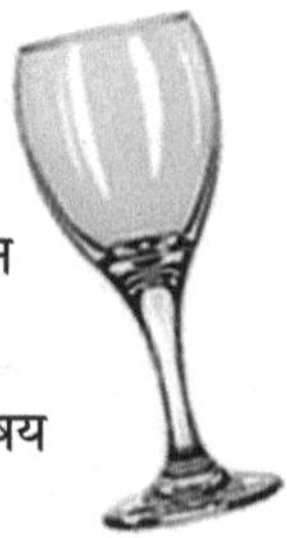

"तो कोई मिला क्या?" माँ अपने मनपसन्द विषय पर आ गई।

मुझे आश्चर्य हुआ कि ऐसा करने में उन्हें इतनी देर लगी। आम तौर पर तो फ़ोन उठाते ही उनका सवाल बन्दूक से निकली गोली-सा मुझे दाग देता है। कभी मेरी शादी हो गयी तो, पता नहीं माँ मुझसे किस बारे में बात करेगी।

"सच कहूँ तो, कल और आज के बीच तो नहीं, लेकिन अभी कल का दिन तो आना बाकी है।"

"अपनी माँ से ज़ुबान मत लड़ाओ। वो तो इसलिए पूछती हैं क्योंकि तुमसे प्यार करती है।" जब मेरी माँ इस तरह अन्य पुरुष का इस्तेमाल करके बात करती है तो मतलब, बहुत ही

नाराज़ हैं।

"ख़ैर, दीपक की शादी हो रही है," माँ ने ऐलान किया। दीपक पड़ोस का 'एलेजिबल' लड़का है। नैन नक्श के मामले में भगवान ने उसके साथ कुछ कंजूसी की है लेकिन पैसे इफ़रात दिये हैं। मोहल्ले की हर आण्टी, जिसकी शादी लायक बेटी है, उस पर सालों से नज़र टिकाये थी। जिस दिन उसके चेहरे पर दाढ़ी का पहला बाल आया, उसी दिन से उल्टी गिनती शुरू हो गयी।

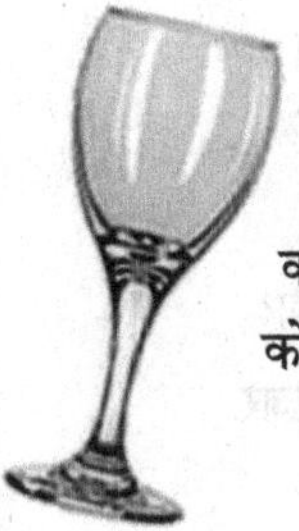

"अच्छा? क्या वह अब भी वैसा ही दिखता ...?" मैंने रूखेपन से पूछा।

"बेटा जब ऐसे लड़कों की बात होती है, तो चेहरा कौन देखता है" माँ ने कहा। सबसे बड़ा रुपैया। किसी को उस पुरानी कहावत को बदलना चाहिए।

"गुड फ़ॉर हिम" मैंने कहा।

"सबकी शादी हो रही है। चलो, अपनी-अपनी किस्मत है।"

माँ ने फ़ोन रख दिया और मैं फ़ोन को देखती रह गयी।

जब माँ-बाप रिश्ता ढूँढने की जगह किस्मत की बात करने लगें तो चिन्ता होती है।

मैंने फ़ोन उठाया और नम्बर मिलाया। नहीं कोई छुपा हुआ दुल्हा नहीं है। मैं अपने पंडित को फ़ोन कर रही थी। किसी भी मुसीबत में मैं उन्हें फ़ोन करती हूँ। इस मामले में मैं काफ़ी पुराने ख़यालात की हूँ। मुझे मालूम है कि आजकल टैरो कार्ड

रीडर के पास जाने का ज़माना है लेकिन शास्त्री जी सब सही बताते हैं और हमारे पारिवारिक पण्डित भी हैं। और सबसे महत्वपूर्ण है कि वो मेरी बातें अपने तक सीमित रखते हैं।

"नमस्ते शास्त्रीजी, कैसे हैं आप?"

"ठीक हूँ। तुम कैसी हो?"

"ठीक हूँ। कुछ पूछना था आपसे।"

"हाँ बोलो?"

"क्या मेरी शादी होगी?"

"तुम्हारे सितारे बदल रहे हैं। २१ तारीख को लगन योग लग रहा है। यह शादी के लिए शुभ समय है।" शास्त्रीजी कम्पयूटर में माहिर हैं।

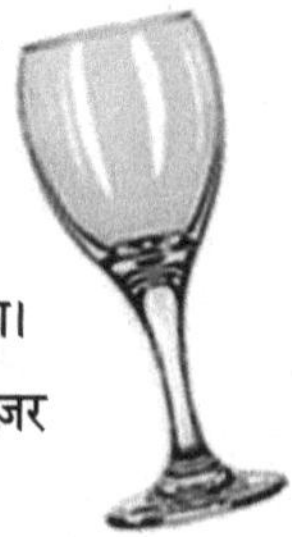

"तो मेरी शादी जल्दी होगी क्या?" मैंने सीधे पूछा।

"हमम्म्म... समय तो शुभ है... देखो... कुछ नज़र तो आ रहा है।"

शास्त्रीजी बात टालने में बड़े कुयाल हैं। किसी बात में फँसते नहीं हैं। शायद इसलिए मैं बार-बार उनके पास जाती हूँ। मैं कभी यह नहीं कह पायी कि उन्होंने कुछ ग़लत कहा। हमेशा कुछ "लगता" है!

दूजी शेरवानी वाले

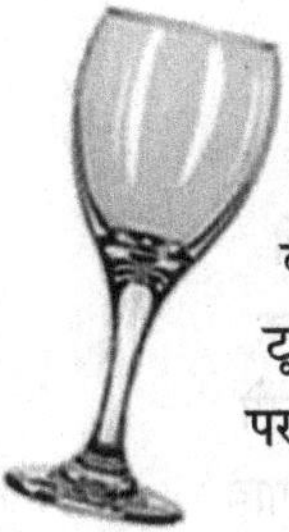

कई बार मुझे सपने आते हैं कि मैं ग्रैंड ऑरकिड होटल के आगे वाले गेट से अन्दर जा रही हूँ, बजाये उस छोटे गेट के जो हम मुलाज़िमों के लिए पीछे की तरफ़ बनाया गया है। मैं कल्पना करती हूँ पुरानी विन्टेज गाड़ियों के काफिले का उस २०० मीटर रैम्प का सफर। असलियत में मेरी टूटी-फूटी पुरानी फियट पद्मिनी कार मुश्किल से उस रैम्प पर चल पाती है।

होटल ग्रैंड ऑरकिड के सामने की 'सर्विस' लेन के दोनों तरफ़ पेड़ लगे हैं ताकि वहाँ खड़ी शानदार कारों को छाया में खड़ा किया जा सके। होटल में कार पार्क करने वाले ड्राइवर कारों की जगह चुनने को लेकर काफ़ी संजीदा होते हैं। अगर कोई बड़ी गाड़ी हो तो सबसे आगे खड़ी की जाती थी; अगर कोई आम गाड़ी हो तो कहीं भी और जिस दिन भीड़ ज़्यादा हो तो आम गाड़ी तक पहुँचना अरब महासागर में घूमने बराबर हो।

उन शानदार पेड़ों की छाँव में एक सफ़ेद स्मारक था। कई लोगों का कहना है कि यह इमारत सिंगापुर के रेफ़ेल्स

होटल की याद दिलाती है। वो तो मैं नहीं जानती, लेकिन हाँ, इसका स्रोत पूर्व में ही है, और सही कहा जाये तो पहले कभी सियाम रहे थाईलैंड में। कहा जाता है कि मध्य भारत के किसी प्रदेश का एक रईस नवाब वहाँ घूमने गया था और वहाँ की किसी ख़ूबसूरत बाला से उसे प्यार हो गया। अपनी नयी प्रेमिका को बेगम नम्बर ४ बनाकर वह ले आया। महल में फिरंगी औरत के आने का हल्ला हो गया और नवाब साहब को अपनी सुन्दरी को दिल्ली के खुले माहौल में रखना पड़ा। वही महल अब हमारा होटल है, होटल का नाम सुन्दरी का सबसे प्रिय फूल।

होटल के वर्तमान मालिक ने उसे नवाब से खरीदा (वही घिसा पिटा फार्मूला – जुआ, दारू, लौंडियाबाज़ी और परेशान होकर जायदाद बेचना) और काफ़ी मन से ठीक करवाया। ७५ साल पुराने फुव्वारे से लेकर कमरों में लगे पंखों तक सब कुछ बदल डाला। नये उपकरण भी लगाये गये – सेन्ट्रल एयर कंडीशनिंग और जकूज़ी वाले बाथ टब। चूँकि यह इमारत सांस्कृतिक धरोहर है, इमारत को बाहर से हाथ नहीं लगाया गया, लेकिन अन्दर तो यह नये और पुराने का संगम है। पुराने इतालवी संगमरमर के फ़र्श और स्तम्भों पर मीनाकार को ज्यों का त्यों रखा गया। बड़ी सी लॉबी में चौड़ी खिड़कियों से भरपूर धूप और रोशनी भर जाती है और बाहर के सुन्दर व्यवस्थित लॉन और अहाते नयी दिल्ली के दूषित वातावरण में इस छोटी सी जगह को जन्नत बना देते हैं।

सुबह घुसते ही ऋषि ने बेसब्री से मुझे रिसेप्शन पर

बुलाया। "कमरा नम्बर २३५ का गेस्ट अब तक कुँवारा है डार्लिंग।" उसने काउन्टर पर झुककर कहा। ऋषि हर गेस्ट के बारे में पूरी जानकारी रखता है, ख़ासकर कुँवारे आदमियों के बारे में। ग्रैंड ऑरकिड में वो एक्सीक्यूटिव हाऊसकीपर है, और इसलिए उसकी पहुँच हर कमरे तक है। और अगर कोई जगह है जहाँ ऋषि या उसका दूसरा रूप, राजकुमारी चिन्कवाँ, को सबसे अच्छा लगता है, वो है किसी आदमी का कमरा।

"तुम्हें कैसे पता?" ना चाहते हुए भी मैं पूछ पड़ी।

"सबसे पहले तो उसने शादी की अँगूठी नहीं पहनी है।"

"तो?"

"ओफ़ ओह आईशा। कितने कुँवारे लड़के अँगूठी लेकर आते हैं?" भौंए उचकाते हुए ऋषि ने पूछा।

यह सच तो है। ज़्यादातर शादीशुदा आदमी आते ही अपनी अँगूठी पलंग के बगल वाली मेज़ के दूसरी दराज़ में डाल देते हैं – म्यूजिक सिस्टम के बटन के ठीक नीचे।

"ठीक है, तो बताओ," मैंने हार मानते हुए कहा।

"मैंने सब चेक कर लिया डार्लिंग। किसी दराज़ में कोई अँगूठी नहीं, पलँग के बगल में कोई फ़ोटो नहीं, गन्दे कपड़ों में किसी महिला का कोई नामो निशान नहीं जैसे लिपस्टिक, परफ़्यूम..."

"बस करो! दिस इज़ टू मच," कान पर हाथ रख मैंने नाटकीय ढंग से कहा।

"ओह, तुम कितनी बेताब हो यह सुनने के लिए," उसने रुक कर आगे कहा, "और देर रात कोई फ़ोन भी नहीं।"

फ़ोन मेरी जागीर है, होटल के सारे ऑपरेटर मुझे रिर्पोट करते हैं।

"अरे यह तुम्हारे क्षेत्र के बाहर की बात है," अपने अधिकार क्षेत्र को खतरे में देख मैंने कहा। "ओफ़ ओह, ठण्ड रखो, मैंने नीरजा से बात की थी।" नीरजा हमारी चीफ़ टेलीफ़ोन ऑपरेटर है। "उसने हर बात की पुष्टि की और हमारे राजकुमार की आवाज़ भी काफ़ी सेक्सी है।"

क्या किस्मत है। अब कुँवारे लड़कों के इस अकाल में हमें मर्दों को इन लड़कों के साथ भी बाँटना पड़ेगा। यह आदमी पे हाथ मारेंगे।

"हम सब के नाम एक मेल क्यों नहीं लिख देते – "होटल में कुँवारा राजकुमार।" मैंने चिड़चिड़ाकर कहा। मैंने खुली फाईल की तरफ़ नज़र घुमायी ही थी कि मीशा का फ़ोन आ गया। अनुष्का का तलाक लगभग हो गया था। हम सब में इकलौती शादीशुदा भी अब हमारी कश्ती में दोबारा सवार हो गयी थी। यहाँ एक बात तो माननी पड़ेगी : ज़्यादातर लोग 'तलाक' शब्द सुनकर दहल जाते हैं लेकिन हम कुँवारी लड़कियों के लिए तो यह शहद जैसा मीठा है। नये नये तलाक शुदा लड़के – मैं उन्हें 'दूजी शेरवानी वाले' कहती हूँ – दूसरी बार कदम बढ़ाने में समय तो बहुत लेते हैं, लेकिन जब तैयार हो जाते हैं तो फिर पूरी ईमानदारी से निभाते हैं। और जिनके पीछे टूटी शादी होती है, दूसरी बार वह सफलता हासिल करने के लिए

ज़्यादा प्रेरित होते हैं, पहली बार शादी कर रहे लड़कों के मुकाबले।

शादी से पहले अनुष्का और अनुज में स्कूल और कॉलेज के समय से अफयेर था। हमारे लिए तो वो 'प्यार सब को जीत लेता है,' की मूरत थे। आठ महीने पहले यह मूरत टूट गयी जब अनुष्का अपनी शादी की सालगिरह पर अनुज को सरपराईज़ देने मुम्बई पहुँची जहाँ अनुज ऑफ़िस के काम से गया था। होटल की रिसेप्शन पर खड़ी लड़की ने उससे पूछा कि वो मिस्टर या फिर मिसेज़ मिश्रा, किस से मिलना चाहतीं हैं।

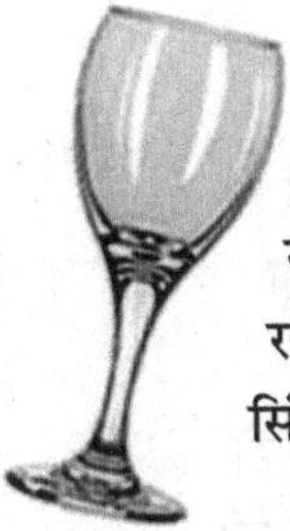

घबराकर उसने मुझे फ़ोन किया। मैंने उसे होटल में ही रुकने को कहा और फ़ोन घुमाना शुरू किया यह सुनिश्चित करने के लिए कि होटल में कोई मिसेज़ मिश्रा रह रही थीं या नहीं। इतना कहना काफ़ी होगा कि अनुष्का सिंगल लड़कियों की भीड़ में शामिल हो गयी।

तीस साल की अनुष्का गार्मेन्ट एक्सपोर्ट हाउस में काम करती है और काफ़ी ख़ूबसूरत है। उसके सीधे खुले बाल भी उतने अच्छे लगते हैं जितने जूड़े में। तीखे नैन-नक्श ऊँचे चीक-बोन्स वाली अनुष्का उन लोगों में से है जो समय के साथ ज़्यादा ख़ूबसूरत लगने लगते हैं।

उस शाम हम पड़ोस के बरिस्ता में अपनी साप्ताहिक चर्चा के लिए मिले। हमेशा ख़ामोश रहने वाली अनुष्का आज आग बबूला थी।

"आई विल किल द बास्टर्ड," अपनी सेक्सी टाइट जीन्स और छः इन्च की पेन्सिल हील में काँपते हुए वो बोली।

"अब क्या किया उसने?" मीशा से नज़रें मिलाते हुए मैंने घबराकर पूछा। "उसने कार उठाने के लिए गुँडे भेजे! गाड़ी उसी के नाम है। और सच्ची के गुँडे! मुझे विश्वास नहीं होता कि वो इतना गिर सकता है।"

"अरे तुम उसे तलाक दे रही हो, पार्टी नहीं। गन्दगी तो होगी ही," मैंने कहा।

"पर मुझे भी तो वो साली कार चाहिए!"

"तो दूसरी खरीद लो न। और वो गोल्डन रंग इतना लाजपत नगर के पंजाबियों वाला है..."

अति योग्य वर की तलाश में मीशा ने अपनी बिरादरी को ज़िला, कॉलोनी, पसन्दीदा रंग, पसन्दीदा कारें, कमाई आदि के हिसाब से बाँट दिया था। और योग्य देसी दूल्हा खोजने में उसका निशाना सटीक था।

"छोड़ो यह सब," इससे पहले कि मीशा चालू हो जाये, मैंने बीच में ही कहा, "तुम्हें उसकी या उसकी कार की कोई ज़रूरत नहीं है। तुम्हारा गुज़ारा उसकी जेब से तो नहीं चलता ना।"

"अरे यह महिला मुक्ति वाली बातें छोड़ो! इस समय तो मुझे बदला चाहिए।"

"और कबसे..."

"मुझे बताओ बहन," मुझे धक्का देते हुए मीशा बीच में बोली। उसकी आँखें चमक रही थीं। जो कुछ हो रहा था मुझे बिलकुल ठीक नहीं लग रहा था लेकिन मैं अकेली पड़

गयी थी।

"मैंने पूरी योजना बना ली है और यदि तुम लोग साथ दो तो आज रात काम बन सकता है," अनुष्का ने फुसलाते हुए कहा। "मैं तो तैयार हूँ। मैं तो उससे बदला लेने के लिए मरी जा रही हूँ और आश्चर्य तो इस बात का है कि तुम्हें इतना समय लगा," शब्दों में कंजूसी न करने वाली मीशा तो अनुष्का के लिए टॉनिक थी।

दो जोड़ी आँखें मेरी तरफ़ मुड़ीं। हम तीसरी कक्षा से दोस्त हैं। जो हो सो हो, मैं भी उनके साथ हो ली।

"तो फिर सब तय रहा। मैं तुम लोगों को पौने दस बजे लेने आऊँगी और फिर हम क्लब जायेंगे। बृहस्पतिवार है तो अनुज हमेशा की तरह स्कावश खेल रहा होगा।"

"वहाँ हम करेंगे क्या?" मैंने घबराते हुए पूछा।

"जस्ट वेट एंड वॉच।" मुस्कुराते हुए अनुष्का ने कहा।

क्लब मतलब रईस लोगों की जन्नतः मेट्रोपोलिटन क्लब। हम लोग इतवार को वहाँ अक़सर दिन में खाना खाने जाते थे जब अनुष्का मिसेज़ मिश्रा थी। जाड़े की धूप में वहाँ बैठकर नज़ारा देखने का मज़ा अलग ही था। वहाँ अब भी आज़ादी से पहले का माहौल क़ायम था, और यहाँ 'वेटर' नहीं बैरे थे, सुन्दर बगीचे भर में क्लब के ख़ास नैपकिन सब तरफ़ फिकें हुए थे। यहाँ हर तरह के अमीर थे, नये पैसे वाले और ख़ानदानी पैसे वाले। यह अन्तर तब साफ़ नज़र आता जब नए पैसे वाले लोग

बैरा कहते और पुराने ख़ानदानी बहादुर को आवाज़ लगाते।

इस चुनिन्दा महफ़िल से अनुज नया नया जुड़ा था। जब उसके पिता को आख़िरकार सदस्यता मिली तब अनुज २१ साल का था और उसे बहुत जल्द समझ आ गया कि इन रईसों में मान पाने के लिए पैसा ही काफ़ी नहीं था। लेकिन उसकी ख़ानदानी योग्यता और इस माहौल में अजनबियत की पूर्ति अनुष्का ने वहाँ के पूरे स्टाफ की चहेती बनकर कर दी। जब वो साथ होती तो उनका अच्छा ख़याल रखा जाता था।

वो अनुज को तब छोड़ती जब वो साप्ताहिक स्क्वाश के लिए नेकर और शर्ट पहनता।

मानना पड़ेगा, ग़लती उसकी नहीं थी, क्योंकि वो भी थक जाती थी उसके 'ख़ानदानी' बनने की इन प्रयासों से। अनुज को सामाजिक स्तर की कुछ ज़्यादा ही चिन्ता होती थी। निजी तौर पर मेरा तो मानना था कि अनुज के लिए वहाँ की सदस्यता न लेना बेहतर होता। लेकिन, फिर शहर में आपको पण्डारा रोड के दामों पर इतने हसीन माहौल में चिकन टिक्का कहाँ मिल सकता था? ज़ाहिर है, तलाक के बाद हम उस स्वादिष्ट चिकन टिक्के से वंचित रह गये थे और कई महीनों से क्लब नहीं गये थे।

और अब हम वहीं लौट रहे थे। मुझे कोई अन्दाज़ा नहीं था कि वहाँ क्या होने वाला है लेकिन कहीं रात में भागने की ज़रूरत पड़ जाये तो इसलिए मैंने काले रंग के कपड़े पहने थे। वैसे भी काले रंग में लोग दुबले भी लगते हैं। मैं अपने काले बूट पहन ही रही थी कि अनुष्का की गाड़ी का बेसब्र हॉर्न बजा।

सालों में पहली बार वो वक़्त पर पहुँची थी। मीशा उसके बगल में बैठी थी। रास्ते में कहीं रुकना भी नहीं था। बचने का कोई तरीका नहीं।

"तो क्या प्लान है?"

"हम उसकी कार लपेटेंगे – टॉयलेट पेपर में," मीशा ने हँसते हुए कहा। मेरा हाथ अपने आप ही दरवाज़े की तरफ़ बढ़ा।

"क्या यार, यह कितनी बचकानी हरकत है!"

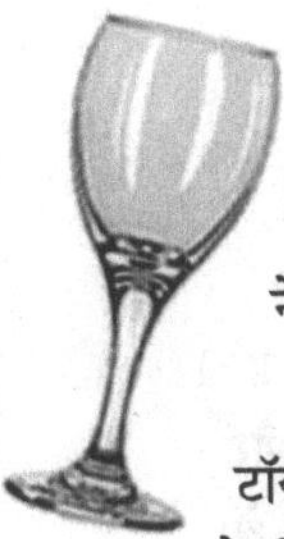

कार आगे बढ़ रही थी।

"क्या हम टायर से हवा नहीं निकाल सकते?"

"उससे अनुज का तमाशा नहीं बनेगा," अनुष्का ने शान्त भाव से कहा।

मेरी नज़र बगल में पड़े कार्टून पर पड़ी। उसमें टॉयलेट पेपर के दो दर्ज़न रोल थे। मैंने इस पचड़े में पड़ने के लिए ख़ुद को कोसा। वैसे भी इन फ़ैन्सी क्लबों में मैं आकवर्ड महसूस करती हूँ और हाथ में टॉयलेट पेपर का रोल लिए पकड़े जाने के ख़याल से ही मेरी जान निकल रही थी।

"और हम यह करने कैसे वाले हैं?"

"देखो, पार्किंग में कुछ ज़्यादा रोशनी नहीं होती और अनुज स्कवाश कोर्ट के पास एक सुनसान कोने में अपनी कार खड़ी करता है। मैंने घर फ़ोन करके पता कर लिया है कि वो समय से क्लब के लिए निकला है और इसका मतलब वो साढ़े दस पर वहाँ से चलेगा! तो हमारे पास कम-से-कम बीस मिनट

हैं, हालाँकि दस काफ़ी हैं।"

अनुष्का की योजना किसी स्टिंग ऑपरेशन से कम नहीं थी। न चाहते हुए भी मुझे उसकी दाद देनी पड़ी।

हम क्लब पहुँचे तो जैसा अनुष्का ने कहा था, अनुज की गाड़ी एक सुनसान कोने में दूसरी गाड़ी के बगल में खड़ी थी। एक शानदार कार। कोई स्पोर्टस मॉडल।

"ये तो टर्बो है।" मीशा चिल्लाई। उसे लिपस्टिक से स्पोर्टस कार तक के बारे में सब कुछ पता होता है। ज्ञानी महाराज!

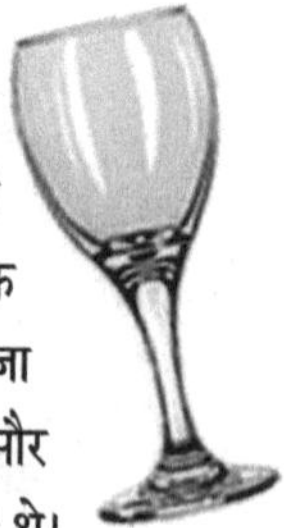

हम अनुज की गाड़ी के दाहिनी तरफ़ जाकर रुके। मेरी धड़कने तेज़ हो गयीं। हमने काफ़ी समय से किसी को नहीं 'लपेटा' था। हम फटाफट काम पर लग गये, ठीक वैसे जैसे कार रैली में लोग पहिये बदलते हैं। मुझे मज़ा आने लगा। मैं कार के एक तरफ़ खड़ी हुई और अनुष्का और मीशा मुझे दूसरी तरफ़ से टॉयलेट पेपर का रोल फेंक रहे थे। सात मिनट में हमारा काम लगभग ख़त्म था। अनुज की कार एक मशीनी 'ममी' लग रही थी और हमारे पास अभी दो रोल बाकी थे। मीशा ने एक रोल फेंका और उसको पकड़ने के चक्कर में मैं अपने पीछे वाली शानदार कार पर जा गिरी। अचानक एक तेज़ आवाज़ हवा में गूँजी। सत्यानाश, यह उस कार का अलार्म था!

"आईशा जल्दी इधर आओ।" कार में घुसते हुए अनुष्का और मीशा चिल्लाईं।

लेकिन मेरे पैर जम गये थे। मुश्किल यह है कि ऐसी

मुश्किलों में मैं बदहवास हो जाती हूँ। तो मैं वहीं खड़ी रही उस कार पर आँखें गड़ाये, मानो दिमाग़ी तरंगों से अलार्म बन्द कर दूँगी। अचानक अँधेरे से एक खूबसूरत आदमी निकला – वाक़ई में खूबसूरत – सुन्दर त्वचा, तीखे नैन नक्श और शाहरुख़ जैसी तनी भौंवें। उसने मेरी तरफ़ देखा। मैं कुछ बुदबुदाई, टॉयलेट पेपर उस पर फेंका और सरपट भागी। उसने एक हाथ में रोल पकड़ा और मुझे आवाज़ दी। तब तक तो मैं गाड़ी में बैठ गयी थी और हम वहाँ से भाग निकले।

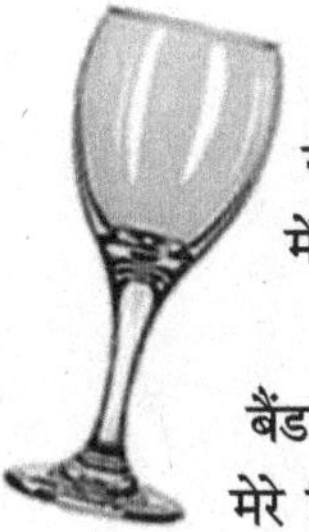

अनुष्का और मीशा हँसी से लोटपोट थीं, मैं सदमे में। मुझे विश्वास नहीं हो रहा था कि अपनी ज़िन्दगी में सबसे ख़ूबसूरत आदमी जो मैंने देखा, उसने मुझे इन हालातों में पकड़ा।

"दोस्तों, हमारा मिशन कामयाब रहा। हमने उसका बैंड बजा दिया," अनुष्का हँसते हुए बोली। "इसका हर पल मेरे लिए बेशकीमती है, काश मैं अनुज का चेहरा तब देख पाती जब वो अपनी कार देखे।"

फिर मीशा मेरी तरफ़ मुड़ी, "हैलो आईशा हैलो, हैलो, १, २, ३, टेस्टिंग...सुन रही हो?"

"हाँ भई। मज़ा आया न! तुमने उस आदमी को देखा? भगवान करे वो शिकायत ना करे।"

"अगर करेगा तो केवल तुम्हारी करेगा क्योंकि उसने केवल तुम्हें देखा था। हम तो कार में सेफ थे," मीशा ने कहा।

मुझे एहसास हुआ कि मैं उस क्लब में कभी वापस नहीं जा पाऊँगी।

हमारे जाने के कुछ ही देर बाद अनुज अपनी गाड़ी तक पहुँचा क्योंकि पंद्रह मिनट बाद ही उसने अनुष्का को फ़ोन किया और गाड़ी ख़राब करने का इलज़ाम लगाया। आख़िरकार थक हारकर, ड्राइविंग सीट की तरफ़ से पेपर हटाकर वह वहाँ से निकला। शूमाकर की तेज़ी से गाड़ी चलाते अनुज पर ठुल्लों की नज़र पड़ी और उसे रोक दिया गया। जब दिल्ली पुलिस कहती है, आपके लिए, आपके साथ, सदैव, वो उस पर अमल भी करती है। उस रात ठुल्लों ने अनुज के साथ बहुत वक़्त बिताया।

नंगा सच

मुझे सवेरे सवेरे ग्रैंड ऑर्किड बहुत अच्छा लगता है – साफ़ सुथरा, कार्पेट शैम्पू की भीनी भीनी महक, और संगमरमर के फ़र्श पर ताज़ा पॉलिश की फिसलन। इस होटल की शान-ओ-शौक़त को महसूस करने का सबसे बेहतरीन समय सवेरे का होता है जब मेहमान अपने कमरों में ही होते हैं। कई बार, रात की शिफ़्ट ख़त्म करते वक़्त सवेरे सवेरे मैं जूते उतारकर संगमरमर की ज़मीन पर नंगे पैर चलती हूँ। उस समय मेरे मन में ख़याल आता है कि पुराने ज़माने की राजकुमारियाँ इसी तरह नंगे पाँव घूमती होंगी, अपने पैर ठण्डे करती होंगी, किसी शायर की लिखी गज़लों पर नाचती हुई, और उनके पायल की झँकार महल में गूँजती होगी। मेरे पास नाचने के लिए सिर्फ़ केनी-जी का संगीत या फिर बॉस के आर्डर की धुन होती है। चलो, कम-से-कम फ़र्श तो बढ़िया है।

सुबह जब मैं ग्रैंड ऑर्किड पहुँची तो रात का वाक़या अभी मेरे दिमाग़ में था। ऐसा नहीं है कि हमने पहले कोई गैर ज़िम्मेदाराना, बचकानी हरकत न की हो, बात बस इतनी थी

कि मैं पहले कभी पकड़ी नहीं गयी। और वो भी दुनिया के सबसे ख़ूबसूरत आदमी के हाथों! मैंने लॉकर रूम जाकर साड़ी पहनी और शीशे में अपनी फीकी छवि को देखा। ऐसा क्यों है कि इंसान जैसा महसूस करता है, वैसा दिखता भी है – कुछ खोया हुआ और भद्दा? भारी मन से मैंने सैंडिल की जगह वॉकिंग शूज़ पहने। रीबॉक के ये लाल जूते, बिना हील के आरामदायक जूते हैं जो साड़ी के नीचे छिप जाते हैं। और साथ ही उस काम के लिए उपयुक्त जो मेरे बॉस ने बेहद प्यार से मेरे लिए चुना था।

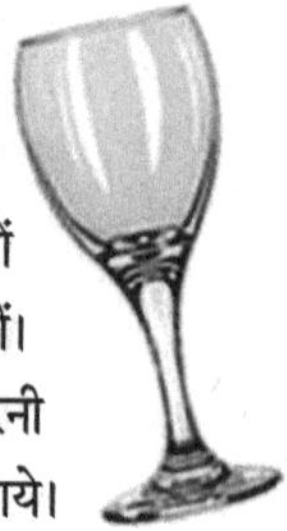

दरअसल मेरे बॉस डी. पी. गुप्ता की योजना के तहत मुझे सुबह की शिफ़्ट की शुरुआत कॉरिडर में टहल कर करनी होती ताकि मैं देख सकूँ कि मेहमानों द्वारा दरवाज़ों पर टाँगे गये नाश्ते के ऑर्डर उठा लिए गये हैं या नहीं। फिर मुझे ऐसा न करने वाले वेटरों की लिस्ट तैयार करनी होती ताकि बॉस के लिए एक 'हिट लिस्ट' तैयार हो जाये। अब उनके पास दिन भर का काम भी होगा, और चिल्लाने की वजह भी। मैंने अपनी लिस्ट निकाली और नाम चेक करने शुरू किये। जब मैंने देखा कि चौथे माले के कार्ड नहीं उठाये गये थे तो मेरा मन कुछ बैठ गया। दूसरों के लिए मुश्किल खड़ी करना मुझे कतई पसन्द नहीं। तीसरे माले पर जाकर मैंने अपनी चेकिंग शुरू की। मैं उस कोने पर थी जहाँ डीलक्स कमरों के आगे निजी टेरेस गार्डन थे। तभी हवा का झोंका मेरे हाथ का काग़ज़ उड़ा ले गया। मैंने उसे उड़कर कमरे और बगीचे के बीच की नीची दीवार पार करते, झूमते और घास पर गिरते

देखा। मुझे चिड़चिड़ाहट हुई और फिर मैंने काग़ज़ लाने के लिए दीवार लांघने की सोची। मैंने चारों तरफ़ देखा और साड़ी ऊपर उठायी। मुझे मालूम था कि अपने लाल जूतों में अजीब लग रही थी, लेकिन यह काम का समय था, फैशन का नहीं। वैसे भी सुबह के छः बजे थे और आस-पास एक मक्खी तक नहीं भिनभिना रही थी।

मैंने आसानी से दीवार लांघी और घास पर तेज़ी से बढ़ी क्योंकि मुझे मालूम था कि सवा छः बजे वहाँ पानी के फव्वारे शुरू होने थे। मैंने साड़ी को घुटनों तक उठाया और काग़ज़ तक भागी। उसे उठाने ही वाली थी कि मैंने एक सफ़ेद झलक देखी। मैंने तुरन्त ऊपर देखा और जो देखा वो अच्छे अच्छों के होश उड़ा दे। एक सुडौल शरीर वाला आदमी धूप में पूरा नंगा खड़ा था। सफ़ेद झलक उसका वो तौलिया था जो उसने उतार फेंका था। मैं उसे घूरती रही और उसकी बदतमीज़ी पर चिल्लाने वाली थी कि मुझे एहसास हुआ कि ग़लती तो मेरी थी। यहाँ वो जो चाहे करे, बाहरी तो मैं थी। तो मैंने वो किया जो कोई भी आत्मसम्मान वाली लड़की करती। वहाँ से सरपट भागी, जूते, साड़ी, काग़ज़, सब दबोचे।

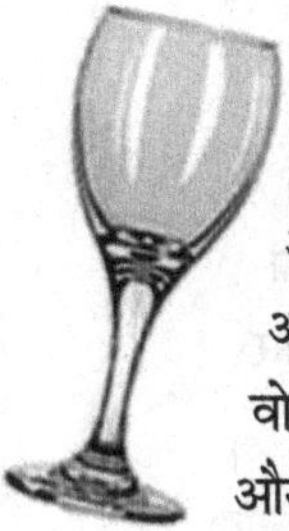

मैं सीढ़ियों से नीचे भागी, लिफ़्ट का इन्तज़ार करने की मुझमें हिम्मत नहीं थी। यह तो बहुत बड़ी मुसीबत खड़ी हो गयी थी, मेरी नौकरी भी जा सकती थी।

'ओ गॉड', मैं मन-ही-मन बुदबुदाने लगी।

"प्लीज़ मुझे बचाओ, मेरी मदद करो। मुझसे पाप हो गया है। मैंने न केवल साड़ी के साथ जूते पहने थे बल्कि मैं

एक मेहमान के गार्डन में भी जा घुसी और उसे बिना कपड़ों के देखा था।'

सेकेण्डों में लॉबी पहुँची। मेरी साँस थम गयी थी। सेलफ़ोन लेकर अपनी जगह पर गयी, लगेज रूम में। किसी मेहमान के 'वितौं' बेग के पीछे छुपकर मैंने मीशा को फ़ोन किया। उसने थोड़ी देर में फ़ोन उठाया। सही कहूँ तो अठारह घण्टियाँ।

"और तुम्हारे अलावा कोई हो ही नहीं सकता था!"

"और क्या, तुम और किस ग़रीब को जानती हो जिसे सुबह छह बजे काम करना पड़े?" मैं पिनपिनाई। मैंने डीटेल में अपनी दुख भरी कहानी सुनायी। मुझे यक़ीन था अगले कुछ घण्टों में मेरी छुट्टी होने वाली थी। सवाल सिर्फ़ इतना था कि मैं छुट्टी होने का इन्तज़ार करूँ या उनका काम आसान करके ख़ुद ही अपना सामान समेटना शुरू कर दूँ?

"अच्छा, तो वो बिलकुल नंगा था?" मीशा की नींद पूरी उड़ चुकी थी।

हाँ, मैंने दोहराया।

"तो वो मर्दाना है क्या?"

"मर्दाना? माफ़ करना, लेकिन मैंने इतना ध्यान नहीं दिया। आइ वॉज़ टू शॉक्ड। अभी मुझे अपनी नौकरी बचानी है। अगर उसने शिकायत कर दी तो?"

"तो तुम भी इलज़ाम लगा देना।" अनैतिकता की मूरत मीशा ने कहा। "शायद वो कोई 'न्यूडिस्ट' हो और लोगों को

हैरान करने के लिए ऐसा करता हो।"

"अरे बाबा, ऐसा नहीं हो पायेगा न। वो तो अपने गार्डन में था, ग़लत तो मैं थी और उसे घूर भी रही थी।

"ओफ़ ओ आईशा, पगलाओ मत। सब ठीक हो जायेगा।"

मैं भी उसकी बातों में आ गयी। जो होगा झेलना पड़ेगा। देखा जायेगा। जो हो सो हो! और मुझे ज़िन्दगी के एक बड़े सवाल का जवाब मिल गया। कार को टॉयलेट पेपर में लपेटते हुए पकड़े जाने से भी ज़्यादा शर्मनाक कुछ और भी है।

अगले एक घण्टे तक मैं किसी मेहमान पर ताँकझाँक करने के लिए हर तरह के बहाने सोचती रही। फिर मैंने एक कप चाय का सहारा लेने की सोची। पौने नौ बजे थे कैन्टीन में काफ़ी चहल पहल थी। काम शुरू करने से पहले सब एक कप चाय पीने में व्यस्त थे।

चाय मशीन तक पहुँचने के लिए मुझे होटल उद्योग के सबसे बढ़े माफ़िया के बगल से गुज़रना था। सेक्रेटरी माफ़िया। यह मैडम अपनी हैसीयत के हिसाब से बैठी थीं : मालिक की सेक्रेटरी रोज़ी, इस होटल में बीस साल से; होटल उद्योग में अठारह साल से जयन्ती, जनरल मैनेजर की सेक्रेटरी; बारह साल के अनुभव वाली मधु जो डायरेक्टर की सेक्रेटरी थी। और अन्त में चौदह साल से एच. आर. डायरेक्टर की सेक्रेटरी, सरला। मैंने आदर से सिर झुकाया और अपनी सबसे मीठी मुस्कान बिखेरी। रोज़ी ने आँखें भींची और मुझे पास आने का इशारा किया। सत्यानाश! आज मेरा दिन ही ख़राब था।

इन महारानियों की तरफ़ जाते हुए मैंने प्रण किया कि

कुछ भी कहने से पहले सोचूँगी ज़रूर। इन सेक्रेटरियों पर 'हैण्डल विद केयर' का स्टिकर लगा होता है और कहा जाता है कि इनके एक इशारे से कई ज़िन्दगियाँ बनती बिगड़ती हैं।

"गुड मार्निंग" मैंने सबसे कहा लेकिन नज़रें रोज़ी से मिलायीं। (कुछ चीज़ें तो अब मैंने भी सीख ली हैं। मेरे पक्षपात से वो फूली नहीं समाई।)

"क्या हाल चाल हैं?" कॉफ़ी के कप के ऊपर झाँकते हुए उसने पूछा।"

"बढ़िया मैम। बस बिज़ी हूँ।"

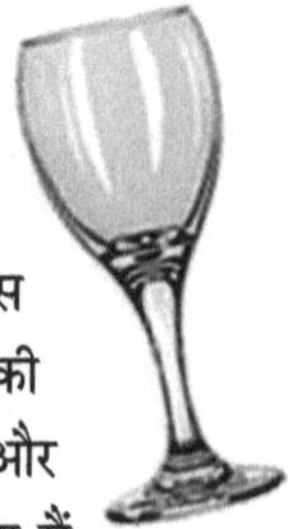

"वो तो इसलिए कि तुम्हारा बॉस कुछ काम नहीं करता," उसने हाथ हिलाकर हँसते हुए कहा।

मेरी नौकरी वैसे ही दाँव पर लगी थी; शब्दों के इस जाल में मैं नहीं उलझने वाली थी। लेकिन अपने बॉस की इस तरह खिल्ली भी नहीं उड़ने दे सकती थी। "उनको और भी बहुत काम हैं," अपने श्रोताओं का मनोरंजन करते हुए मैं हँसी।

मेरे बॉस काफ़ी दिलफेंक हैं, हालाँकि उन्होंने मेरे साथ कोई ऐसी हरकत नहीं की है। मुझे समझ नहीं आता, इससे मुझे खुश होना चाहिए या बुरा मानना चाहिए। वो कोई भेदभाव नहीं करते लेकिन तब भी उन्होंने मुझे बख़्श दिया।

'बदमाश लड़की, चलो भागो।" सरला ने बात ख़त्म की और सब अपने बैग, छतरियाँ और फ़ोन इकट्ठा करने लगीं। मुँह पर मुस्कान चिपकाये मैं वहाँ से चल दी। यह तो ठीक ही रहा। यदि बॉस मुझे नौकरी से निकाले तो मैं शायद इनसे फ़रियाद

कर सकूँ।

मैं नौकरों, – अच्छा ठीक है – स्टाफ़ वाले दरवाज़े से लॉबी में दाख़िल हुई और अपनी मुश्किल और डर से सामने ही मुलाकात हो गई। वहाँ बीच लॉबी में बड़ी-बड़ी पत्तियों और फूलों की सजावट के बगल में मेरे बॉस खड़े थे और साथ में सवेरे वाला मेहमान। दोनों बातों में मशगूल नज़र आ रहे थे। दोनों मनुष्य के विकास के स्पेक्ट्रम के दो छोर मालूम पड़ते थे। एक मर्दांगी की मूरत था – और दूसरा यह एहसास दिलाता था कि हम वनमानुस से विकसित हुआ है। बॉस के ज़हरीले होंठ से निकलते शब्दों ने मुझे मेरे लाल जूतों में जकड़ दिया... अरे बाप रे! मैं तो जूते उतारना ही भूल गई!"

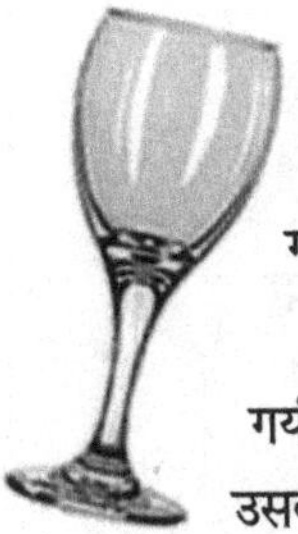

"आईशा!" मैंने जल्दी से साड़ी ठीक की और वहाँ गयी। मेहमान मेरी तरफ़ तिरछी आँखों से देख रहा था और उसका सिर अकड़ से तिरछा हुआ जा रहा था। उसका सूट शानदार था। ज़रूर लंडन की बॉण्ड स्ट्रीट के किसी नामी गिरामी टेलर का होगा। इस किस्म के आदमियों को मैं खूब जानती हूँ और बेहद नापसन्द करती हूँ। बॉस तो हमेशा की तरह खड़ूस दिख रहे थे। मैं हार मानकर सब कुछ कुबूल करने को थी। बहाना बनाने का क्या फ़ायदा।

"सॉरी स.."

"आईशा, यह यहाँ तीन महीने रहेंगे। अभी इंडिया आए हैं।"

"गुड मार्निंग," मैंने कहा और बड़ी मुश्किल से नज़र

उठायी। और मेरा ख़ून जम गया। चेहरा फ़ीका पड़ गया। हे भगवान! यह तो रात वाला आदमी है।

"हूँ," उसने कहा और उसकी नज़रें मेरे लाल जूतों पर जा टिकी।

मैं दो कदम पीछे हटी और मनाती रही कि मेरे जूते साड़ी में ढके रहें।

"मिस्टर वर्मा अपना कमरा बदलना चाहते हैं। मैंने उन्हें कहा कि वो ज़रूर कर सकते हैं, लेकिन उनके अभी वाले कमरे की लोकेशन बहुत अच्छी है।"

"बिलकुल," मैंने कहा और तेज़ी से मेज़ से ब्रोशर उठाकर उसमें चेहरा छिपाने कि कोशिश की।

"अन्दर से बाहर देखने पर, या फिर बाहर से अन्दर देखने पर?" मिस्टर वर्मा की बर्फ़ीली आवाज़ गूँजी थी।

"वो... हाँ..." मैं बुरी तरह फँस गयी थी।

"ठीक है," उन्होंने रूखेपन से कहा।

"मेरे कमरा बदल दो। मेरे लिए एकान्त बहुत ज़रूरी है। उम्मीद है मिस आईशा ऐसा कर पायेंगी आज। उन्हें मेरा कमरा पता है। मैं शाम को चाबी ले लूँगा।"

... और मिस्टर वर्मा वहाँ से दनदनाकर निकल गये। मुझे उनका एहसान मानना चाहिए कि मेरी नौकरी बचा दी लेकिन उनका ग़ुरूर देखकर मेरा ख़ून खौल रहा था।

"अच्छा आदमी है। काफ़ी स्टाईल वाला," उसके जाने पर बॉस ने कहा। जवाब में मैंने सिर्फ़ आँखें चौड़ी कीं। बोली

तो फँसी।

"आईशा," मेरे अच्छे संवेदनशील बॉस ने कहा,"अब तुम अपने चिड़चिड़ी बुढ़िया वाले मूड में मत आ जाना। वो एक दिन के ३५० डॉलर दे रहा है। कोई शिकायत नहीं होनी चाहिए। ठीक है?"

बाकी का दिन मिस्टर वर्मा से बचने में गुज़रा। भगवान का शुक्र है कि उसने अभी पहचाना नहीं था कि कल रात कार पर टॉयलाट पेपर लपेटने वाली मैं ही थी और मैं उसे किसी तरह से याद नहीं दिलाना चाहती थी।

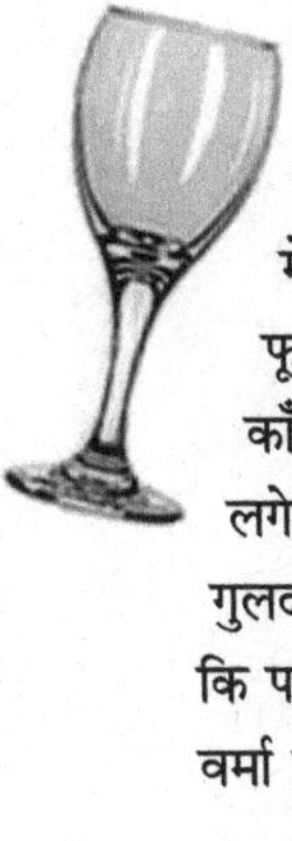

आज मैंने उन चीज़ों का महत्व समझा जिन्हें आज तक पूरी तरह से अनदेखा किया था: खम्बे, जिसकी आड़ में आराम से छिपा जा सकता था, बड़े-बड़े पत्ते और ऊँचे फूलों के बड़े गुलदस्ते जिनके पीछे मैं तीन बार छुपी और काँटों को कुरबान हुई। और फिर ख़ासतौर पर मेरा पसन्दीदा लगेज रूम। मैं वहाँ से चोरी छिपे निकल ही रहा थी, बड़े गुलदस्ते वाले खम्बे की तरफ़ भागने को तैयार, मनाते हुए कि पहियों वाले कुछ गमले होते तो आड़ मिल जाती कि करण वर्मा ने पीछे से मेरा कंधा छुआ।

"माफ़ करना मिस!"

मैं एकदम से मुड़ी और मुस्कराकर कहा, "मिसेस!"

पता नहीं मैंने ऐसा क्यों कहा। पता नहीं मैं क्या साबित करना चाहती थी कि मैं 'मर्द की भूखी' टाईप नहीं हूँ।

"ठीक है।" उसने अरुचि से कहा "मुझे आपसे एक काम है।"

"जी, बिलकुल! फरमाईए," मैं मुस्कराई।

उसने मुझे एक लिस्ट थमा दी। हे भगवान, यह तो लिस्ट भी निजी लेटरहेड पर बनाता है। "यह उन लोगों कि लिस्ट है।" उसने धैर्यपूर्वक कहा मानो किसी दो साल के बच्चे को समझा रहा हो, "जिन्हें अगले तीन महीने में मुझे तोहफ़े भेजने होंगे" वह रुका। मैंने सिर हिलाया। "फूल, परफ़्यूम, जैसा जहाँ लिखा हो। आप अन्तरराष्ट्रीय भेजते हैं न?" उसने मुझे शक से देखा।

"जी सर!" हम तो उससे भी बेहतर हैं। हमारी ख़ासियत है इस तरह के अन्तर्राष्ट्रीय मूर्खों की मेहमाननवाज़ी करना।

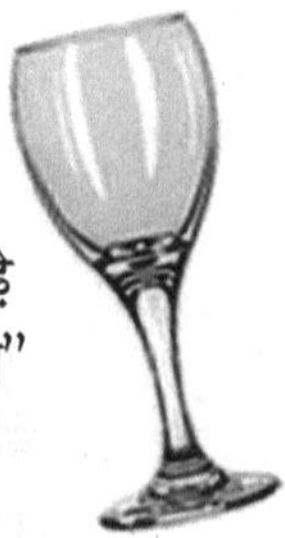

"बढ़िया, तो फिर यह तुम्हारी ज़िम्मेदारी।" उसने चौड़े होकर मेरी तरफ़ देखा। "बस, टॉयलेट पेपर में मत लपेटना" कहकर वो मुड़ा और वहाँ से चल दिया।

द वाइल्ड वाइल्ड वेब

मीशा और मैं एक कैफ़े में बैठे थे, जहाँ वाई-फ़ाई था। हम अपनी ई-मेल देख रहे थे।

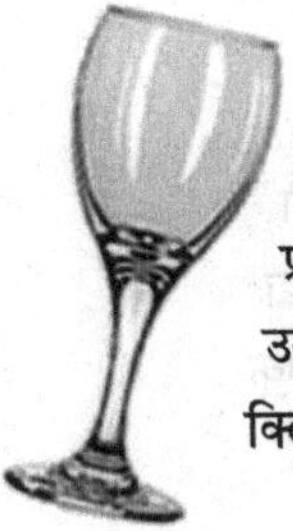

"देखा, इस आदमी ने तुममें दिलचस्पी दिखाई है," अपनी कॉफ़ी पीते हुए मीशा ने कहा, "उसने तुम्हारी प्रोफ़ाईल देखी, ठीक लगी और अब वो चाहता है कि तुम उसकी प्रोफ़ाइल देख लो, तो अब हमें सिर्फ़ इस लिंक पर क्लिक करना है..."

मीशा जीवन साथी की खोज पर अपना 'ज्ञान' दे रही थी। और मैं सोंच रही थी कि अनमने मन से ही सही लेकिन यह मेरी नयी हक़ीक़त थी।

"अरे नहीं, यह तो बिलकुल ठीक नहीं है," मीशा ने कहा।

"क्या?"

"यह राकेश! तैंतीस साल का है और भिलाई में रहता है, और वो कहाँ है? ख़ैर तलाक़शुदा है और दो बच्चों का बाप। तो एक बोल्ड लड़की ढूँढ रहा है और तुम उसे ठीक लगीं," मेरी हँसी नहीं रुकी।

"यह तो सोचा ही नहीं था। जो लड़का 'बोल्ड' लड़की ढूँढ रहा हो उसके इरादे नेक तो नहीं होंगे।"

"सच्ची आईशा, अगर तुमने फ़ोटो डाली होती तो शायद कोई ढंग का लड़का मिल सकता था।"

"ओ, अच्छा?" और तुम्हारे लिए तो लाइन लग गयी है न मिश?"

"अब तुम पूछ रही हो तो, हाँ, एक दिलचस्प उम्मीदवार है।"

"ओह! बताओ ना।"

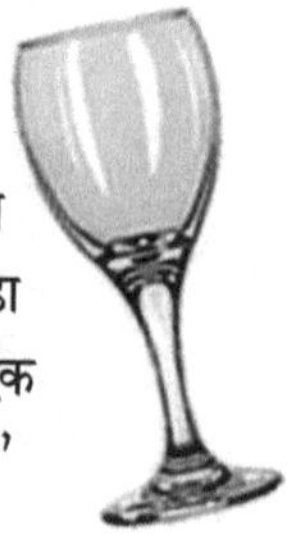

"उसका नाम दीप है। मोना सरदार है। तुम तो जानती हो वो कितने हसीन होते हैं। मैंने उसकी फ़ोटो तो नहीं देखी है, लेकिन सरदार तो ठीक ही होते हैं। वो फ़्लोरिडा में रहता है और माइक्रोसॉफ़्ट में काम करता है। हमने एक बार बात भी की है। इतना प्यारा सा एक्सेंट है उसका!"

"तो अब?"

"अगले हफ़्ते वह मुँबई आ रहा है और हम मिलेंगे। वो मुझे टिकट भी भेज रहा है।" कुर्सी घुमाकर कम्प्यूटर की तरफ़ मुँह करते हुए मीशा ने कहा।

"हे, सुनो, सुनो... यह कुछ ज़्यादा ही आसान नहीं है?" मैंने अपनी कुर्सी उसकी तरफ़ घुमाई। "वो तुम्हें टिकट भेज रहा है और तुम्हें एतराज़ नहीं? बदले में वो कुछ तो ज़रूर चाहेगा। इसके बारे में सोचा है?"

"अरे यार वो टिकट भेज रहा क्योंकि काम से आ रहा

है और देश भर में घूमने का समय नहीं है। सुबह जाऊँगी, रात को वापस। खलास!"

"कहीं वह पागल तो नहीं?" मैं बात ख़त्म करने को तैयार नहीं थी।

"तो मैं उसे एयरपोर्ट पर ही छोड़ दूँगी। तुम्हें पता है मैं ऐसी चीज़ें तुरन्त भाँप लेती हूँ। ऐसा हुआ तो मैं दिनभर शॉपिंग कर लूँगी। मुँबई तो बेहतरीन जगह है शापिंग के लिए। तुम्हें लगता है कि वो मुझे किसी नो फ़्रिल एयरलाइंस का टिकट भेजेगा?" नाक सिकोड़ते हुए मीशा ने पूछा। इस सवाल का सही जवाब मैं अभी सोच ही रही थी कि उसने आगे कहा, "क्योंकि ऐसा है तो मैं नहीं जाऊँगी।"

"ठीक है फिर भी मैं औपचारिक तौर पर कह रही हूँ कि मुझे इस बात से कोई दिक़्क़त है।" हालाँकि मैं बहुत नाराज़ थी, लेकिन अपनी सबसे करीबी दोस्त से लड़ाई मोल लेने को तैयार नहीं थी।

समय चीज़ों को दुरुस्त कर ही देता है। आख़िरकार दीप ने ही दिल्ली आने का फ़ैसला किया और मीशा को मुँबई नहीं जाना पड़ा और उसने अपनी फ़ोटो भी भेज दी। पासपोर्ट फ़ोटो, और सच कहूँ तो वह किसी भी एंगल से अच्छा नहीं लगता। मानो सरदारों की ख़ूबसूरती से वह वंचित रह गया था। बेचारी मीशा का दिल टूट सा गया लेकिन मैंने सपनों पर पानी न डालने का फ़ैसला किया। मैंने उसे विश्वास दिलाया कि पासपोर्ट फ़ोटो तो ऐसे ही होते हैं। मेरे पासपोर्ट का फ़ोटो तब खींचा गया था जब मैं पंद्रह-सत्रह साल की थी। तब मेरे बाल मेदूसा की

तरह घुँघराले थे जो मैंने छह महीने पैसे बचाकर पर्म करवाये थे और माँ–पापा से भयानक डाँट भी खाई थी। यही दौर था जब मैंने 'काजल' लगाना शुरू किया था। तो फ़ोटो में बिजली का झटका लगी क्लियोपेटरा सी लग रही थी। लेकिन मुझे फ़र्क नहीं पड़ता, और हर बार जब इमिग्रेशन अफ़सर पूछता है कि क्या ये वाक़ई में मेरी फ़ोटो है, तो मैं उसे कह देती हूँ कि मेरी कहानी बत्तख के बदसूरत बच्चे वाली है, जो बड़ा होकर हंस...

दीप शनिवार को आ रहा था और हमारी ज़िन्दगी उसी पल पर केंद्रित होकर रह गयी थी। हद से ज़्यादा आशावादी मीशा ने ख़ुद को विश्वास दिला लिया कि उस फ़ोटो के पीछे ग्रीक मिथक के अडॉनिस सा एक सुन्दर नौजवान छुपा था। वैसे भी ट्रेलर देखकर कहाँ पता चलता है कि फ़िल्म अच्छी है या नहीं। और जो मज़ा इन्तज़ार में है, आदि, आदि... वो तो अगले दिन के कपड़ों के बारे में सोचने में लग गयी थी।

पार्लर में समय ले लिया गया था। नाख़ूनों की साज–सज़्ज़ा हो गई थी और अब बस एक चीज़ बाकी थी, और वो थे कपड़े। ज़ाहिर है एकदम नये कपड़े पहनने थे। मीशा ने अभी चार किलो वज़न घटाया था जी.एम डायट के चलते और अब एक टाईट फ़िट जीन्स खरीदनी थीं।

"दूसरी त्वचा जानेमन, दूसरी त्वचा," मीशा ने खुशी से कहा जैसे ही हम उसके 'चर्च' में घुसे जो बाकी दुनिया के लिए ओएसिस मॉल कहलाती है।

कपड़ों के बारे में मेरी सोच बहुत सरल है। वो मेरे

व्यक्तित्व को मढ़ने वाला ढाँचा है। भारतीय मापदण्डों के हिसाब से यह ढाँचा कुछ बड़ा है। लेकिन यूरोप के कुछ पूर्वीय देशों में या फिर अमेज़न नदी के इलाके में तो मैं भी दुबली-पतली कहलाऊँगी।

जब मीशा जीन्स पहनकर देख रही थी, मैं जूतों की तरफ़ मुड़ गयी। जूतों के जहान में भेदभाव नहीं होता। मुझे जूते बेहद पसन्द हैं। चाहे जो वज़न हो, कद हो, या फिर उम्र, जूतों का साईज़ नहीं बदलता। उन्हें कोई फ़र्क नहीं पड़ता, कल रात तुमने क्या खाया, या फिर पाँच सालों में क्या खाया, वो फिर भी फ़िट आते हैं। कितनी बार किसी ने कहा होगा, *ओह वो इन जूतों को पहनने के लिए कुछ ज़्यादा बूढ़ी है।*

"ये कैसी है?" जैसे ही मैं एक जोड़ी शानदार टू-टोण्ड स्टिलेटोज़ सैण्डल पर महीने की एक छठाई तनख़्वाह उड़ा कर पहुँची, मीशा ने मुझे पूछा। मीशा के साथ शॉपिंग करते समय एक चीज़ हमेशा ध्यान रखनी चाहिए – जब वो कुछ भी पहनकर देखे, दोष हमेशा उस ड्रेस का होता है, मीशा का नहीं। मैं दोस्तों के बीच बेईमानी के खिलाफ़ हूँ लेकिन व्यवहार कौशल भी कोई चीज़ है।

"यह तो अस्सी के दशक की लगती है।" अनुवादः कुछ ज़्यादा ही टाईट है, वो चार किलो घटने के बाद भी। "तुम्हें कुछ लो वेस्ट लेनी चाहिए।"

"ऐसा है क्या?" मीशा आईने के सामने घूमी। "तुम ठीक कह रही हो। पता नहीं, ऐसे कपड़े क्यों रखते हैं ये लोग।"

"बहुत सीधी बात हैः क्योंकि बाकी दुनिया को ठीक

फ़िट आते हैं! उसने दर्ज़न भर जीन्स पहनकर देखी तब जाकर एक पसन्द आयी। और पैसे देने में जब उसके क्रेडिट कार्ड की सीमा भी पार हो गयी – हे राम! तो मैं बस इतना मना रही थी कि यह लड़का इस सब के लायक हो। अपनी शंकाओं के बावजूद फ़ोटो को मंज़ूरी देने की वजह से मुझे एक ज़िम्मेदारी का अहसास हो रहा था। लेकिन मुझ पर मज़ा किरकिरा करने का आरोप तो नहीं लग सकता था।

जब भी डी. पी. गुप्ता मुझे फ़ोन पर बात करता देखते हैं वह मान लेते हैं कि मैं 'पर्सनल' कॉल कर रही हूँ। सच कहा जाए तो *आई हैव वॅरी गुड फ़ोन ऍटीकॅट।* वो जो आवाज़ में मुस्कान वाली बात? मैं वाक़ई में ऐसा करती हूँ। लेकिन इसकी वजह से ग़लतफहमी ज़रूर हो जाती है कि कोई आम कार्य सम्बंधी बातचीत को भी किसी दोस्त का फ़ोन समझा जा सकता है। और ऊपर से, पता नहीं क्यों, जब बॉस आस पास होते हैं मेरा फ़ोन तब ज़रूर बजता है। और यदि फ़ोन काम से सम्बन्धित न भी हो, मुझे नाटक करना पड़ता है। बॉस बैठे मेरे ई-मेल चेक कर रहे थे जब मेरा फ़ोन बजा और 'मेरी शादी हो चुकी है – अतः मेरी ज़िन्दगी सफल है' – लता दीदी का फ़ोन था।

"क्या कर रही हो?," हलो से पहले सवाल-जवाब शुरू हो गए थे।

"चेक कर रही हूँ कि चीन से आये बारह लोगों को नाश्ते में मैगी न मिल जाए। और इस शानदार सुबह आपने किसके लिये नाश्ता बनाया? पतिदेव का ही बनाया होगा?"

"वेरी फनी। मैं सोच रही थी कि क्या तुम आज रात डिनर पर आना चाहोगी?"

"शुक्रिया, लेकिन मैं ख़ाली नहीं हूँ।" ऐसे तो प्यारी है लता दीदी लेकिन वो जताती रहती हैं कि उन्हें सब आता है।

"मुझे पता है पिछले हफ़्ते सचिन और मैं कुछ ज़्यादा व्यस्त थे, लेकिन कोई भी ज़रूरत हो तो कह देना। तुम्हारे लिए हम हमेशा यहीं हैं।" लता दीदी और मैं एक-दूसरे को कुछ ख़ास पसन्द नहीं करते, लेकिन जब वो दोस्ती का हाथ बढ़ाने की कोशिश करती हैं, मुझे भी चुप रहना पड़ता है।

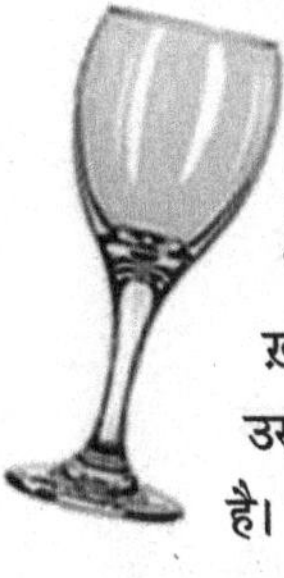

"ठीक है दीदी। वैसे भी मैं कुछ रातों से रोज़ पार्टी कर रही हूँ। दारू पी रही हूँ और अब खाने का बिलकुल भी मन नहीं है।" मुझे मालूम है 'दारू' शब्द सब सहानुभूति ख़त्म कर देगा। मेरी कज़न शराब के सख़्त खिलाफ़ है। उसका मानना है कि शराब की गुलामी कमज़ोरी की निशानी है। बड़े शहर में बिगड़ जाने का नतीजा।

"पता नहीं आईशा, मैं तुम्हारी फ़िक्र क्यों करती हूँ। बस मासी को परेशान मत करना और अब घर बसाने की सोच भी लो।"

उसकी आवाज़ में निराशा की मैंने उम्मीद नहीं की थी। मैंने तो सोचा था हमेशा कि तरह वो किसी पादरी की तरह मुझे भाषण देंगी। बात ख़त्म करने का मौका लपकते हुए मैंने तुरन्त कहा,"लता दीदी एक फ़ोन आ रहा है। मेरी एक इन्टरनेशनल कॉल आनी है। चलो फिर..."

"ठीक है आईशा।" उन्होंने गहरी सांस लेते हुए कहा।

मानती हूँ कि मुझे झूठ नहीं बोलना चाहिए, लेकिन मैं एक ही बात तरह-तरह से कहकर बातचीत जारी नहीं रख सकती। काम पर तो वही करना पड़ता है। मैंने चैन की सांस लेते हुए फ़ोन काटा और वो उसी पल दोबारा बज गया। डी.पी. ने मेरी तरफ़ ग़ुस्से की एक निगाह दागी। "अरे तुम किससे बात कर रही थीं? तुम्हें पता नहीं कि मैं एयरपोर्ट पर हूँ। क्या तुमने शास्त्री जी से बात की? यह लड़का ठीक होगा मेरे लिए?" एयरपोर्ट पर दीप का इन्तज़ार करती मीशा अब परेशान हो रही थी।

"मीशा मैं उनसे अपने दोस्तों के बारे में नहीं पूछ सकती। उन्हें तुम्हारी जन्म तिथि वग़ैरह चाहिए होंगी और फिर वो तुम्हारी पत्री देखेंगे। और वो हवा में तो नहीं बता सकते। वैसे भी तुम दो मिनट में जान जाओगी वो तुम्हारे लिए बना है या नहीं।"

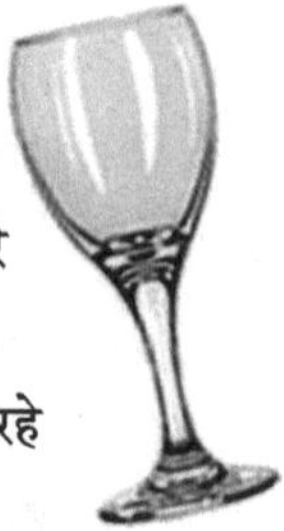

"फ़्लाइट आ गई और अब यात्री भी बाहर आ रहे हैं। ओ माई गॉड, आईशा!" मीशा ने चिल्लाकर कहा।

"क्या हुआ? किंग ख़ान है क्या?" मैंने उत्सुकता से पूछा और ध्यान से लगभग उतर ही गया कि डीपी सुन रहे थे। फ़्लाइट मुम्बई से आ रही थी। औरे वैसे भी 'ओ माई गॉड!' तो केवल किंग खान के लिए रिज़वर्ड है। किंग ख़ान और चॉकलेट मड पाई केक के लिए।

"वो लड़का, वो तो बिलकुल फ़ोटो जैसा है, शायद उससे भी बद्तर!" मीशा ने ग़ुस्से में कहा।

"ओफ़ ओ... ठीक से देखो। जल्दबाज़ी मत करो।" मैंने कहा।

"ठीक है... लेकिन वो तो बेहद भद्दा है! ओ गॉड मैं क्या करूँ? मैं यहाँ से निकल रही हूँ। उसने अभी मुझे नहीं देखा है।"

"वहीं रहो मीशा! तुम ऐसा नहीं कर सकतीं। वो यहाँ किसी और को नहीं जानता। यह सही नहीं। वो दिखने में अच्छा नहीं तो क्या, हो सकता है आदमी दिलचस्प हो। ऐसे मत भागो।" मुझे बेचारे दीप पर तरस आ रहा था।

"ओह हो! उसने मुझे देख लिया! अब तो बच नहीं सकती, अरे, वो हाथ हिला रहा है...ई ई ई... उसकी छह उंगलियाँ हैं। पंद्रह मिनट में फ़ोन करना।"

उसका तो सवाल ही नहीं उठता। डी.पी.जी. अब सिर पर नाच रहे थे और फिर अचानक उन्होंने दोस्ताना दिखाया। "तो मिस भाटिया आज मिज़ाज कैसा है?" बॉस की आवाज़ में आर्टिफिशियल स्वीटनर की मिठास घुली थी। वो जिसे खाने पर मीठे के बाद मुँह में कड़वा स्वाद रह जाता है।

"बहुत बढ़िया सर।" मैंने नाटक में कसर नहीं छोड़ी।

"सिगरेट पीना चाहेंगी आप?"

सुभान अल्लाह! यह तो गज़ब हो गया। वो मेरे साथ सिगरेट पीने तो कभी नहीं जाते। सिगरेट पीने वालों का 'सुट्टा क्लब' तो ऑफ़िस के ख़ासम-ख़ास लोगों के मिलने की जगह है। आम आदमी वहाँ नहीं जा सकता। और हालाँकि मेरे पास सिगरेट रहते हैं, मुझे पहले तो कभी न्यौता नहीं मिला। 'सुट्टा क्लब' एक समान्तर संगठन है और यहाँ का हायरआर्की भी

अलग हैं। यहाँ जान-पहचान भी होती है। साँठ-गाँठ भी। वर्ना किचन में काम करने वाला अकाउण्ट्स वाले को कैसे जानेगा, या फिर एक लाईन मैनेजर एक सीनियर मैनेजर से कैसे मिलेगा? दोस्ती के लिए एक माँगी हुई सिगरेट या दी गई माचिस की तीली ही काफ़ी है। और जब प्रमोशन की बारी आती है तो कौन सबसे आगे होता है? वही तो होगा, जो महीनों से उस सड़ियल और कंजूस डिविज़नल मैनेजर को सिगरेट देता आ रहा होगा।

जहाँ कॉरपोरॅट दुनिया सिगरेट पीने वालों को दरकिनार कर दे रही है, वहीं वो लोग यह अदृश्य नाता जोड़ कर एक नयी पूरी पार्टी बना रहे हैं। चलो माना कभी कभार धुआँ दिख जाता है। और यहाँ बॉस मुझे सिगरेट पीने के लिए बुला रहे हैं। कॉरपोरॅट दुनिया में यह तो 'अमन' का हाथ है। आमतौर पर वहाँ डेरा जमाने वाली भीड़ आज गायब है तो क्या हुआ। क्या पता, यह एक ख़ूबसुरत दोस्ती की शुरुआत हो, हमारे बिगड़े रिश्तों के सफर में एक नया मोड़।

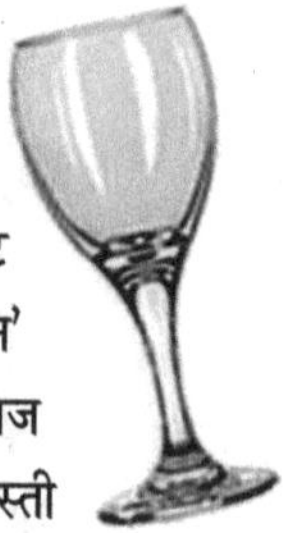

"तुम्हारे पास सिगरेट तो है न? मेरी ख़त्म हो गई है।"

ओह हो! यह बात है। उन्हें मुझसे सिगरेट चाहिए। मार्लबोरो मैन और मेरे बीच की बातचीत हमेशा की तरह लिजलिजी रही। मैं किस समय आती हूँ, कब जाती हूँ, कब ब्रेक लेती हूँ, फ़ोन पर कितनी देर बात करती हूँ, बस वही सब बकवास। वो कहते है न कि माँ हर जगह नहीं हो सकती, इसलिए भगवान ने बॉस बनाए!

"शुक्रिया आईशा," डी.पी. गुप्ता ने सिगरेट ख़त्म करते

हुए कहा। "फ़ोन से दूर रहना और काम करना। मैं घर चला।" ज़रूर। सीधे अपनी रखैल की बाहों में जा रहे हैं। ठरकी, दिलफेंक ठग कहीं का!

"गुड नाईट सर!" सिगरेट को पैर तले दबाते हुए मैंने चेहरे पर नकली मुस्कराहट लाते हुए कहा।

"अरे आईशा, ऐश ट्रे में..." चेहरे पर असहमति चिपकाए डीपी बत्तख चाल में ब्रर्खास्त हुए। जैसे ही मैं सिगरेट उठाने के झुकी, मैंने ऐश ट्रे के बाहर उनका फेंका टुकड़ा देखा। मैं

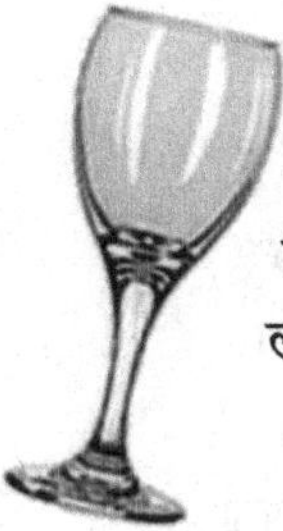

आवाज़ देने को थी लेकिन ख़ुद को समय पर रोक लिया। बदकिस्मती से उम्र के साथ कुछ समझ भी आ जाती है। जब तक डोरमैन ने मुझे निशचित तौर पर नहीं बताया कि बॉस का रथ निकल चुका है, मैंने फ़ोन को हाथ नहीं लगाया। और फिर मैं उसकी तरफ़ लपकी। "कहाँ हो मिश?"

"बिग चिल में। मुझे याद फ़रमाने के लिए शुक्रिया।"

"सॉरी बॉस चिपके हुए थे। "मेरे साथ 'क्वालिटी टाईम' गुज़ार रहे थे। कहाँ है तुम्हारा दोस्त?"

"टॉयलेट गया है। मैंने अमन – मेरा कज़न याद है न तुम्हें – मैंने उसे बुला लिया था। इस आदमी के साथ मैं अकेले नहीं रह सकती... बहुत अजीब है... लगातार आँख मारता रहता है।"

"आँख मारता रहता है?"

"पलक झपकाता रहता है, मानो आँख में कुछ घुस गया हो।"

"ओ, वैसे आँख मारता है।" आम हालात में तो 'मैंने

कहा था' बोलने से बाज़ नहीं आती, लेकिन चूँकि मैंने ही इस मुलाकात को हामी भरी थी, मैं वो हक़ खो चुकी थी। "ठीक है वो किंग खान नहीं, लेकिन तुम्हें उसकी आवाज़ पसन्द आयी थी न? वो अमेरिकी ऐक्सेंट?" उम्मीद बँधाने की कोशिश करते हुए मैंने कहा।

"वो ऐक्सेन्ट – वो तो उसने लुधियाना के किसी स्कूल में पिक किया होगा, जहाँ वो इमीग्रेशन इन्टरव्यू की तैयारी करवाते हैं," उसने पूरे विश्वास के साथ कहा। एक बात तो माननी पड़ेगी – चरित्र-चित्रण करने में मीशा बहुत तेज़ है। "फ़ोटो देखते ही मुझे इसके बारे में भूल जाना चाहिए था। मैंने तुम्हारी बात क्यों सुनी?"

"मीशा केवल शक्ल, सूरत या ऐक्सेंट ही सबकुछ नहीं होते," मुझे ख़ुद अपनी बात पर यक़ीन नहीं हो रहा था।

"ठीक है तो आगे सुना। मैंने बिल मँगवाया और पता है उसने एक पैसा नहीं निकाला, आधा बिल तक नहीं भरा। सोचो! एक उँगली तक नहीं उठाई।"

"छठी भी नहीं?" मैंने मज़ाक करने की नाकाम कोशिश की।

मीशा को हँसी आयी। "मेरे पास तो पैसे काफ़ी नहीं थे और क्रेडिट कार्ड में भी बैलेंस नहीं। भगवान का शुक्र है अमन था।" डेटिंग की दुनिया में बहुत चीज़ें माफ़ हो सकती हैं मगर कंजूसी आपका वजूद तहस-नहस कर देती है, इन्सान का वजूद मिटा दिया जाता है।

अनुष्का का 'ताओ'

शनिवार का दिन और अनुष्का का अब तक पाँच बार फ़ोन आ चुका था। वो चाहती है कि हम उनके साथ 'ताओ' नामक एक नए लाउंज बार के उद्घाटन के लिए जाएं। उसे ऐसी मस्त जगहों से निमंत्रण अक्सर मिलते हैं और हम उसके साथ टंग लेते हैं। लेकिन इस बार वो कुछ दुविधा में थी, जब से उसे पता चला था कि उसका एक्स हज़बैंड अनुज भी वहाँ तशरीफ़ लाने वाला है।

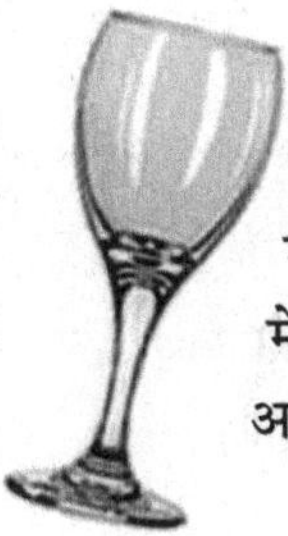

"तुम तो ठीक थीं, अब क्या हुआ?" मैंने फ़िक्रमंद हो पूछा।

"पता नहीं ऐसे फ़ंक्शन में वहाँ हम दोनों... इतने सारे जानने वाले होंगे और वो ज़रूर किसी छमकछल्लो के साथ होगा!"

"तो क्या हुआ? तुम्हें इसकी आदत डालनी पड़ेगी अगर तुम इसी शहर में रहने वाली हो तो। चलो ना, मज़ा आएगा। चलते हैं न।"

मुझे पता है कि बेचारी के लिए यह बहुत मुश्किल था। काश मैं उसके लिए कुछ कर पाती, लेकिन यह तो उसे ख़ुद

ही झेलना होगा। हमने साढ़े आठ बजे मिलना तय किया। बहुत उधेड़बुन के बाद मैंने घुटने तक की चाइनीज़ कॉलर वाली एक सूर्ख लाल ड्रेस चुनी। कपड़े पर लाल रंग की कैरियों का डिज़ाईन था और साथ में मैंने लाल सेटिन की ऊँची एड़ी के सेंडिल पहने, बालों का शीन्यॉन जूड़ा बनाया और उन्हें टिकाने के लिए दो चॉपस्टिक लगाये। वैसे ख़ुद तो कहना नहीं चाहिए, लेकिन मैं काफ़ी अच्छी लग रही थी।

बड़े गले के सुनहरे टॉप और फ़िटिंग वाली काली पैंट में अनुष्का लाजवाब लग रही थी। मीशा अपनी दूसरी जींस में थी, ऐसा लगता था जैसे वो उस पर चिपका दी गई हों। जल्द ही यह जींस मीशा की भरी हुई आलमारी के सबसे ओझल कोने में घुसने वाली थीं।

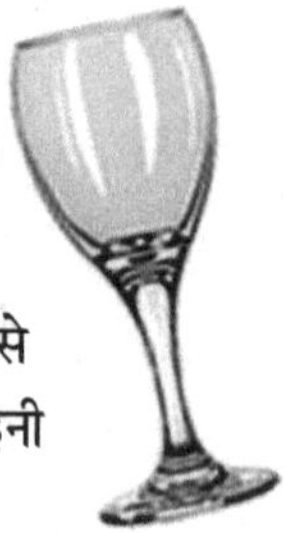

"हम 'चार्लीस एंजल्स' नहीं लग रहीं? ख़ासतौर से तुम आईशा, लूसी लियो बनी हुई हो," मीशा ने मुझे कोहनी मारते हुए कहा।

"मैंने सोचा आज की शाम के लिए ये उपयुक्त रहेगा। क्लब का नाम ताओ है न?" मैंने कुछ घबराकर पूछा।

"मैं तो तुम्हें छेड़ रही थी आईशा। तुम अच्छी लग रही हो। वैसे भी चाइनीज़ कॉलर पहनकर तुम और कहाँ जा सकती हो आजकल?"

"म्याऊँ, लेडीज़, कैन वी सेव द कैट फ़ाइट टिल आफ़्टर द पार्टी? थोड़ी पीने के बाद लड़ाई में ज़्यादा मज़ा आता है।" अनुष्का ने बीच में कहा। मैं वाक़ई में अच्छी लग रही होंगी वर्ना मीशा ऐसा ताना नहीं कसती। ठीक है थोड़े हट के हैं मेरे

कपड़े, पर मैं भी तो कुछ हट के हूँ।

तीन लड़कियों के एक साथ एक पार्टी में आदमियों के बग़ैर दाख़िल होने में एक ही दिक़्क़त है कि सबलोग, आदमी औरतें, दोंनों उन्हें ऊपर से नीचे तक देखकर ताड़ने लगते हैं। मानो सब जोड़-घटाव कर रहे हों। 'चेहरे को आठ नंबर', 'पिछवाड़े को सात' और 'जोड़कर सबकुछ हुआ...' शुरू-शुरू में काफ़ी घबराहट होती है, लेकिन यदि आप उतने सालों से अकेले हों, जितने हम, तो आदत सी पड़ जाती है। और फिर अन्दर जाकर जब अपने लिए एक कोना मिल जाता है तब दूसरों के साथ ठीक वैसा ही करने में मज़ा आता है।

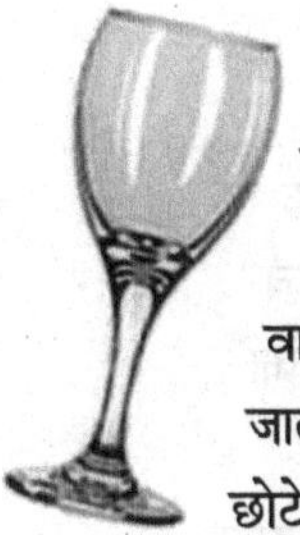

आसान शिकार तो इस जंगल में पहला कदम रखने वाले होते हैं। वह कमरे में दाख़िल होते ही पहचान में आ जाती हैं। और इतनी नज़रों के आगे अपनी छोटी स्कर्ट और छोटे कपड़ों को लेकर कॉन्शयस हो जाती हैं। घुलने-मिलने की कोशिश में बालों की काल्पनिक लट पीछे करने लगती हैं, ठीक वैसे ही जैसे नर्वस आदमी की आँख फड़फड़ाने लगती है।

जब कि हमलोग तो स्टाईल में अन्दर गए और मैंने चारों तरफ़ नज़र घुमाकर अपने जानने पहचानने वालों को ढूँढना शुरू किया, लेकिन अपनी तरफ़ आते निक और रिक को देखकर मैं तुरन्त मुड़ गई। मुझे ग़लत मत समझना, मैं इन दोनों को पसन्द करती हूँ, लेकिन दिक़्क़त यह है कि ऐसे मौकों पर हम लोग एक-दूसरे से चिपके रह जाते हैं और इनकी एक-दूसरे को

छूने की आदत की वजह से कोई नार्मल आदमी आस-पास फटकता ही नहीं है।

"तो अनुज आया है क्या?" अनुष्का ने पूछा। पूरा दिन यह सवाल उसके दिमाग़ में घूम रहा था।

"हाँ उस तरफ़ बार के पास है। शायद उसने अभी तुम्हें देखा नहीं है। तुम लाजवाब लग रही हो," उसके दोनों हाथ पकड़ते हुए निक ने कहा।

"शुक्रिया निक! अब तो कोई दिक़्क़त नहीं। मैं आज की पार्टी में यहीं, इसी तरफ़ रहूँगी, एक बीन बैग पर बैठते हुए अनुष्का ने कहा।

उसको निक के हवाले करके हम लोग बार की तरफ़ बढ़े। मेरा मन कुछ फल चखने सा हुआ और मैंने पीच दामकिरी माँगी। क्यूबा की एक छोटी सी नदी के नाम का यह कॉकटेल इसी फ़्लेवर में सबसे यम्मी लगता है।

"मुझे केले वाला स्वाद ज़्यादा पसन्द है," रिक ने क्यूट से बारटेन्डर से कहा।

और तभी पीछे से एक जानी पहचानी आवाज़ सुनाई पड़ी, "आईशा?" आवाज़ तो मैंने ख़ूब पहचानी लेकिन रोशनी कम होने की वजह से आँखें चुँधिया कर चेहरा देखना पड़ा। अनुज ही था और जैसे ही मैंने पकौड़ी नाक और मोटी भवों को पहचाना, मेरी नज़र उसके पीछे खड़ी एक और पहचानी-सी काया पर पड़ी। शूट! मुझे उसके बारे में बिना कपड़ों के सोचना बन्द करना होगा। उसका चेहरा भी है, केवल शरीर ही नहीं।

"हाय," मैंने अनुज को जवाब दिया। मुझे अपने ख़यालों

शर्म आ रही थी और मैं उस आदमी के जूतों को घूरती रही।

"यह मेरा दोस्त करण वर्मा है। अभी-अभी न्यूयॉर्क से आया है।"

"हैलो..." मेरी नज़र पैन्ट की क्रीज़ से चढ़ती हुई ऊपर उठी... और ग़लत जगह पर रुक गयी। मैं कुछ सही कहने को ढूँढती रह गयी।

"हम पहले मिल चुके हैं..." करण वर्मा ने कहा।

मैंने सिर हिलाकर हामी भरी। "यह ऑर्किड में रुके हैं।"

"और मैं इनकी कला की काबलियत से परिचित हूँ।" उसने मेरी आँखों में देखते हुए पूछा, "तो आप दो प्लाय में काम करती हैं या तीन?"

"तो तुम आजकल कलाकारी कर रही हो आईशा?" अनुज उत्सुक था।

"केवल तब जब कोई अच्छी प्रेरणा मिले," मैंने साधकर जवाब दिया। करण वर्मा ने मुझे ऊपर से नीचे तक देखा और मैं भी पलट वार करने को थी कि पीठ में कुछ चुभा। रिक और मीशा। कुँवारों में दोस्ती का पहला दस्तूर : किसी ख़ूबसूरत लड़के को अकेले मत हड़पो। क्या पता किसकी नज़र उस पर टिकी हो। यह एक तरह से सामान्तर अवसर नियम है -ईक्वल ऑपरच्यूनिटी डेटिंग। हर हाल में मर्दों से ज़्यादा महत्वपूर्ण दोस्त हैं; इस सड़ियल सारकॉस्टिक मर्द से तो कहीं ज़्यादा।

परिचय कराने को थी कि अनुज ने मीशा को पकड़ लिया और इतने - दिन तुम-कहाँ-थीं- लांग टाइम नो सी - वाला पुराण शुरू कर दिया। दिक़्क़त बस इतनी थी कि अब मैं करण

वर्मा के आमने सामने खड़ी थी।

"ज़रूरी है नज़रों से मेरे कपड़े उतारना?" उसने सीधे कहा।"

"माफ़ करना?"

"मुझे किसी ने इतना नहीं घूरा है।" वह मुझ से काफ़ी लम्बा था और होंठ तने हुए थे। मुझे वाक़ई समझ नहीं आ रहा था कि क्या कहूँ और उसकी तरफ़ उठी नज़रों में पछतावा था। शायद मुझे हर चीज़ के लिए माफ़ी माँग लेनी चाहिए – उसे नंगा देखने के लिए, उसे घूरने के लिए, मन ही मन गाली देने के लिए, ग्लोबल वार्मिंग के लिए, ओसामा के अभी तक न पकड़े जाने के लिए। हर चीज़ के लिए माफ़ी माँग लो आईशा और क़िस्सा ख़त्म करो!

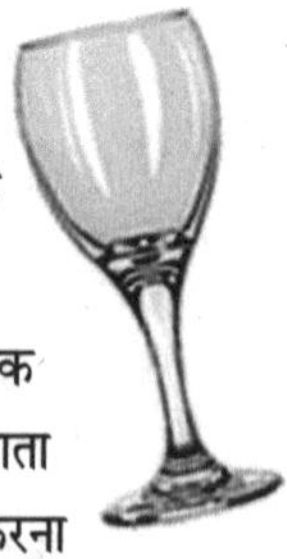

उसकी हँसी ने मेरे ख़यालों की उड़ान को वहीं रोक दिया। "वैसे आई लव बीइंग ऑबजेक्टिफाईड। मज़ा आता है सोच कर कि तुम मेरा किस किस तरह से इस्तेमाल करना चाहती हो..."

"मैं ऐसा कुछ नहीं चाहती!"

"बिलकुल चाहती हो!"

"जी नहीं।"

"मेरे ख़याल से तो चाहती हो।"

"वो इसलिए कि तुम्हें लगता है कि तुम कोई सेक्स-गॉड हो!"

"मैं तो ऐसा नहीं सोचता, लेकिन शायद तुम सोचती

हो।"

"उफ़ ये क्या बकवास है।"

"मैं तुमसे सहमत हूँ।"

"अच्छा?"

"बिलकुल। और किसी भी समय यदि तुम परख़ना चाहो, बस कह देना। मतलब अगर तुमने जो देखा वो खरा उतरे तो...

"तुम्हारा दिमाग़ ख़राब..." मैं ग़ुस्से में मुड़ी।

जाते हुए मुझे अहसास हुआ था कि उसकी आँखें मुझ पर गड़ी थी और वो अपनी हँसी रोकने की कोशिश कर रहा था।

वहाँ से भागने का मन कर रहा था लेकिन यह कोई फ़िल्मी सीन तो था नहीं और न ही मैं कोई बॉलीवुड हिरोइन। तो मैं मुड़ी और उसकी तरफ़ बढ़ी। उसकी आँखों में देखते हुए मैंने अपना हाथ उसके पीछे को बढ़ाया और फिर अपना ग्लास उठाया।

"...और तुमने सोचा मैं तुम्हारे लिए लौटी थी," मैंने मुस्कुराते हुए कहा।

"या फिर मेरी पीठ सहलाने," उसने पट से जवाब दिया।

"शब्दों में भिड़ने का यही खुला निमन्त्रण था लेकिन मैं फंसने वाली नहीं थी। सच कहूँ तो, मुझे भी हैरत है कि मैंने इतना कुछ कह दिया। लेकिन अभी मैं काम पर तो नहीं थी इसलिए अतिशि के साथ मिलने जुलने का आरोप तो नहीं लग सकता। बाल झटकते हुए, अपनी चाल में एकस्ट्रा लचक लिए

मैं वहाँ से चल दी। अपने औरत होने के इस दिखावे पर मुझे काफ़ी खुशी थी। आज सीधी सादी सती सावित्री की कोई जगह नहीं थी।

मैं अपनी पाँचवी दायकिरी पी रही थी। वो फिर सामने आ गया। मुझे उससे इतनी चिढ़ क्यों हो रही थी? पता नहीं, शायद शराब का असर था।

"हैलो, अब आपके मिज़ाज कैसे हैं?'

"बहुत अच्छे, मिस्टर वर्मा, बहुत अच्छे," मैंने हँसते हुए कहा। उसने भौंए सिकोड़ीं तो मुझे खुशी हुई लेकिन वह बोला कुछ नहीं। "मेरा नाम करण है। वुड यू केयर टू डान्स?"

"डान्स? हम किसी शादी वादी में आये हैं क्या? बार में डान्स म्यूज़िक चल रहा था। आँखें बन्द करो और धीमे-धीमे हिलते रहो," मैं शायद पंगे ले रही थी।

"ठीक है बाबा, क्या तुम आँखें बन्द करके मेरे साथ हिलना चाहोगी? जवाब का इन्तज़ार किये बिना ही करण ने मुझे अपनी बाहों में लिया और डान्स फ़्लोर पर खींच ले गया।

काफ़ी नाटकीय लेकिन कसम से ऐसा ही हुआ था... या फिर नशा था? जो भी हो मुझे ख़ुद से वहाँ जाना तो याद नहीं पड़ता। हम दोनों समय की सुध खोकर नाचते रहे।

"तुम कहीं जाकर बैठना चाहोगी?" आख़िरकार उसने पूछा। मैंने सिर हिलाया, थोड़ी चढ़ गयी थी, और वो मुझे एक कोने में ले गया जहाँ बड़े बड़े कुशन पड़े थे। ऐसा लग रहा था मानो इस दुनिया में सिर्फ़ हम दो हों बस। और फिर मुझे

अनुष्का दिख गयी। वो डान्स फ़्लोर पर थी, पूरी तरह से टुन्न, सैन्डविच डान्स करती हुई। अपना तमाशा बनाती हुई। वही डान्स जिसे डान्स फ़्लोर पर 'थ्रीसम' कहते हैं। ज़ाहिर है दोनों लड़कों को बेहद मज़ा आ रहा था। किसी तरह मैंने हाथ पैर के बल झुकी, रेंगते हुए अनुष्का के पास पहुँचने की कोशिश में। "मैं जानती हूँ, मैं एक तरह भाग रही हूँ, लेकिन अभी मेरा जाना ज़रूरी है। इट वॉज़ नाइस, थैंक्स।" करण ने मुझे अटपटे ढंग से देखा, मानो मुझे कुत्ते की तरह सहलाने वाला हो और फिर अचानक खड़े होकर जैसे उठ खड़े करने के लिए हाथ बढ़ाया। "तो मुझे तुम्हारा नम्बर मिल सकता है क्या?"

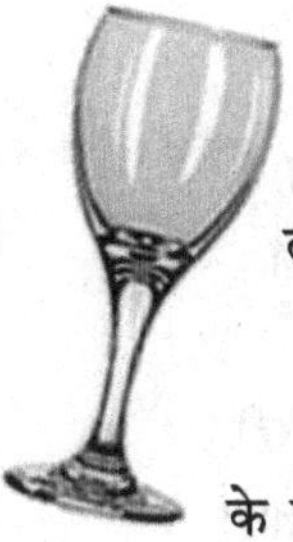

"मेरा एक्सटेंशन? ज़ीरो डायल करके मेरे लिए पूछ लेना।"

"नहीं, तुम्हारा अपना नम्बर।"

"अनुज के पास है। उससे ले लेना। बाई।" मैं अनुष्का के पास पहुँच रही थी कि अनुज मुझसे पहले पहुँच गया। दोनो में कुछ बहस हुई और फिर साथ-साथ वहाँ से चल दिये।

"ओह, ओह!" मीशा मेरे बगल में खड़ी थी।

"अब यह कहाँ जा रहे हैं? आज के लिए काफ़ी ड्रामा हो चुका है, हम दोनों उनके पीछे भागे लेकिन वो जा चुके थे।

"उसे फ़ोन करो मिश। यह ठीक नहीं है।" मीशा ने अनुष्का का नम्बर मिलाया और आधे मिनट से भी कम बात की। "वो ठीक है और नशे में भी नहीं लग रही। वो सिर्फ़ बात चीत कर रहे हैं। कह रही है हम उसका इन्तज़ार न करें। तुम वापस अन्दर

जाना चाहती हो या फिर घर चलें?"

'मेरे ख़याल से घर चलते हैं। बस इतना मनाओ कि अनुज उसे सही सलामत घर पहुँचा दे," मैंने फ़िक्रमंद होकर कहा।

मुझे अच्छे से याद है जब अनुष्का अपनी शादी की छठी सालगिरह पर मुँबई से लौटी थी, जहाँ उसने अपने पति को रंगे हाथों दूसरी औरत के साथ पकड़ा था। उसने बस इतना कहा था कि सब ख़त्म हो गया है और आईन्दा इस विषय में बात नहीं होगी। फिर ज़िन्दगी वापस नार्मल हो गयी – देखा जाये तो कुछ जल्द ही। मैंने उसके संयम को अच्छा माना था और मुझे गर्व था कि वो इतनी बहादुर है। लेकिन शायद उसे भड़ास निकालने की ज़रूरत है। अलग होने के बाद आज पहली बार अनुज से आमने सामने मिल रही थी। क्या यह तूफ़ान के आने का संकेत था?

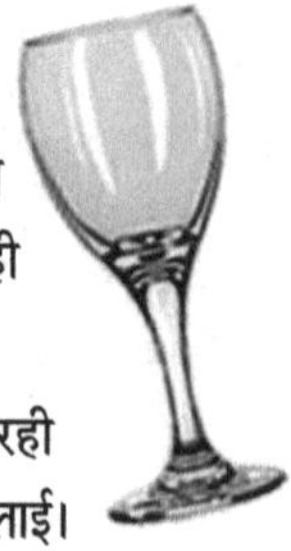

"भगवान का शुक्र है! मैं कब से तुम्हें फ़ोन कर रही हूँ," अगले दिन जब अनुष्का ने फ़ोन उठाया तो मैं चिल्लाई।

"अरे यार, मैं सो रही थी।" अनुष्का ने कहा।

"तो क्या हुआ?"

"वो ... कुछ ख़ास नहीं। अच्छा सुनो, मैं ऑफ़िस के लिए लेट हो रही हूँ। शाम को मिलें?"

"ठीक है। शाम को मिलते हैं।"

अनुष्का वाक़ई में बात टाल रही थी या फिर यह मेरी कल्पना थी?

जल्दी पहुँचकर मैंने खिड़की के पास का एक बूथ हड़प लिया। TGIF में जवान लोग काम के बाद मिलकर दो चार बियर गटक लेते हैं। यहाँ अकेली लड़कियों के लिए माहौल ठीक होता है। न कोई घूरता है, न टटोलता है। और न ही कोई मुफ़्त के ड्रिंक्स पेश करता है। ठीक है, यह कोई ख़ास अच्छी बात नहीं, लेकिन कभी कभार हर लड़की अपना ड्रिंक ख़ुद खरीदना पसन्द करती है। आज की रात कुछ वैसी ही रात थी।

मैंने चारों तरफ़ नज़र दौड़ाई और लोगों को देखा : ढीली टाई, बिखरे बाल, आपस का मज़ाक। एक बड़ी टेबल पर अपने अमरीकी मेज़बान के साथ बीपीओ वाले बैठे थे। वो टेक्सास से आया होगा, इन्हें बताने के वो इन–डी–याह में कितना बहतरीन काम कर रहे हैं। ज़ाहिर है वो बोले जा रहा था और बाकी लोग उसका अमेरिकन एक्ससेन्ट टीपने की ताक में कान लगाये सुन रहे थे। एक तरफ़ अपनी ड्रिंक्स पर झुके कुछ संजीदा लोग बातचीत में डूबे थे। यह नस्ल तीन या चार के गुट में पाई जाती है। उन्हें किसी और की या माहौल की कोई परवाह नहीं। वो बिल पर कभी नहीं टूटते। पहले से तय आदमी बिल चुकता करता है। उनको देखकर अनुमान लगाया जा सकता है कि यहाँ से वो सीधे घर जायेंगे, अपने कलफ़ लगे पजामें पहनेंगे और कांफ्रेंस कॉल पर लग जायेंगे और टी. वी पर एनडीटीवी प्रोफिट चल रहा होगा बिना आवाज़ के। और फिर हैं डिन्करस। (अंग्रेज़ी में डबल इनकम

नो किड्स मतलब दोहरी कमाई और बेऔलाद) वो सब जगह पाये जाते हैं। मॉल में, टेनिस क्लब और हर पार्टी में। हमेशा टीसते हुए कि उनके पास सब कुछ हैं – कैरियर और पति। यदि आप सिंगल हैं और ग़लती से किसी डिन्क से भिड़ जायें तो बार-बार उठने वाले विषयों से बचना। ज़्यादातर वह बात करेंगी पति के साथ विदेश में बिताई छुट्टियों की, या फिर आदमी से ब्रेक लेने के लिए सहेलियों के साथ बिताई छुट्टियों की। अरे भाई, कोई आदमी हो जिससे हम ब्रेक चाहें तब ही तो इसका महत्व समझ पायेंगे। या फिर काम के साथ घर का तालमेल बैठाने की कोशिश की बातें, जो वे बहुत अच्छे से कर लेती हैं। अरे, तभी तो उसके बारे में बात कर रही है बुद्धू!

जैसे ही मेरी सबसे प्रिय पूर्व डिन्क अन्दर आयी, मैंने देखा कैसे सारे मर्दों ने उसे निहारा। मुझे तो थकी हुई लगी। तो आज कौन सा ज़हर पियेगी?"

"अच्छी चिल्ड बियर।"

"बोतल या पिचर?"

"पिचर।"

आर्डर देने के बाद मैं अनुष्का की तरफ़ मुड़ी। "तो बताओ कल क्या हुआ?"

"कौन सा हिस्सा जानना चाहती हो? उसके साथ सोने से पहले या बाद का?" उसने सीधे पॉइन्ट पर आते हुए कहा।

मैंने सिर हिलाया। "इसका मतलब क्या है?"

"कुछ नहीं। सिर्फ़ ब्रेक-अप सेक्स था।"

'ब्रेक-अप सेक्स'। आज कल हर चीज़ के लिए शब्द होते हैं। लड़ाई के बाद मनाने के लिए 'मेक-अप' सेक्स और फिर अलविदा करने के लिए 'ब्रेक-अप' सेक्स। मेरी मानो तो बात सिर्फ़ इतनी है कि आजकल लोग सेक्स के लिए बहाने खोजते हैं।

"अगर किसी के साथ सोना ही था तो अनुज क्यों?"

"तुम नहीं समझोगी आईशा। सब कुछ सिर्फ ब्लेक सा वाईट नहीं होता। तुम्हारी शादी नहीं हुई है।" चिढ़ते हुए अनुष्का ने कहा।

"ना ही मैंने तलाक का सुख भोगा है। लेकिन चाहे तुम जो भी कहो, कॉमन सेंस तो यही कहता है कि यह ग़लत है।" मुझे ग़ुस्सा आ रहा था। वो मुड़कर पीछे कैसे जा सकती थी! और मुझे क्या हो गया था? अगर मैं करण के साथ गुलच्छर्रे नहीं उड़ा रही होती तो यह सब नहीं हुआ होता।

"प्लीज़ ग़ुस्सा मत हो," वो रुँआसी हो गई। "मेरे लिए यह सब बहुत मुश्किल था और मुझे एक समापन की ज़रूरत थी। वो नहीं मिला था मुझे।"

"तुम्हें लगता है उसके साथ सोने से तुम्हें समापन मिलेगा? तुम ओशो भक्त हो गयी हो क्या?"

"बात तो सुनो आईशा। केवल सेक्स था यह। अगर मर्द कर सकते हैं तो औरतें क्यों नहीं। अब सब कुछ वाक़ई ख़त्म हो गया है।"

उसको देखा तो मेरी समझ में आने लगा। उसका हर

शब्द सच्चा था। अब वो एक बहादुर लड़की होने का कोई दिखावा नहीं कर रही थी। ज़िन्दगी कभी–कभार किताब जैसी होती है। आप अन्त पढ़ने के लिए इतने उतावले हो जाते हैं कि बीच के कुछ हिस्से छोड़ देते हैं, लेकिन अन्त पढ़ने के बाद भी एक अधूरापन रह जाता है और किताब बन्द करने से पहले आपको वो बचे हुए हिस्से पढ़ने होते हैं। अनुष्का ने अपनी किताब बन्द कर दी थी। और तब ही वेटर हमारी बियर ले आया। 'हम लोगों के नाम!' जाम उठाते हुए मैं मुस्कराई।

लव डोंट कॉस्ट ए थिंग

उस शाम जब अनुष्का और मैं प्यार की सनक पर विचार-विमर्श कर रहे थे, मीशा अपनी धुन में लगी थी। वह समीर के साथ पहली डेट पर जा रही थी। समीर रिक का पुराना दोस्त है और उस दिन ताओ में उसकी मुलाकात हुई थी। उस दिन तार जुड़ गए थे, नंबरों की अदला-बदली हुई थी। शुरुआती रिपोर्ट अच्छी थी और हालाँकि वो मनचाहा एन.आर.आई. नहीं था, लेकिन काम के सिलसिले में विदेश अक्सर जाता था। जहाँ तक डेट पर जाने से पहले की रस्मों का सवाल था, सब कुछ बढ़िया था। समीर ने दो बार फ़ोन किया था। एक बार पूछने के लिए कि वो कहाँ जाना चाहेगी फिर रास्ता पूछने के लिए। मीशा का घर एक बन्द गली में है, जहाँ सब घर एक जैसे हैं। उसका घर ढूँढने में अच्छे-अच्छों के छक्के छूट जाते हैं। लेकिन जब मीशा ने कहीं आसपास मिलने का प्रस्ताव रखा तब समीर ने साफ़ इनकार कर दिया और घर तक आने पर अड़ा रहा। तो काफ़ी नंबर मिल गए उसे।

समीर कॉलोनी के गेट के अन्दर ठीक साढ़े आठ बजे

दाख़िल हुआ और फिर गोल-गोल घूमता रहा। जैसा हम सब जानते हैं, मर्द ज़ात रास्ता नहीं पूछा करती। बीस मिनट बाद – अपना मेकअप पिघलता देख – बिजली ने भी धोखा दे दिया था – मीशा ने बागडोर ख़ुद थामी और समीर को फ़ोन किया। तय हुआ कि वो घर के बाहर खड़ी होकर इन्तज़ार करेगी। गुलाबी रंग की तंग ड्रेस में मीशा साफ़ नज़र आ सकती थी। उसने कुछ ज़्यादा ही उँची हील पहन ली थीं – पाँच इंच। तो मीशा वहाँ खड़ी थी मिठाई पिंक ड्रेस में, कमर पर हाथ रखे, और उस गुलाबी हंसों की तरह दिखती हुई जिन्हें लोग गार्डन डेकोर की तरह घर के बाहर छोड़ देते हैं।

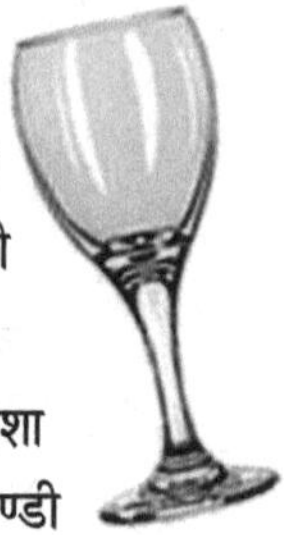

ज़ाहिर है मीशा थोड़ी नाराज़ थी, लेकिन उसका ग़ुस्सा धुआँ हो गया जब उसने समीर को ड्राइवर के साथ काली मरसेडीज़ में आते देखा।

मरसेडीज़ की आरामदायक सीट में धँसते ही मीशा को लगा कि वो रातभर इसमें घूम सकती थी। ए.सी. की ठण्डी हवा ने उसका मेकअप भी बचा लिया और चेहरा खिल उठा। अपने को रियर-व्यू शीशे में देखकर वह खुश थी। मौका मिलने पर वह ड्राइवर के पीछे बैठना पसन्द करती थी ताकि अपने मेकअप का ध्यान रख सके। और चेहरे के भाव भी संभाले जा सकते थे जो डेट के लिए ज़रूरी भी था।

"तुम बहुत ख़ूबसूरत लग रही हो। लेकिन हमारे प्लान में थोड़ा बदलाव है। हमलोग मिन्ट नहीं जा पाएंगे क्योंकि वहाँ कोई प्राइवेट पार्टी चल रही है। तो मैं सोच रहा था कि पोलो क्लब चलें," समीर ने सुझाव दिया।

यह तो गड़बड़ था। मीशा डिस्को लाईट में नाचने के हिसाब से तैयार हुई थी और यह उसे जेंटलमेन्स क्लब ले जा रहा था।

"देखो, मेरे हिसाब से मेरे कपड़े वहाँ के लिए सही नहीं हैं। हम कहीं और नहीं जा सकते?" मीशा ने उसे समझाने की कोशिश की।

"तुम अच्छी लग रही हो," उसका हाथ दबाकर समीर ने आश्वस्त किया। "वहाँ कोई दिक़्क़त नहीं होगी।"

जी जनाब, बिलकुल, मीशा ने सोचा।

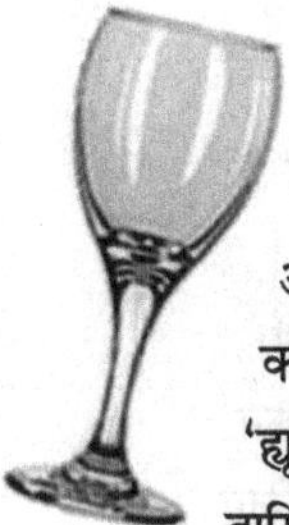

पोलो क्लब वरिष्ठ सज्जन पुरुषों का अड्डा है। अत्यन्त क्लासी, लकड़ी ,चमड़ा और क्रिस्टल। वहाँ उनका अपना वाइन सेलर भी है और उन्होंने सिगार स्टोर करने का ख़ास इंतज़ाम भी किया है – बड़ी होशियारी से वहाँ 'ह्यूमिडोर' रखे गए हैं। गुलाबी फ़्लेमिंगो–सी मीशा अन्दर दाख़िल हुई तो उसे देखने के लिए कई सिर मुड़ गये। जहाँ घूरने के लिए भी माहौल ज़रा ज़्यादा ही चौकस हो, ऐसे में गर्दनें मुड़ना तो साफ़ जताता था कि उनके बीच कोई बाहरी आ गया था। क़िस्मत से समीर को वहाँ लोग जानते थे और उसे जल्द ही कोने की एक टेबल मिल गयी। लेकिन ज़िन्दगी में पहली बार संकोंच कर रही मीशा को यह कुछ अपमान सा लगा। वह वेटर की तरफ़ मुड़ी और कहा,"नहीं, यह ठीक नहीं है। हमें फ़ायर प्लेस के पास टेबल चाहिए।"

मीशा कुछ भी है लेकिन दब्बू नहीं। चाहे उसे कितना भी अटपटा क्यों न लग रहा हो, वो कोने में तो नहीं घुसने

वाली थी। वो वहाँ की सबसे अच्छी जगह पर बैठने वाली थी।

कुछ परेशान सा मैनेजर उन्हें दूसरी टेबल तक ले गया। "उम्मीद है यह आपके लिए ठीक है मैडम।"

मीशा ने 'मालकिन' की तरह सिर हिलाया और आरामदायक सोफ़े में बैठ गई। फिर उसने अपना ध्यान अपने मेज़बान कि तरफ़ किया और दिमाग़ी आकलन शुरू कर दिया। उम्र के लिहाज़ से एकदम ठीक। कपड़ों के मामले में थोड़ा यप्पी – नीली कमीज़ और ख़ाकी पैंट, लेकिन सुधार की संभावना थी। वह पक्का थोड़ा परंपरावादी था, लेकिन दिखावा नहीं करता था। कोई अँगूठी नहीं या फिर वो हज़ार पत्थर जो लोग पहनते हैं और न ही कलाई पर वो धागे। सो ही वॉज़ ए मॉडरेट ट्रडिश्नलिस्ट। कई संभावनाएँ थीं। मीशा को काफ़ी अच्छा लगा। उसके दाँत थोड़े ऊँचे थे, लेकिन आज के युग में यह कोई समस्या नहीं थी। मीशा के लिए हर आदमी एक प्रोजेक्ट है। वो खरा हीरा, जिसे वो तराशेगी।

मीशा अपना हीरा तराशने के ख़यालों में खोई हुई थी कि समीर ने कहा, "तुम क्या पीना चाहोगी?" इससे पहले कि वह जवाब दे पाती, "एक बोतल व्हाईट वाइन," उसने सीधे मैनेजर से कहा।

उसने मीशा को फीकी मुस्कान दी और उसकी चुप्पी को उसकी रज़ामन्दी समझ लिया। असल में मीशा तो सदमें में थीं। अभी उसको पूरी तरह से नज़रअन्दाज़ किया गया था और जो मुस्कान उसने डेट के लिए चेहरे पर पहना था, वो वहीं

जम गया। समीर मैनेजर की तरफ़ मुड़ा,"असल में मेरे पास वो कूपन है जो मेरे पिता को यहाँ की मेम्बरशिप के साथ मिला था। उसमें दो बोतल वाइन फ़्री हैं।" *एक मिनट, क्या उसने फ़्री ज़ोर से बोला था? कोई इसे शब्दकोश लाकर दो! क्या इसने काम्पलीमेंट्री शब्द नहीं सुना है?*

मैनेजर ने मूँछों में मुस्कुराते हुए सिर हिलाया। मीशा तो उसके ख़याल भी पढ़ सकती थी। अब से वहाँ काम करने वाले सभी उनके 'फ़्रीबी टेबल' कहेंगे और उनकी तरफ़ ध्यान न भी देंगे। हम *मरसेडीज़* में आए थे...मीशा कहना चाहती थी। लेकिन समीर मीशा को आँख मारकर बोला "...देखते हैं शाम कैसी गुज़रती है, शायद हम दूसरी बोतल भी मँगवा लें।"

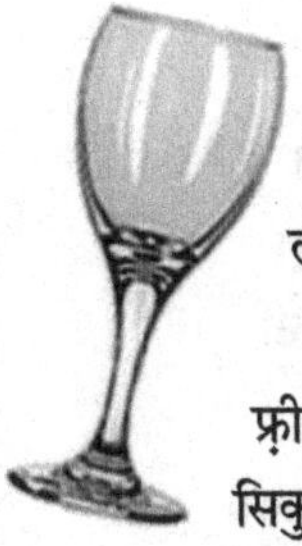

उसकी चौड़ी हँसी और खुला मुँह देख जिसमें वो फ़्री में मिली मूँगफली ठूँस रहा था, मीशा अन्दर ही अन्दर सिकुड़ गयी। अगर वो पाँच साल छोटी होती तो यहाँ से उठकर चली जाती। लेकिन बढ़ती उम्र के साथ इन्सान समझौता करना सीख लेता है। और कहाँ तो लोग कहते हैं कि उम्र के साथ हमारी उम्मीदें बढ़ जाती हैं! ठीक है वो 'चीप' था लेकिन मर्सेडीज़ खरीदने के लिए पैसा तो संभाल कर जोड़ना पड़ता है। *वह कंजूस नहीं है, बस ध्यान से ख़र्च करता है।* मीशा ने ख़ुद से कहा।

शाम ठीक-ठाक गुज़री, कम-से-कम समीर के लिए तो। असल में उसके लिए तो शाम इतनी अच्छी रही कि उसे दूसरी 'फ़्री' बोतल मँगवाने में कोई झिझक नहीं हुई। वो अलग

बात थी कि पीने का काम तो सिर्फ़ वो कर रहा था और मीशा तो पहला ग्लास लिए ही बैठी थी। अगर हम लड़कियों को किसी चीज़ की पहचान है तो वो हैं हमारे एॅलकोहॉल की, और अगर देसी वाइन है तो सूला होनी चाहिए। यह सूला नहीं थी। इसलिए मीशा अपना ग्लास पकड़ कर बैठी रही और हर घूँट पर गले में होती चुभन पर गहरी आहें भरती रही।

और फिर हुआ तमाशा। वह कुछ कह रहा था कि बोलते-बोलते बीच में पूरी मेज़ और लकड़ी के फ़र्श पर उसने उल्टी कर दी। एक पल वो कुछ कह रहा था और दूसरे पल वो उल्टी कर रहा था। मैनेजर मदद करने के लिए दौड़ा। मीशा को लगा जाए। लेकिन उसके अंदर की इन्सानियत ने ऐसा नहीं होने दिया। वो उठी, और समीर को बाथरूम ले गयी, ख़ुद को उससे दूर रखते हुए। गुलाबी रंग पर उल्टी तो फ़ैशन की तौहीन होती।

बाथरूम में उसने काउन्टर के सहारे खड़ी होकर गहरी सांसे ली। और वहाँ से भाग जाने के बारे में संजीदगी से सोचा। घड़ी पर नज़र डाली तो यक़ीन हो गया कि रात के इस वक़्त, इस ड्रेस में पब्लिक ट्रांसपोर्ट में जाने से निश्चित ही कल वो 'होशियार' टाईप के प्रोग्राम की हेडलाइन बन जाएगी। इसलिए मीशा ने अपने अहम के टूटे टुकड़े बटोरे और वापस बाहर आ गई। वहाँ उसने पाया कि उन्हें कोने वाली टेबल पर पहुँचा दिया गया था। इस बार उसने बहस नहीं की, उल्टा आभार से, उसकी आँखें भर आयी।

समीर बाथरूम से निकला तो काफ़ी संभला हुआ और

बेफ़िक्र दिखा। "मैं पिछले कुछ महीनों से कुछ ज़्यादा ही घर से बाहर रहा हूँ। चलो चलें। यह जगह काफ़ी बोर है।" माफ़ी तो कहीं नहीं दिख रही थी।

"एक सुट्टा मारकर चलते हैं।" मीशा भी अड़ी रही। वो नहीं जताना चाहती थी कि शर्मिंदा होकर वहाँ से भाग रही थी। उसे यह 'घर से बाहर' वाली बात पचाने के लिए भी कुछ समय चाहिए था। और समय चाहिए था रिक को चोट पहुँचाने का तरीका सोचने का।

"ठीक है," समीर ने कहा।

वो चुपचाप बैठे रहे और मीशा ने सिग्रेट पी।

उधर समीर को अचानक कुछ हो गया। वो लगातार अपना कान पकड़ता रहा, किसी गली के कुत्ते की तरह। शायद उसे लगा वो कान नहीं मक्खी थी।

कान पकड़ने की समीर की कोशिश बढ़ती गयी और मीशा को लगा कि वहाँ से अब निकलना चाहिए। आख़िरकार उसने आधी सिगरेट बुझा दी। "हमें टिप नहीं छोड़नी चाहिए क्या?"

"इन लोगों के लिए! बकवास जगह है यह। चलो यहाँ से," वो पैर पटकता हुआ वहाँ से चला गया। मीशा ने अपना पर्स टटोला और सौ रुपये के दो नोट पाये। उन्हें टेबल पर रखा। मैनेजर के चेहरे पर तिरस्कार भरी मुस्कान थी। समीर के पीछे जाते हुए उसकी सैन्डिल लकड़ी के फर्श पर तेज़ आवाज़ कर रही थीं। "आख़िरकार फ़्लेमिंगो उड़ गयी!" किसी ने मज़ाक उड़ाते हुए कहा। मीशा ने मुड़कर देखा तक नहीं।

लेकिन समीर की किताब में रात अभी जवां थी। मानो उल्टियों ने उसमें नयी जाने भर दी हो। "चलो घर चलें..." उसने कहा।

जब वो बाहर उसकी गाड़ी का इन्तज़ार कर रहे थे, मीशा ने पोलो क्लब के कुछ जाने पहचाने चेहरों को देखा। और फिर अँधेरे से निकलकर आई, एक लाल रंग की मारुति वैन, पूरी तरह टूटी फूटी। मानो अभी एक्सिडेन्ट हुआ हो। उसे निर्वाण के लिए सिर्फ़ पहाड़ी से एक धक्के की ज़रूरत थी। समीर कुछ ज़्यादा ही हक़ से उसकी तरफ़ बढ़ा और खींचकर दरवाज़ा खोला, अन्दर बैठा और मीशा का इन्तज़ार करने लगा। मीशा अन्दर घुसी और चेहरे पर 'यह-मेरे-लायक-नहीं' के भाव नाच रहे थे। दरवाज़ा दो बार में बन्द हुआ और मुँछोंवाला दरबान तक मदद करने नहीं आया। उसे सन्तोष था कि वो ड्राइवर की सीट के पीछे नहीं बैठी थी। उसका चेहरा ग़ुस्से से लाल था।

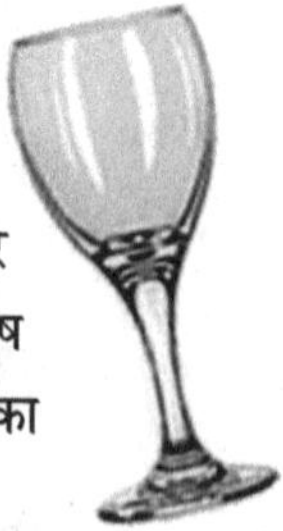

"सिंडरेला की कहानी जैसे बग्गी कद्दू में बदल गयी न?" मीशा की आवाज़ में ज़हर था और नज़रें सीधीं।

"असल में, वो गाड़ी पापा की है। वो आज वापस आ रहे हैं तो उन्हें लेने एयरपोंट गयी है। अगर उन्हें पता चल गया कि मैंने ली थी तो मुझे हलाल कर देंगे।" वह एक बार फिर दाँत दिखा कर मुस्कुराया।

मीशा का दिमाग़ भविष्य की तरफ़ दौड़ा। उसके सास ससुर मर्सेडीज़ में घूमेंगे, अच्छी से अच्छी जगह खाने पीने जायेंगे और वो कूपन के भरोसे ज़िन्दगी गुज़ारेगी। उसकी पुरानी ज़िन्दगी

में सिर्फ़ एक 'फ़्री' शब्द जुड़ जायेगा।

"मुझे घर जाना है। कल जल्दी निकलना है।"

"अरे बोर मत करो। लेट्स गो टू माई प्लेस फ़ॉर ए ड्रिंक।"

"देखो, तुम अपना काम करने जाओ और मैं घर जाना चाहती हूँ।"

"नहीं...मैं जानता हूँ तुम मेरे साथ जाना चाहती हो।"

ई ई ई..., फिर वही मुस्कान। मीशा के सब्र का बाँध टूट गया। चलती गाड़ी में उसने पूरे ज़ोर से दरवाज़ा खोला। समीर को अब बात समझ में आ गयी।

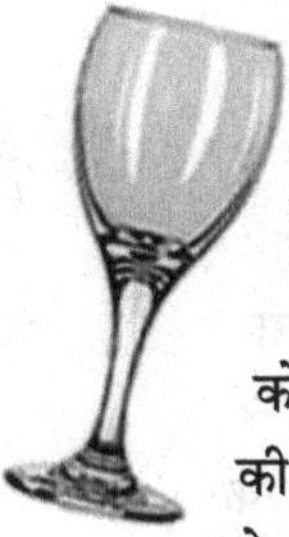

"क्या तुम पागल हो!" वो चिल्लाया। "आजकल की लड़कियाँ पूरी खिसकी हुई होती हैं।"

लेकिन उस तक सन्देश पहुँच गया। समीर ने मीशा को उसके घर के बाहर छोड़ा और वहाँ से चला गया। पड़ोस की जासूस मिसेज़ मुखर्ज़ी ने देखा और नाक भौंव सिकोड़े। लो, कॉलोनी को गॉसिप का मसाला मिल गया। अन्दर घुसकर मीशा ने सैन्डिल उतारी। और फिर, उसका ध्यान गया दुनिया की सबसे बड़ी तबाही पर गया।

क्या उसकी दाहिनी सैन्डिल की हील पर उल्टी लगी थी?

तो तुम शहज़ादी बनना चाहती हो?

मैंने साड़ी की खुलती प्लीट संभाली और बड़ा सा हैन्ड-ओवर रेजिस्टर खोला। मेरी ज़िन्दगी की सबसे ख़ास और नामचीन चीज़। मेरे दिन की शुरुआत पिछली शाम की गलतियाँ पढ़कर और उन्हें सुधारने की योजना बनाकर होती है। होता यह है कि कोई भी होटल के किसी मेहमान को नाख़ुश कर सकता है, कभी भी, और उसका मतलब होता है मेरी ज़रूरत पड़ना। मुझे सब कुछ संभालना पड़ता है। गेस्ट रिलेशन्स मैनेजर का यही काम है। मुझे होटल और उसके मेहमानों के रिश्ते ख़ूबसूरत रखने का काम करना होता है। और यह रिश्ते हर तरह के होते हैं।

मुझे देखकर खुशी हुई कि आज सिर्फ़ तीन कारनामे हुए थे। एक नाश्ता पहुँचने में देरी, एक कमरे में छिपकली और एक लान्ड्री की गड़बड़ – कमीज़ में छेद। मैंने रजिस्टर बन्द किया और दिन में आने वाले वी.आई.पी. की लिस्ट का प्रिन्ट आउट लेते जाते हुए दिमाग़ में हल ढूँढती रही। नाश्ता देर से पहुँचने के लिए माफ़ी शायद फूल और मिठाई के साथ; छिपकली – हाउसकीपिंग को बुलवाकर कमरे की छिड़काई और मेहमान

के लिए एक दूसरा बेहतर कमरा। लान्ड्री की गड़बड़ थोड़ी ज़्यादा मुश्किल थी। नई कमीज़ तो खरीदनी पड़ेगी और उम्मीद है किसी अनजान कम्पनी की ना हो।

आज आने वाले मेहमानों की लिस्ट देखते ही मेरे होश उड़ गये। मैं कैसे भूल सकती थी कि आज बोर्ड के एक सदस्य अन्तर्राष्ट्रीय मेहमानों के साथ आने वाले थे और उन्हें 'ग्रैंड ऑर्किड स्वागत' देना था – हमारा ख़ास स्वागत। वो पैंतालीस मिनटों में पहुँचने वाले थे और मैं भूल कैसे गयी! ऐसे स्वागत के लिए हम पर हेड पचास डॉलर लेते थे। भव्य स्वागत, गेंदे की मालाएँ और सबसे बेहतरीन शैम्पेन, डॉम पेरीनॉन।

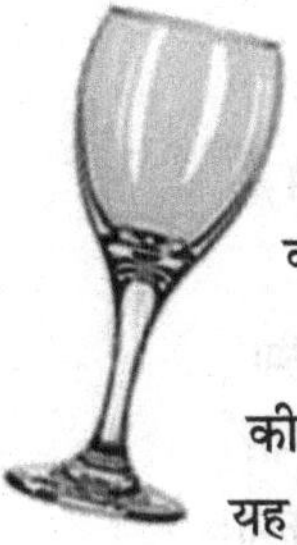

फिर, दिन एक तूफ़ान में बदल गया। लेकिन यह कोई नई बात नहीं थी।

मैं फूलों का इन्तज़ाम कर रही थी कि गल्फ़ कंट्री की एक राजकुमारी बिना सूचना के आ पहुँची। असल में यह कहूँगी कि वो बिना रिज़र्वेशन के लॉबी में आ धमकी। अपने काफ़िले के साथ वह दाख़िल हुई – एक हिजड़ा, एक मैनेजर और तीन बॉडी गार्ड। जब तीनों गार्ड चुपचाप राजकुमारी के मँहगे 'वितों' अटैचियों की रखवाली कर रहे थे, ख़ुद सिर से पैर तक काले कपड़ों में ढकी राजकुमारी अपनी टिमटमाती आँखे दिखाती हुई पास पड़े चमड़े के काले सोफ़े पर जाकर बैठ गयी।

"राजकुमारी जी..." मैनेजर ने बॉस के सिर पर खड़े होते हुए कहा, "एक कमरा चाहेंगी, आपका सबसे बेहतरीन कमरा।"

और ज़िन्दगी में शायद पहली बार बॉस के होश उड़ते नज़र आये। "प्रेसिडेन्शियल सव्ईट सर और उसका किराया..."

'प्लीज़, यह सब बातें अभी नहीं,' मैनेजर ने मेरे बॉस के चेहरे के आगे ग़ुस्से में हाथ हिलाया मानो कोई बड़ी गुस्ताख़ी हुई हो।

"चाबी दे दें। उन्हें आराम करना है। मैं रेजिस्ट्रेशन कर दूँगा। और हाँ, एक और बात है।" मेरे बॉस तो काउन्टर के ऊपर गिर ही पड़े आने वाली खुशी की ...चाह में। "उनकी ख़िदमत के लिए केवल औरतें।"

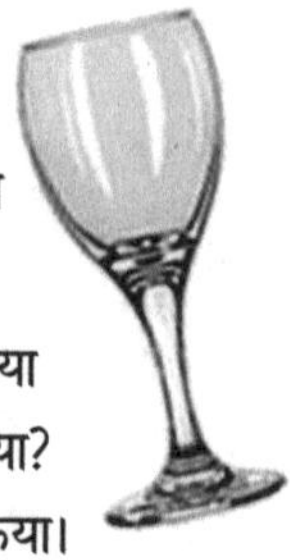

अपने राजकीय मेहमानों से अभिभूत डी.पी.जी. ने अपना आपा खो दिया था। उन्होंने चुटकी बजाई और मुझे आवाज़ दी, "आईशा!"

ओ माई गॉड! मुझे तो विश्वास ही नहीं हुआ। क्या उस बद्‌जात गधे ने वाक़ई में चुटकी बजाकर मुझे बुलाया? मैं अपनी जगह खड़ी रही और हिलने से साफ़ इकार किया। एक बार फिर उन्होंने आवाज़ लगाई और इस बार उनकी आवाज़ में चिड़चिड़ाहट ज़ाहिर थी।

मैंने चेहरे पर ज़बरदस्ती मुस्कुराहट चिपकाई। "जी सर।" कृपया प्रेसिडेन्शियल सव्ईट की चाबी ले लो। वह इतना बड़ा मुर्गा फांसने पर खुशी से फूले नहीं समा रहे थे। "और राजकुमारी के साथ जाओ," वह फुसफुसाये।

"ऑफ़ कोर्स बिलकुल," मैंने एक तंत्र मुस्कान के साथ कहा।

और इस तरह, अगले बहत्तर घण्टों के लिए मेरी ज़िन्दगी

बदल गयी। आख़िरकार मेरी एक 'ज़रूरत' पाकर और मुझे काम पर लगाकर, बॉस पागलों की तरह इधर-उधर भागने लगे जैसे मैडम क्यूरी भागी होगी रेडियम की खोज कर लेने के बाद। कई महीनों से मुझे दरकिनार करने की जी तोड़ कोशिश के बाद, मुझपर भरोसा करने और ज़िम्मेदारी सौंपने के अलावा उनके पास कोई चारा नहीं बचा था। मुझे इस ज़िम्मेदारी से मज़ा आ रहा था हालाँकि मुझे पता है कि यह मेरे हिस्से सिर्फ़ इसलिए आई थी क्योंकि राजकुमारी को अपनी सेवा के लिए सिर्फ़ औरतें चाहिए थीं। सच कहूँ तो यदि मुमकिन होता, तो बॉस बुर्का पहनकर सब काम ख़ुद ही कर लेते।

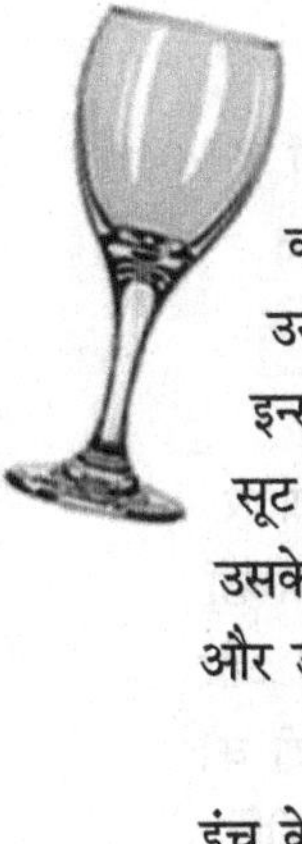

मैं शहज़ादी को उनके कमरे तक लेकर गयी और कमरे में घुसते ही उसने अपना बुर्का उतार फेंका। और उन काली परतों के नीचे जो कपड़े थे, किसी भी फ़ैशनेबल इन्सान के होश उड़ा देते। उसने बैंगनी रंग का डिज़ाइनर ट्रैक सूट पहना हुआ था जिसके ट्रैक पैंट के पिछवाड़े पर, मतलब उसके ही पिछवाड़े पर एक आर्च में लिखा था - JUICY! और उसने घूम घूमकर हर कमरे का जायज़ा लिया।

"बीडे है न?" उसने पलंग पर बैठते हुए पूछा। आठ इंच के गद्दों पर शाही चादरें बिछी थीं।

"गुड," वह मुस्कुराई और बेडकवर हटाकर चादर को परखा। "अच्छा कमरा है। आर्ट कम है, लेकिन ख़ूबसूरत है।"

मैंने कमरे में नज़र घुमाई और उसकी बात सही लगी। कमरे में साज सज्जा बहुत कम थी और शायद इसीलिए मुझे अच्छा लगता है और उसे अलग।

शहज़ादी फ़ातिमा शुक्रवार तक रुकने वाली थीं और उनके जाने तक मैं चौबीस घण्टे तक ड्यूटी पर थी। मेरे रुटीन की तो ऐसी की तैसी हो गई। बारह बजे तक पहुँचती और रात एक बजे तक वहीं होती। छुट्टी पर अरबी लोग देर से खाते हैं और उससे भी देर से सोकर जागते हैं। मेरा दिन भी वैसा ही चलने लगा।

पहली रात मैंने बड़े तहज़ीब से मेन्यू पेश किया और खाने का ऑर्डर माँगा। बिना पढ़े, उसने मेंन्यु के एक तरफ़ हाथ दौड़ाया और कुछ देर में रोक दिया। मैंने हिजड़े की तरफ़ देखा, तो उसने रज़ामन्दी जताई। मैं समझ गयी। यह सब उस के लिए बेकार की बाते हैं। इसके बाद खाने की ज़रूरतों को मैं बॉस के हवाले करने लगी। उन्होंने तो चौकीदार कुत्ते डोबरमेन का रोल अपना लिया था। शहज़ादी के कमरे के बाहर ही पहरा देते रहते।

"कैसी हैं शहज़ादी साहिबा?" मस्का लगाते हुए लगातार पूछते, हर बार जब मैं बाहर या अन्दर जाती। "बहुत अच्छीं सर," मैंने जवाब दिया, "लेकिन कुछ तौलिये चाहिए।" और वह हाउसकीपिंग तक ख़ुद दौड़े दौड़े जाते ताकि शहज़ादी को होटल के सबसे नर्म और सफ़ेद तोलिये मिलें। वह हाउसकीपिंग की जान ले लेते हैं अगर तौलिये रिफ़लेक्टोमीटर पर ८५ प्रतिशत सफ़ेदी दिखायें। उन्हें एहसास नहीं है कि आजकल के शाही लोग, ज़्यादातर पश्चिम में पढ़े लिखे होते हैं, शहज़ादी फ़ातिमा के सन्दर्भ में लन्दन, और उन्हें इन सब चीज़ों से इतना फ़र्क नहीं पड़ता।

शहज़ादी फ़ातिमा काफ़ी बेतक़ल्लुफ़ हैं और उनकी ज़रूरतें काफ़ी ज़ीरो-फ़स – मतलब एक शहज़ादी के हिसाब से। उन्हें हमेशा एक हेयर स्टाईलइस्ट और एक मेनिक्योरिस्ट चाहिए था। कई तरह के ताज़े फल, चीज़ और सलाद हमेशा तैयार रहते कहीं उन्हें भूख लग जाये तो! और एक कमरा उनकी नारियल के दूध से ख़ास स्वीडिश मॅसाज के लिए रखा गया है। शहज़ादी अपनी शादी के लिए ज़ेवर खरीदने आयी थीं। इसलिए हमने शहर के बेहतरीन जौहरियों को बुलवा भेजा। सब ही जौहरी अपने कड़क सफ़ारी सूट पहने हाथ में ब्रीफ़केस लिए आ पहुँचते। अपनी बारी का इन्तज़ार करते हुए एक दूसरे को और ब्रीफ़केसों को आँकते। लेकिन उनके साथ शहज़ादी की मुलाकातें छोटी और फ़ीकी होतीं, हालाँकि जौहरियों के लिए फ़ायदेमन्द। मुझे साफ़ पता चल गया कि उसकी गहनों में कोई ख़ास दिलचस्पी नहीं थी। वह एक शब्द नहीं बोलतीं, सिर्फ़ इशारा करके सिर हिला देतीं और डील हो जाती।

"वो दूर से आते हैं और इन्तज़ार भी करते हैं। खाली हाथ वापस भेजना ग़लत होगा न?" वह सादगी से बोली।

वह कमरे के बाहर केवल रात के खाने के बाद निकलतीं और इन्तज़ाम उनका मूड देखकर करना होता। जब मैं अन्दर शहज़ादी के खाने को लेकर मूड पता करने जाती, मेरे बॉस बाहर खड़े मेरे आदेशों का इन्तज़ार कर रहे होते। यह इन्तज़ार कभी पाँच मिनट का होता और कभी घण्टे भर का। ज़्यादातर मुझे पता होता कि वो क्या खायेंगी क्योंकि सुझाव भी मैं ही देती। लेकिन तब भी मैं बॉस को इन्तज़ार करवाती। मैं पल भर के लिए बाहर निकलती और कहती, "वह मर्सेडीज़ लेकर

क्रेसेंट जाना चाहेंगी।" और वह इन्तज़ाम करने दौड़ पड़ते। मैं शहज़ादी के ज़रिए अपने बदले ले रही थी। 'क्वीन ऑफ शीबा' की तरह महसूस करती थी मैं। एक बार तो ख़याल आता कि कुछ बेहुदा मँगवाऊँ, जैसे कुछ मर्द बेली डांसर, लेकिन अभी नौकरी की ज़रूरत थी मुझे।

लेकिन मेरा बदला पूरा तब हुआ जब मैंने दरवाज़े के बाहर सिर निकालकर उँगलियों से चुटकी बजाई। वह कुछ कदम दूर थे और मेरी तरफ़ नाराज़गी और आश्चर्य से देखा, "वह सो रही हैं, मैं फुसफुसाई, – "उन्हें आज रात फिर मर्सेडीज़ चाहिए," इससे पहले कि वो कुछ कह सकें मैंने उनके मुँह पर दरवाज़ा बन्द कर दिया और मेरे दिमाग़ में उसके ग़ुस्साते चेहरे की तस्वीर छप गयी थी।

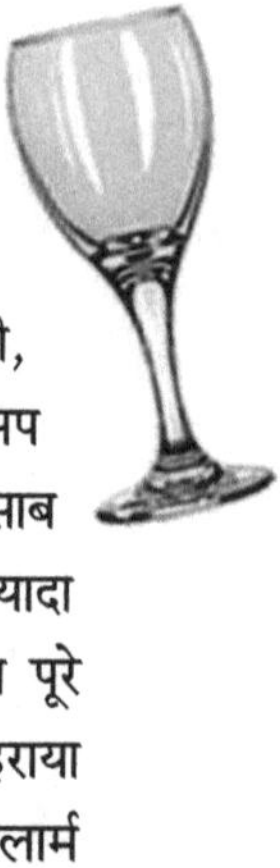

शाम को खाने से पहले कमरे में चहल-पहल होती, जब शहज़ादी तैयार होना शुरू करतीं। वह अपना मेकअप ख़ुद करती; अरबी चाय पीते हुए नाटकीय मेकअप। मेरे हिसाब से तो वो बिना मेकअप के ज़्यादा अच्छी लगती थी – ज़्यादा ताज़ी और कम उम्र । अरबी अगरबत्ती, बखुर का धुँआ पूरे कमरे में फैल गया। उन्होंने अगरबत्ती को बाहों के नीचे लहराया ताकी महक उनकी त्वचा में समा जाए। मुझे स्मोक अलार्म और आग पर पानी छिड़कने वाले स्प्रिंकलर के चालू हो जाने की फ़िक्र सताने लगी। आख़िर में उन्होंने ख़ास उनके लिए बनाई गई पेरिस का परफ़्यूम लगाया। परफ़्यूम का नाम PHAT – प्रिटी, हॉट, एण्ड टेंपटिंग, और फ़ातिमा का शार्ट फार्म भी। "शहज़ादी को पेरिस में कई चाहने वाले हैं," हिजड़े ने गर्व से मुझे बताया। इस परदानशीन संस्कृति का नज़रिया मेरे लिए काफ़ी

दिलचस्प था, प्रजातीय और पश्चिम का अद्भुत मेल। मुझे जिस चीज़ से डर लगा वो था उनका मदिरा प्रेम – ख़ासकर टकिला और यहाँ मैं ज़िक्र करना चाहूँगी उनकी यात्रा के निजी पहलू, उनका प्रेमी एक अधेड़ उम्र के अरबी सज्जन जिन्हें बगल का कमरा दिया गया था।

हिजड़ा उन दोनों का बिचौलिया था, हालाँकि मैं पूरी स्थिति से अच्छी तरह वाकिफ़ थी। मुझे कहा गया था शहज़ादी के दोस्त किसी चीज़ के पैसे नहीं देंगे और अगर उनसे पैसे लिए गए तो वे नाराज़ होंगी। यह आदेश मैंने अपने बॉस तक पहुँचा दिया और वह हड़बड़ाते हुए पूरे दफ़्तर को यह सुनाने भाग पड़े। यह काम बाद में हो सकता था, लेकिन मेरे बॉस थोड़े नौटंकीबाज़ ज़्यादा हैं और ऊपर से किसी बड़े जानेमाने मेहमान के साथ होने की शोहरत भी लूटने का पगलाए रहते हैं। तो इसलिए वो अचानक सब उनकी बातों पर ध्यान दे रहे हैं, शायद उनकी कामकाज़ी ज़िन्दगी में पहली बार।

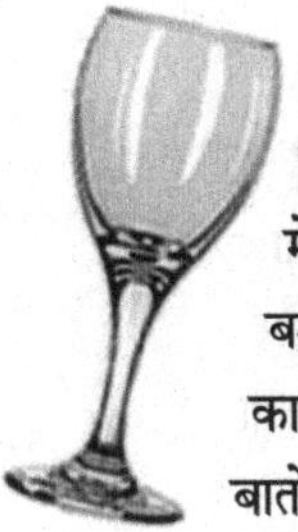

शहज़ादी और मैं जल्द ही एक आरामदायक रुटीन में ढल गये। वह दोपहर दो बजे सोकर उठती और तीन बजे के आसपास मार्लबोरो लाईट्स सिगरेट के साथ उनका खाना पेश होता। फिर जल्द ही जौहरियों से मिलने का सिलसिला शुरू होता। शाम सात बजे के आस-पास वह तैयार होना शुरू करतीं, अपनी पहली ड्रिंक के साथ। फिर वह नीचे रेस्तरां में रात का खाना खाने जातीं, जहाँ मुझे यक़ीन है वह कुछ और पीतीं और फिर कमरे में लौटकर सुबह पाँच बजे तक अपना पीना जारी रखतीं। यही उनका रुटीन था और मेरा भी, बस बिना दारू

के, बदकिस्मती से।

इस ख़ुशनुमा ज़िन्दगी में दरार पड़ी गुरुवार को, उनके जाने से एक दिन पहले। शहज़ादी का अपने प्रेमी से भयंकर झगड़ा हो गया। वह अरबी में झगड़े और मुझे नहीं समझ में आया कि झगड़ा किस बात का था, लेकिन जज़बात शब्दों के मोहताज नहीं होते। मेरा शक़ तब सही साबित हुआ जब वो जनाब दनदनाते हुए अपने कमरे में गए और सामान बाँधने लगे। पहली बार उन्होंने मुझसे सीधे बात की और सधे हुए ऐक्सेन्ट में एयरपोर्ट जाने के लिए कार मँगवाने को कहा। जब वह शहज़ादी को अलविदा कहे बिना ही वहाँ से चले गए, वह हिजड़े की गोद में सिर रखकर फूट पड़ीं। हिजड़े ने उनके बाल सहलाए और धीर-धीरे कान में कुछ कहता रहा। मुझे मालूम था कि अब न खाने की ज़रूरत थी और न ही मर्सेडीज़ की। मैं बेबस वहाँ से चली गई। मौका मिलता तो मैं उन्हें शहर की नाइट लाइफ़ ज़रूर दिखाती।

उस दिन ड्यूटी ख़त्म करने पर मैं आख़िरी बार शहज़ादी के कमरे गयी। रात बहुत हो चुकी थी और वो वैसे ही बैठी थीं, जैसा मैं उन्हें छोड़कर आई थी। फ़र्क इतना था कि अब वो अकेली थीं, हाथ में वोदका लिए। उनके आँसू थम नहीं रहे थे। मैंने परदे खींचे और ए.सी. का तापमान उनके मनमुताबिक़ सेट किया, लेकिन उन्हें मेरे वहाँ होने का एहसास भी नहीं हुआ। मैंने आख़िरी बार उनकी तरफ़ देखा और मुझे एक शहज़ादी नहीं बल्कि एक बेचारी लड़की दिखाई दी, अकेली और जिसका दिल टूट गया था।

मेरा उद्धार

समीर के अनुभव के बाद मीशा ने करीब दो हफ़्ते के लिए लड़कों से तौबा कर ली। उसका कहना था कि वह हार के दौर से गुज़र रही थी। जुआरियों का 'हारने का दौर' होता है और डेट पर जाती अविवाहित लड़कियों का 'हारने का दौर' होता है। मीशा का यह दौर तो तब से चल रहा था जब से उसने डेट पर जाना शुरू किया था! वही सबसे पहले मानती है कि वो मुफ़्तखोरों के लिए एक चुँबक समान थी। और यही सोचकर वह इस नतीजे पर पहुँच गई कि उसे अपनी तक़दीर और शरीर के 'ऑरा' का कुछ करना होगा। ज़ाहिर है वो सही आदमी को आकर्षित करने के लिए सही रोशनी 'रेडियट' नहीं कर रही थी। आप नहीं जानते कि ये कितनी सरल-सी बात है, है ना? बस गुलाबी या लाल रंग की सही रोशनी 'रेडियट' करो और आपका बेड़ा पार। शायद वो बुरा मान गई जब मैंने कहा कि उसे अपने कमरे के लिए एक जलने-बुझने वाली बत्ती खरीद लेनी चाहिए। कह तो दिया लेकिन धीरे-धीरे मुझे भी उसकी बात पर विश्वास होने लगा था, मेरी प्रेमविहीन ज़िन्दगी मुझे अजीब रास्तों पर ले जा रही थी।

मीशा ने कहा कि हमें शुरुआत अपने पुराने पापों के प्रायश्चित से करनी होगी। एक बार वो कर लें तो हम सही रंग की रोशनी रेडियट करने लगेंगे जो अभी हमारे पापों से दबी हुई थी।

हम लोगों ने लड़को को छोड़ अपना उद्धार करने के लिए हवन करने की सोची। योजना के मुताबिक निक, रिक, अनुष्का और मैं मीशा के घर पहुँच गये और बिना वक़्त बर्बाद किये छत पर इन्तज़ाम में जुट गए।

हवन करने वालों के लिए पहली चेतावनी : किसी पण्डित की ज़रूरत नहीं होती। सिर्फ़ आग जलानी आनी चाहिए। हम पाँचों को ज़रा भी अन्दाज़ा नहीं था कि शुरुआत कैसे करें। हमने अगर तक कुछ जलाया था तो वो थी मोमबत्ती या सुट्टा या फिर मोमबत्ती से सुट्टा। और एक बार सिगरेट से मोमबत्ती, लेकिन घर पर ये कोशिश मत करियेगा। कोई ख़तरा-वतरा नहीं है बस वक़्त की बर्बादी। तो आग के मामले में हमारी काबलियत इतनी ही थी और हाँ, हम सब गैस चूल्हे के तो नाम से ही कोसों दूर भागने वालों में से थे।

"हमें एक मर्द की ज़रूरत है," डण्डियों पर फूँकने के आधे घण्टे बाद मीशा ने कहा। हम सबकी निराशा भरी निगाहें उसकी तरफ़ मुड़ीं। उसने तो अभी से अपनी प्रतिज्ञा तोड़ दी। यह तो अशुभ शुरुआत थी। जैसे ही लगता है कि आप स्वतन्त्र और अधिकृत हैं, ज़िन्दगी आपको याद दिलाती है कि आपको एक आदमी की ज़रूरत है। "मेरा इशारा चौकीदार की तरफ़ है," मीशा ने हँसते हुए कहा। सही बात थी, हमारे इस शहरी

जंगल में वही तो हैं, जो आग जलाते हैं।

निक और मीशा उसकी खोज में निकल पड़े और पन्द्रह मिनट बाद एक लड़के को लेकर लौटे। सौ रुपये और हमारे पास एक ज़ोरदार आग। हमारी हर पार्टी की तरह दारू ढेरों थी और खाना कम। हम लोगों के हिसाब से 'लिक्विड डायट' का मतलब ही अलग था।

हम लोग दारू पीते हुए आग के सामने पड़े मीशा की बदकिस्मत शाम की चर्चा कर रहे थे कि निक ने ट्रूथ और डेयर सच या सज़ा खेलने का सुझाव दिया। जी, यही तो एक चीज़ बचपन से अब तक हमारे साथ रही है, लड़कों के हमारे ख़राब चयन के साथ।

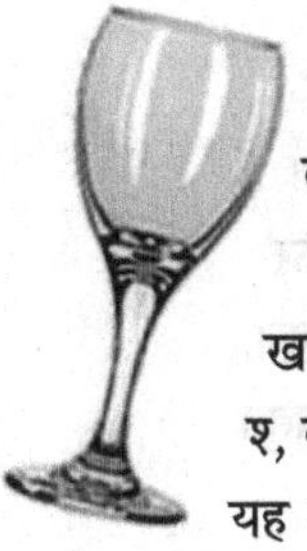

"श ..श श श..." मीशा ने नशे में कहा और हम खाली हुई वाइन की बोतल के और पास हो गये। "श श श, वो मिसेज़ मुखर्जी ज़रूर ताक-झाँक कर रही होंगी," और यह बात जल्द ही सच साबित हुई।

एक साल पहले हमारी मिसेज़ मुखर्जी से काफ़ी तू-तू मैं-मैं हो गई थी, जब हमने छत पर एक जानदार पार्टी दी थी। तब से ही उसकी मीशा पर नज़र थी। वैसे सच्चाई तो यह है कि मीशा की हरकतों को देखते हुए दिलचस्पी तो किसी को भी हो सकती थी। दिक़्क़त बस इतनी थी कि मिसेज़ मुखर्जी के पैमाने के मुताबिक मीशा उससे कोसों दूर थी। मीशा से वो घर खाली करवाना अब उनकी ज़िन्दगी का मक़सद बन गया था।

रिक ने बोतल घुमाई और वो मीशा की तरफ़ जाकर रुकी।

"... तो ट्रुथ ऑर डेयर?" उसने पूछा।

"चलो, क्योंकि हम लोग अपने पुराने प्यार को अलविदा कह रहे हैं, मैं सच का सामना करूँगी। मुझे कुछ कहना है।" हम सब उत्सुकता में और आगे झुक गये। "आईशा तुम्हें वो मॉडल याद है, तुम जिसके साथ कुछ समय के लिए थीं?"

भला मैं भूल सकती थी क्या! हम एक फ़ैशन शो में गए थे और वहाँ बिना कमीज़ के एक सुनहरा बदन चमचमाता खड़ा था। और जैसा हम लोगों का दस्तूर था, जहाँ एक शानदार लड़का दिखता जो सबको पसन्द हो, वहाँ हम सब को बराबर का मौका मिलता और उस बार बाज़ी मैंने मारी थी। हम लोग करीब दो महीने साथ थे और फिर सब ख़त्म हो गया था। कुछ नाटकीय नहीं था। वह काफ़ी सफ़र करता था और धीरे-धीरे फ़ोन आने कम होते गये। मुझे बहुत फ़र्क नहीं पड़ा क्योंकि हम लोग के पास बात करने को बहुत ज़्यादा कुछ नहीं था।

"हाँ, तो उसके बारे में क्या?"

"वो, तुम लोग के अलग होने के बाद हमारा सामना हुआ था," मीशा ने धीरे से कहा।

"सामना मतलब? कोई लड़ाई तो नहीं थी?"

"वो एक क्लब में मिल गया था... तुम तो जानती हो न, दारू, म्यूज़िक..., लेकिन मैं उसके साथ सोई नहीं," मीशा ने बचाव करते हुए कहा।

वो मॉडल मेरी ज़िन्दगी का कोई बहुत बड़ा प्यार नहीं था, और हम केवल दो महीने के लिए साथ थे, लेकिन फिर

भी वो मेरा 'ट्रॉफ़ी बायफ्रेंड' था। अब सब प्रतिक्रिया के लिए मेरी तरफ़ देख रहे थे। उन्हें शायद एक मज़ेदार लड़ाई का इन्तज़ार था, लेकिन उन्हें सिर्फ़ मायूसी मिलने वाली थी। "अरे कोई बात नहीं। हमारे बीच वैसे भी सब ख़त्म हो चुका था और वो स्वतन्त्र था।"

"चूँकि तुम्हें बुरा नहीं लग रहा," निक ने बीच में कहा, "मैं भी कुछ दिन उसके साथ था।"

"यह काफ़ी आश्चर्यजनक था। मेरे ख़याल से उसने सोचा कि मैं डिजाइनर हूँ।" माना वो मॉडल बहुत अक्लमंद नहीं था, लेकिन उसे मूर्ख बनाने की क्या ज़रूरत थी? मानो निक ने मेरे मन की बात पढ़ ली हो। उसने कहा, "मैंने उससे कहा था कि मैं इन्टीरियर डिज़ाइनर हूँ, लेकिन शायद उसने ध्यान नहीं दिया था।"

वो मैं मान सकती थी। उस बाँके छोरे का बहुत कम चीज़ों पर ध्यान टिकता था। अन्दर से उठती ईर्ष्या को मैं शान्त नहीं कर पाई और पूछ बैठी, "तो और कौन टकराया था उससे?" अनुष्का और रिक आँख चुराने लगे। उनकी चुप्पी ही मेरा जवाब था। "हैलो...है क्या वो? गंगा है क्या, जो सब डुबकी लगा रहे थे?"

मेरे दोस्त आँखें चुरा रहे थे और फिर मेरी हँसी फूट पड़ी। माहौल फिर मस्त हो गया और हम लोग हवन के अनुभव का लुफ़्त उठाने में लग गये।

हम लोगों ने दो-दो शब्द कहे और बीच में टेकीला का सेवन किया। फिर रिक को लगा कि चूँकि यह आग हमारी

शाम का अहम हिस्सा भी थी, उसे भी मैक्सिको की राष्ट्रीय पेय मिलनी चाहिए। मालूम है न, टेकी-ला के बारे में कहते हैं कि वो कई बार मार – के – जा भी हो सकती है? बाकी तो पता नहीं, लेकिन वो पार्टी को ज़रूर मार गयी। आग भड़क उठी और उठती लपटों के साथ हमारा मन भी उड़ रहा था। हमें तो दमकल के सायरन तक सुनाई नहीं दिये। और फिर शुरू हुआ ड्रामा।

जब हम लोगों ने दौड़कर नीचे झाँका हमें दमकल की गाड़ी नज़र आयीं और हमारी तरफ़ ऊपर देखते क़रीब आठ लोग। "ओह कितना मज़ा आयेगा।" रिक चिल्लाया। "क्या फ़ायरमैन सीढ़ी से चढ़ कर हमें बचायेगा?"

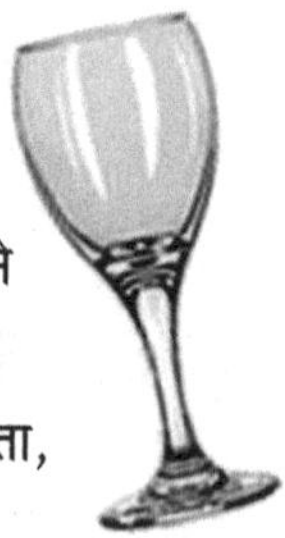

"तुम्हें ज़रूरत है सिर्फ़ ठण्डे पानी की," निक ने जवाब दिया।

"ठण्डे पानी का मुझ पर कोई असर नहीं होता, जानेमन," रिक ने पलट कर कहा।

"धत्त," मीशा ने लड़खड़ाते हुए कहा, "वो देखो मिसेज़ मुखर्ज़ी ...हैलो मिसेज़ मुखर्ज़ी, हम ठीक-ठाक हैं।" हवा में हिलते उसके हाथ देखकर नीचे वालों को लगा कि हम मदद माँग रहे हैं। अचानक शोर होने लगा और कुछ और लोग भीड़ में शामिल हो गये। तीस सेकेंड में बारह लोग हो गये थे।

"नीचे उन्हें हमारी आवाज़ नहीं सुनाई दे रही। तुम दोनों आग बुझाओ," नशे में धुत मीशा और रिक को देखते हुए निक ने कहा। अनुष्का म्यूज़िक बन्द करो। कोई दारू को छुपाओ!"

शुक्र है निक ने कमान सम्भाल ली क्योंकि मैं एक बार

फिर बेसुध हो गयी थी। "चलो आईशा, नीचे चलें और बात को सम्भालने की कोशिश करें। हमें हालात समझाने में बीस मिनट लगे। मिसेज़ मुखर्ज़ी कुछ सुनने को तैयार नहीं थी और ख़ुद ऊपर जाकर मुआयना करने की ज़िद की।

"मिस्टर पाठक," चूहे सरीखे आदमी पर गरजीं, "चलो चल कर देखें क्या गुल खिलाये हैं इन्होंने। मैं तो इस लड़की से परेशान हो गयी हूँ।"

पूँछ दबाये पालतू कुत्ते की तरह मिस्टर पाठक ने हामी भरी और मिसेज़ मुखर्ज़ी की विशाल काया के पीछे लग लिये। हम लोग उनके पीछे।

"एक और वजह मेरे गे होने की," निक उनके विशाल पिछवाड़े की तरफ़ इशारा करके फुसफुसाया। मैंने उसे हल्के से एक थप्पड़ लगाया और वो झूठी चिल्लाया। मिसेज़ मुखर्ज़ी ने मुड़कर हमें शक से देखा। वो हमसे काफ़ी नाराज़ थीं।

"तुम्हारी दोस्त नौकरी क्या करती है? कोई टाइम... जब मन किया आना जाना होता है..." मीशा इंश्योरेंस एडवाइज़र है। वो भटिंडा के रईस परिवार की लड़की है और जब कोई क्लायन्ट मिलता है तो काम करती है। या फिर जब इंश्योरेंस कम्पनी में उसका लायज़न आफ़िसर मिन्नतें करता है। यह नौकरी बड़े पापाजी ने लगवायी थी और वो नहीं चाहती उसके बारे में कोई ख़राब रिर्पोट घर पहुँचे। उसका मतलब होगा – सीधे चण्डीगढ़ वापस। मीशा के लिए दिल्ली में नौकरी तो छोटे शहर की ज़िन्दगी और गिद्दा पार्टियों से आज़ादी है। पैसे और कैरियर

से वो नौकरी को नहीं जोड़ती। उसका कोई तय रुटीन नहीं है। ज़्यादातर वो क्लायन्ट ख़ुद चुनती है। और दूर रहने से उसके माँ बाप भी ज़्यादा खुश है। उन्हें लगातार जवाब नहीं देना पड़ता कि उनकी कुड़ी अभी तक कुँवारी क्यों है। मीशा भी अपने घर परिवार के बारे में ज़्यादा नहीं बोलती। बड़े शहर ने उसे अच्छा सिखाया है और यदि कोई पूछे कि उसका बचपन कहाँ गुज़रा, बेझिझक कहती है "उत्तर में।"

"चुड़ैल," निक फुसफुसाया। मेरी भी यही राय थी। मीशा के टक्कर की थीं मिसेज़ मुखर्ज़ी।

"यहाँ शरीफ लोग रहते हैं।" चुड़ैल भुनभुना रही थी। "छोटे बच्चे हैं। टी.वी. कोई कम बुरा है जो अब असलियत में भी गन्दगी दिखा रहे हैं!" वो तो ऐसे बोल रही थी मानो मीशा रोज़ सुबह छत पर बिना कपड़े पहने कसरत करती हो। हमारे देश में आजकल रियलिटी शो बहुत लोक प्रिय हैं लेकिन हम भी मुफ़्त एंटरटेंमेंट देते हैं लोगों को, मैंने मन ही मन सोचा।

सदियों जैसे मालूम पड़ने वाले कुछ पलों में हम छत पर पहुँचे। वहाँ शांति थी। न कोई दारू और ना कोई आग। मीशा और रिक एक दूसरे को सहारा देते अगल बगल बैठे थे और अनुष्का हाथ में कोक की बोतल लिये खड़ी थी। मिसेज़ मुखर्ज़ी का तो दिल ही टूट गया। उन्हें तो उम्मीद थी वहाँ किसी अश्लील पार्टी की, जहाँ दारू और ड्रग्स भी हों। ज़रूर उन्होंने आज के अश्लील नौजवानों के बारे में देने वाले बयान की प्रैक्टिस भी कर ली होगी।

"मुझे तो यहाँ सब ठीक लग रहा है," मिस्टर पाठक हिम्मत करके फुसफुसाये।

"हम्म...ये बहुत चालू हैं, ख़ासकर यह," उन्होंने मीशा की तरफ़ इशारा किया। "मैं एक दिन हिसाब कर लूँगी तुमसे। याद रखना, मेरी नज़र है तुम पर। यह लड़की तो ... वो घूमीं और हाँफते हुए इंजन की तरह सीढ़ी उतरने लगीं। मिस्टर पाठक ने हमारी तरफ़ देखकर नाक सिकौड़ी और उनके पीछे चल दिये।

"मुबारक हो मिश, उसने तुम्हें लड़की कहा।" रिक ने मीशा को कहा और जैसे ही हाथ लगाया, वो लुढ़क गयी।

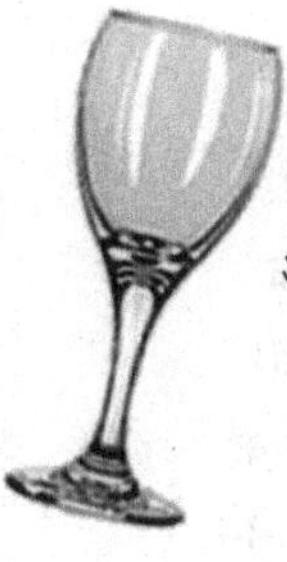

"और आज से ख़ास तुम्हारी चौकीदारी होगी!" अनुष्का ने आगे कहा।

बियर के बजट में शैम्पेन का स्वाद

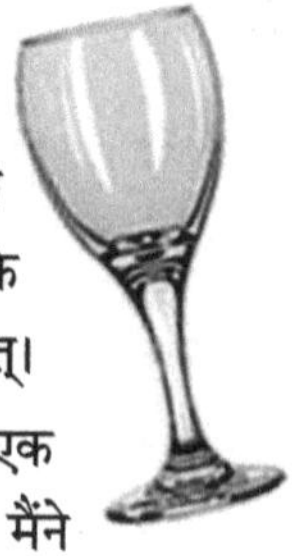

"अरे यार, हर जगह वही लोग मिलते हैं... रिट्ज़ कान्टीनेन्टल में रविवार का ब्रंच खाने पहुँचने पर रिक ने शिकायत की।

अनुज के जाने से हमारी चिकन टिक्का खाने की इच्छा कम नहीं हुई थी। अनुष्का के मुताबिक़ चिकन टिक्के का हमारा शौक हमारी प्रेम कहानियों सरीखा था। वाहयात्।

सण्डे को ब्रंच के लिए अच्छी टेबल पाने के लिए एक हफता पहले बुँकिंग करानी पड़ती है। इस बार लेकिन मैंने जान पहचान का फ़ायदा उठाया।

"मैं पिछले हफ़्ते ही यहाँ आया था और यहाँ रोते बच्चों की भरमार थी," निक बुड़बुड़ाया, अपने पॉटनर की राय को आवाज़ देते हुए।

"हमारी टेबल बाहर बगीचे में है, निक," मैंने कहा और बात बदलने की कोशिश की और साथ में मूड भी। दोनों एक दूसरे से जुड़े हैं।

जैसा मुझे कहा गया था, हमें बाहर की एक टेबल तक ले जाया गया। आस पास ढेरों दिलचस्प लोग थे। एक कोने

में एक सोसॉयटी क्वीन थी अपने डिज़ाईनर दोस्त के साथ। एक बड़ी टेबल पर किसी तरह का जश्न मन रहा था और शैम्पेन खोली जा रही थी। एक टेबल पर ढ़ेरों जर्मन थे, ढ़ेरों बियर और ज़ोरदार हँसी। और फिर हम पाँच-लाजवाब।

"ओह, क्या माल है!" रिक ने एक खूबसूरत जर्मन आदमी को देखकर कहा।

"ओफ़ ओह। वो अपनी पत्नी के साथ बैठा है," मीशा ने जर्मन पार्टी को देखने के लिए सबसे सही कुर्सी हड़पते हुए कहा।

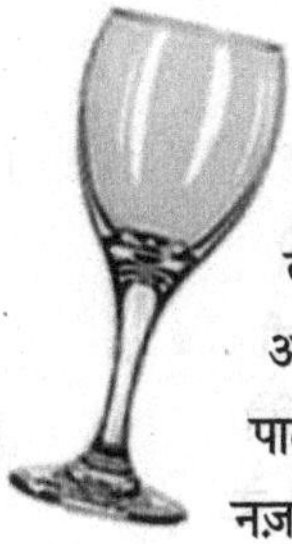

"तो? उससे क्या होता है?" रिक ने उसकी बात काटी। निक मन्द मन्द मुस्कुरा रहा था। उसके धैर्य की दाद देनी पड़ेगी। वो और रिक पाँच साल से साथ थे और अब तो गृहस्थ लगते थे। सुनने में आया था कि दोनों एक पार्टी में मिले थे। दोनों ने थोड़ी ज़्यादा पी ली थी। पहली नज़र में ही दोनों एक दूसरे को दिल बैठे थे। कुछ शामें वाइन और चीज़ साथ चखने के बाद दोनों ने एक साथ दक्षिण अफ़्रीका से बोरदू तक हर वाइन ट्रेल पर जाने का वादा किया और बस फिर क्या था।

"हैलो आईशा, कहाँ हो भाई?"

मैंने मुड़कर देखा तो विशाल को पाया। "वो तो मुझे तुम से पूछना चाहिए। तुम तो शादी के बाद गायब हो गये," मैंने उठकर उसे हग किया।

"हाँ, वो तो सच है। लेकिन इतना बाहर आना जाना लगा..." बुफे की तरफ़ जाती अनुष्का पर उसकी आँखें टिकीं

थीं।

"तो तुम्हारी बीवी कहाँ है?"

"यूरोप में। उसकी आँखें इधर उधर दौड़ रही थीं। मुझे ऐसे लोगों से बात करना बिलकुल पसन्द नहीं। ऐसा लगता है कि वो वहाँ है ही नहीं और हर मुलाकात बेमतलब शब्द बनकर रह जाती है। विशाल को मैं सालों से जानती थी। हम लोग अच्छे दोस्त थे और कहने को तो अब भी हैं। लेकिन उसकी शादी के बाद कुछ बदल गया था। मारुती ८०० बदल गयी फोर्ड एंनडिव्यर में, टाईटन टैग हुअर में और डी डी ए का मकान बदल गया फार्म हाउस में और नाइके जूते गुच्ची में। आप समझ गये होंगे। जैसे जैसे लिंगों में बराबरी हो रही है, हालात भी यूनीसेक्स होते जा रहे हैं। जैसे पी एम एस। वैज्ञानिक तौर पर तो मैं साबित नहीं कर सकती लेकिन मैं कसम खा सकती हूँ कि मेरे बॉस को तो हर महीने होता है, मुझसे भी ज़्यादा। और तो और, अब तो पैसे के लिए आदमी औरतों को फाँसते हैं।"

ऐसे आदमियों की रूपरेखा इस प्रकार होती है – देखने में अच्छे पढ़े लिखे, सभ्य, सौम्य और गोल्फ या पोलो के शौकीन और ज़्यादातर वो अपना बिज़नेस शुरू कर रहे होते हैं। लेकिन सबसे बड़ा गुण है जी जान से जुट कर लड़की को पटा लेना। और अग्नि के फेरे लेने से पहले अपना प्यार जताने के लिए किसी भी हद तक जाने की क्षमता। और विशाल ने भी यही किया। लेकिन उसकी एक बात अच्छी थी। रोहिणी को पटाने के समय अपने करीबी दोस्तों से उसने अपने इरादों के बारे में

हमेशा सच बोला। "देखो, मैं किसी की नौकरी नहीं कर सकता और अपना काम शुरू करने के लिए मेरे पास पैसा नहीं है तो रोहिणी ही मेरी मुश्किल का हल है।" इसलिए शादी के बाद उसकी सबसे करीबी दोस्त, मतलब मैं, करीबी नहीं रही।

"तो, तुम्हारी ज़िन्दगी में क्या चल रहा है?"

"कुछ ख़ास नहीं...बीवी बाहर गयी हुई है," उसकी आवाज़ में कोई परेशानी नहीं झलकी। चूँकि मैंने उसके बारे में पूछा था, उसकी बीवी के बारे में नहीं, मैं समझ गयी कि उसका अस्तित्व उसकी पत्नी से था। रोहिणी का अच्छा ख़ासा गारमेन्ट एक्सपोर्ट का बिज़नेस था। खरीददार इटली से लेकर सिंगापुर तक फैले थे।

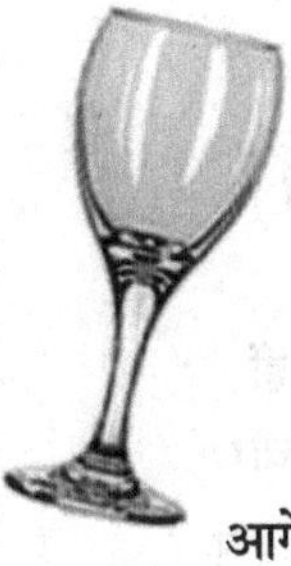

"क्या तुम कभी मिलना चाहोगी?"

"बिलकुल," मैंने फ़ौरन कहा।"

"बढ़िया। मैं तुम्हें फ़ोन करूँगा," वह आँख मारते हुए आगे निकल गया।

"कौन था यह राजकुमार?" मीशा ने पूछा।

"पहले मेरे साथ काम करता था। फिर शादी हो गयी और चला गया।"

"नौकरी छोड़ दी?" मीशा ने पूछा। "अरे औरतों का तो सुना था शादी के बाद नौकरी छोड़ना, लेकिन आदमी? यह तो अ अ...

"...मेट्रोसेक्शुयल है," रिक ने उसकी बात पूरी की।

काउंटर पर अपने सलाद का इन्तज़ार करते वक़्त मुझे

पीछे से एक जानी-पहचानी आवाज़ सुनाई दी।

"दुनिया के सभी होटल छोड़कर, सब सलाद काउंटर छोड़कर उसे मेरे पास ही आना था।"

मैं मुड़कर मुस्कुराई। 'कासाबलांका, १९४२ – मेरी पसंदीदा फ़िल्म।'

"मेरी भी। चलो उम्मीद है उसका इस तरह मज़ाक बनाना तुम्हें बुरा नहीं लगेगा। करण वर्मा मुस्करा रहा था। अपने ज़हन में कई बार उसने अगली मुलाकात के लिए तैयारी की थी लेकिन सब धरी रह गयी। यहाँ तो मैं मूर्खों-सी मुस्कुराये जा रही थी।

"मैं एक सा खाना खाकर बोर हो गया था, बुरा मत मानना।"

"अरे, मैं वहाँ सिर्फ़ नौकरी करती हूँ, खाना नहीं पकाती," मैं वहाँ से जाने को थी कि मीशा वहाँ आ पहुँची।

"हैलो।" उसकी तो लार टपक रही थी। "उस रात हम मिल नहीं पाये थे। मैं आईशा की दोस्त मीशा हूँ।"

"हैलो। जी मुझे याद है," उसने आँख मारकर कहा।

"आप हमारे साथ क्यों नहीं बैठते?"

"रहने दो, मिस्टर वर्मा के साथ ज़रूर कोई होगा," मैंने बीच में कहा।

"करण," उसने कहा, "नहीं, मैं अकेला हूँ। सिर्फ़ खाना खाने आया था। और मुझे आपके साथ बैठने में बहुत ख़ुशी होगी।" उसका अन्दाज़ बहुत दोस्ताना था। "और मैं तुम्हारे पति

से भी मिल लूँगा," उसने मेरे कान में धीरे से कहा। और बस मेरी भूख मर गई। मैं बेमन से इतनी मुश्किल से मिली टेबल तक वापस गई और करण वर्मा को खिलखिलाती मीशा और बेहद खुश रिक के बीच आराम से जगह बनाते देखा। उनके हज़ारों सवालों के सामने भी वो शान्त था। और निष्कर्ष यह निकला : वह न्यूयार्क में गोल्डमेने साक में काम करता है और दो साल के लिए दिल्ली आया है, उनका ऑफ़िस शुरू करने। मकान ढ़ूंढ रहा था, लेकिन कोई जल्दी नहीं थी, क्योंकि कपड़े धोने के ख़याल से ही उसका पसीना छूटता था।

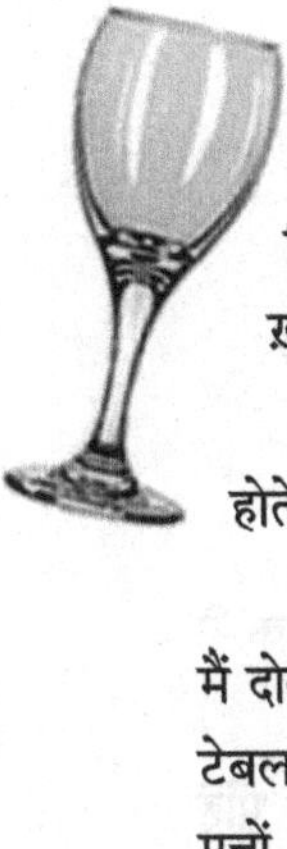

"अच्छा लड़का है।" अनुष्का ने धीरे से मुझे कहा। दोस्तों की सबसे ख़राब बात है कि वो आपसे पहले आपके दिल का हाल पढ़ लेते हैं और ज़ोर से कहने से नहीं कतराते, ख़ासकर उस लड़के के सामने।

"हम इसके बारे में बाद में बात करें?" मैंने परेशान होते हुए कहा।

अनुष्का नाराज़गी जताते हुए निक की तरफ़ मुड़ गयी। मैं दोबारा अपने सलाद को एकटक देखने लगी। छः लोगों वाली टेबल पर मैं एक से भी बात नहीं कर पा रही थी। अपने सलाद पत्तों से खेल करते हुए मैंने तिरछी नज़र से करण की तरफ़ देखा। उसने वी-नेक की सफ़ेद टी-शर्ट पहनी हुई थी और साथ में बिस्कुटी रंग की लिनेन पेंट। आरामदायक और फैशनेबल। इतने ध्यान से चुने अपने कपड़े अब मुझे अति लग रहे थे। ऐसा क्यों होता है कि जब भी मुझे कोई पसन्द आता है, मैं बेकार मालूम पड़ती हूँ और वो आदमी इतना बढ़िया!

"तो, आईशा, तुम्हारा काम काफ़ी दिलचस्प होगा?" करण ने अचानक पूछा।

"इसका काम तो बहुत ग्लैमरस है और बहुत दिलचस्प लोगों से मिलती है, है न आईशा?' अनुष्का ने बीच में कहा। इस तरह की बात हीं हीं करके हँसने के बराबर है। ऐसा तब होता है जब आपके दोस्त आपको वो बेचने की कोशिश करते हैं, जिसमें आपकी दिलचस्पी होती है।

"बिल्कुल," करण ने मुस्कुराते हुए कहा। "मैं जब भी मिलता हूँ यह बिजी होती हैं।"

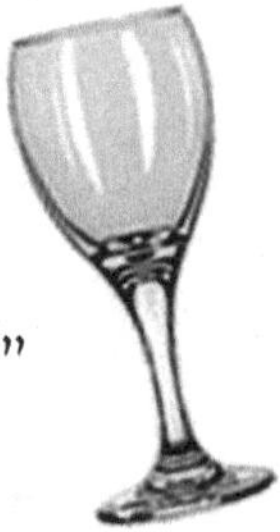

"मौसम के हिसाब से होता है। आजकल छुट्टियों के चलते थोड़ कम काम है। मैं इससे भी ज़्यादा बिज़ी हो जाती हूँ," मैंने बिना सोचे कहा।

"और तुम्हारे पति भी होटल वाले लाइन में ही हैं?" पाँच जोड़ी आँखें मेरी तरफ़ घूमीं।

"मैं.."

"ओ, इसका तलाक हो चुका है, है न हनी?" रिक ने हँसकर कहा।

"ओह। अब समझ में आया," करण ने मेरी तरफ़ भौंहें उचकाईं।

"क्या समझ में आया?" अनुष्का ने पूछा।

"छुप-छुपकर देखना, लुका-छिपी खेलना।"

"क्या?" अनुष्का ने फिर पूछा।

"मैं कोई लुका छिपी नहीं खेलतीं। यह कितना भद्दा मज़ाक

है।" मैं ग़ुस्से से बोली।

बदक़िस्मती से मीशा ने अपने दो टूक शब्दों के लिए यह सही समय चुना। "जी, आईशा लुका-छिपी नहीं खेलती। अरे आपको नंगा देख लिया तो कौन-सी बड़ी बात हो गयी?"

हे भगवान! मैं तो भूल ही गई थी कि मैंने इसे बताया था।

"लेकिन मैंने तो सुना की काफ़ी बड़ी बात थी।" रिक ने कहा।

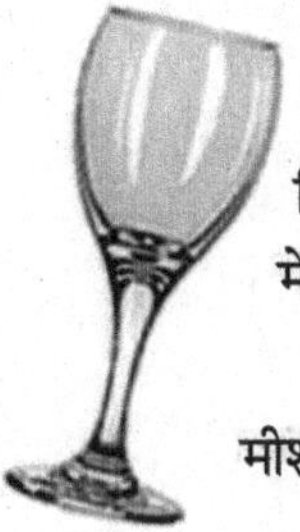

ज़ाहिर है मैंने इसे भी बताया था। छिपाने वाली बातें और मुझमें यही एक दिक़्क़त है। मैं भूल जाती हूँ कि मैंने किसे बताया, किसे नहीं, ख़ासकर जब मैं नशे में होती हूँ।

"तुमने मुझे तो कहा था कि तुमने ठीक से नहीं देखा।" मीशा ने मुझे ग़ुस्से से घूरा।

सन्नाटा छा गया और सारी आँखें खाने पर टिक गयीं। लेकिन फिर मीशा की जिज्ञासा जाग उठी और वह करण से पूछाताछ करने लगी। "तुम्हारा परिवार कहाँ रहता है? वो लोग भी यहाँ आएँगे?"

"अभी मेरी शादी नहीं हुई है।" मीशा, रिक और हाँ मैंने भी गहरी सांस ली – "मेरे माता-पिता सेन फ़्रांसिस्को में रहते हैं और मेरी बहन भी केलिफोर्निया में रहती है। वो डाक्टर है, शादीशुदा है और उसके दो बच्चे हैं।

"सेन फ़्रांसिस्को दुनिया की गे राजधानी है, कम-से-

कम अमेरिका की तो," रिक ने चहकते हुए कहा।

"मुझे तो पता नहीं। मैंने पढ़ाई अटलांटा में की थी।" तभी करण का सेलफ़ोन बजा और वो बात करने के लिए उठ गया।

"तुमने क्यों कहा कि मैं तलाकशुदा हूँ?" करण के जाते हीं मैं ग़ुस्से में रिक से फुसफुसायी। रिक ने मेरे सवाल का जवाब नहीं दिया। वह करण को एकटक देख रहा था। "वो पक्का गे है। मुझे पूरा यक़ीन है। इस मामले में मैं कभी ग़लत नहीं होता।" रिक उत्साहित होता जा रहा था। इस मामले में तो रिक के पास कम्पास था जो पाँच किलोमीटर तक की दूरी में हर ख़ूबसूरत आदमी को ढूँढ लेता था।

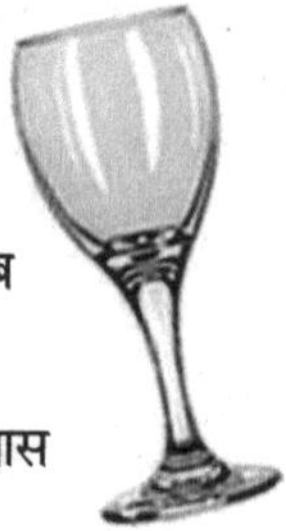

"तुम्हारे मुताबिक़ तो हर कोई गे है!" मीशा ने जवाब दिया।

"पर वो तो सच है, जानेमन। बस उन्हें अभी अहसास नहीं हुआ है," रिक ने मुस्कुरा कर कहा।

करण लौटा तो रिक तत्पर उसकी तरफ़ मुड़ा। "हम जानना चाह रहे थे यदि तुम गे...?"

वाइन का घूँट मेरे गले में फंस गया। अब तो मैं पूरी तरह सदमे में थी। मेरे दोस्त मेरे साथ ऐसा कैसे कर सकते हैं? मन तो कर रहा था कि वहाँ से भाग जाऊँ कहीं दूर या फिर उससे भी बेहतर, फ़िल्मों की तरह धरती यहाँ भी फट जाए और मैं उसमें समा जाऊँ।

"नहीं, मैं नहीं हूँ। हाँ मेरा रिश्ते का एक भाई है जो गे है। हम लोग साथ बड़े हुए इसलिए वो मुझे सब कुछ बताता

रहता है।" करण ने इतनी सहजता से जवाब दिया, मानो इस सवाल का वो रोज़ जवाब देता हो।

"पता है, इस बारे में प्रकृति और परवरिश की बहस काफ़ी चल रही है? कुछ लोगों का मानना है कि यह सब जन्म से होता है..." इस अज़ीबो-ग़रीब बातचीत को आगे बढ़ाने पर तुला था रिक।

"अब माफ़ भी करो रिक," मीशा ने कहा।

"चलो, तुम्हारा भाई कभी मिलने आये तो मुझे ज़रूर बताना। हाँ, तुम्हारे जैसा दिखता हो तो।" रिक ने आँख मारी। करण हँस रहा था और मैंने वाइन एक घूँट में अन्दर की – इस दर्द को कम करने के लिए कुछ भी।

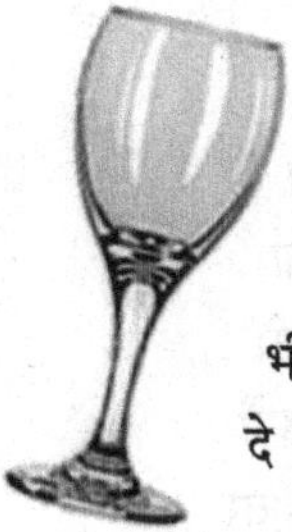

"अब चुप भी रहो रिक। और आईशा की तो शादी भी नहीं हुई है। एकदम कुँवारी है।" निक का धैर्य जवाब दे चुका था।

मैंने शैम्पेन के ग्लास को दाँतों तले चबा लिया। मुँह में काँच का टुकड़ा आ ही गया था समझो। हालाँकि अच्छी क्वालिटी का।

करण और मेरे काले चश्मे

अगले दिन सुबह-सुबह प्रोग्राम तय करने के लिए विशाल का फ़ोन आ गया। शाम को जब मैं तैयार हो रही थी, तो माताश्री मम्मी भाटिया का फ़ोन आया। उन्होंने मुझे यह बताने में ज़रा भी समय नहीं गंवाया कि वो कितनी दुखी हैं। नीना मासी से हुई मेरी झड़प से। नीना मासी और मम्मा भाटिया का नाम गिनीस बुक ऑफ वर्ल्ड रिकार्ड में सबसे लंबी लड़ाई के लिए ज़रूर आ सकता है - मतलब बहनों की ईर्ष्या। इस जंग का अन्त तय करेगी मेरी शादी, या बेहतर कहूँगी जो मुर्गा मैं फाँसुँगी वही तय करेगा कौन जीतेगा। नीना मासी की बेटियों की शादी हो चुकी है, तो उस लिहाज़ से वो एक कदम आगे है। लेकिन अगर मैं सही वर चुन लेती हूँ तो मम्मा भाटिया जीत जायेंगी।

उस दिन नीना मासी ने अपनी बहन की तरह बात शुरू की थी, "तो तुम खुशखबरी कब देने वाली हो बेटा?" आमतौर पर तो मैं प्यार से गाते हुए कह देती, "अभी नहीं मासी।" लेकिन उस दिन मैं काम पर भी थी और कुछ परेशान भी। जो भी हो, मेरे पास हज़ार कारण थे कहने के लिए, "हाँ, मैं माँ

बनने वाली हूँ।" सन्नाटा। और पूछताछ वहीं ख़त्म हो गई।

"तुम्हारा यह बड़े शहरों वाला मज़ाक सबको पसन्द नहीं आता।" मम्मा भाटिया वाक़ई में ग़ुस्से में हैं।

"तो वो भी तो हमेशा ख़ुशख़बरी माँगती रहती हैं, तो मैंने दे दी। उन्हें मायूस नहीं करना चाहती थीं," चिढ़ते हुए मैंने कहा। मेरी माँ के अनुसार जब मुझसे कुछ ग़लती होती है तब उसका कारण होता है कि मैं उस बदमाश नगरी में अकेली रहती हूँ और कि मेरी शादी टाईम पर नहीं हुई।

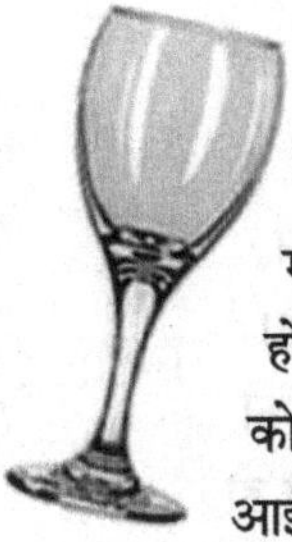

"तुम बस इतना जान लो कि मैं ऐसे ही इतनी परेशान हूँ कि तुम तीस की होने वाली हो और अब तक अनमैरिड हो। फिर घरवालों को इस तरह चौंकाने का क्या मतलब?" वो बात अलग है कि मैं तीस साल की तब से होने वाली हूँ जब से मैं पच्चीस की हुई। जहाँ तक परिवार को चौंकाने की बात है, वो तो मैं काफ़ी समय से करती आई हूँ। पहली बार शायद तब, जब मैं दस साल की थी। कोई फ़ैमिली फंक्शन था, मैंने अपने सब भाई-बहनों को इकट्ठा किया और हम लोगों ने मडोना का गाना 'लाइक ए वर्जिन' गाया और उस पर नाचे। ज़ाहिर है मुख्य गायिका मैं ही थी।

हमारी बाकी बातचीत में मम्मा भाटिया ने मुझे भारी-भरकम ज्ञान दे दिया, मानो उसी से मुझमें फ़ौरन बदलाव आ जाएगा। जब वे ऐसे मूड में होती हैं तो मेरी माँ दीपक चोपड़ा को पछाड़ सकती हैं। मैंने कई बार उन्हें कहा है कि यह भाषण पेटेंट करवा के बिगड़े बच्चों की माँ को बेचें, हो सके तो उसकी सीडी बनवा लें। इस तरह से जब माँएँ काम पर होंगी तब आया

या भईया लोग बस सीडी चला देंगे और दुनिया भर की माँएँ निश्चिन्त रहेंगी कि उनकी परवरिश में कोई कमी नहीं रही। पैसे भी बहुत मिलेंगे और उनसे मेरे लिए शादी के कपड़े भी बहुत सारे आ जायेंगे।

सच कहूँ तो मेरी माँ की ज़िन्दगी आसान नहीं रही है। पहले मैं और फिर मेरा कुत्ता। मेरी माँ को कुत्तों से सख़्त नफ़रत है, लेकिन परिवार के दबाव में आकर उन्होंने एक रख ही लिया। जूलियन बालों वाला बड़ा सा सेंट बरनार्ड है। ठीक वैसा जो स्वीटज़रलैंड के पहाड़ों में लोगों को बचाते, मदद करते दिखता है। माँ ने रखने पर सोच लिया कि चलो बच्चे तो होंगे उसके। सेंट बरनार्ड का एक पिल्ला पच्चीस हज़ार रुपये तक में बिकता है, लेकिन दिक़्क़त यह है कि जूलियन नपुँसक है। वो कोई आमदनी का ज़रिया नहीं बनने वाला। कुँवारी बेटी और नपुँसक कुत्ते के बीच मम्मा भाटिया का जीवन नर्क हो गया है। या तो वो "आपकी बेटी की शादी हो रही है?" सवालों से जूझ रही होती हैं या फिर "आप अपने कुत्ते के बच्चे क्यों नहीं करवातीं, उसके बच्चे कितने प्यारे होंगे?" और यह सवाल कम हो तो किस्मत की मार देखिये, कुत्ते के लिए मुझसे ज़्यादा रिश्ते आते हैं! और अगर आप मेरी माँ की तरह दुनियादारी में लगे रहते हों तो यह काफ़ी मुश्किल खेल में बदल सकता है।

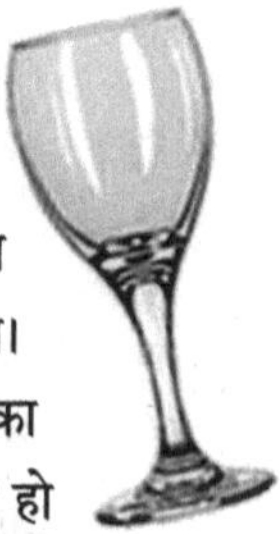

तैयार होते समय मुझे एहसास हुआ कि मेरी कहीं जाने की इच्छा नहीं थी। अपने आप को जीन्स में ठूँसते हुए – इतनी टाईट तो नहीं थी – मुझे शाम की बोरियत से घबराहट हो रही

थी। बस एक बात अच्छी थी कि विशाल बहुत बोलता है और मेरी चुप्पी से उसे कोई फ़र्क नहीं पड़ने वाला था। लेकिन विशाल को मानना पड़ेगा। वो मुझे पुराने ज़माने टाइप के अच्छे रेस्तरां में ले गया, कासाब्लांका जैसा। मैंने जीन्स पहनी हुई थीं तो आप समझ ही गये होंगे कि मैं वहाँ जाने के लिए कितनी तैयार थी। ज़ाहिर है, शादी के बाद विशाल का स्तर काफ़ी बदल गया था। मेरे पास अपना प्यारा क्रेडिट कार्ड तो था, लेकिन विशाल ने कहा, "फ़िक्र न करो ता नहीं करो मैं अपनी बीवी के ख़र्च में डाल दूँगा। टैक्स में भी छूट मिलेगी।" यह कहने में मुझे काफ़ी हिचक हो रही है कि मुझे इसमें कोई बुराई नहीं लगी। उसकी पत्नी के ख़र्चे पर शैम्पेन गटकते हुए मुझे पहली बार अहसास हुआ कि पैसे के लिए शादी करना इतना बुरा भी नहीं है। वो कहते हैं न कि अपने से ज़्यादा पैसे वाले से शादी करनी चाहिए और मेरा बैंक का खाता देखते हुए ये ज़्यादा मुश्किल नहीं होगा।

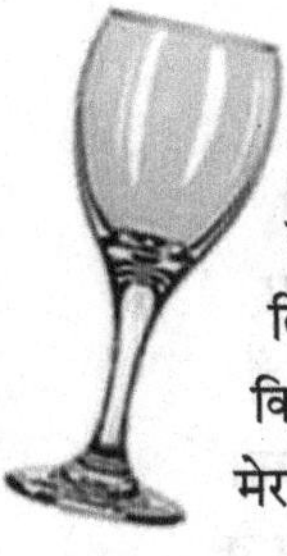

अगर आपको यह ग़लतफ़हमी है कि वाइन पीने के बाद हैंगओवर नहीं होता तो मैं आपका बता दूँ कि ऐसा सिर्फ़ फ़्रांसीसियों के साथ होता होगा। और यहाँ हम सस्ते ठर्रे की बात नहीं कर रहे।

अगले दिन सुबह मेरा सिर दर्द से फटा जा रहा था। सिर हिलाने तक में तारे नज़र आ रहे थे, इसलिए मैं चुपचाप तकिये पर सिर रखे छत को ताक रही थी। राजकुमारी और ओवरटाइम के चलते मेरी दो दिन की छुट्टी बाकी थी। फ़ोन बजा और मेरा पहला ख़याल था कि भगवान करे कि बॉस ने

फ़ोन न किया हो मुझे काम पर बुलाने के लिए।

"हैलो," मैं बलि चढ़ते बकरे की तरह मिमियाई।

"आईशा?" सवाल कम था, बयान ज़्यादा। बॉस ही थे।

"मैं सो रही थी। थोड़ा गला ख़राब है।"

"हाँ, तुम्हारी आवाज़ बदली-बदली लग रही थी। सुनो, यह कमरा ३४५ में जो मेहमान हैं, वो आज दोपहर को मकान ढूँढने जाना चाहता है। तुम ले जाना उसे। मुझे अपनी पत्नी के भतीजे के मुँडन में जाना है।"

पत्नी के भतीजे का मुण्डन! मैं अच्छी तरह जानती हूँ उसे कहाँ और किसके पास जाना है। वैसे भी मैं ३५० डॉलर प्रतिदिन देने वाले मेहमान को रहने का दूसरा ठिकाना मैं क्यूँ ढूँढवाऊँ? यह सब कहने की बातें हैं। जाना तो पड़ेगा।

करण वर्मा मुझे लेने घण्टे भर में आने वाला था। मैं शीशे में अपना चेहरा देख रही थी और धीरे से चेहरा छुआ। इतना सूजा हुआ था कि कोई ख़ुदाई करके ही उस माँस के नीचे हड्डी ढूँढ सकता था। चेहरा सूजा और भद्दा और आँखों के नीचे पड़े गड्ढे मेरी ख़ूबसूरती में चार चाँद लगा रहे थे।

एक ही पार्टी एक्सपर्ट मेरी मुश्किल का हल बता सकता था।

"रिक मेरी मदद करो! कल रात मैंने कुछ ज़्यादा वाइन पी ली और एक घण्टे में मुझे उस सुपर डूड करण वर्मा से मिलना है। मेरा चेहरा सूजा है, आँखों के नीचे गड्ढे हैं और सिर दर्द से फटा जा रहा है। और मैं पागल हुई जा रही हूँ।"

"रिलैक्स," रिक ने आराम से कहा। मैं उसे देख सकती थी, अपने काले सेटिन के बेडकवर परशियन बिल्ली की तरह लेटा हुआ। "सब ठीक हो जाएगा।" और उसने नुस्ख़े बताने शुरू किए। "कितने बुरे गड्ढे?"

"बहुत ज़्यादा।"

"कन्सीलर से काम चल जायेगा?"

"नहीं इस बार नहीं।"

"चलो कोई बात नहीं। वो जैकी ओ. वाले काले चश्में हैं तुम्हारे पास?"

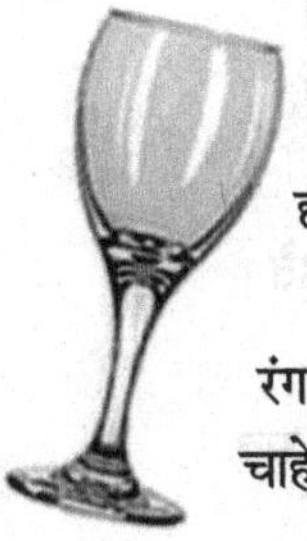

"मेरे पास जे.लो वाले भी हैं," मैंने उत्साहित होकर कहा।

"डारलिंग, तुम्हें बहुत काले वाले चश्मे चाहिए, हल्के रंग वाले नहीं। इसलिए जैकी.ओ. वाले ढूँढो और याद रहे चाहे, तुम्हें गुफ़ा में ले जाए, काले चश्मे मत उतारना।"

"अरे वो कोई बेटमैन तो नहीं। गुफ़ा में थोड़ी रहेगा," मैंने मज़ाक करते हुए कहा।

"अगर तुम उसकी रॉबिन बनना चाहती हो तो... मुझे हमेशा लगा है कि उन दोनों में कुछ ज़रूर था।"

"रिक, प्लीज़ काम की बात करो। मेरे पास ज़्यादा समय नहीं है," मैंने उसकी कल्पनिक उड़ानों को रोकते हुए चिड़चिड़ाकर कहा।

"अच्छा, और सिरदर्द कैसा है?"

"जैसे सिर में कोई नस फट रही हो।"

"ठीक है। चाय या काफ़ी नहीं। एक एस्परीन गटको, लेकिन पहले एक बनाना शेक बना लो। ज़्यादा मुश्किल लगे तो एक सेब खा लो फिर एक एस्परीन ले लो।"

"ठीक है।"

"और अब चेहरे की सूजन। एक स्कार्फ़ लो और सिर पर बाँध लो। आज धूप है तो चल जाएगा। अपनी बंजारन वाली स्कर्ट नीले टॉप के साथ पहन लो। और सुनो, पूरा बंजारन लुक देना।" रिक मेरी आलमारी को मुझसे बेहतर जानता है। उसने मुझे सुधारने की अनगिनत कोशिशें की हैं, लेकिन मुझे अपनी जीन्स और दो साइज़ बड़ी टी शर्ट ही पसन्द आती है।

"मैं टोकरी में सेब भी रख लूँ क्या?" मैंने छेड़ते हुए कहा।

"अगर तुमने रात को अति नहीं की होती तो इस सब की ज़रूरत नहीं होती।"

"मालूम है जानेमन। बहुत-बहुत शुक्रिया।"

तैयार हो कर जब मैंने आईना देखा तो कुछ ज़्यादा लगा, वो अंग्रेज़ी में कहते हैं न, ओ.टी.टी मतलब ओवर द टॉप। कैसे? किसी फ़िल्म स्टार की तरह, जो बड़े-बड़े काले चश्मे पहन कर ग़लत जगह पहुँच गया हो। ख़ैर जो भी हो, मेरे कद्दू जैसे चेहरे से तो कहीं बेहतर ही था।

घण्टी बजी और दरवाज़ा खोलने से पहले मैंने घर भर में फैले कपड़े समेट कर आलमारी में ठूँसे। अगर करण को मेरे काले चश्मे देख कर हैरत हुई तो उसने जताया नहीं। या

तो वो बहुत तमीज़दार है या फिर उसे फ़र्क नहीं पड़ता। मैंने पर्स उठाया और पाँच मिनट में ही वहाँ से निकल लिये। हम प्रापर्टी डीलर के पास चल दिये।

मैंने कभी सोचा नहीं था कि कोई प्रापर्टी डीलर भी मुझसे स्मार्ट होगा। लेकिन तान्या तीस साल के आसपास होगी और दुनियादार। आप समझ गये न? मतलब हर तरह से परफ़ेक्ट, मानो उसने नैन-नक्श, बाल, आवाज़, लहजा सब कुछ किसी कैटेलॉग में देखकर जुटाया हो।

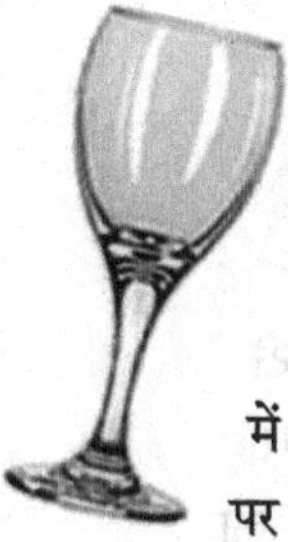

हाथ मिलाते समय उसने सिर से पैर तक देखा और नज़रों से ही मुझे रिजेक्ट कर दिया। मुझे देखकर उसकी प्रतिक्रया कुछ ऐसी थी – *तुम्हें घर बैठ कर घिसे-पिटे सीरियल देखकर अपनी ज़िन्दगी गुज़ारनी चाहिए।*

उसके बारे में एक और चीज़ अजीब थी। उसके हाथों में जान नहीं थी, लेकिन पल-पल में वो करण की बाहों पर जा बैठते। मैंने तिरछी नज़रों से उसके हाथ की तरफ़ देखा और पाया कि शादी की अँगूठी नहीं थी। उसके जैसी लड़कियाँ शादी के बाद हीरे वाली अँगूठी ज़रूर पहनती हैं। हालात बिगड़ रहे थे। न केवल वो ख़ूबसूरत थी, वो सिंगल भी थी! और करण को भी उसके साथ काफ़ी मज़ा आ रहा था। उसके साथ काफ़ी हँस-बोल रहा था। वे एक-दूसरे में मशगूल थे। अगर मैं अपना स्कर्ट उठाकर कहती 'देखो मैंने अन्दर कुछ नहीं पहना है!' यकिनन वह पलट कर भी नहीं देखता।

तान्या ने हमें दो अच्छे घर दिखाये। उनमें से एक तो बहुत ही अच्छा था। करण को भी काफ़ी पसन्द आया। उसने

तमीज़दारी में मेरी राय भी पूछी। तो मैंने वो ही किया जो कोई भी ईमानदार आत्मविश्वासी लड़की करती। मैंने उसे कह दिया कि इतने पैसे में उसे इससे बेहतर घर मिल सकता था। करण ने कुछ नहीं कहा लेकिन तान्या मैडम की चमकती आँखों में मेरे लिए कुछ सम्मान दिखाई दिया। उसने मुझे आँकने में भूल कर दी थी। लेकिन अब तक देर हो चुकी थी। मीटिंग वहीं ख़त्म हो गई क्योंकि तान्या मैडम को किसी के साथ खाने पर जाना था। खाने पर? इन लड़कियों को मैं खूब जानती हूँ।

"चाइनीज़ खाओगी?" करण ने पूछा।

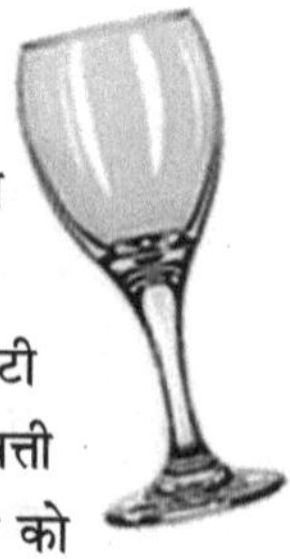

"ठीक है।" अभी तो सब अच्छा लग रहा था।

"तो तुम तान्या को कैसे जानते हो?" मैं सवाल पूछे बिना नहीं रह सकी।

"तान्या मेरी माँ की सबसे करीबी सहेली की बेटी है," करण ने जवाब दिया। और तब मेरे दिमाग़ की बत्ती जली। मुझे यह सारा काण्ड समझ में आया। तान्या करण को लाइन दे रही थी और वो उसे दूर रखने के लिए मेरा इस्तेमाल कर रहा था! बेशर्म!

"इफ़ यू डोन्ट माइन्ड, क्या हम किसी लोकल चाइनीज़ रेस्तरां में चलें?" करण ने पूछा।

"मुझे गोभी मनचूरियन हमेशा से पसन्द है," मैंने जवाब दिया।

करण हँस पड़ा, "मुझे इंडियन चाइनीज़ खाने का बहुत मन है। वो अजीनोमोटो वग़ैरह डालकर। बड़े रेस्तरां ओथन्टिसिटी के चक्कर में इंडियन स्वाद ख़त्म कर देते हैं।" उसे सिर्फ़ खाने

की पड़ी थी और मैं अपनी सौत के आगे नहीं सोंच पा रही थी।

हम लोग ओरिएण्टल ड्रैगन नामक एक जगह में घुसे। मैं भूल गयी थी कि इंडियन चाइनीज़ रेस्तरां में हमेशा लाल रंग की सजावट और बहुत कम रोशनी होती है। यह भी ऐसा ही था – लाल दीवारें, टिमटिमाते काग़ज़ के लालटेन, ड्रैगेन के छापे वाले वॉल–टू–वॉल कारपेट और नकली चाइनीज़ वेट्रेस जो शायद इसलिए मुस्करा रही थी कि मैंने अभी भी अपने जैकी.ओ. चश्मे पहने हुए थे। टेबल को जाते हुए मैं एक सीढ़ी पर लड़खड़ाई लेकिन किस्मत से करण ने मेरी कोहनी पकड़ ली और कोई हादसा नहीं हुआ।

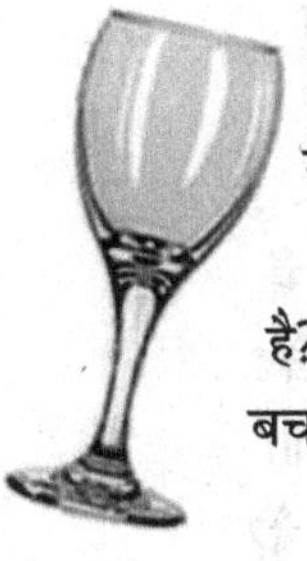

"तुम्हें पता है अजीनोमोटो से कैंसर का खतरा होता है?" टेबल की तरफ़ रास्ता टटोलते हुए मैंने आख़िरी बार बचने की कोशिश की।

"अँधेरे रेस्तरां में काले चश्मे से भी खतरा होता है बुद्धू!" वह मुझे छेड़ रहा था। "अरे खतरों से ज़रा खेलो!"

खतरों से खेलो! काश उसे पता होता कि मैं इस बात से आश्वस्त थी कि मुझे काले चश्मे उतारने नहीं होंगे, और इसलिए मैंने कंसीलर नहीं लगाया था। जब करण उठकर बाथरूम गया तो मुझे मौका मिल गया। मैंने रिक को फ़ोन किया। "हम छोटे से चाइनीज़ रेस्तरां में हैं। कुछ दिखाई नहीं दे रहा है, चश्मे उतार लूँ?"

"हे भगवान! छी! वो तुम्हें वहाँ ले गया है?"

"रिक सुनो। मैंने कन्सीलर रहीं लगाया है?"

"तुम्हारे शार्टकट उफ़्फ़," वह चिल्लाया। "मुझे तो विश्वास नहीं होता, वो तुम्हें वहाँ ले गया है..."

"रिक," मैं इस समय मेकअप या फिर करण की फ़ालतूगिरी पर कोई भाषण सुनने के मूड में नहीं थी। मेरे ख़याल से जग-ज़ाहिर था कि करण को मुझमें कोई रूमानी दिलचस्पी नहीं थी। यहाँ आना इस बात का सबूत था। वो तान्या को तो यहाँ कभी नहीं लाता।

"तो फिर चश्मा उतारने में हर्ज़ क्या था?"

"बिलकुल नहीं," मानो रिक ने मेरे मन की बात पढ़ ली हो। "डोन्ट यू डेयर! अगर तुम उतारोगी तो फिर आईन्दा मुझे मदद के लिए फ़ोन मत करना।"

"ठीक है रिक, रखती हूँ।" इससे पहले कि मैं आत्महत्या करने को ज़िनफैन्डॅल वाइन के बजाय रेज़रब्लेड ऑॅर्डर करूँ, मैंने फ़ोन रख दिया। जैसे तैसे झेलना पड़ेगा।

करण लौटकर आया। "मेन्यू देखा? क्या खाना है?" कुछ ज़्यादा ही फ़ॉर्मल हो रहा था वो।

"तुम क्यों नहीं ऑॅर्डर करते?" मैं तो सूरदास बनी हुई थी –ब्लाईंड ऐज़ ए बैट!

"पागल हो क्या?" मैं यहाँ एक होटलियर के साथ आया हूँ। तुम्हारी काबलियत ऐसे ज़ाया होने दूँ? हम दोनों के लिए तुम ऑॅर्डर दे दो।" मुझे लगता है उसे मज़ा आ रहा था।

एक नकली-सा चाइनीज़ वेटर प्रकट हुआ। उसने नाटकीय अन्दाज़ में मेरे सामने बड़ा-सा फ़ुदने लगा मेन्यु पेश किया। कम-से-कम मुझे इतना तो पता था कि मेन्यू मैंने सीधा पकड़ा

था। ज़िन्दगी में पहली बार होटल में ट्रेनी के तौर पर बिताये गये कई घण्टों के लिए आज मै शुक्रगुज़ार थी। मेन्यू को देखने का नाटक करते हुए मैंने अन्दाज़ से ऑर्डर दिया।

करण इधर-उधर की बातें कर रहा था और मैं उस अँधेरे में खाना खाने के बारे में सोचकर परेशान हो रही थी। लेकिन करण ने ध्यान नहीं दिया कि मैं खोई हुई थी। यहाँ भी मेरी होटल ट्रेनिंग काम आयी। सुनने का नाटक करने में मैं माहिर हूँ, चाहे मेरा दिमाग़ उस समय कोसों दूर हो।

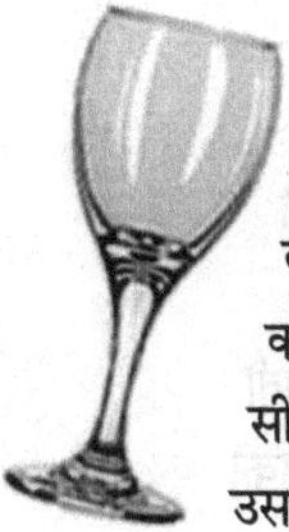

मैं वहाँ अँधी बैठी थी और सोच में डूबी। मेरे दिमाग़ में अजीब ख़याल आ रहे थे। मैंने एक कुँग फ़ू फ़िल्म देखी थी, जिसमें गुरु आँखों पर पट्टी बाँधकर एक दोंगे से चावल खाता है। एकदम सफ़ाचट कर देता है। काश मैंने भी ऐसी ट्रेनिंग ली होती! मैं भी एक बार कराटे सीखने गई थी, लेकिन सिर्फ़ इसलिए कि मीशा की नज़र उस क्यूट टीचर पर थी।

तभी उस नकली चीनी वेटर ने टेबल पर एक मोमबत्ती रखी।

"यहाँ रोशनी बहुत ख़राब है। मुझे लगा हमें इसकी ज़रूरत पड़ सकती है," करण ने आँख मारते हुए कहा। उसकी आँखों में शरारत भरी थी। मैं भी अपनी मुस्कुराहट रोक नहीं पाई। *धत्त!* उसे पसन्द नहीं करना चाहती मैं। लेकिन एक बार फिर उसने मुझे कमज़ोर कर दिया, हालाँकि इतना नहीं कि मैं चश्मा उतार दूँ। वो मेरी नाक पर विराजमान रहे। जैकी. ओ. को मुझ पर गर्व होता!

करवा माता की जय!

"कल करवाचौथ है!" घर पहूँची तो मीशा का फ़ोन आया।

"मतलब?"

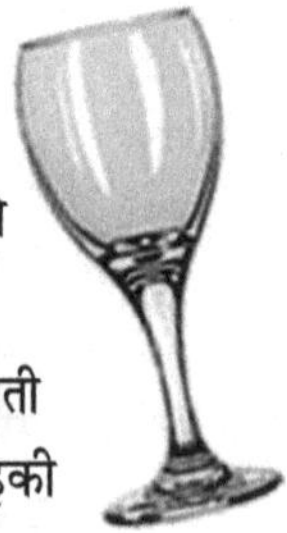

"तुम व्रत नहीं रखोगी?"

"नहीं। मेरी शादी नहीं हुई है, याद है न? और हो भी गई होती तो भी शायद ही रखती।"

"अरे यार, शुभ होता है। कुँवारी लड़कियाँ भी रखती हैं, अच्छे वर की चाह में और मिलता भी है। एक लड़की है..."

"होता होगा आई ऍम श्योर।" इससे पहले कि मीशा भूख और प्यार की कामना पूर्त्ती के नए किस्से फिर शुरू करे, मैंने बीच में ही टोक दिया।

"अनुष्का भी व्रत रख रही है, हालाँकि अब वो अनुज से अलग हो गयी है। तुमने तो कहा था तुम हमारे साथ सब कार्मिक चीज़े करोगी।"

शायद धर्म तो नहीं लेकिन करण के कारण मैं मान गयी। मैं शादी के बारे में नहीं सोच रही थी। बस समझ लो इस

चोंचलेबाज़ी से चिढ़ नहीं रही थी।

"ठीक है क्या प्लान है?" मैंने पूछा।

हमें मीशा के घर मिलना था, क्योंकि आधी रात में कोई रस्म होती है। अगले दिन उपवास रखना था और मीशा की कॉलोनी की औरतों के साथ समय बिताना था। और कुछ नहीं तो यह मीशा के लिए अच्छा मौका था अपने पड़ोस के भद्रलोक में घुलने-मिलने का।

सब कुछ बहुत अच्छे से आयोजित था। हमने पैसे दे दिये और ऐसोसिएशन की सेक्रेटरी ने सरगी थाली की सजावट का सामान वग़ैरह सब कुछ खरीद दिया।

"वो छन्नी भी खरीदेंगे क्या? मैंने पूछा। भूखे रहने के अलावा करवाचौथ के बारे में मुझे बस यही पता था। वो भी बॉलीवुड की दया से।

मैंने अपनी माँ से करवाचौथ रखने की बात कही। उन्होंने एक भी करवाचौथ नहीं रखा है अपनी ज़िन्दगी में। उनके अन्दर की नारी मुक्ति-आत्मा जाग उठती है।

"जिस दिन मेरा पति मेरे लिए व्रत रखेगा, मैं भी उसके लिए रख लूँगी," वो हमेशा यही कहती। और यह वही औरत है जिसने कहा था, "मैं कभी नौकरी नहीं करूँगी। क्यूँ करूँ? मेरे पति की ज़िम्मेदारी है मेरी देख भाल करना।"

"पर क्यों? तुम्हारी शादी भी नहीं हुई है। यह सब ड्रामेबाज़ी है," मम्मा भाटिया ने कहा।

"लेकिन मैंने सुना था कि पंजाबियों में सिंगल लड़कियाँ भी रखती हैं।"

"तभी उनके सबसे ज़्यादा तलाक होते हैं। इतनी ड्रामेबाज़ी। पहले शादी का शोशा और फिर दो दिन में शादी ख़त्म।"

"और कौन से सरवे से पता चला है यह तुम्हें?" बातचीत हमेशा की तरह माताश्री भाटिया का मेरी ज़िन्दगी की बर्बादी के भाषण के साथ ख़त्म हुई।

जो भी हो मेरे लिए तो भटिंडा की पंजाबन जीती। मैं मीशा के घर रहने गयी और सुबह साढ़े तीन का अलॉर्म लगाया।

"इतनी जल्दी उठना ज़रूरी है क्या? रहने दो न," मैंने अनुष्का की तरफ़ मदद के लिए सिर घुमाया।

"आईशा, अगर करना है तो ठीक से करना होगा," मीशा ने कहा। चालाक लोमड़ी अनुष्का चुप रही।

हम सब समय पर उठ भी गए और नहा भी लिये। हमारे लिए यह काफ़ी बड़ी उपलब्धि थी। हम नीचे बाकी जनानियों के पास पहुँचे। मिसेज़ मुखर्जी भी वहाँ थीं।

"वो बंगाली नहीं हैं? क्या वो लोग भी रखते हैं व्रत? अनुष्का ने फुसफुसा कर पूछा।

"अरे वो इतने समय से यहाँ जो रह रही हैं," मैंने धीरे से जवाब दिया। उनको देख हम कुछ हिल से गये थे। वो महा-ड्रामे की आयोजक भी थी। हमें देखकर उन्होंने मुँह तो बनाया लेकिन हर बार की तरह "पियक्कड़ पगली" और "गे आदमियों के साथ आग लगाने वाली लड़कियाँ" नहीं कहा। इस तरह सामुहिक पर्वों में कुछ होता ज़रूर है कि वो आपमें नार्मल ओर सभ्य बनने की चाह पैदा करते हैं, तकि आप आम लोगों में से एक हों।

इस मण्डली में कई तरह के लोग थे। एक ग्रुप था पहली बार व्रत रखने वालियों का। जिनकी शादी को अभी साल भर से ज़्यादा नहीं हुआ है और इसे साबित करने के लिए उनकी माँग में आगे से पीछे तक सिन्दूर भरा था। और साथ ही आसपास मण्डरा रहे थे उनके प्यारे पति, जिन्होंने साथ में व्रत रखा था। बहुत प्यारे थे वे। और फिर कुँवारी लड़कियाँ थीं। सब एक जैसी लग रही थीं अपने सुन्दर कपड़ो और मैचिंग चूड़ियों में। कोई उन्हें घड़ी दिखा दो। सुबह के चार बजे थे और उसके बाद सोने के लिए उन्हें सब कुछ उतारना पड़ेगा। उनका शौक काफ़ी बचकाना था। और फिर हम। सब कुछ आज़मा चुके और कुछ काम नहीं आया इसलिए अब धर्म का सहारा ले रहे थे! और फिर आंटियाँ थीं। उनके कपड़े कुछ ख़ास स्टाइल के नहीं थे, क्योंकि शायद बेटियों ने बाज़ी मार ली होगी। लेकिन यह कमी वो पूरी कर देती हैं खुशमिज़ाजी और मस्ती से। आख़िरकार, करवाचौथ अपने हुनर दिखाने का मौका भी तो होता है। हर कोई दिखाना चाहता है कि वो खाली पेट कितना अच्छा नाच और गा सकते हैं और 'गीले' व्रत के मुकाबले 'सूखे' व्रत में।

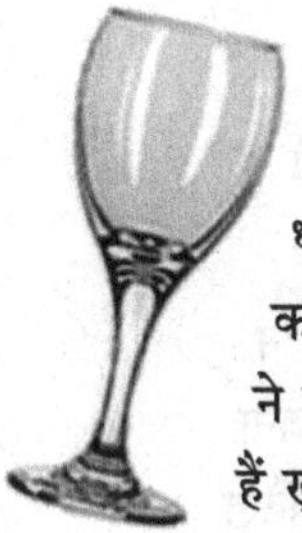

और देखने की बात थी कि सुबह के इस बे-समय नये नवेले पति मण्डरा रहे थे। मुझे ढोंगी होने का अहसास हुआ। ना मेरी ज़िन्दगी में कोई आदमी था और ना ही शादी का जोड़ा। जब भी मुझे लगता है कि मैं अपनी मंज़िल तक पहुँच गयी हूँ, मंज़िल बदल जाती है।

हाँ, इस चाँदनी रात की दास्तां को लपेटते हुए। सब ने

पूजा की और कई भगवानों को याद किया, शायद सब को खुश करने के लिए। चूँकी हमारी सास नहीं है, हमें मिसेज़ मुखर्जी ने सरगी दी। रोल तो सही मिला उन्हें।

इस के बाद हम लोग घर गए और घोड़े बेच कर सो गए। जब दिन में उठी तो प्यास लग रही थी। अपनी सोती हुई सहेलियों को देख मन तो किया कि पानी पी लूँ, लेकिन फिर ख़ुद को रोक लिया। इतनी जल्दी हार मानना तो काफ़ी शर्मनाक होगा। मुझे बस यह सोचना था कि शरीर साफ़ हो जाएगा, जिसे अंग्रेज़ी में डीटॉक्स कहते हैं। लोग कितने हज़ार रुपये ख़र्च करते हैं इसके लिए, और मैं तो करवाचौथ की दया से यह मुफ़्त में ही कर पा रही थी। या फिर यह मेरी खुशफहमी थी।

चूँकी हमें तोहफ़े देने के लिए न सास थी और न पति, हमने शाम को कपड़ों के लिए शॉपिंग करने की योजना बनाई। ख़रीदारी या फिर आज की भाषा में कहें, तो रीटेल थेरेपी से बेहतर कुछ नहीं है। मैंने शाम के लिए 'गुड्डा' और जो लोग नहीं जानते, रोहित बाल की बनाई स्वारावस्की क्रिस्टल वाली फिरोज़ी शिफ़ॉन की साड़ी चुनी। बहुत पारंपरिक नहीं लेकिन मेरे पास इतने पैसे भी नहीं हैं कि मैं रोज़-रोज़ नये कपड़े खरीदूँ। इस खरीदारी के बाद मैं महीने भर भूखों मरूँगी, लेकिन वैसे भी मैं नई डायट शुरू करने वाली थी। और यह साड़ी हर तरह के फंक्शन पर पहनी जा सकती थी।

हम लोग अपने-अपने घर जाकर तैयार हुए। बाकी जनानियों को बाद में क्लब में मिलना था, जहाँ थाली सजानी थी और

करवाचौथ की कथा भी सुननी थी। फिर नाच-गाने का प्रोग्राम था और मैंने मासूमियत में सोच लिया था कि नाचेंगी तो सिर्फ़ आंटियाँ और मैं तमाशा देखूँगी।

जैसा मैंने सोचा मैं काफ़ी एलिगेंट लग रही थी। लेकिन मैं तो वहाँ चमक-धमक में खो ही गयी। वहाँ तो सब बॉलीवुड की हीरोइनें लग रही थीं। उम्र और साइज़ की कोई सीमा नहीं थी। मैं एक जूनियर आर्टिस्ट लग रही थी, हालाँकि काफ़ी एलिगेंट। लेकिन चटक गुलाबी रंग की साड़ी में मीशा किसी को भी टक्कर दे सकती थी। मैंने तो मिसेज़ मुखर्जी को उसे तारीफ़ भरी नज़रों से निहारते भी देखा। उसने साथ में ज़ीनत अमान जैसा ब्लाउज और जी हाँ, गुलाबी पेंसिल हील की सैंडिल पहनी थी।

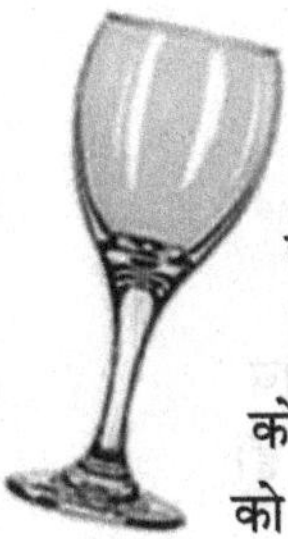

मीशा खड़ी एक गाने पर पैर थपथपा रही थी, नाचने को तैयार और उसे देखकर मैंने भगवान से प्रार्थना की मीशा को छलनी से देखने के लिए जल्द एक पति दे दे। वो इन सब चीज़ों के लिए बनी थी। अगर हमें भारतीय संस्कृति को पश्चिमी प्रभाव में डूबने से बचाना है तो मीशा जैसी लड़कियों की शादी हो जानी चाहिए।

"हे भगवान, वो स्वाति नहीं हो सकती," मैंने घबराकर कहा और केरेला से आई गुलाबी जार्जेट साड़ी में लिपटी चहकती हुई स्वाती हमारी तरफ़ मुस्कराती हुई चली आ रही थी। वह डेढ़ हड्डी की है। हमेशा से। "मुझे सब कुछ जल्द ही पच जाता है," वो पकौड़े पर पकौड़ा खाते हुए कहती। मेरे ख़याल से हम लोग ज़्यादा समय उसकी पीठ पीछे अपनी आँखें ही

चढ़ाते रहते थे। शायद इसलिए दोस्ती ही ख़त्म हो गई थी।

"हैलो लेडीज़! इतने समय बाद!" अजीब-सी नकियाने वाली ऐक्सेंट में बोलती हैं वह। एक साल यू.एस में पढ़ाई करने का असर है।

"तो क्या हालचाल हैं?" मैंने पूछा। मीशा और अनुष्का मुँह बनाए बैठी थीं। स्वाति किसी को ख़ास पसन्द नहीं थी।

"अरे कुछ ख़ास नहीं, बस काम, शॉपिंग, घूमना-फिरना... सगाई," अपना पतला सा हाथ बढ़ाते हुए उसने कहा। वहाँ प्लेटिनम की अँगूठी पर छोटे-छोटे हीरों से घिरा एक बड़ा हीरा जड़ा था।

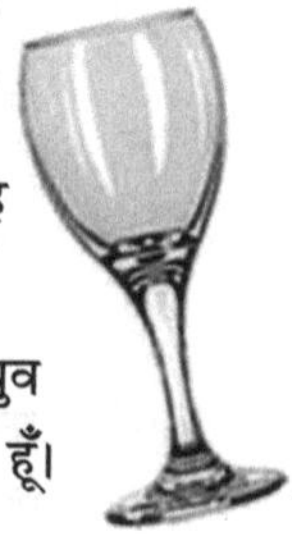

मीशा नींद से जाग उठी। और न चाहते हुए भी कह उठी, "इट्स गॉरजियस!"

"है न! मुझे कुछ ज़्यादा लग रहा था, लेकिन ध्रुव ने ज़िद की। तुम्हें तो पता है मैं कितनी सादगी पसन्द हूँ। लेकिन कोई बात नहीं शादी एक ही बार तो होती है।"

एक साल पहले स्वाति ने तय किया कि वो हम लोगों की तरह ज़िन्दगी से शिकायत नहीं करती रहेगी, बल्कि अपनी लव लाइफ़ सुधारने के लिए कुछ ठोस करेगी। वह सिर्फ़ बिना बच्चे वाला जोड़ों, (जिन्हें अंग्रेज़ी में डिन्क्स कहते हैं, डबल इनकम नो किड्स) के साथ घुलने मिलने लगी। शुरू-शुरू में तो वो साइकिल के तीसरे पहिये जैसी थी, लेकिन सब्ज़ी की शॉपिंग, पार्टी, फ़िल्म देखने में डटी रही। उसकी मेहनत तब रंग लायी जब उसे एक इन्वेस्टमेंट बैंकर से मिलवाया गया। देखा जाये तो डिन्कस को अपने कुँवारे दोस्तों की सेटिंग करवाना

बहुत अच्छा लगता है। यह उनका पुण्य होता है। और छह महीने में स्वाती खुश थी और करवाचौथ का व्रत रखने की सच्ची हक़दार भी।

"मुबारक हो!," मैंने उठकर उसे गले लगाया। बाकी सब ने अपना मौन व्रत जारी रखा। मैं कोई नाटक नहीं कर रही थी। मैं उसके लिए वाक़ई खुश थी। मुझे देखकर बाकी भी बोल उठे।

"शुक्रिया। अनुष्का, तुम्हारे और अनुज के बारे में सुनकर बहुत दुख हुआ। जल्दबाज़ी में शादी नहीं करनी चाहिए। चलो अब मुझे ध्रुव के पास पहुँचना चाहिए। शादी पर ज़रूर आना। दिसंबर में है," कहती हुई वो चली गयी।

हमारी उम्र की लड़कियाँ ऐसा ही करती हैं। जिस दिन आदमी मिल जाता है, बाकी सब दोस्तों को भुला देती हैं। सहेलियाँ मानो बोझ बन जाती हैं, शायद अहसास दिलाती हैं कि उनकी किस्मत ने साथ दे दिया है। अचानक कुँवारी लड़कियाँ भूखी शेरनी बन जाती हैं, जो हर आदमी को फांसने में लगी होती हैं, कुँवारा या शादीशुदा!

इसलिए शादी तय होते ही वो शादीशुदा लड़कियों के साथ रहने लगती हैं, क्योंकि कुँवारी लड़कियों के मुकाबले उनमें रिश्तों की बेहतर समझ होती है।

जब मेरी सगाई टूटी थी, तब काफ़ी बवाल हुआ था। उस समय मुझे लगा था सबको बताना कितना शर्मनाक होगा। हमारे देश में यह इतनी बड़ी बात होती है। लेकिन अब शादीशुदा लोगों के बीच मुझे इसका फ़ायदा मिलता है। जब वो पूछते हैं

तुम्हारी शादी हो चुकी है?" तो जवाब देना चाहती हूँ कि "तुमसे मतलब?" लेकिन कहती हूँ ,"मेरी सगाई तो हुई थी लेकिन वो बच निकला।" कम-से-कम दया का पात्र बनने से बच जाती हूँ।

मेरा सेलफ़ोन बजा। करण का फ़ोन था। और मैं, 'मेरे पिया गये रंगून' के रीमिक्स पर नाचने से बच गयी।

"हैलो! तुमने मुझे आइटम गर्ल बनने से बचा लिया।"

"अच्छा हुआ। मेरी फ़्लाइट लेट है। सोचा तुमसे बात कर लूँ। कहाँ हो?"

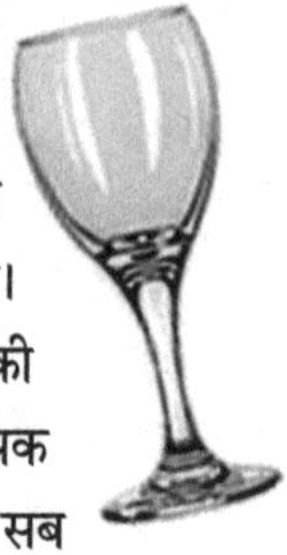

"करवाचौथ पार्टी में" मुझे अटपटा लग रहा था। बालकनी के किनारे खड़े होकर मैंने एक अर्से तक करण से बात की। वो काम के सिलसिले में मुँबई जा रहा था। मेरी खुशकिस्मती कि नाच-गाना चलता रहा। मीशा और बाकी जवान लड़कियाँ नाचने में जुटी थीं। बॉलीवुड और कथक जुगलबन्दी की प्रतियोगिता। काफ़ी हिलेरियस था क्योंकि सब ही जीतना चाहती थीं। मैं करण को आँखों देखा हाल सुना रही थी और वो हँसे जा रहा था। जब उसका प्लेन उड़ा तब ही उसने फ़ोन काटा। और तभी एक छोटा बच्चा दौड़ता हुआ आया कि चाँद दिख गया है। पार्टी वहीं ख़त्म हो गयी और सब बाहर निकले।

"मैं बस, घुटनों पर बैठकर स्लाइड करने ही वाली थी," मीशा थोड़ी नाराज़ थी।

"नेवर माइन्ड," अनुष्का ने उसे दिलासा दिया और हमने अपनी अपनी थालियाँ उठा लीं।

मैं तो करण से हुई बातचीत के बारे में सोच रही थी और साथ दो मिनट में सिग्रेट पीने की मिलने वाली आज़ादी के बारे में भी। मैंने छलनी उठाई लेकिन डिरेक्शनली चैलेंजड होने के कारण दूसरों की तरह मैं घूमकर कुछ ठीक से कर नहीं पाई।

रिक और निक के आने से मैं बच गयी। "सरप्राइज," दोनों एक साथ चिल्लाये और बड़ी-सी टोकरी खोली। *शैम्पेन की बोतल?* उससे पहले कि मिसेज़ मुखर्जी उन्हें देखें हम वहाँ रफ़्फ़ूचक्कर हो गये और मीशा की छत पर डेरा जमा लिया। गे आदमियों की ख़ास संवेदनशीलता के चलते वो लोग अच्छे से अच्छा पश्चिमी खाना और बढ़िया शैम्पेन लेकर आये थे। साथ में सुन्दर नेपकिन और चाँदी के चम्मच काँटे भी। धार्मिक तो नहीं था यह सब, लेकिन हम कौन सा धर्म के ठेकेदार थे?

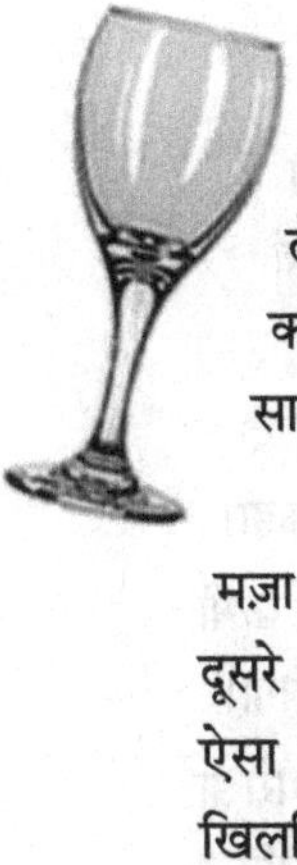

चाँदनी रात में शैम्पेन पीते हुए मुझे उस पल में बेहद मज़ा आ रहा था। आज भी सोंचती हूँ तो हँसते हुए एक-दूसरे की बाहों में रिक और निक की छवि सामने आती है। ऐसा प्यार किस्मत वालों को मिलता है। उनके बग़ल में खिलखिलाती मीशा थी, जिसकी प्यार देने की इच्छा उतनी ही तीव्र थी जितनी पाने की थी। और फिर अनुष्का, थोड़ी सी कटी हुई, एक उदास मुस्कान के साथ, अपनी तलाश में भटकती हुयी।

प्यार, झूठ और झड़प

दुनिया का अन्त करीब था। मेरी ज़िन्दगी का एक खुशहाल लम्हा मुझ से अलग हो रहा था। निक और रिक की भयंकर लड़ाई हो गयी और रिक ने घर छोड़ दिया। आजकल वो मेरे घर में है और सामाजिक नियमों की बातें ऐसी करता है जैसे कैलिफोर्निया में हो। अपने हिस्से की बातें कर रहा था।

"तुम थोड़ी जल्दबाज़ी नहीं कर रहे रिक? केवल दो घण्टे हुए हैं," दिलासा देने की कोशिश करते हुए मैंने कहा।

"तुम समझ नहीं रहीं। मैंने उसे इतना नाराज़ पहले कभी नहीं देखा। उसने कहा वो कभी मुझ पर भरोसा नहीं कर पायेगा।"

"लेकिन वो ग़लत भी तो नहीं है। तुमने उसका भरोसा तोड़ा है रिक।" मैं उसका हाथ पकड़ने को आगे झुकी लेकिन उसने झटक दिया और आग बबूला हो गया।

"तुम्हारी दिक़्क़त है कि तुम बहुत जल्दी नतीजे पर पहुँच जाती हो। सब कुछ ब्लैक एंड वाईट नहीं होता। और आख़िरी बार तुम्हें कब प्यार हुआ था? इतना आसन नहीं होता!" रिक ने दरवाज़ा ज़ोर से बन्द किया और बाहर चला गया। मैं घण्टी

बजने का इन्तज़ार करती रही। जब घण्टी नहीं बजी तो मैंने खिड़की से नीचे झाँका। मैंने उसे वो करते देखा जो उसने पहले कभी नहीं किया था, कम-से-कम अपनी मर्ज़ी से तो नहीं। मैंने उसे ऑटो को बुलाते और उसमें चढ़ते देखा।

वो मुझसे बहुत ज़्यादा ख़फ़ा था।

इस सब की शुरुआत शादी सीज़न के बीच एक सुबह हुई। एक वेडिंग प्लानर के लिए सबसे व्यस्त समय। एक बदहवास सोशलाईट और उसकी 'आर्ट कन्सलटेंट' बेटी यमदूत बनकर आये थे। (क्या आपने देखा कि कैसे पेज थ्री ने कितने नये-नये पेशे तैयार कर दिये हैं? अचानक लाइफ़स्टाईल या फिर आर्ट कन्सलटेंट होना या फिर पशमीना शॉल कलेक्ट करना पैसा कमाने के अच्छे ज़रिये बन गए हैं। इसके लिए ज़रूरी योग्यता सिर्फ़ पैसा है और यह वाली सोशलाईट तो लदी हुई है पैसों से!)

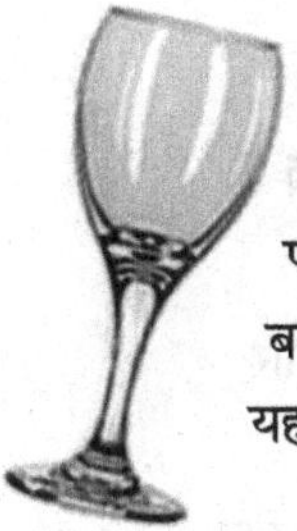

ख़ैर, निक मुबई में होने वाले एक रिसेप्शन की तैयारियाँ करने, वहाँ गया हुआ था और यहाँ, हमारी देसी एफ्रेडाइटी महारानी जी रिक को लगातार फ़ोन कर रहीं थी। मालूम पड़ा था कि मण्डप में लगे कपड़े का टेक्सचर उन्हें पसन्द नहीं आया था और वो चाहती थीं कि रिक कुछ और थान लेकर वहाँ जाये।

रिक ने हर बार फ़ोन पर बहुत संयम दिखाया और बहुत धैर्य से उसका चीखना-चिल्लाना सुना। करीब पंद्रह फ़ोन के बाद रिक ने कांपते हाथों से सिग्रेट जलाई और तय किया कि अब उसे जाना ही होगा। कहना बहुत आसान था लेकिन करना

लगभग नामुमकिन। दिक़्क़त यह थी कि रिक को गाड़ी चलानी नहीं आती थी। मतलब, वो चला तो सकता है लेकिन गिने-चुने रास्तों पर। जैसे सुबह चार बजे इण्डिया गेट जाने वाला रास्ता।

रिक न केवल ख़राब ड्राइवर है, उसकी एक और दिक़्क़त है। वो ऑटो में नहीं बैठ पाता। ऑटो में बैठने के ख़याल से उसके पसीने छूट जाते हैं।

"...लेकिन तुम थाईलैंड में तो उनमें बैठते हो," एक बार कार न होने पर जब उसने आने से मना कर किया था, तब मैंने कहा था।

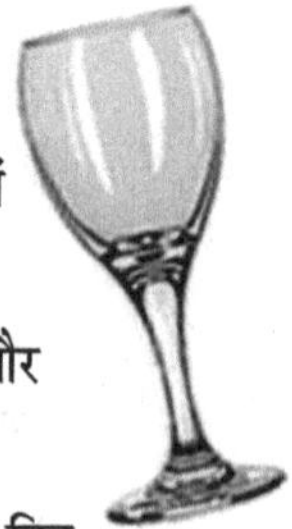

"पर वो ऑटो नहीं टुक-टुक हैं। और वहाँ तो मैं टूरिस्ट होता हूँ न!" उसने कहा था।

"ठीक है, तो अपनी गर्दन में कैमरा टांग लो और बैठ लो ऑटो में," मैंने हार कर कहा।

किस्मत का खेल कि रिक के ड्राइवर ने भी वही दिन चुना था ग़ायब होने के लिए। लेकिन शादी के सीज़न में कुछ हो नहीं सकता था। सब सोचने के बाद रिक ने अपनी हाल में खरीदी सेकेंड हैंड कार के बारे में सोचा। यह छोटी-सी मक्खी सरीखी पीली कार बम्बल बी येलो - जो उन्होंने खरीदी थी, क्योंकि बहुत प्यारी दिखती थी।

रिक घर से एक किलोमीटर तक चल पाया और फिर एक ट्रक में भिड़ा कर उसका काम तमाम कर दिया। कार आगे से पिचक गई। लोग इक्कट्ठे हो गए और ठुल्ले भी आ पहुँचे। ग़लती ज़ाहिर तौर पर रिक की थी, लेकिन उसने चक्कर आने

का नाटक किया। इस ड्रामे के बीच उसने ठुल्ले और हरियाणवी ट्रक ड्राइवर को देखा और ड्राइवर को अपना भव्य विज़िटिंग कार्ड दे दिया।

"शादी-वादी का काम करते हो?" ड्राइवर ने पूछा।

"हाँ जी," गर्दन मलते हुए रिक ने कहा। उसे आश्चर्य हो रहा था कि ड्राइवर पढ़ सकता था।

"बैंड-वैंड का भी बन्दोबस्त?" उसने आगे पूछा।

"खाना-वाना?" बातचीत जारी रही।

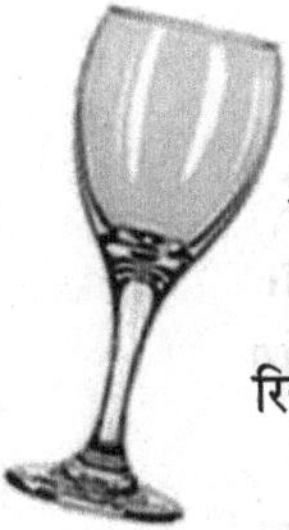

"हाँ," रिक के जवाब छोटे होते जा रहे थे।

"दारू-शारू?" रिक को विश्वास नहीं हुआ कि उसके काम को इस तरह से झिंझोड़ा जा रहा था।

"जी हाँ । मुझे अस्पताल जाना है। आप फ़ोन करना," रिक ने बात ख़त्म करनी चाही।

दोनों गाड़ी वालों ने मसले को बीच सड़क में आगे न बढ़ाने का फैसला किया, जिससे ठुल्लों और इक्कट्ठे भीड़ को मायूसी हुई। सड़क पर लड़ाईयाँ हमारे देश में मुफ़्त एण्टरटेनमेंट होता है।

अपने काम का ध्यान रखते हुए रिक ने दुल्हन और उसकी माँ को फ़ोन करके कहा कि उसका एक्सीडेंट हो गया है और सिर में चोट लगी है। दुल्हन की माँ दुखी हुई लेकिन नाराज़ नहीं। और निक तो शहर में ही नहीं था। फिर रिक कार को एक गैराज में ले गया और जुगाड़ू काम करके कार को ठीक करवाया। हमारी सुन्दर राजधानी में ऐसी कई जगह हैं जहाँ जुगाड़ू

मेकेनिक भरे हुए हैं। आपकी छोटी सी मारुति को वो मर्सेडीज़ तक बना सकते हैं।

निक के लौटने से पहले कार को घर लाकर खड़ कर दिया गया। रिक को मैंने सलाह दी कि वो निक को साफ़-साफ़ कह दे। "वो कहते हैं न चोरी कभी छिपती नहीं।"

"सब कुछ ठीक हो गया है," उसने किसी पुराने खिलाड़ी की तरह कहा। लेकिन उसने हरियाणवी ट्रक ड्राइवर और अपने जुगाड़ू काम को आँकने में ग़लती कर दी थी।

कयामत कुछ हफ़्ते बाद शनिवार की एक सुनहरी सुबह को आई।

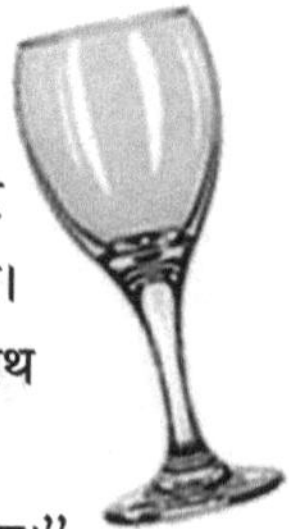

रिक और निक बैठे सुबह नाश्ता कर रहे थे और अख़बार पढ़ रहे थे कि अचानक कोई दरवाज़ा पीटने लगा। दरवाज़ा खोलने पर निक ने ट्रक ड्राइवर को वहाँ पाया। साथ में उसके 'पिण्ड' के कोई ताऊ भी थे।

"वो आदमी कहाँ है? उसने काफ़ी ज़ोर से ठोका था।" ढाबा स्टाइल हिन्दी में एक आवाज़ गरजी। और तभी निक के पीछे हमारा मुजरिम हाज़िर हो गया। इससे पहले कि घर में लगे सुन्दर पौधों के पीछे छुप पाता वो पकड़ा गया।

"कोई ग़लती हो गयी होगी," निक ने कहा।

"नहीं, वो रहा, और निक को एक धक्का देकर एक तरफ़ कर दिया गया।

"मुझे नहीं पता यह मुशटण्डे कौन हैं," रिक ने नाराज़गी जताते हुए कहा।

लेकिन ट्रक ड्राइवर वहाँ से हिलने को तैयार नहीं था।

"मैं तुम्हें वो कार दिखा सकता हूँ जो मेरे ट्रक से टकराई थी। उसका बम्पर निकल गया था।" फिर वो मण्डली गैराज की तरफ़ बढ़ी। ताऊ ने निक से पूछा "ठीक चलती है?" उसने सस्पेन्शन को ठोका था।" उसे कोई जवाब नहीं मिला लेकिन वो हार मानने वाला नहीं था। पोस्टमार्टम करते डॉक्टर की तरह उसने आगे कहा, "बम्पर गिर गया था। देखो?" उसने अपनी मौन टोली से पूछा। निक को तो ठीक ही लगा बम्पर और उसने ऐसा कहा। रिक ने चैन की सांस ली।

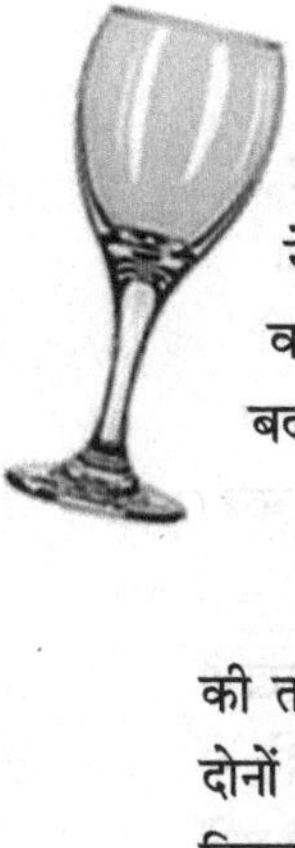

तब तक एक मौन लेकिन तेज़ नज़र वाले ताऊ ने कहा, "पेन्ट देखो-पीले का अलग-अलग रंग।" निक ने ध्यान से बोनट देखा और वाक़ई में रंग में फ़र्क था। वह तुरन्त रिक की तरफ़ मुडा। रिक के चेहरे की रंगत भी बदल चुकी थी।

"यह डिज़ाइन ही होगा," रिक ने धीरे से कहा।

"तो आपको कितना चाहिए?" निक शान्ति से ड्राइवर की तरफ़ मुड़ा। मामला पन्द्रह हज़ार रुपये में तय हुआ। फिर दोनों में जमकर लड़ाई हुई और रिक दनदनाता हुआ घर से निकल गया। रिक को मीशा के पास, उसके घर में आश्रय मिला। उसके हालात सुलझने तक दोंनों ने साथ रहने का फैसला किया। फिर मिसेज़ मुखर्जी समेत सब को पता लग गया कि मीशा एक आदमी के साथ रह रही है। जहाँ रिक अपने कानूनी अधिकारों को टटोल रहा था, और मिसेज़ मुखर्जी भी कानूनी रास्ते टटोल रही थीं, मीशा के खिलाफ़ इस्तेमाल करने के लिए। हालाँकि

दोनों के पास कोई उम्मीद नहीं थी, लेकिन दोनों जूझ रहे थे।

ऊपर से अगर मीशा और मिसेज़ मुखर्जी का छत्तीस का आँकड़ा था तो रिक और मिसेज़ मुखर्जी का कोई पिछले जन्म का नाता। शुरुआत सुबह तड़के होती, जब रिक का एक्सरसाइज़ म्यूज़िक मिसेज़ मुखर्जी के सूर्य नमस्कार के बीच में अड़ंगा लगाता। इस दौरान मीशा ने इंश्योरेंस का काम शुरू कर दिया था और सुबह ठीक नौ बजे घर से निकल जाती। मिस्टर मुखर्जी भी इसी समय जाते। रिक ने विद्रोह के तौर पर काम करना छोड़ दिया था और दिन भर टीवी देखता और ऑनलाइन शापिंग करता।

रिक और मिसेज़ मुखर्जी की मुलाकात एक बार फिर सुबह ग्यारह बजे सब्ज़ी वाले के आने पर होती। मीशा के साथ रहने के बदले रिक ने खाना बनाने की ज़िम्मेदारी ले ली थी। दोनों एक नई डायट पर थे जिसमें उन्हें पका हुआ खाना नहीं खाना था। मीशा सब्ज़ी-भाजी खरीदने से बच जाती और रिक को पकाना नहीं पड़ता।

रोज़ की सब्जी लेते हुए रिक का ध्यान मिसेज़ मुखर्जी की खरीदारी पर गया। आदत से मजबूर, रिक सलाह देने से अपने आप को नहीं रोक सका। "केवल टमाटर प्याज़ ही क्यों मिसेज़ मुखर्जी। पिछले तीन दिन से मैं अपको केवल यही खरीदते देख रहा हूँ। आपके पति भाग जाएंगे। और भी सब्जियाँ खरीदिये। ताज़े पालक है, बीन्स है..."

रिक अलग-अलग सब्ज़ियों की ख़ासियत और फ़ायदों का बखान कर रहा था और सब्ज़ी वाला स्तब्ध खड़ा विस्फोट

का इन्तज़ार कर रहा था। ऐसे हालातों के लिए ही तूफ़ान से पहले की शांति जैसा वाक्य एकदम सही बैठता है। वो इस कालोनी में दस साल से आ रहा था और मिसेज़ मुखर्जी के ग़ुस्से से भली-भांति परिचित था। उनसे बात करना तो दुष्वार था। सब जानते थे कि उन्हें कभी नहीं कहना चाहिए कि वो क्या खरीदें, कितने में। जहाँ बरसात में पूरा देश प्याज़ पच्चीस रुपये किलो ख़रीद रहा होता, वो मुश्किल से पन्द्रह दे देतीं, 'महाराष्ट्र के बेचारे किसानों' की खातिर, हालाँकि उन्हें यक़ीन था कि पूँजीवादी सरकार प्याज़ का कालाबाज़ारी कर रही थी। यह उनका इलाका था और यह कोई भूल नहीं सकता था।

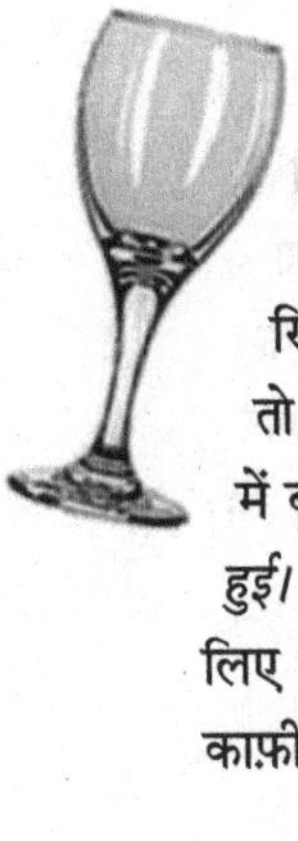

आख़िरकार मिसेज़ मुखर्जी ने घूरना बन्द किया और रिक को जवाब दिया, "और उन्हें साफ़ कौन करेगा? यही तो मुश्किल है उनको साफ़ करना..." और जैसा कासाब्लांका में बोगी ने कहा था, *यहाँ से एक ख़ूबसूरत दोस्ती की शुरुआत हुई।* और दोस्ती गहरी होती गई। मिसेज़ मुखर्जी ने रिक के लिए रबिंद्र संगीत के दरवाज़े खोले तो रिक ने उन्हें आइरिश काफ़ी के मज़े चखाये।

एक सुबह साढ़े छह बजे घण्टी बजी। मीशा दरवाज़ा खोलने गयी। "रिक है क्या?" दरवाज़े पर मिसेज़ मुखर्जी हाँफती हुई खड़ी थीं।

मीशा घबरा गई थी लेकिन उसके पास जाकर बोली, "रिक मिसेज़ मुखर्जी आई हैं। सब ठीक है न?" प्लीज़ हमें यहाँ से निकलना न पड़े।"

"शान्त हो जाओ डारलिंग। हम लोग साथ में एक्सरसाइज़ करने जा रहे हैं। मैं एक मिनट में आया मालिनी।"

"मलिनी?" मिसेज़ मुखर्ज़ी का नाभ भी था। फिर एक दिन निक को अहसास हुआ कि काम में नुकसान हो रहा था और उससे भी ज़्यादा, उसकी ज़िन्दगी नीरस हो गयी थी। उसने वही किया जो प्यार में कोई भी आदमी करता; उसने सारा दोष अपने सिर ले लिया और रिक से माफ़ी माँग ली। जवाब जानते हुए भी रिक ने सोचने में एक दिन लगाया और फिर वापस जाने को तैयार हो गया।

सब तय था। रिक अपना बैग पैक कर रहा था और निक वहीं खड़ा रहा। फिर रिक अपनी नई सहेली को अलविदा कहने गया। उसने इतनी देर लगाई मानो हमेशा के लिए कहीं दूर देश जा रहा हो। और बस ऐसे ही एक छोटी सी ग़लतफ़हमी ने एक नया रिश्ता जोड़ दिया। और निक को एक नया रिश्तेदार दे दिया – एक सास – चाहे वो असली नहीं भी थी तो।

पुराने मंदिर वाली रोशनी माँ

सुबह के सात बजे मीशा ने मेरे घर की घण्टी बजाई। "आईशा, तुम सो रही हो क्या? मैं कब से दरवाज़ा पीट रही हूँ," वो चिल्लाई।

"हाँ मैं नींद में बात कर रही हूँ।"

"तुमने अख़बार देखा क्या?"

"मैं अभी-अभी उठी हूँ – याद है न?"

"अच्छा जल्दी अख़बार लाओ।"

"हुआ क्या है?"

"अख़बार लाओ," उसने झल्लाकर कहा।

आधी नींद में मैंने अख़बार के पन्ने पलटे। "गांगुली वापस टीम में आ गया है, तो?" मैंने पहला पेज देखते हुए कहा।

"पेज थ्री देख," उसने समझाया।

ठीक तो कह रही है। आजकल पहला पन्ना कौन पढ़ता है? वो तो पुराने ज़माने की बात है। मैंने पलंग पर पसर कर पेज थ्री खोला, "ओह!" एक ख़ूबसूरत कपल नयी-नयी सगाई के बाद खुशी-खुशी झलक रहा था।

"सोचो! रूपाली की शादी हो गयी। यह तो मस्त है। अब तो लेसबियनों की भी हमसे पहले शादी हो रही है," मीशा ने कहा। "और तो और उसका दुल्हा 'ब्रैण्ड नेम' है।"

मीशा भी मेरे बगल में पसर गयी। यह 'ब्रैण्ड नेम दुल्हा' क्या चीज़ है? जहाँ आजकल एक ज्योतिषी एक ज़रूरी सजावट है। एक ब्रैण्ड नेम दुल्हा सबसे ज़्यादा जलन पैदा करता है। है कौन वो? ज़ाहिर है जिसका जाना-माना आख़िरी नाम हो। बच्चन, गांधी, तेंदुलकर, अंबानी... समझे? रूपाली जिसे लेस्बियन समझा जाता था, उसने ब्रैण्ड नेम दुल्हा फांस लिया था।

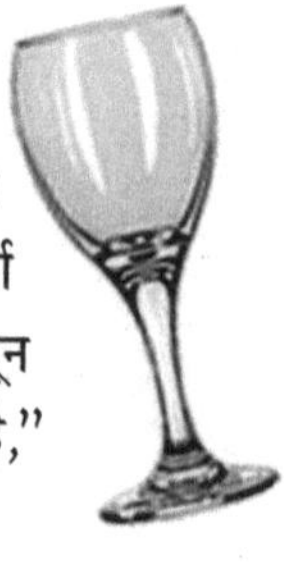

"मतलब वो लेसबियन नहीं है," मैंने धीरे से कहा।

सच कहूँ तो जब मीशा इस तरह के मूड में होती है, मुझे थोड़ा डर लगता है। ख़ासतौर से जब उस पर ईर्ष्या का रंग छाया हो। मेरे मन में उभरी छवि में वो अपने नाख़ून तेज़ कर रही थी। "ध्यान से देखो तो अँगूठी नज़र आती है," उसने आगे कहा।

अँगूठी के हीरे को देखने के लिए मैंने भौंहे सिकोड़ीं। मुझे कुछ नहीं दिखा। काफ़ी ख़राब फ़ोटो है। "हाँ कितनी बड़ी है न," मैंने अन्दाज़ा लगाते हुए कहा।

"तुम मज़ाक कर रही हो? चिन्दी सी है । ऐसी अँगूठी देने वाले के साथ तो मैं कभी शादी नहीं करती। चाहे वो कितना बड़ा ब्रैण्ड नेम दुल्हा क्यों न हो!"

हम लोग चुपचाप फ़ोटो देख रहे थे कि घण्टी बजी। रोती हुई अनुष्का थी। वो मुझसे चिपट गयी।

"क्या हुआ?" मैंने घबराकर पूछा।

"मुझे अचानक अहसास हुआ कि मेरा तलाक हो रहा है!"

"लेकिन तुम तो यही चाहती हो न, या भूल गयीं? अब तो सिर्फ़ काग़ज़ी कार्रवाई बची है।"

"हाँ, लेकिन मैंने कभी नहीं सोचा था कि मैं बड़ी होकर तलाकशुदा होऊँगी।" सब लड़कियों की तरह वो ज़िन्दगी भर का प्यार और जन्म-जन्म के साथ के सपने देखते हुए बड़ी हुई थी।

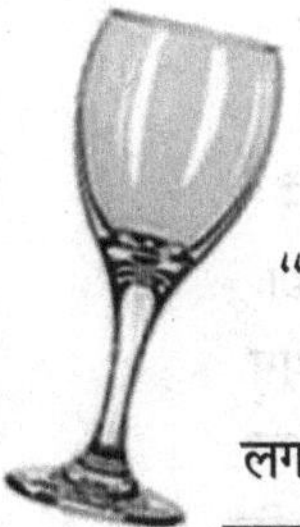

कुछ देर बाद अनुष्का ने कहा, "मुझे लगता है किसी ने मुझ पर बुरी नज़र लगा दी है।"

"तुम्हारा मतलब जादू-टोना?" मीशा ने कहा। "कभी-कभी मुझे भी ऐसा ही लगता है।"

"हाँ मैं काफ़ी अटपटे काम कर रही हूँ, भूख नहीं लगती, गिरती पड़ती रहती हूँ... मेरी सास इस बाबा को बहुत मानती हैं। तुम्हें याद है आईशा? तुम तो मिली थीं।"

"हाँ जब मैं नौकरी बदलने की सोच रही थी, तब मिली थी। मैं कभी नहीं भूल सकती उन्होंने क्या कहा था। 'बेटा आई.ए.एस. करो, उसमें बहुत ऊपर की कमाई है'।"

"सच में," मीशा ने हँस कर कहा।

"हाँ, दुनियादारी में माहिर थे बाबा...वो हर तरह का जादू-टोना करते थे। लेकिन मुझे वाक़ई लगता है कि मेरे साथ कुछ गड़बड़ है," अनुष्का ने कहा।

"ड्रामा क्वीन मत बनो अनुष्का!" यथार्थवादी मीशा बोली।

"नहीं सच्ची... मुझे बहुत अजीब सा लगता है।"

"तलाक का टेंशन होगा।" मैंने भी दो टूक कहा।

"लेकिन तलाक की कहानी तो महीनों से चल रही है...फिर क्या हुआ होगा?"

"वैसे इसकी बात में दम है आईशा। मैं एक नज़र उतारने वाली को जानती हूँ।" मीशा ने सीरियस हो कर कहा।

हिन्दुस्तान में हम हर तरह की मुश्किलों को सुलझा सकते हैं। हमारी दिमाग़ी सेहत के लिए ज्योतिषी, बाबा, न्यूमेरोलॉजिस्ट, धर्मगुरु हैं, हर तरह की तकलीफें दूर करने के लिए। बाकी दुनिया की तरह थेरेपिस्ट और मनोचिकित्सक के पास नहीं जाते। याद आया, मुझे शास्त्री जी को करण के बारे में बताना चाहिए। ख़ुद मैं थोड़ा घबराती हूँ इस ज्योतिष विद्या से। मेरा मानना है कि अंधविश्वास एक मनोवैज्ञानिक वैक्यूम क्लीनर होता है और आपको एक अँधेरी ट्यूब में खींच कर, इधर-उधर कचरे की थैली में पटक देता है। यहाँ मैं अलंकारिक बातें कर रही हूँ, लेकिन मेरे बहुत से रिश्तेदार अँधविश्वासी हैं और उनकी पूरी ज़िन्दगी अज्ञात् शक्तियों की बदौलत चलती है। मतलब, 'रात को नाख़ून मत काटो,' किसी यात्रा से पहले तेल या घी मत खोलो इत्यादि। करने और नहीं करने वाले कामों की बहुत लम्बी लिस्ट बना सकती हूँ मैं लेकिन उनकी ख़ातिर यहीं रुक जाऊँगी जो जल्दी प्रभावित हो जाते हैं।

मेरी सुबह की शिफ़्ट थी और तीन बजे से पहले नहीं निकल सकती थी। इसलिए रोशनी माँ से पाँच बजे शाम का समय लिया गया। तीन बजकर बीस मिनट पर अनुष्का और

मीशा ने मेरे घर के आगे गाड़ी रोकी। एक हाथ ने जल्दी से मुझे अन्दर खींचा।

"तुम लोगों ने काले कपड़े क्यों पहने हैं? तुम लोग यमराज की टीम से आए हो!"

"पहनना है। इस रीति का हिस्सा है। चिन्ता मत करो, तुम्हारे लिए काली टी-शर्ट लाई हूँ," मीशा ने कहा।

"काफ़ी डरावना लग रहा है तुम्हारा तन्त्र-मन्त्र!"

"चुप करो। डरावना मत कहो। बस लोग ग़लत सोचते हैं तन्त्र-मन्त्र के बारे में।" मीशा ने कहा।

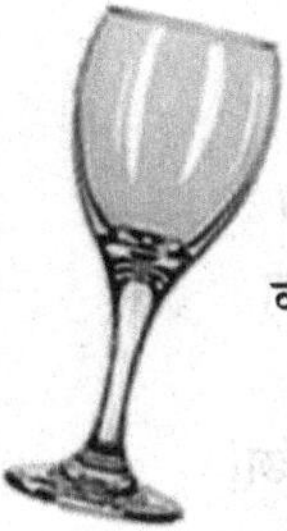

"मीशा तुम मुझे डरा रही हो!"

"अरे हम बस नज़र उतारने जा रहे हैं, कोई वशीकरण करने नहीं।"

"वशी क्या?" यह सब तुम कैसे जानती हो?"

"अरे नेता लोग कहते तो रहते हैं। और पहले ज़माने में राजा-महाराजा बहुत करते थे। मेरी जानकारी में अब भी करते हैं।"

"ओ राजा महाराजा? तब तो फ़ैशनेबल होगा," मैंने तंज कसते हुए कहा।

"बस करो!" अनुष्का ने बीच में कहा।

"मीशा कितनी दूर है यह जगह?"

"शहर से चालीस मिनट । एक पुराना मंदिर है।"

"रामसे ब्रदर्स लोकेशन ढूँढ रहे हैं, उन्हें बता दो..."

हमें वहाँ पहुँचने में पैंतालिस मिनट से ज़्यादा लगे और

भटकते हुए अपनी ज़िन्दगी की तरह। और जब तीसरी बार हम बप्पी दे ढाबे के आगे रुके, मैं पागल होने वाली थी।

"सॉरी यार मुझे ठीक से याद नहीं आ रहा। मेरे ख़याल से यहाँ से बायें मुड़ना है..."। मीशा का सेन्स ऑफ़ डिरेकशन एकदम गया गुज़रा है। सरप्राइज, सरप्राइज़।

"उस बुड्ढे से पूछ लो," मैंने कहा।

"तुम्हारा मतलब बुज़ुर्ग," मीशा ने कहा।

"नहीं मेरा मतलब वो 'बुढ़ऊ' मुझे यहाँ अजीब लग रहा है।"

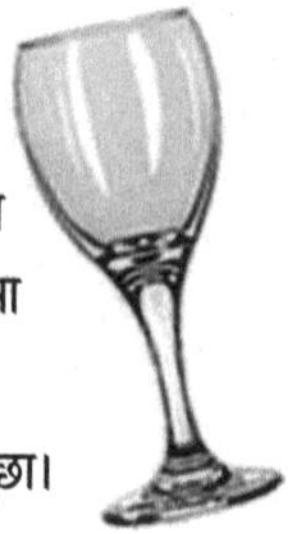

अँधेरा हो रहा था। जाड़े का मौसम था और घना कोहरा छाने को था और दूर-दूर तक बस यही टूटा फूटा ढाबा और उसमें टिमटिमाता तार से लटका एक बीमार सा बल्ब था।

"अंकलजी यह पुराना मंदिर कहाँ है?" मीशा ने पूछा।

"देवी वाला?" उसने पूछा।

"हाँ, जहाँ रोशनी माँ बैठती हैं।"

"अच्छा वो वाला... और उसने एक कॉमप्लिकेटेड रास्ता समझा दिया।

आगे बढ़े तो मीशा को जगह जानी-पहचानी लगने लगी। और ठीक वैसे, जैसे केवल मीशा कर सकती है मस्ती और ड्रामे के साथ मानो पुनर्जन्म की कहानी हो: "ओह, मुझे याद आ रहा है... ये बरगद का पेड़, याद है मुझे, और देखो... वो टूटा पुल!" मीशा ने कहा। "वो रहा!" मीशा ने ऐसे कहा मानो

कोई जंग जीती हो जब हम एक पुराने मंदिर के आगे रुके। मंदिर कम, खण्डहर ज़्यादा।

अनुष्का कुछ परेशान लग रही थी और मुझे कुछ राहत सी हुई कि अकेले में ही परेशान नहीं हो रही थी।

"कितने पैसे देने होंगे?" मैंने पूछा।

"आमतौर से १५०० रुपये।"

"इतना...दैत्स् वन सण्डे ब्रंच।" मैंने शिकायत की। "क्या वो क्रेडिट कार्ड लेती है?"

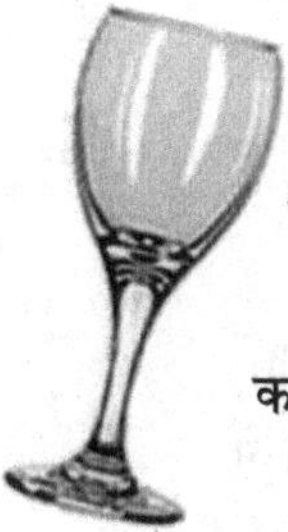

"वैसे, तो ख़ुद कुछ नहीं माँगती।"

"तो फिर देने की क्या ज़रूरत है? शायद पैसे देने से उनको बुरा लग जाए।"

"आईशा डोन्ट एम्बैरेस मी। जैसा मैं करूँ, वैसा करना।" मीशा ने सख़्ती से कहा।

अन्दर जाते समय मैंने ज़मीन पर नज़र गड़ाई हुई थी। यहाँ हज़ारों सांप और बिच्छु रेंग रहे होंगे। फिर अनुष्का अचानक रुक गयी। आगे धुँए के बादल में ढीला लम्बा चोगा पहने एक औरत ध्यान लगाये बैठी थी। और वो भी मिठाई पिंक रंग का अरबी चोगा। माथे पर एक रंगीन पट्टा सत्तर के दशक की याद दिला रहा था।

मीशा ने हमें बैठने का इशारा किया। वो औरत आँखें बन्द किये ध्यान लगाये रही। हमारे नीचे धूल का कारपेट बिछा था। मैं कुछ जापानी स्टाईल में ठीक ठाक ही बैठ पाई थी जब उसने आँखें खोली। पूरे पंद्रह मिनट में। क्या बात है, इस हाल में तो हमारी रात वहीं बीतनी थी। फिर उसकी एक नज़र

से मेरे विचार मौन हो गए। उसकी बिल्ली जैसी हरी आँखें देखकर लगता था कि वो विचार भी पढ़ लेती होगी।

"तो बच्चों, वेलकम वेलकम।" पंजाबी हिन्दी में कहा। अनुष्का और मैंने एक दूसरे को देखा। सच तो यह है कि चाहे मैं कितनी कोशिश कर लूँ, इस लाजवाब तजुर्बे का विवरण ठीक से नहीं दे पाऊँगी। उस औरत का विवरण कैसे करूँ जिसके हिसाब से ग़फ़्फ़ार मार्किट दुनिया का बेहतरीन बाज़ार हो।

"प्रणाम रोशनी माँ।" मीशा ने पहल की।

"कैसे आना हुआ? और बच्चे, उस लड़के को पकड़ा?"

अनुष्का और मैंने एक-दूसरे को देखा। यह चल कब से रहा था ?

"नहीं रोशनी माँ, मुझे आपकी बात माननी चाहिए थी। मैं अपने दोस्तों के साथ नज़र उतरवाने आई हूँ," मीशा ने बात बदलते हुए कहा।

"आजकल के बच्चे... कुछ सुनते ही नहीं हैं। चलो कोई बात नहीं, कभी-कभी तो एक्सपीरियेंस सबसे बेस्ट टीचर होता है। कौन आयेगा पहले?"

"मीशा तुम जाओ," अनुष्का और मैंनें एक साथ कहा।

रोशनी माँ ने मोर पंख निकाला और धूप जलाई। वह एक रंग-बिरंगी चौकी पर बैठी थीं, जो ध्यान से देखने पर होम स्टोर के लेटेस्ट कलेक्शन से मालूम पड़ रही थी। नकली, रंगीन पत्थर जड़े नये पेंसिल हील पहने मीशा उन तक बढ़ी।

"बहुत चंगे जूते हैं," रोशनी माँ ने कहा। मीशा काफ़ी

खुश हो गयी और एक पुराने भक्त की तरह आराम से बैठ गयी।

बिना वक़्त बर्बाद किये, रोशनी माँ ने अपना काम शुरू किया। उन्होंने दोनों हाथों से मीशा का सिर पकड़ा और ज़ोर से झिंझोड़ दिया, ठीक वैसे जैसे दुनिया के कुछ हिस्सों में टकीला शाट्स दिये जाते हैं। ज़रूर वैसा अहसास होता होगा। फिर उन्होंने एक जापानी हाथ पंखें से धूप को हवा झली। आग की लपटें ऊपर उठकर नाचने लगीं और मीशा के नए हेयर एक्सटेंशन को करीब-करीब जला ही दिया था। फिर रोशनी माँ ने मोर पंखी वाला पंखा निकाला और तेज़ी से झूमने लगीं। उनके हाथ भी साथ-साथ झूल रहे थे। पूरे समय वो मन्त्र उच्चारण कर रही थीं। इस रस्म की गति बढ़ती चली गयी और फिर एक प्रचण्ड आरोह में जाकर ख़त्म हुई। लगता तो ऐसा था कि जैसे सब कुछ अचानक ही हुआ हो, लेकिन वाक़ई में पहले से तय और तैयार था।

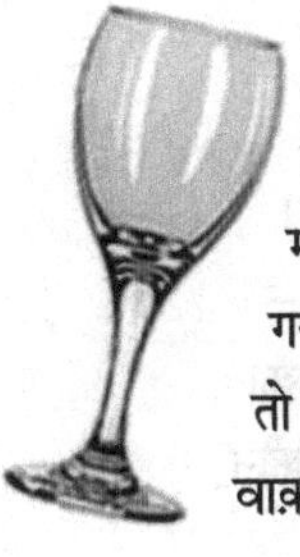

"मुझे तो लग रहा है इस पर माता आ गयी है अनु," मैं वाक़ई डर गयी थी। अनुष्का की हँसी छूट गयी। और मानो रोशनी माँ ने हमारी बात सुन ली हो, क्योंकि धीरे-धीरे उनका मन्त्रोच्चारण धीमा होने लगा। आख़िर में उन्होंने झुककर मीशा के कान में फूँका और उसके दाहिने कंधे के ऊपर से कुछ फेंका। अदाकारी ख़त्म हो गयी थी। पाँच मिनट का यह ड्रामा तीस सेकेंड भर का लगा।

मीशा चुपचाप उठकर हमारे पास आई। "उन्हें सामान्य होने में दस मिनट लगेंगे।" दस मिनट बाद, किसी चिरकुट मैजिक शो के जैसे उन्होंने हम में से एक को आगे आने के

लिए इशारा किया। अगला शिकार अनुष्का थी और उसके साथ भी वैसा ही हुआ। जब रोशनी माँ ने अनुष्का को झँझोरने वाला टकीला शॉट दिया, अनुष्का बदहवास लगने लगी।

"कुछ गड़बड़ है," मैंने मीशा से कहा

"श श श श!"

अनुष्का हमारे पास लौटी। फिर मेरी बारी थी।

"तेरी शादी तो एन.आर.आई लड़के से होगी..." उन्होंने अचानक तेज़ आवाज़ में कहा।

"मेरी?" मैंने मुड़कर देखा क्योंकि मुझे लगा वो बाकी दोनों में से एक को कह रही थीं।

"पीछे मत देखो। आगे ही देख,' उन्होंने मुझे डाँटा। और फिर खुशी से कहा, "ज़्यादा टाइम नहीं है। शापिंग – वॉपिंग शुरू कर ले।" मैंने अपने दोस्तों को देखा तो अनुष्का स्तब्ध थी और मीशा का रंग उड़ गया था। मुझे पूरा यक़ीन था कि उसकी मायूसी ज़्यादा देर तक की नहीं होगी।

मेरा काम भी जल्दी हो गया। अब हम जाने को तैयार थे, इस दुनिया और दूसरी दुनिया के भूत प्रेतों से हमारी ख़ूबसूरती और हमारी पवित्रता सुरक्षित थी। मीशा ने रोशनी माँ के पास जाकर पैसे उनके चरणों में रख दिये। उसने हमें भी ऐसा करने का इशारा किया। लेकिन वो अड़ीं रहीं, "मैं तो पैसे यहाँ ही छोड़ दूँगी। मुझे इनकी ज़रूरत नहीं। शायद किसी गरीब को मिल जायें।"

"प्लीज़ रोशनी माँ...ले लीजिए। हम तो आपके बच्चे हैं। हमारे दिल मत दुखाइए," मीशा ने मुझे कोहनी मारते हुए

कहा।

"जी बिलकुल!" मैंने भी कहा।

"चलो, अगर तुम इतनी ज़िद कर रहे हो..."

"जय माता दी बच्चे।" और हम सब वहाँ से चलने को तैयार हो गये।

मुझे एक अजीब सा हलकापन लग रहा था। पता नहीं क्यों। शायद मेहनत की कमाई के जाने से, जिससे मैं एक 'शियातसु' मसाज करवा सकती थी या फिर सण्डे ब्रंच खा लेती।

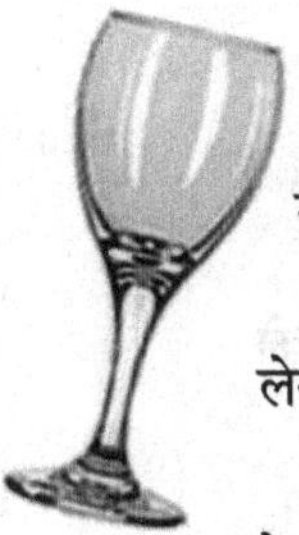

अनुष्का डगमगाती हुई चल रही थी। "क्या हुआ?" मैंने धीरे से पूछा।

"जब वो सिर झँझोर रही थीं, मेरा एक कॉन्टेक्ट लेन्स निकल कर गिर गया।"

मेरी हँसी छूट गयी। मनोरंजन कम, राहत ज़्यादा थी। मुझे लगा था उस पर भी माता आ गयी थी।

"तुमने सुना मीशा? उसका लेन्स गुम गया है," मैंने अपनी ऑलमोस्ट अँधी दोस्त को मदद का हाथ बढ़ाते हुए कहा।

"सुनो... ऐसे मैं गाड़ी चला नहीं पाऊँगी। क्या हम वापस चलकर लेन्स ढूँढ सकते हैं? अनुष्का काफ़ी परेशान थीं।

"चलो," उसका हाथ थामते हुए मैंने कहा।

मीशा दुविधा में थी।

"कम ऑन...शी नीड्स हेल्प।"

हम लोग वापिस मन्दिर पहुँचे लेकिन रोशनी माँ वहाँ

नहीं थीं। वो हवा सी गायब हो गयीं थीं, मानो कभी वहाँ थीं ही नहीं। और ज़ाहिर तौर पर पैसा भी गायब था, वो किसी गरीब की आज लॉटरी नहीं लगने वाली थी। लॉटरी तो करोल बाग में बैंगकॉक की जीन्स बेचने वाले की लगनी थी। धूप की राख वहाँ थी लेकिन बाकी सब – चौकी, होम स्टोर के कुशन, मोरपंख – सब कुछ गायब था। यह थोड़ा डरावना था। हम दस मिनट पहले यहाँ थे, लेकिन अब रोशनी माँ के यहाँ होने का कोई नामोनिशान नहीं था। अगर धूप से उठता वो धुआँ न होता तो विश्वास ही न होता कि वो कभी यहाँ थीं।

"अनु, यहाँ धूल की मोटी परत है। मुझे नहीं लगता तुम्हारा लेन्स मिलेगा।" मैंने उसे ढूँढने की काफ़ी कोशिश की।

"तुम ठीक कह रही हो। फिर तुम में से एक को गाड़ी चलानी पड़ेगी।

"नो प्राब्लम, मैं चला लूँगी।" मीशा ने कहा।

हम कार के पास पहुँचे तो एक बैंगनी मित्सुबिशी लान्सर तेज़ी से बगल से गुज़री। उसमें 'चुनरिया' का रीमिक्स फुल वाल्युम पर बज रहा था। गाड़ी रोशनी माँ चला रही थीं। वो हाथ हिलाते हुए वहाँ से निकल गयीं। शॉक में मैंने भी हाथ हिलाया।

"कौन था?" अनुष्का ने पूछा।

"लान्सर में अपनी रोशनी माँ। उन्हें कहीं पहुँचने की बहुत जल्दी होगी!

ब्लेंडेड रिलेशनशिप

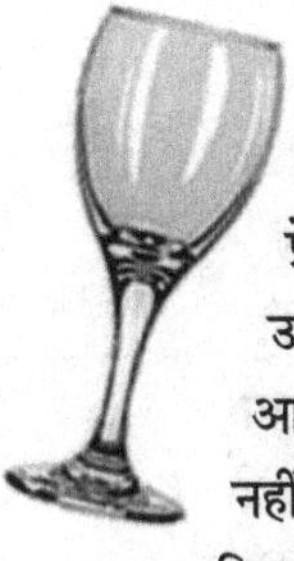

संभवत् मिलने मिलाने का सबसे मुश्किल पहलू है यह सवाल : तो तुम उसे कैसे जानते या जानती हो? इसका जवाब समझना दसवीं के गणित से भी ज़्यादा मुश्किल है। ऐसे ही जवाबों का एक उदाहरण : "यह मेरे पति की एक फ्रेंड जो कुछ समय के लिए प्रेमिका भी थी लेकिन हमको उसी ने मिलवाया था, उसका पति था..." कुछ समझ में आया? ख़ैर छोड़ो, बात बस इतनी है कि दोनों ही शादीशुदा नहीं हैं, लेकिन उसके साथ भी नहीं है लेकिन अगर लड़का दिखता अच्छा है तो लड़की की नज़र उस पर लगी है। और मैं भी कुछ ऐसा ही कर रही थी। मैं एक ऐसे आदमी के साथ ड्रिंकस के लिए जा रही थी जिसे मैं सालों से जानती थी और जो मेरी ख़ास सहेली का पति हुआ करता था। वैसे उनका तलाक हो रहा था और वो आज भी मेरी सबसे ख़ास सहेली है। ख़ैर इन्हें कहते हैं 'खिचड़ी' रिश्ते - ब्लेंडेड रिलेशनशिपस्।

अनुज का फ़ोन आया था और वो शाम को मिलना चाहता था। मैंने कहा कि कुछ प्लान था इसलिए बाद में बताऊँगी। मैं उसे थोड़ा टाल रही थी। क्योंकि मैं अनुष्का की मंज़ूरी लेना

चाहती थी। एक वक़्त पर अनुज और मैं अच्छे दोस्त हुआ करते थे। अनुष्का के सब दोस्तों में वो मुझे ख़ास पसन्द करता है। उनके रिश्ते के पहले साल में मैं ही बिचौलिए का काम करती थी । ज़ाहिर है जब अनुष्का और वो अलग हुए, मुझे पता था मेरी वफ़ादारी किस तरफ़ थी और हम दोनों के बीच कोई संपर्क नहीं रहा। लेकिन क्लब में टॉयलेट पेपर वाली घटना के बाद हो रहे अपराध बोध के चलते मैंने उसे वापस फ़ोन किया। लेकिन अनुष्का की मंज़ूरी मिलने के बाद। मैं क्या करूँ, मेरा ईमान कुछ हाइपरऐक्टिव है। और अब तो अनुष्का भी उससे उभर चुकी है।

आठ बजकर पाँच मिनट पर मैं ताबुला रासा में उस आदमी के सामने बैठी थी, जिसका चेहरा पिछले कुछ महीनों से हमारे डार्टबोर्ड की शोभा बढ़ा रहा था। उसकी गोल नाक हमारे डार्टस का निशाना था। वो देखने में हैंडसम नहीं है लेकिन साफ़ सुथरा चमचमाता रहता है। मेरी बातों से वो कुत्ता या घोड़ा मालूम पड़ रहा होगा, लेकिन यक़ीन मानिए, 'मेट्रोसेक्शुयल मर्द' के कॉन्सेप्ट के आने से बहुत पहले से ही अनुज मेनिक्योर और फ़ेशियल करवाता आ रहा है। और खुशबू काफ़ी अच्छी है उसके परफ़्यूम की हालाँकि ख़ुद वो सुअर है।

"तो स्कावश कैसा चल रहा है?" मैंने पूछा।

"ठीक है। पिछले कुछ महीने काफ़ी मुश्किल थे लेकिन मैंने ख़ुद को काम में डुबो दिया। और मैं हर सुबह योगा भी करता हूँ और स्विमिंग भी।

"हूँ ऊँ हूँ...।" मैं किसी तरह के एक्सरसाईज़ से जुड़

नहीं पाती।

"वैसे आज मैंने पेट साफ़ करने वाली एक चीज़ की जिसमें आप पानी पीते हैं और बाथरूम जाते हैं..."

यह आदमी पागल हो गया था। मैं उसे कई महीनों बाद मिल रही थी। और यह टॉयलेट की बातें कर रहा था। चलो शायद वो टॉयलेट पेपर काम आ गया होगा। उसने शायद मेरा चेहरा देख लिया होगा क्योंकि वो रुक गया। "अरे मैं तो अपने बारे में ही बोले जा रहा हूँ..."

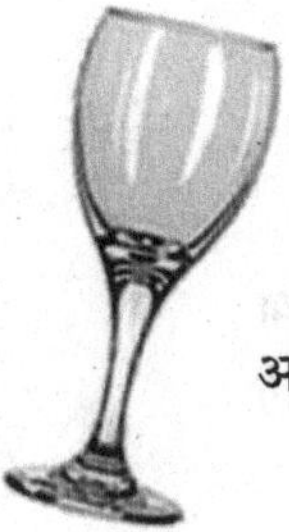

"अरे नहीं! हम लोग बहुत वक़्त से मिले भी तो नहीं हैं।" अपनी नकली हँसी हँसते हुए मैंने कहा।

"तो अनु कैसी है?"

"ठीक है। हालात को देखते हुए तो ठीक ही है।" असलियत मे अनुष्का ठीक से ज़्यादा थी।

इतनी खुश वो सालों में नहीं थी।

"तुम्हें पता है न उस रात क्लब में मिलने के बाद...? अनुष्का और मैं..."

"हाँ! प्लीज़ अब मुझे ब्यौरा मत देना।

"बहुत ही जादुई समाँ था।"

मुझे घबराहट हो रही थी। आज की शाम 'लॉकर रूम' मे बदलने वाली थी क्या? लग तो ऐसा ही रहा था – टॉयलेट से सेक्स तक पहुँच गए थे हम। लड़के इन्हीं चीज़ों के बारे में ही बात करते हैं न? लड़कियाँ, दूसरी तरफ़, आदमी और सेक्स के बारे में बात करती हैं। वैसे ही मुझे अनुज और उसकी 'नन्ही

दोस्त' के बारे में कुछ ज़्यादा ही जानकारी थी। (ओह, हो मैं यह बताना नहीं चाहती थी लेकिन जब आपकी ख़ास सहेली का पूर्व पति व्यक्तिगत बातें करे तो थोड़ा ध्यान बँट ही जाता है।)

"तुम क्या बात करना चाहते थे?"

"क्या वो मुझे वापस ले लेगी?"

"नहीं।" मैंने सपाट से कहा। और कहने को था भी क्या?

"पक्का?"

"हाँ। और कार लौटा दो। वो ओछापन था।"

"माँ ने कहा था।" और क्या, हमेशा माँ का आइडिया होता है।

"हूँ... लौटा दो।" और जैसे ही मुझे लग रहा था कि हम दो दो लफ़्ज़ों में सवाल जवाब करते रह जायेंगे, अनुज ने बात बदल दी।

"आईशा, तुम तो काफ़ी घूमती हो, कई लोगों को जानती हो... मैं पागल हो रहा हूँ। तुम मुझे कुछ लोगों से मिलवा दोगी?"

"क्या तुम चाहते हो मैं तुम्हारा टांका भिड़वाऊँ?" मैंने हैरानी से पूछा।

"नहीं, मैं बस कुछ नए लोगों से मिलना चाहता हूँ।"

"तुम्हारी दोस्ती को क्या हुआ? जिसकी वजह से आज हमारी यह बातचीत हो रही है।"

"अरे वो तो बस हो गया था और बहुत बड़ी ग़लती थी। मुझे वाक़ई लगता है कि अनु और मैंने बहुत जल्दी शादी

कर ली थी। अगर हम अब मिले होते तो शायद हालात अलग होते। हम लोग शादी के समय काफ़ी कम उम्र थे। तो बोलो, मेरी मदद कर सकती हो क्या?" उसने कहा।

ऐसा क्यों है कि आदमी जिन हालातों के लिए ख़ुद ज़िम्मेदार होते हैं उसमें भी ख़ुद को ही शिकार मानते हैं? पहले वो बेवफ़ाई करते हैं और फिर वही घिसे-पीटे बहाने बनाते हैं। मानो सभी दिलफेंक एक ही क्लास में पढ़कर आए हों।

१. मैंने ज़्यादा पी ली थी, ग़लती हो गयी।

२. तुम मुझे मर्द नहीं समझतीं।

३. सिर्फ़ जिस्मानी रिश्ता था।

४. आजकल हमारे शारीरिक रिश्ते कुछ ख़ास नहीं हैं और मेरी भी कुछ ज़रूरतें है।

५. ऊपर के सभी कारण।

सज्जनों कोई भी स्वाभिमानी, बुद्धिमान औरत सिर्फ़ सच सुनना चाहेगी, इसलिए आप यह कहें:

१. वो हॉट और अवेलेबल थी।

२. मैं देखना चाहता था कि मुझमें अभी भी दम है कि या नहीं।

३. मैं कमज़ोर पड़ गया।

४. मैंने सोचा तुम्हें कभी पता नहीं चलेगा।

५. सारे उपर्युक्त जवाब, ख़ासकर चौथा।

सब कुछ आसानी से कहूँ तो बेवफ़ाई मतलब मौका और अवेलेबिलिटी ।

लेकिन अनुज इतना दुखी लग रहा था कि मुझे समझ नहीं आया क्या कहूँ। टेबल पर रखे उसके हाथ पर मेरी नज़र पड़ी और मैं चौंक गयी। वो टूटा नाखून था क्या? पुराने अनुज ने ऐसा कभी नहीं होने दिया होता। यह उसकी मानसिक हालत का संकेत था। मदद के लिए पुकार। मैं यहाँ बैठकर कैसे अनदेखा कर देती।

मैंने उसके नाखूनों से नज़रें हटाई और कहा,"ठीक है।"

घर पहुँचकर मैंने अनुष्का को फ़ोन किया, सिर्फ़ देखने के लिए कि हमारी दोस्ती सलामत थी या नहीं।

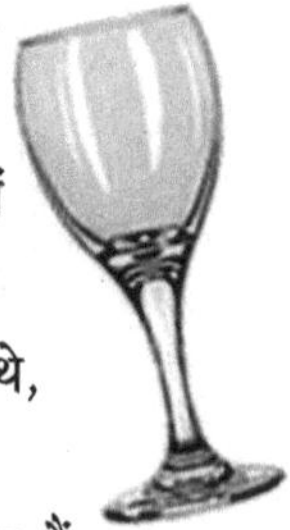

"मैंने उसकी मदद करने का वादा किया है।"

"आईशा दिक़्क़त तो यह है कि तुम कभी वादा नहीं करती हो।"

"नहीं, इस बार किया है। उसके नाखून टूटे हुए थे, तो मैं मान गयी।"

"इसका क्या मतलब है! ख़ैर छोड़ो। क्या हाल हैं उसके? पिछली कई बार तब उसने फ़ोन किया था उसका दिमाग़ फिरा हुआ था।"

"उसका दिमाग़ फिर रहा था और तुमने मुझे सचेत नहीं किया। शुक्रिया। अगर वो मुझे बेहोश करके, मारके टेलिफ़ोन की तार से कहीं टांग देता तो? तुम भूल गयी हो कि टॉयलेट पेपर के साथ पकड़ी मैं गयी थी।"

"आईशा, तुम्हारा दिमाग़ भी ना! तुम उसकी मदद क्यों नहीं कर देतीं? उसे वाक़ई आगे बढ़ने की ज़रूरत है।"

"तुम बढ़ चुकी हो?"

"हाँ"

"पक्का?"

"देखो, पहले तुम उसकी कुछ मदद कर लो, हम फिर बात करेंगे।"

"एक शाम की तो बात है।"

"ऐश करो। एन्जॉय योर डेट, और अपनी ड्रिंक पर नज़रें गड़ाए रहना।"

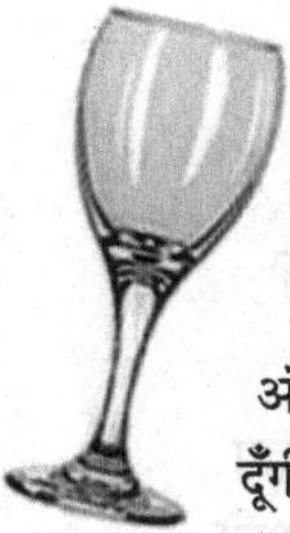

नैतिक दुविधा हो या फिर मेरी नीचता, जो हो मैंने अपने पूर्व प्रेमी, अंग्रेज़ी में कहें तो 'एक्स' को फ़ोन किया। मेरी नीचता को तो आक्सीज़न की ज़रूरत भी थी।

"हैलो, पता है, अनुज और अनु अलग हो गये हैं और मैंने उसे वादा किया है कि उसे कुछ लोगों से मिलवा दूँगी। तुम तो काफ़ी गुल खिलाते हो, क्या तुम उसकी मदद कर सकते हो?"

उसने फ़ोन पटक दिया। पर शान्त होने के तीस सेकेंड बाद मैंने दोबारा फ़ोन किया। और सोचो उसकी सबसे बड़ी शिकायत थी कि मैं उसे सांस नहीं लेने देती थी। रिश्ता मैंने ज़रूर तोड़ा था, लेकिन उसने भी तो मुझे मनाने की कोशिश नहीं की थी। बल्कि कई बार तो मुझे लगता है कि कुछ ज़्यादा ही आसान था यह रिश्ता तोड़ना, मानो उसने ऐसा प्लान किया हो। मैंने वापस उसके पास जाने की कोशिश की थी, लेकिन उसने कुछ 'पुल के नीचे से काफ़ी पानी गुज़र चुका है' बकवास

कहकर हमेशा टाल दिया।

"सॉरी, मैं ठीक से कहती हूँ," मैंने आदर के साथ कहा। चूँकि तुम काफ़ी पॉप्लुयर और घुलने-मिलने वाले हो। क्या तुम मुझे बता सकते हो कि अपनी दोस्त के पूर्व पति को लड़कियों से कैसे मिलवाऊँ?"

"तुम्हें पता भी है तुम क्या कह रही हो आईशा? तुम अपने दोस्त के पति के लिए दलाली कर रही हो।"

"एक्स हज़बेन्ड! और मैं कोई दलाली नहीं कर रही," मैंने कहा "और उसकी भी मंज़ूरी है इसमें।"

"मैं कोशिश भी क्यों करता हूँ। तुम सब की सब पागल हो । गुरूवार को अथीना जाकर देखो। तुम्हारे मतलब के लिए ठीक रहेगा। और इससे पहले कि तुम पूछो, जी नहीं, मैं इस पचड़े में नहीं पड़ने वाला।"

तो, अनुज और मैंने गुरूवार की रात अथीना जाना तय किया और अनुष्का भी काफ़ी प्रभावित हो गयी जब अगले दिन ही कार वापस पहुँच गयी। अथीना जाने से पहले अनुज ने मुझे दिन में तीन या चार बार फ़ोन किया था। अगर मैं उसे इतने अच्छे से नहीं जानती, मुझे यक़ीन हो जाता कि उसे किसी तरह का बाइपोलर डिसआर्डर था। एक पल में खुश होता तो दूसरे में दूखी। अनुष्का से हर तरह की साइकॉटिक अँटशँट सुनने के बाद मैं उसका फ़ोन हमेशा उठा लेती थी। असल में, मुझे डर था कि वो वैसा ना करे, जैसा किंग ख़ान ने क क क किरण के साथ किया था। हालांकि किंग ख़ान उस रोल में सेक्सी था, अनुज का वो अवतार काफ़ी डरावना है।

उस रात, अथीना में अनुज और मैं बार पर बैठे थे और मेरी नज़र पास खड़े एक लड़के पर थी। और तभी एक लड़की बीच में आई और उसने अपनी ड्रिंक माँगी। वो कुछ अनुष्का जैसी लग रही थी तो मैं उसकी तरफ़ मुड़ी, ज़ोर से मुस्कुराई। "हैलो!"

उसने मेरी तरफ़ देखा और मुस्कराई, "हैलो! नाइस प्लेस!"

"हाँ, अच्छी तो है। काफ़ी भीड़ है और बार टेंडर को तुम्हारा आर्डर लेने में वक़्त लगेगा।"

"ऐसा ही लग रहा है।"

"मैं आईशा हूँ और यह अनुज है।"

परिचय के बाद हम सब खामोश बैठे रहे। मैंने अनुज को आँखों से बात आगे बढ़ाने का इशारा किया।

अनुज अपनी बोरिंग बातें कर रहा था और मुझे उस पर दया आ रही थी। मुझे लगता है जिन आदमियों को प्यार हो जाता है और वो शादी कर लेते हैं, वह शिकार करने के तरीके भूल जाते हैं। मेरी मानो वहाँ एक जंग है और शिकारी को लगातार अपने हुनर को तराशना पड़ता है। और फिर अनुज ने शाम का सबसे अक्लमंदी का काम किया। उस लड़की को अपनी सीट दी। शायद अभी कुछ हुनर बचा था उसमें।

"मैं तुम्हारी ड्रिंक ले आता हूँ। बार टेंडर तो इस तरफ़ देख भी नहीं रहा।"

"रहने दो, कोई बात नहीं।" लेकिन वो जा चुका था।

बस हम लड़कियाँ बचीं। "हीज़ अ रियली स्वीट गाई।" मैंने अनुज की तरफ़दारी की।

"हाँ, और काफ़ी क्यूट भी।" हे भगवान वो न केवल अनुष्का जैसी दिखती थी, उसकी जैसी पसन्द भी थी।

"उम्मीद है तुम्हें मेरा ऐसा कहना बुरा नहीं लगा होगा।" वह हँस रही थी।

"अरे नहीं, औरतें उसे काफ़ी पसन्द करती हैं।" मैं कुछ ज़्यादा कह रही थी, लेकिन क्या फ़र्क पड़ता है।

"और इससे कोई फ़र्क नहीं पड़ता?" उसने उत्सुकता से पूछा।

"मुझे नहीं, बिलकुल नहीं। क्यों पड़ेगा? मेरे लिये तो जितने ज़्यादा उतना अच्छा। हमारा रिश्ता वैसा नहीं है।

"ओह उसके चेहरे पर शिकन की परछांई थीं।

"तुम अकेली आई हो?"

"नहीं ऑफ़िस के कुछ लोग हैं। मैं शहर में नई हूँ। किसी को जानती नहीं हूँ।"

"तो हमारे साथ बैठो। मुझे अच्छा लगेगा। और यक़ीनन, अनुज को भी। आओ मज़ा करते हैं।" मैं कोई कसर नहीं छोड़ रही थी।

और तभी अनुज ड्रिंक लेकर लौटा।

"देखो, तुम लोग ग़लत दरवाज़ा खटखटा रहे हो। मैंने यह सब टीवी पर देखा है, लेकिन इसमे मेरी कोई दिलचस्पी नहीं है। गुड लक।" यह कहकर वो वहाँ से सर पे पैर रखकर

भागी।

"हुआ क्या?" अनुज ने पूछा।

हमेशा की तरह उसकी गाड़ी फिर छूट गयी थी और वो हाथ में शैन्डी पकड़े खड़ा था।

"उसको भूल जाओ," मैंने कहा, "ड्रिंक्स की उसकी पसन्द बहुत घटिया है।"

पहले किस का इंतज़ार

ग्रैंड ऑर्किड में अपने डेस्क के पीछे खड़े, कई बार अपने सहयोगियों को देखकर मुझे लगता है कि हम किसी प्रदर्शनी के लायक जानवरों का काफ़ी बेहतरीन समूह हैं। यहाँ पेंगुइन हैं, मतलब बैरे, जिनकी काली कोट की पूँछ उनके पीछे-पीछे दौड़ती हैं। मुझे लॉबी में लोगों के दौड़ने से सख़्त नफ़रत होती है। इससे लोगों को ग़लत सन्देश जाता है, मानो हम लोग ठीक से काम नहीं कर रहे। असल में ज़रूरत है एक चौकस जल्दबाज़ी दिखाने की ऐसा दिखाना कि आप अपने मेहमानों की खातिरदारी करने के लिए तेज़ी से जा रहे हैं लेकिन घबराहट नहीं दिखनी चाहिए। काश मैं यही अंदाज़ अपनी लव लाईफ़ में भी लागू कर पाती। लेकिन बदकिस्मती से ऐसा नहीं होता है। हमेशा और हमेशा, उस मामले में मैं आँख बन्द करके धड़धड़ाते हुए गन्दगी में कूद पड़ती हूँ।

मेरी नज़र लॉबी के बाहर गयी, जैसे कई सुस्त दोपहरों को जाती है, आज़ादी की चाह में। वहाँ महिन्दर सिंह खड़ा था, दरबान। हैरम पैन्ट, पगड़ी और शानदार मूछों वाला। वहाँ खड़ा वो अपनी मूँछें ऐंठ रहा था और बेल बॉय की शिकायतों

पर सिर हिला रहा था। क्या दिक़्क़त है इन लोगों को? मैंने झुँझलाते हुए सोचा। ऐसी जगह क्यों काम करते हैं जहाँ उन्हें सिर्फ़ बुराई ही नज़र आती है? और फिर मैं रुक गयी। देखा जाए तो फिर मैं यहाँ काम क्यों करती हूँ?

अप्रत्याशित अन्तर्दृष्टि हिला देती है इसलिए मैंने वहाँ से नज़र हटाई और स्नेहा पर जा टिकी। हमारी नयी रिसेप्शनिस्ट स्नेहा। बार्बी जैसी सुन्दर और केन जैसी बुद्धू। लेकिन केन इतना भी बुद्धू नहीं था, बस इतना कि बेहतरीन साथी बन सके और देखने में तो अच्छा था ही ख़ैर। हाँ, मैं टॉपिक से थोड़ा भटक ज़रूर गयी हूँ लेकिन स्नेहा बहुत ही बुद्धू है। उसे अपना 'इंटेलिजेन्स क्रोशियेन्ट' सुधारने की ज़रूरत है। पता नहीं २३ साल की उम्र में यह सुधार आएगा कैसे। कल की ही तो बात है। उसने एक मेहमान को उस कमरे में ठहरा दिया जहाँ पहले से कोई ठहरा हुआ था। और फिर पलकें झपकाते हुए मुझे कहा कि मेहमान को फ़र्क नहीं पड़ा था! फ़र्क नहीं पड़ा ! मतलब उससे कुछ नहीं कहा। उसने चालीस मिनट तक होटल से लेकर, शहर और सरकार कि कमियाँ गिनाकर मुझे पका दिया।

फिर मैंने करण को स्नेहा के पास चैक आउट करवाने के लिए अपना सामान लिए खड़ा देखा। मैं बाय कहने गयी। सिर्फ़ होटल के कर्मचारी के तौर पर।

"मैं नये घर में हाउस-वॉर्मिंग पार्टी देने की सोच रहा हूँ। बहुत बड़ी नहीं, बस ऑफ़िस के कुछ लोग और कुछ दोस्त," जैसे ही मैं पास पहुँची, करण ने कहा।

"आइडिया अच्छा है। कब?" मैंने बात आगे बढ़ाई और स्नेहा को आँखों से इशारा करते हुए काम पर लगने को कहा।

"सैटरडे नाइट। वक़्त कम है लेकिन मैं अब काम में और भी उलझता जाऊँगा। क्या तुम मेरी मदद कर सकती हो?" उसने मेरी चुप्पी को ग़लती से मनाही समझ लिया था।

"क्यों नहीं? मैं कर दूँगी," मैंने जल्दी से कहा। मुझे चौकस रहना होगा। ज़्यादा उत्सुकता भी नहीं दिखानी चाहिए। लेकिन एप्रन पहने, पार्टी का मोर्चा सम्भाले तान्या मैडम की छवि मुझे पसन्द नहीं आयी। जो भी हो, वो एप्रन तो मैं पहनूँगी।

अगले हफ़्ते मैं करण के घर पर मेहमानों की लिस्ट तैयार कर रही थी। लेनी क्राविट्ज का गाना 'रेडी फॉर लव' बज रहा था। कोई इशारा हो सकता था यह? ठीक है, तो सीडी बज रहा था और यह भी कईयों में से एक था। इशारा–विशारा बेकार का!

"क्या पियोगी?"

"क्या है?"

"है तो बहुत कुछ। वाइन खोलूँ? सूला की शेनीन ब्लांक है, अच्छी लग रही थी। पी है कभी?" उसने ख़ुद ही सूला वाइन खोज निकाली थी और मुझे उस पर गर्व था। सूला तो मेरे रगों में दौड़ती है।

"बस एक ग्लास।"

"ऑलवेज़ प्लेइंग इट सेफ़ आईशा।" करण ने आँख मारी।

"और नहीं तो क्या।" आज मैंने अपनी बड़ी टाइट वाली अन्डरवियर पहनी थी। दादीमाँओं के ज़माने वाली। यकिन मानिये यह अन्डरवियर हमारे ज़माने की चेस्टिटी बेल्ट है। यदि कभी भी किसी भी समय अपने आपको आपे में रखने के बारे में शक हो, तो यह अन्डरवियर पहननी चाहिए।

बीच में टेबल पर कुछ फ़ोटो पड़ी थीं। उनमें से सबसे दिलचस्प फ़ोटो एक उम्रदराज़ औरत की थी। उनकी भौंए काफ़ी तराशी हुई थीं, जिससे उनके चेहरे पर हमेशा एक आश्चर्य का भाव रहता। शायद उन्होंने ब्रो लिफ़्ट करवाया हो, मीशा को पता होगा। मैं 'गुची मम्मा' के चेहरे पर की गयी कास्मेटिक सर्जरी की मेंटल लिस्ट तैयार कर रही थी। यह पार्टी के लिए एक मस्त गेम हो सकता था। हम बड़ी सी फ़ोटो बनवा सकते हैं। लोगों को उस चेहरे पर हुई कास्मेटिक सर्जरी की लिस्ट बनानी होगी। जिसकी लिस्ट सबसे बड़ी होगी, वो जीत जायेगा। गॉश, कितनी अक्लमंद हूँ!

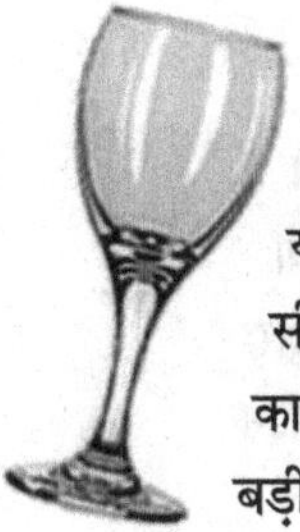

"दैट्स मॉम।" समय थम गया। करण मेरे पीछे वाइन लिए खड़ा था। शुक्र है उसने मेरे चेहरे के भाव नहीं देखे।

"हाँ, मुझे लगा, तुम्हारे जैसी दिखती हैं।"

"सच? सब कहते हैं मैं डैडी जैसा दिखता हूँ। मेरी बहन मॉम जैसी दिखती है। कई बार लोग उन्हें बहनें समझ लेते हैं," वो हँसा। मैं चुप।

"वो अगले महीने आ रही हैं। तब मिल लेना।" हे भगवान! मेरे पसीने छूटने लगे। पता नहीं बोटॉक्स कितने का पड़ता है। अचानक मुझे अपने माथे की लकीरों का अहसास

हुआ। अभी इतने भी नहीं हैं, लेकिन उम्र तो हो रही है।

करण के मेहमानों की लिस्ट करीब पच्चीस की थी। करीब 'दस दोस्तों' के लिए गुँजाइश रखनी चाहिए। यह लोग दनदनाते हुए आते हैं और मेहमानों से ज़्यादा हक़ जमाते हैं, पर यही दिल्ली की दरियादिली है।

हम लोगों ने बार-बे-क्यू करने का फ़ैसला किया। थोड़ा काम ज़्यादा ज़रूर होगा, लेकिन नवम्बर की खूबसूरत शाम और करण के अपार्टमेंट में पार्क की तरफ़ की सुन्दर खुली हुई छत। इस कॉन्क्रीट जंगल में एक विरलता। पास के रेस्तरां से हमने केटरिंग तय कर ली। निक शराब का इन्तज़ाम करवा रहा था। मँहगी विदेशी शराब। उसी को फ़ोन करके हमने मिक्सरस् भी लाने को कह दिया और इस तरह इक्कीसवीं सदी के मार्डर्न ट्रडिशन नियम के मुताबिक हमने असरदार आउटसोर्सिंग की और चाँदनी रात में चैन से बैठकर वाइन पी।

"तुम्हारे साथ पार्टी की तैयारी करना मस्त है," करण ने कहा।

"बस मेरी फ़ोन डायरी की ही ज़रूरत होती है। मेरा तो मानना है कि जब कोई और बेहतर काम कर सकता है, तो ख़ुद क्यों करो।"

"समझदार लड़की...मुझे तो हमेशा डर लगता है कि खाना कम पड़ जायेगा।"

"मुझे भी। मैंने तो मम्मा से सीखा है। वो जब भी पार्टी देती हैं, हम लोग अगले पाँच दिन तक बचा हुआ खाना खाते

रहते हैं। लेकिन शायद इसका मात्रा से कोई लेना देना नहीं है। मुझे कुछ कुछ याद पड़ता है कि पापा खाना हमारे कुत्ते को चोरी छिपे दे देते थे। फ़्लैश बैक काफ़ी खतरनाक होते हैं और ज़िन्दगी को देखने का आपका नज़रिया ही बदल देते हैं।"

करण मुस्कुराया और ग्लास भरने के लिए उठा। हम वहाँ शान्त बैठे शाम को रात में ढलते देखते रहे। एक तरफ़ तो मैं जानना चाहती थी कि मेरा होगा क्या, लेकिन दूसरी तरफ़, मैं इस तरह उसके साथ खामोश बैठने से भी सन्तुष्ट थी। हम लोग अब काफ़ी समय साथ गुज़ारने लगे थे। वह देखने में अच्छा है और मैं वहाँ उसकी बालकनी पर तैयार और उत्सुक बैठी थी। माना कि मैंने पुराने ज़माने का अण्डरवियर पहना हुआ था लेकिन उसे तो नहीं पता था ना। उसकी नज़रों में तो मैं ठीक ठाक थी। वैसे मेरे चेहरे पर साफ़ लिखा था, "किस मी, यू फ़ूल।"

मुझे इस आदमी से कोई इशारा चाहिए था। मैं 'मुझे चलना चाहिए' वाला ड्रामा कर सकती थी जिससे आराम से पता चल जाता है कि आदमी के मन में क्या है। अगर वो मुलाकात और बढ़ाना चाहता है तो 'अभी रुको ना' कहेगा। और यहाँ हो सकता है 'चलो अन्दर चलें और सोफ़े पर साथ बैठकर लेनी क्रावीट्ज़ के गाने सुनें, मोमबत्तियाँ जलाएं...

"काफ़ी रात हो रही है और मच्छर मुझे खाये जा रहे हैं," अपनी गर्दन पर एक हाथ मारते हुए करण ने कहा।

उस हाथ से मैं भी अपने रोमांटिक सपनों के मदहोश जहान से बाहर निकली।

"हाँ, देर हो रही है। मुझे भी घर चलना चाहिए।"

"ठीक है। वैसे भी कल बहुत काम है। मदद करने के लिए शुक्रिया।" लगता नहीं उसे कोई दुविधा थी। साले मच्छर, नहीं वैसे, साला करण! उन बेचारे कीड़ों का क्या दोष।

"अरे एनिटाइम! चलो कल मिलते हैं। कुछ ज़रूरत हो तो कहना।"

"कह दूँगा। चलो तुम्हें कार तक छोड़ देता हूँ।"

"रहने दो। मैंने मुस्कुरा कर कहा।" आई विल बी फ़ाइन। तुम अन्दर रहो, कहीं मच्छर दोबारा हमला ना कर दें," कहते हुए मैंने दरवाज़ा उसके मुँह पर बन्द कर दिया।

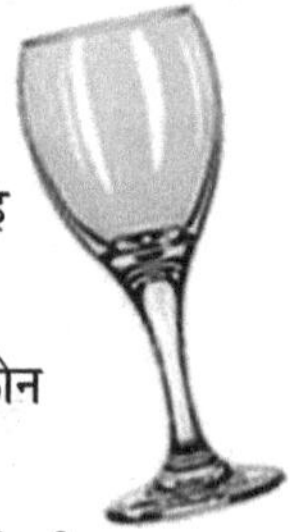

और मुझे तब ही समझ में आ गया कि उसे गृह प्रवेश का क्या तोहफा दूँगी – मच्छर मारने की दवा!

घर पहुँचते ही मैंने अपनी रात की सहेली को फ़ोन किया (मीशा सुबह के लिए है।)

"अनुष्का," मैं भड़क रही थी। वो गहरी नींद में थी लेकिन मुझे तो भड़ास निकालनी थी।

"क्या हुआ? सब ठीक तो है?" वह बुड़बुड़ाई।

"सब ठीक है। एकदम बढ़िया। पता नहीं वो मुझे क्या समझता है!"

"ओ, तो करण के साथ शाम ठीक नहीं रही," उसने उबासी ली।

"उबासी लेना बन्द करो । पता नहीं मैं क्या बन गयी हूँ। मतलब मैं पार्टी प्लैनर, सलाहकार, जोकर और सेक्रेटरी।"

"छोड़ो भी, कोई इतना परफ़ेक्ट नहीं हो सकता!" अनुष्का हँसी।

"यह मामला सीरियस है। वहाँ मैं एंजेलीना जोली बनी बैठी थी और वो आदमी, उफ़्फ़ एकदम बकवास है।"

"देखो, हर रिश्ते में पहला किस सबसे शानदार पल होता हैं। उसकी तैयारी नहीं की जा सकती। अगर तैयारी से हो तो मज़ा नहीं आएगा। वो तो तब होना चाहिए, जब उसकी बिलकुल उम्मीद न हो," अनुष्का ने समझाया।

"हाँ, जैसे जब मैं और 'एक्स' बिस्तर में थे और माताश्री भाटिया ने फ़ोन करके आन्सरिंग मशीन पर झूठे ही मेरे बढ़ते वज़न के बारे में लेक्चर दे दिया था।"

"झूठा नहीं था," अनुष्का हँस रही थी। "ऐसी छोटी बातों पे तुम्हारा ध्यान बेकार ही इतना लगा रहता है। गुडनाइट अनुष्का!"

"गुड नाइट प्रिंसेस। बस याद रहे, सब कुछ उस किसे पर टिका है! तो अगर तुम तैयार नहीं, तो फिर नाचती रहो।"

क्या अनुष्का ठीक कह रही थी? यह नाच कब ख़त्म होगा? क्या मैं उसके पैर कुचले दे रही थी? या फिर वो ही ताल से ताल मिला नहीं रहा था?

ना लहसुन, ना प्याज़

"लहसुन और प्याज़ के बारे में तुम्हारी क्या राय है?"

"सब्ज़ियाँ हैं, माँ। क्या टाइम हो रहा है?"

"साढ़े सात। अभी तक सो क्यों रही हो? तुम शिवलिंग की पूजा नही कर रहीं आजकल?" माँ की सांस फूलती जा रही थी।

जिन्हें पता नहीं, शिवलिंग की पूजा से अच्छा पति मिलता है। पूजा भी क्या, शिवलिंग को सूर्य की किरणों में रखकर सूर्योदय के समय उस पर पानी चढ़ाना है। लेकिन कोई सुबूत नहीं है कि यह काम करता है। मैंने मीशा से भी पूछा था – मेरी '*रीति रिवाज़ के लिए फ़ोन करो*' दोस्त। लेकिन उसे भी कुछ पता नहीं था। और सच कहूँ तो लैंगिक प्रतीकों को पूजने में मेरी कोई दिलचस्पी नहीं है।

"सुनो यह लड़का है–" माँ के पास टेंशन से निपटने के लिए बहुत अच्छा तरीका है। जैसे ही उन्हें लगता है कि उनके किसी सवाल का जवाब ना में है, वो जताती हैं जैसे उन्होंने सवाल पूछा ही नहीं हो। – "वो न्यूयॉर्क में मैकैन्ज़ी के लिए काम करता है। एमबीए किया है उसने। बस एक ही

दिक़्क़त है, वो पक्का शाकाहारी है। मुझे लगता है कि तुम वैसे भी तरह तरह की डायट करती रहती हो तो यह तुम्हारे लिए दिक़्क़त नहीं होनी चाहिए," उन्होंने कहा।

यह सच है। पिछले दस सालों में मैंने तरह तरह के डायट किये हैं। पहले मेरे घास फूस के दिन और फिर मुझे एटकिंस डायट का पता चला था। लेकिन अगर शादी की नींव घास फूस पर टिकी हो तो फिर मेरे उसूल हैं कि मुझे प्रोटीन खाने वाला आदमी चाहिए और जो कार्बोहाइड्रेट से दूर रहता हो। मैं किसी की बेइज़्ज़ती नहीं करना चाहती लेकिन मेरी भी कुछ फ़रमाइशें हैं। और फिर कौन रोटियाँ बेलना चाहता है। और दाल तो आजकल पकी पकाई पैकेट में मिल जाती है।

"कोई दिक़्क़त नहीं है माँ, बस वो प्रोटीन लेता हो और कार्ब्स नहीं।"

"क्या?"

"ठीक है, वो सलाद खाकर जी सकता है?"

"आईशा तुम्हारा दिमाग़ ख़राब हो गया है। तुम कोई ड्रग्स तो नहीं ले रहीं – वो जो कोल्ड ड्रिंक के नाम का ड्रग है।"

मैंने फ़ोन काट दिया। माँ ऐसा कैसे सोच सकती हैं? मैं इतना गिर जाऊँगी? मैं ड्रग्स के चक्कर में नहीं पड़ी और सुबह पीना तो मैंने सालो पहले छोड़ दिया था। कितनी दकियानूसी सोच है उनकी। यह सही में कलयुग है कि माँयें ड्रग्स के बारे में पूछ रही हैं। आजकल के माता पिता के भी क्या कहने। मैं दोबारा गहरी नींद में सो गयी।

मैं उठी तो पहला ख़याल आया कि मैंने माँ का फ़ोन काट दिया था। हे भगवान! पूरा दिन लग जायेगा उनको मनाने में।

"सॉरी माँ। वो फ़ोन कट गया था।"

"कोई बात नहीं बेटा। मुझे तो आदत है।" सबसे बुरा तब लगता है जब माँ बेचारी बनती हैं।

"नहीं सच माँ, कट गया था।"

"वैसे भी रिश्ते की बात ही ख़त्म हो गयी है।"

"ओह?"

"अगर तुम हमारी संस्कृति का आदर नहीं कर सकती तो उस परिवार में जाने का तुम्हें कोई हक़ नहीं।" मैं लाजवाब रह गयी थी। प्राचीन संस्कृति की बारीक़ी मैं कभी समझ नहीं पाई हूँ। क्या एक आज़ाद आधुनिक नारी होने के चक्कर में मैं कुछ खो तो नहीं रही थी, क्या मेरे लिए प्याज़ और लहसुन इतने ज़रूरी हैं?... "और वैसे भी वो छब्बीस साल का है," मेरी माँ ने बात ख़त्म की। वाह! तो यह है असली कारण। मुझे नकारने का सबसे टुच्चा कारण – उम्र।

माँ से बात करने के बाद मैं सोचने लगी। क्या मेरी उम्र दिखने लगी है? ऐसा है तो फिर कुछ करना पड़ेगा। और मैं सीधे टार्चर चैम्बर की ओर गयी।

"आईए, आईए, अगर आप अपने आने की ख़बर दे देतीं तो मैं बैण्ड बाजा बुलवा लेता।"दो महीने बाद जिम लौटने पर मेरे ट्रेनर गरजत बरसत राघव ने मेरा स्वागत किया। "चलो,

शुरुआत तुम्हारा वज़न लेकर करते हैं।" इतने ज़ोर से मेरा स्वागत करना कम नहीं था क्या? कम-से-कम पिछली बार के सात किलो से तो कम है – "पाँच किलो!" वह काफ़ी खुशी से बोला। राघव की आवाज़ भारी भरकम है और उसका शरीर उससे भी ज़्यादा।

"हैलो आईशा, तुम भी इसी जिम में आती हो?" करण ने मुस्कुराते हुए पूछा। हे भगवान! मेरी सिर्फ़ एक ही चिन्ता थी – उसने राघव की आवाज़ सुन ली थी क्या?

"अगर कभी कभार मुँह दिखाने को आना, कहा जा सके तो!" मैं मशीन से तुरन्त हट गयी और वो फट से ज़ीरो पर चली गयी। शुक्र है।

"तुम लोग एक दूसरे को जानते हो? गरजत बरसत राघव बीच में बोला। "तुम्हें करण से कुछ सीखना चाहिए। क्या बॉडी है इसकी।" *यह मुझे बता रहा था?*

"चलो तुम्हें ट्रेडमिल पर चढ़ाया जाये। अगर तुम्हें कभी एक्स्ट्रा गद्दा चाहिए हो तो पेट से ले सकती हो!...चलो अब। अपने भद्दे मज़ाक पर ख़ुद ही हँस रहा था। लेकिन मैंने कंधे उचकाये और चुपचाप राघव के पीछे चल दी।

ट्रेनर्स में क्या ख़ास बात होती है कि उन्हें लगता है कि वो कुछ भी कह सकते हैं? वैसे सच है कि वो कह भी सकते हैं। मतलब, ट्रेनर ही है जिससे आप कुछ भी बात कर सकते हैं, अपने सीने के बारे में भी। कितने बड़े हैं, कैसे लटक रहे हैं, उनको कैसे टाइट किया जाये, इत्यादि। काफ़ी करीबी रिश्ता होता है। औरतें इस रिश्ते को मानती नहीं हैं, लेकिन यह उनकी

ज़िन्दगी का अहम हिस्सा होता है। मेरा मानना है कि हर जिम के किसी एक कोने में, दुनिया के किसी भी कोने में, एक दुखियारी अपना दुख उस आदमी को सुना रही होगी, जिसे यह सुनने के पैसे मिलते हैं। एक बात तो माननी पड़ेगी आपने कितनी बार किसी बीस साल की लड़की को ट्रेडमील पर देखा है और सोचा है कि उसने स्पोर्ट्स ब्रा पहनी है? एक उम्र की औरतें स्तनों की तरफ़ उतना ही ध्यान देती हैं, जितना जवान लड़के देते हैं। ख़ैर इस समय, मुझे ज़रूर लग रहा था कि मुझे स्पोर्ट्स ब्रा पहननी चाहिए थी। और ख़याल आ रहा था कि कितनी बीस एक साल की लड़कियों की नज़र करण पर थी।

"आईशा तुम रात को कितने बजे आओगी?" करण मेरे बगल में खड़ा था और मैं ट्रेडमील पर ४.५ की शर्मनाक स्पीड से हाँफ रही थी।

"आठ बजे के आस-पास? अगर कोई काम हो तो मैं जल्दी आ सकती हूँ।" मैंने स्पीड ५.५ तक बढ़ाते हुए कहा।

"अरे नहीं। तुमने इतनी मदद पहले ही कर दी है। तुम्हारे दोस्त आ रहे हैं ना?"

"मीशा और अनुष्का आ रहे हैं। बाकियों के दूसरे प्लान हैं।" मैंने स्पीड छह तक पहुँचा दी थी और अब मैं दौड़ रही थी। मुझे मालूम है कि ज़्यादातर लोग इस स्पीड पर चलते हैं। लेकिन मैं ज़्यादातर लोगों में से नहीं हूँ।

"बढ़िया। गाड़ी भेजूँ क्या? मेरा ड्राइवर आ सकता है।"

"नहीं... हम आ जायेंगे।" मेरी सांस फूल रही थी। मैं

७ की स्पीड पर दौड़ रही थी।

"तुम ठीक तो हो आईशा? तुम्हारा चेहरा लाल हो रहा है।"

"ठीक हूँ।" मैं स्पीड बटन तक हाथ उठा नहीं पा रही थी। और वो वहाँ खड़ा क्यों था?

"पहलवान रुको... तुम ख़ुद को मारना चाहती हो क्या?" गरजत बरसत राघव ने एमरजेंसी बटन दबाया। ट्रेडमिल रुकी और मैं मुस्कुराने की कोशिश कर रही थी।

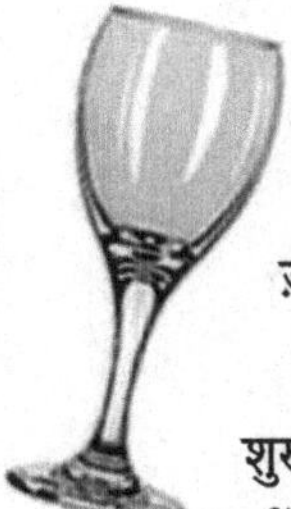

"तो फिर आज रात को मिलते हैं।" करण की आवाज़ में कुछ सन्देह था। वैसे यह सवाल ज़्यादा था। जवाब में मैंने मुस्कुरा कर सिर हिलाया। जवाब मैं इससे ज़्यादा नहीं कर सकती थी।

वो वहाँ से गया भी नहीं था कि गरजत बरसत राघव शुरू हो गया। "आज ज़्यादा करोगी तो फिर छः महीने तक नहीं लौटोगी। और भगवान जाने कितना वज़न बढ़ जायेगा।"

उस शाम जब मीशा और अनुष्का मेरे घर पहुँचे तो मुझे पलंग पर पड़े पाया। "तुम तैयार क्यों नहीं हो?" मीशा ने पूछा।

"गर्दन में बल पड़ गया है।"

"अरे, क्या हो गया है?" अनुष्का ने पूछा।

"तुम्हें पता है कि कुछ औरतें जिम भी मेकअप लगा कर जाती हैं?"

"तुम्हारा मतलब तुम नहीं लगातीं?"

मीशा ने मेरी तरफ़ आश्चर्य से देखा।

"क्या हुआ आईशा?" अनुष्का ने धैर्य से सवाल दोहराया।

"तभी तो वाटरप्रूफ़ मस्कारा बनाया गया है।" मीशा बोलती रही।

"मैं आज जिम गयी थी और करण वहाँ था और राघव ज़्यादा हल्ला कर रहा था तो मैंने ज़्यादा एक्सरसाइज़ कर ली और गर्दन टैं बोल गयी।"

"पर यह तो पहले भी हो चुका है! तुम ध्यान क्यों नहीं रखती?" अनुष्का मुझे छोड़ने वाली नहीं थी।

"तो करण शार्टस पहने हुए था क्या? कैसा लग रहा था? गन्जी वन्जी में था?" मीशा अपनी ही धुन्ध पर थी। अनुष्का ने उसे घूर कर चुप कराया।

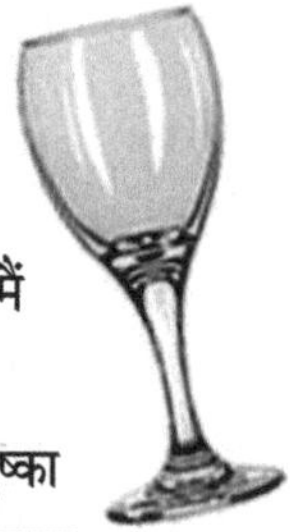

"मैं पार्टी में जाना चाहती हूँ, लेकिन क्या करूँ। मैं कपड़े तक नहीं उठा पा रही।" मैंने कहा।

"तुम फ़िक्र मत करो और लेटी रहो।" किसी दिन अनुष्का बहुत अच्छी माँ बनेगी। अगर वो गृहस्थी के चक्कर में दोबारा पड़ी तो।

"... और मैं तुम्हारा लेटे लेटे मेकअप कर दूँगी और तुम्हारे कान के पीछे और बालों के पीछे परफ़्यूम लगा दूँगी" मीशा ने कहा। पुराने ज़माने में वो अच्छी रखैल होती!

"काला पोलो नेक और जीन्स पहन लो। गर्दन की तरफ़ ध्यान भी नहीं जायेगा और अच्छा लगेगा।"

"मुझे फ़र्क नहीं पड़ता अच्छा लगे या नहीं। मैं बस पार्टी में जाना चाहती हूँ।"

"उसकी फ़िक्र मत करो। वहाँ तो तुम जाओगी।"

हॉउस वार्मिंग

वैसे ही मेरा दिन इतना ख़राब था और ऊपर से नरम हाथ वाली तान्या मैडम ने करण के घर का दरवाज़ा खोला। "आओ, वेलकम, कम ऑन इन।" तो घर की मालकिन यह बनी हुई थी।

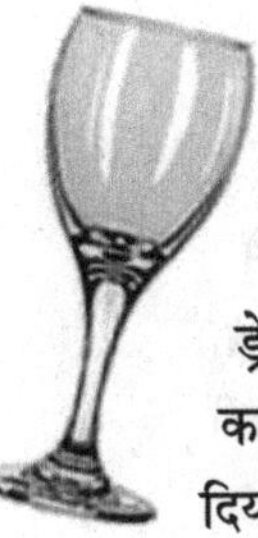

"वो रोहित बाल की 'मस्ट हैव' सबसे नवीनतम ड्रेस नहीं है?" तान्या के पीछे घर में घुसते हुए मीशा मेरे काने में फुसफुसाई। मैंने उसकी बात को नज़रअन्दाज़ कर दिया। मेरे साथ धोखा हुआ था। मुझे धोखा दिया था गुड्डा ने मेरी दुश्मन को अपने कपड़े बेचकर। धोखा दिया था मीशा ने यह बात नोट कर के मेरा दिल तोड़ा था करण ने, तान्या को मेहमान नवाज़ी का मौका देकर जबकि मैंने उसके लिए और उसकी पार्टी के लिए इतनी मेहनत की थी।

मीशा और अनुष्का मेरे लिए ड्रिंक लेने गयी और मैं सोफ़े पर डण्डे सरीखे सीधी बैठ गयी। मेरे ठीक सामने चाँदी के फ़ोटो फ्रेम में गुच्ची मम्मा सजी हुई थी। उनकी फ़ोटो को टेबल पर ख़ास जगह मिली है। करण पक्के तौर पर माँ का लाडला है।

"तो तुम आ गयीं," करण मेरे बगल में आ कर बैठ गया। मैंने तुम्हें अन्दर आते हुए देखा था लेकिन तुमने मेरी तरफ़ देखा ही नहीं।"

"सॉरी मैंने तुम्हें नहीं देखा," मैं नाक की सीध में देखती रही।

"वो मेरी माँ है, वही फ़ोटो जो तुमने उस दिन देखी थी।" हे भगवान! वो मुझे पागल समझता होगा, उसकी माँ को इस तरह घूरते हुए देखा। "मालूम है। मैं फ्रेम देख रही थी।" उसकी तरफ़ देखने के लिए मुझे अपना पूरा शरीर ही घूमाना पड़ा और अचानक नज़दीकियाँ कुछ ज़्यादा ही बढ़ गयीं। यहाँ, तीस लोगों के बीच हम एक छोटे से सोफ़े पर बैठे थे। मोहब्बत के अपने सबसे हसीन पल की मैंने ऐसी कल्पना तो नहीं की थी। करण बिना कुछ बोले मुझे एकटक देखता रहा। और मैं कुछ कहने को दो शब्द ढूँढती रह गयी।

"ये रही तुम्हारी वाइन," आग पर पानी का काम करती मीशा आ पहुँची और प्रेम अग्न वहीं ख़त्म हो गयी।

"शुक्रिया," मैंने ग्लास लिया और और नज़रें घुमा लीं।

करण खड़ा हो गया और उसने मीशा को अपनी जगह दे दी। "अच्छा हुआ आप आ पायीं।"

"हमें बुलाना के लिए शुक्रिया करण। बहुत अच्छा अपार्टमेन्ट है।"

"शुक्रिया। अभी इसमें काफ़ी काम बाकी है।"

"बस एक औरत की ख़ास नज़र की ज़रूरत है।" मीशा ने कहा।

"चलो, महीने भर में माँ आ रही हैं। तो वो भी हो जायेगा।" मीशा आँखें चढ़ा रही थी और मैं उसे चुप कराने की कोशिश कर रही थी।

"करण," तान्या मैडम बीच में चहकी, "मुझे वाइन ओपनर नहीं मिल रहा है, तुम ढुँढवा सकते हो क्या?"

अपने लंबे दाँतों से खोल लो चुड़ैल।

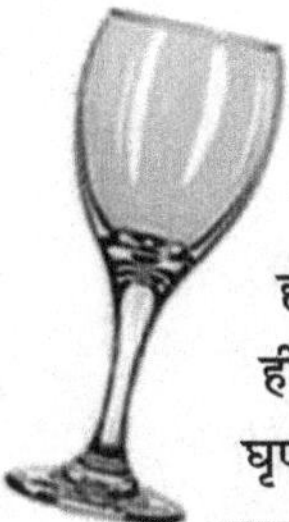

"ज़रूर। लेडिज़, इफ़ यू विल एक्सक्यूज़ मी।"

अपनी ड्रिंक पर ध्यान लगाते समय मुझे एक जाना पहचाना चेहरा नज़र आया। उस रात वाली अनुष्का की हमशक्ल। उसने भी मेरी तरफ़ देखा और मैंने हाथ उठाया ही था उसकी तरफ़ हिलाने के लिए कि उसके चेहरे पर घृणा देखकर मैं रुक गयी। एक बार फिर बेइज़्ज़ती। अब मैं इसकी आदी हो रही थी। शायद मुझे अपने फ़ोन पर स्नेक खेलना चाहिए।

ओफ़ ओह, मेरा बैग कहाँ था? वहाँ, पैरों के पास। मुझे कमर से सीधा झुकना पड़ा बैग उठाने के लिए। यह तो स्नेक खेलने से ज़्यादा अच्छा था। मैंने ऊँची एड़ी के बूट्स पहन रखे थे। मेरे पास दो रास्ते थे : बैग के हैंडल को हील तक खिसका लूँ और फिर झुककर उठा लूँ या फिर अपने पैरों के बीच दबाकर धीमे से उठा लूँ। दूसरा रास्ता ज़्यादा आसान था।

अपने पैरों के बीच मैं बैग उठाने की कोशिश कर रही थी कि किसी ने मेरा कंधा छुआ। चौंककर मैं पीछे मुड़ी। कंधा

चटकने की आवाज़ आई। "आउच" मैं चिल्लाई।

"तुम ठीक हो आईशा?" करण परेशान लग रहा था। चौबीस घण्टे में यह दूसरी बार उसने मुझसे यह सवाल किया था। यह तो गड़बड़ था।

"मैं ठीक हूँ। वो जिम में वर्कआउट की वजह से गर्दन अकड़ गयी है।" मैंने गर्दन को मलते हुए कहा। मेरी आँखों पर आँसुओं का पर्दा छाया हुआ था और उसके पार अनुष्का की हमशक्ल नज़र आ रही थी। वो करण के साथ क्या कर रही थी? और काफ़ी नाखुश लग रही थी।

"यह मेरी बहन नताशा है। मासी की बेटी। यह भी अभी दिल्ली आई है।"

नताशा ने मुझे घृणा से देखा और मैं मना रही थी कि करण ने न देखा हो।

"मैं नताशा को बता रहा था कि तुमने मेरी कितनी मदद की। क्या तुम इसकी भी मदद कर सकती हो?"

"बिलकुल। जो हुक्म मेरे आका।" मैं मज़ाक करके अटपटेपन को ढ़कने की कोशिश कर रही थी।

नताशा ने मेरी तरफ़ एक बार फिर घृणा भरी नज़रें घुमाईं।

"तो मैं तुम दोनों को साथ छोड़ देता हूँ। लगता है मेरे बॉस मुझे ढूंढ रहे हैं। थैंक्स आईशा।" करण ने प्यार से आँख मारी। मैं उसकी पीठ ताकती रही।

"क्या भईया को तुम्हारे 'दूसरी' चाहतों के बारे में पता है?" उसने एक भौं उठाते हुए कहा। लोग एक भौं कैसे उठा

लेते हैं? यह मैं कभी नहीं कर पाई हूँ पर हमेशा करना चाहा है।

"देखो नताशा, तुम ग़लत समझ रही हो। मैं तुम्हें पटा नहीं रही थी। नहीं, पटा तो रही थी लेकिन अपने लिए नहीं, अपने दोस्त के लिए।"

नताशा मुझे घूरती रही। "अच्छा ठीक है बाबा। दोस्त भी नहीं। कभी दोस्त हुआ करता था। वो लड़की देख रही हो?" मैंने अनुष्का की तरफ़ इशारा किया, "वो मेरी बेस्ट फ्रैंड़ है और अनुज उसका पति हुआ करता था।"

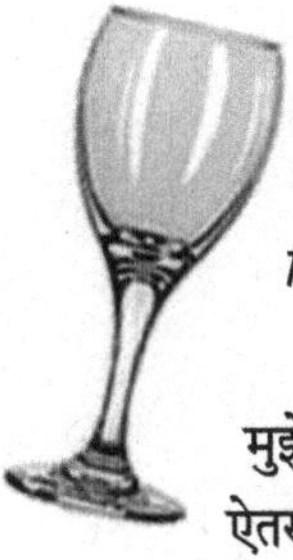

"और अब तुम्हारा प्रेमी है?" नताशा ने दूसरी भौं उठाई। *कैसे कर लेती है? यह बात ख़त्म हो तो उसे कहूँगी कि मुझे सिखाये।*

"नहीं मैं लड़की ढूँढने में उसकी मदद कर रही थी। मुझे उसके लिए बुरा लगा रहा था और अनुष्का को कोई ऐतराज़ नहीं था।"

"भईया को तुम क्यूट लगती हो लेकिन सच कहूँ तो काफ़ी अजीब हो," उठते हुए नताशा ने कहा।

"भईया, मेरा मतलब करण को लगता है कि मैं क्यूट हूँ?" मैंने आश्चर्य से कहा।

"अच्छा अब मैं चलती हूँ। मुझे समझ नहीं आता तुम जैसे लोगों को क्या कहूँ। शायद, गुड लक!" सच कहूँ तो मुझे कोई फ़र्क नहीं पड़ता कि मैडम क्या कहना चाहती हैं। भईया को लगता है कि मैं क्यूट हूँ और इससे अच्छा कुछ नहीं। अच्छा हुआ मैं आ गयी।

"तुम इतनी खुश क्यों हो रही हो?" अनुष्का लोगों से घुलमिलकर लौट आयी थी।

"भईया को मैं क्यूट लगती हूँ।"

"मतलब? तुमने वाइन पीने के पहले दवा खा ली थी क्या?"

"अरे नहीं बेवकूफ़। करण को मैं क्यूट लगती हूँ।"

"और तुम्हें कैसे पता?"

"उसकी मौसेरी बहन ने बताया। तुम्हें याद है वो अथीना वाली लड़की जिसके बारे में मैंने तुम्हें बताया था? वो करण की बहन है।"

"यह तो बुरी ख़बर है।"

"बस ग़लतफहमी थी। सुलझा ली।"

"पक्का?"

"क्या फ़र्क पड़ता है? उसे मैं क्यूट लगती हूँ।"

"हम्म। मुझे एक जान-पहचान वाला मिल गया और हम साथ काम करने की सोच रहे हैं। देखो शायद कुछ बात बन जाये।"

"शादीशुदा है?"

"आईशा तुम बिलकुल मीशा की तरह बात कर रही हो। ठण्ड रखो। उसके शादीशुदा होने या न होने का मेरे काम में उसके पैसे लगाने से कोई लेनादेना नहीं है।"

"तुम नाराज़ क्यों हो रही हो?"

"क्योंकि आजकल तुम दोनों यही बातें करती हो। उसने

फ़ोन क्यों नहीं किया, मुझे किस क्यों नहीं किया, कौन सी कार चलाता है, कहाँ काम करता है... अरे ज़िन्दगी में लड़कों के अलावा बहुत कुछ है।" अनुष्का का ऐसा विस्फोट देखकर मैं चौंक गयी। "तुम लोग मस्ती करो और मैं घर जा रही हूँ।"

"सब चलते हैं।"

"नहीं तुम रुको। मीशा किसी लड़के से आँख मटक्का कर रही है और मैं बस अकेली रहना चाहती हूँ।" अपना पर्स उठाकर वो वहाँ से दनदानती हुई चली गयी।

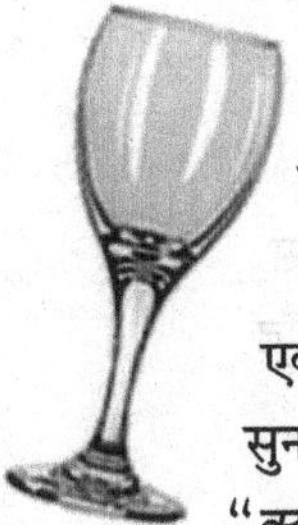

मुझे कुछ समझ में नहीं आया। मैंने ऐसा क्या कह दिया? कई बार औरत ही औरत को नहीं समझ पाती। केवल आदमियों को ही ऐसी मुश्किल नहीं होती।

मैं सोफ़े से उठी ओर मीशा को खोजने लगी। वो एक खम्बे के सहारे खड़ी ध्यान से किसी लड़के की बातें सुन रही थी, जो देखने से स्टॉक ब्रोकर लग रहा था। मैंने "*क्या उन्हें बचाने की ज़रूरत है?*" वाला खेल खेला। इसमें आपको आदमी के पीछे खड़े होकर भौंए उठानी होती हैं – और आगे अगर मेरी दोस्त को मेरी मदद चाहिए वो कुछ बहाना बनाकर वहाँ से निकल लेगी। अगर सब मर्ज़ी मुताबिक़ होगा तो वो मुझे नज़रन्दाज़ कर देगी और मैं वहाँ से चली जाऊँगी।

मीशा ने मुझे पूरी तरह से नज़रअन्दाज़ कर दिया और ज़ोर से कहा,"तुम वेल्थ मेनेजमेन्ट डिवीज़न में काम करते हो? कितना दिलचस्प होगा।" मैं मीशा की सोच को अच्छे से समझती हूँ। दिलचस्प केवल 'वेल्थ' होगा उसके लिए। उसके हिसाब से अगर वो वेल्थ मैनेज करता है तो उसके ख़ुद के पास भी

कुछ पैसा होगा। मैं सिर हिलाती हुई वहाँ से चल दी।

तो, पार्टी में मैं लगभग सिंगल थी। मेरी बेस्ट फ्रेंड दनदना कर चली गयी थी। मेज़बान के पास मेरे लिये वक़्त नहीं था, उसकी बहन को लगता है मैं अजीब हूँ और तान्या मैडम ने मेरी मेज़बानी करने का मौका मुझसे चुरा लिया था। अच्छी ख़बर यह थी कि वाइन और दर्द की दवाई का असर होने लगा था। हालांकि मैं अकेली थी, और लगभग किसी को नहीं जानती थी, और जिन्हें जानती भी थी उसमें से केवल आधे लोग ही मुझे पसन्द करते थे, फिर भी मुझे पार्टी में मज़ा आने लगा था। मैंने एक और ग्लास वाइन ली और बड़े-बड़े घूँटों में गटक गई।

मैं छत पर हवा खाने गयी और अपने साथ एक ग्लास वाइन और ले गयी। मैंने सिग्रेट निकाली और माचिस ढूँढ ही रही थी कि सामने किसी ने जला दी।

"थैंक्स," मैंने हँसकर कहा।

"नो प्रॉब्लम।" वह मुस्कराया।

"तुम कौन?"

"शरद। और तुम?"

"आईशा।"

"तुम बहुत खूबसूरत हो, आईशा।"

"थैंक यू।"

"किसी के साथ आई हो?"

"नहीं। अकेली। बिलकुल अकेली।"

"तुम्हें अकेले होने की ज़रूरत नहीं।"

"ओह? और तुम कैसे जानते हो?"

"क्योंकि मैं वो देख सकता हूँ, जो तुम नहीं देख सकती।"

"ओह हो, और तुम क्या देख सकते हो मिस्टर सुरेश?"

"शरद।"

"हाँ, वही।"

"मुझे एक सुन्दर लड़की दिख रही है जिसे अकेले होने की ज़रूरत नहीं।"

"हम्म।"

"बस इतना ही - हम्मम ? कहीं चलते हैं यहाँ से...," मेरे कंधे पर हाथ रखते हुए उसने कहा।

"आउच!" मेरी गर्दन में तेज़ दर्द उठा।

"तुम ठीक तो हो?"

"मेरी गर्दन में मोच आयी है।"

"उसे मैं ठीक कर सकता हूँ।" वो मेरे सामने खड़ा हो गया और दोनों हाथ मेरे गाल पर रख दिये। मुझे अपनी नाक पर उसकी गर्म, बदबूदार सांस महसूस हो रही थी।

"आईशा," दरवाज़े से आई आवाज़ से उस पल की अटपटी नज़दीकियाँ टूट गयीं। करण की आवाज़ थी और बेहद नाराज़ लग रहा था। या यह मेरी कल्पना थी? "तुम्हारे लिए फ़ोन है," कुछ शान्त होते हुए उसने कहा, "पीछे वाले कमरे में।"

मैं सुरेश - सॉरी शरद - की जकड़ से निकली और

करण के बगल से गुज़री। शरद खेदपूर्वक मुड़ा और बॉलकानी से टेक लेकर खड़ा हो गया।

मैंने कमरा ढूँढ लिया। एक पलंग और लो टेबल पर रखे फ़ोन वाला कमरा था। मैं पलंग पर ढेर हो गयी और फ़ोन उठाया। दूसरी तरफ़ कोई नहीं था। अनुष्का ने रख दिया होगा। मैं उसको फ़ोन करने को हुई लेकिन नम्बर याद नहीं आया। 9819 है या फिर 9891 ? मैं वहीं बैठकर उसके फ़ोन का इन्तज़ार करूँगी।

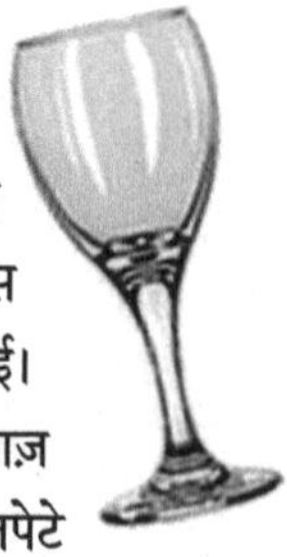

मेरी नींद खुली तो गुनगुनाने और पानी गिरने की आवाज़ सुनाई पड़ी। मेरा सिर एक टन ईंटों के बराबर भारी महसूस हो रहा था, और बड़ी मुश्किल से उसे तकिये से उठा पाई। मैं मुँह के किनारे से थूक पोंछ रही थी कि उसकी आवाज़ सुनाई दी। "तो तुम उठ गई?" गीले बाल और तौलिया लपेटे करण ज़्यादा ही सेक्सी लगता है। उसका सीना एकदम सपाट साफ़ है। वो ज़रूर वैक्स करता होगा।

"मैं यहाँ क्या कर रही हूँ?'

"तुमने मेरे बेडरूम पर कब्ज़ा कर लिया था।"

"मैं यहाँ आई कैसे?"

"लालच तुम्हें यहाँ खींच लाया... मैं कुछ कपड़े पहन लूँ, फिर तुम अपनी पूछताछ जारी रख लेना?"

"सॉरी,"मैंने नज़रें झुकाते हुए कहा।

"तुम शर्माती हुई अच्छी लगती हो।"

"क्या?"

"कुछ नहीं। मैंने कहा वापस सो जाओ, कोई जल्दी नहीं है।" ओह, तो वो मेरा वाला खेल खेल रहा है शब्दों के साथ। मैंने पलट कर पलंग के दूसरे हिस्से को देखा। कोई सिलवट नहीं। वो गेस्ट रूम में सोया होगा।

मैं बिस्तर से निकली और आईना ढूँढा। हे भगवान मैं तो महाभद्दी दिख रही थी। मेरे मुँह से १८० प्रतिशत दारू

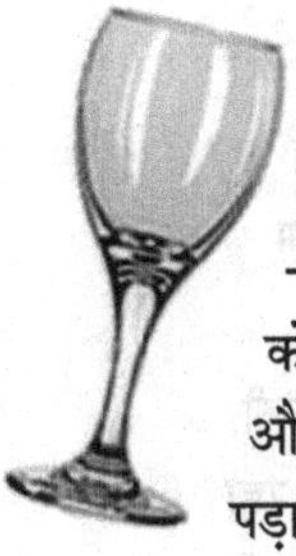

की महक आ रही थी, चेहरे पर आँखो का मस्कारा फैला हुआ था। मैं जीता जाता उदाहरण हूँ कि आप अपनी बेटियों को बड़े होकर कैसा नहीं देखना चाहेंगे, उसका – एक अजनबी आदमी के बिस्तर में और बीती रात की कोई याद नहीं। मैंने अपना कंघा ढूँढा, उलझे हुए बाल झाड़े और रगड़कर मुँह धोया। देखने में तो कोई ख़ास फ़र्क नहीं पड़ा लेकिन मानसिक तौर पर मुझे शान्ति मिली। फिर हिम्मत जुटाकर मैं उसकी किचन तक गयी।

अपने लिए ग्लास में पानी डालते हुए मैं सोच रही थी कि मैंने अपना कितना बड़ा तमाशा बना दिया था। फिर मेरी नज़र काग़ज़ के एक ढेर पर पड़ी। सबसे ऊपर एक ई-मेल था। मैं आम तौर पर जिज्ञासु नहीं हूँ लेकिन यह तो बिलकुल नज़रों के ठीक सामने पड़ा था। मैंने पढ़ने के लिए गर्दन और आगे बढ़ाई। इसमें कुछ ग़लत था क्या? अजीब है, कि जब ज़रूरत हो, बल के बावजूद गर्दन एकदम ठीक काम करती है। इसे कहते हैं तन पर मन की जीत। ई-मेल का फ़ॉन्ट बड़ा

था और ऊपर लिखा था – मेरिटल अलायेन्स (शादी का प्रस्ताव) और फिर ब्यौरा। उसको पढ़ते हुए मेरे दिल की धड़कनें बढ़ रहीं थीं। मुबई में रहने वाली किसी लड़की से शादी का प्रस्ताव था। चौबीस बरस की – कॉनवेन्ट पढ़ी – मुझे बहुत ही घिसा-पिटा लगा और एमबीए किया था, एक ऐसे विदेशी विश्वविद्यालय से जहाँ आप भारत में रहकर पढ़ सकते हैं, दुबली, लम्बी, गोरी और तेज़ नैन नक्श! इन सब के होते हैं न? वो अच्छी क्लासिकल डांसर होने का दावा कर रही थी और इटली से कोई ख़ास कुकिंग कोर्स किया था। निचोड़ यह था कि वो विदेश में बसे देशी लड़कों की 'भावी दुल्हन' स्कूल की थी। उस पर करण के लिए सन्देश था कि वो फ़ोन कर ले। दैट्स रियली क्वाइट प्रोग्रेसिव! या फिर गुच्ची मम्मा अपनी कमान ढीली कर रही थी।

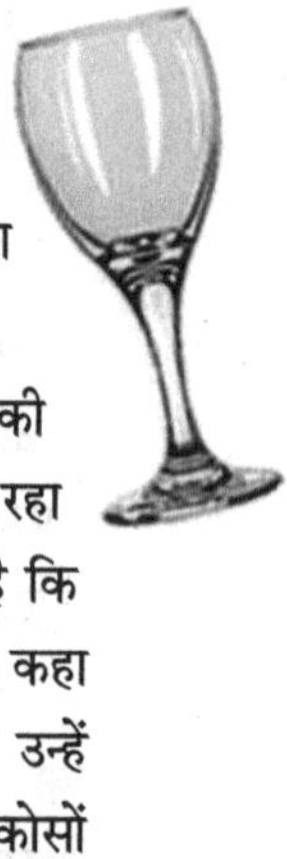

अचानक मेरे पेट में मरोड़ पड़ने लगे। करण लड़की ढूँढ रहा था। मतलब उसका परिवार उसके लिए ढूँढ रहा होगा। नहीं, मैं उसकी तरफ़दारी नहीं करूँगी। मैंने सुना है कि एन.आर.आई. को देसी लड़कियाँ काफ़ी पसन्द होती हैं। कहा जाता है हम भारतीय लड़कियाँ सुशील वुशील होती हैं। उन्हें क्या पता कि कई मामलों में न्यू डेल्ही तो न्यू जर्सी से कोसों आगे है। शायद उन्हें लगता है कि हमारे स्कूल में अच्छे भारतीय संस्कार का कोर्स पढ़ाया जाता है क्योंकि हर शादी के प्रस्ताव में यह ज़रूर लिखा जाता है।

मेरा तो पत्ता ही साफ़ हो गया लगता। मीशा की तरह मुझे आटे दाल के बारे में कुछ पता नहीं, और भजन तो मैं

तब ही सुनूँगी अगर एमटीवी पर उनके रीमिक्स बजेंगे।

"अभी तक सोच रही हो तुम यहाँ क्या कर रही हो?" करण ट्रैक पेन्ट और टी शर्ट पहनकर बाहर आया। वह एकदम तरो ताज़ा लग रहा था। मैंने जल्दी से काग़ज़ जेब में डाला।

"हाँ," मैंने बालों में हाथ फेरते हुए कहा। बाल बाल बची थी। उसे इस काग़ज़ के गायब होने का अहसास भी नहीं होगा।

"तुम्हें थोड़ी चढ़ गयी थी और तुम यहीं रुक गयीं।" करण हँस रहा था।

"देखो, मैं कोई पियक्कड़ नहीं हूँ। मैं जानती हूँ तुम्हारें इरादे नेक हैं। लेकिन तुम एक ऐसे समाज की उपज हो जो मनोविज्ञान पर ज़रूरत से ज़्यादा ज़ोर देता हैं जैसे की यू एस ऑफ़ ए। एक बात समझ लो – दारू मेरी दिक़्क़त नहीं है। मैं बस ज़्यादा नहीं पी सकती।

मेरे विस्फोट से करण कुछ चौंक गया और फिर हँस पड़ा। पूरे पाँच मिनट तक हँसता रहा। इसको क्या हो गया? मुझे तो लगा था कि मैंने काफ़ी सही बात कही थी। "सॉरी," उसने शान्त होकर कहा। "मज़ाक कर रहा थ। मैं कहना चाहता हूँ कि तुम मुझे अच्छी लगती हो, और तुम्हारे साथ रहना मुझे अच्छा लगता है।"

"ज़रूर।" *तो फिर तुम एक कानवेन्ट एड्यूकेटेड लड़की क्यों ढूँढ रहे हो?*

करण आगे झुका और मेरी आँखो में झाँका। "मेरे ख़याल से उस पल से जब मैंने तुम्हें वो जैकी ओ वाले चश्में पहने

देखा था...," और फिर उसने मुझे किस किया। बस ऐसे ही।

जहाँ तक 'किस' का सवाल था, कुछ ख़ास नहीं था – क्वाइट पेडेस्ट्रियन! लेकिन उलझा देने वाली थी। मुझे यहाँ से जाना होगा। मैं वहाँ खड़ी उस 'किस' से उभर रही थी कि करण ने मेरे बाल सहलाते हुए पूछा कि मैं क्या खाना चाहूँगी।

"खाना? टाइम क्या हुआ है? मुझे दो बजे ऑफ़िस पहुँचना है। और उससे पहले घर जाना है।"

"खाना तो खाओगी ही?"

"नहीं। खाने के लिए मुझे पहले नौकरी बचानी होगी। मुझे जाना होगा।"

बिना जवाब के लिए रुके मैं वहाँ से भागी। बिना जूते पहने या लिफ़्ट का इन्तज़ार किये। मैं सीढ़ी से उतरी। मुझे कल शाम की याद पूरी करने के लिए मीशा को तुरन्त फ़ोन मिलाना होगा।

बॉस का वाइफ मैनजमेंट

"ग्रैंड ऑर्किड, गुड आफ़टरनून।"

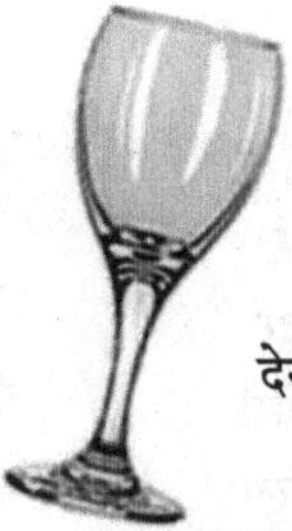

"हैलो, लॉबी प्लीज़।"

"रिसेप्शन। हाओ में आई हेल्प यू?" हे भगवान, मेरा ख़ड़ूस कोलीग, बॉस का चमच्चा रजत था।

"हैलो रजत। आईशा बोल रही हूँ। मैं पंद्रह मिनट देर से पहुँचूंगी। ट्रेफ़िक जाम है।"

"ओ हो, यह तो गड़बड़ है। आज बॉस का मूड बहुत ख़राब है।"

"फिर से पीएमएस हो रहा है क्या?" मैं जानती हूँ कि मैं जो कहूँगी, वो बॉस के सामने सअक्षर दोहराया जायेगा। लेकिन मुझे इस घटिया आदमी से नकली याराना तो जताना पड़ेगा क्योंकि मैं पन्द्रह मिनट नहीं, आधा घण्टा देर से पहुँचने वाली थी।

"हा! हा! तुम कितनी मज़ाकिया हो आईशा! फ़िक्र मत करो। ड्राइव सेफ़।"

बॉस और रजत हमारे ऑफ़िस के बैटमेन और रॉबिन हैं। मैं तय नहीं कर पाती कि मैं किससे ज़्यादा नफ़रत करती

हूँ। दोनों में बराबर की टक्कर है। कम-से-कम रजत कुछ काम करता है। वो अव्वल दरज़े का गधा है लेकिन कामकाजी गधा है। वो उन लोगों में से है जो होटल में अपना कोट ड्राइ क्लीन नहीं करवाते क्योंकि उन्हें वहाँ का काम पसन्द नहीं और उसकी जगह वो शहर के एक नामी ड्राइ क्लीनर को हर तीन दिन में पाँच सौ रुपये देकर एक्सप्रेस सर्विस करवाते हैं। उसके आगे पीछे लड़कियों का तांता लगा रहता है, ख़ासतौर से पहली नौकरी पर लगी जवान लड़कियाँ।

रजत मुझसे थोड़ा घबराता है क्योंकि मैंने एक बार उसे एक नाइट क्लब में एक 'छक्के' के साथ पकड़ा था। रिक उसे पहचानता था और जब हमने रजत को कोने में उसके साथ नज़दीकियाँ बढ़ाते देखा, हम वहाँ गये और रिक ने उसे उसके असली नाम परविन्दर से पुकारा। परविन्दर ने रिक को लगभग मार ही दिया और बेचारे रजत के पैरों तले ज़मीन ही खिसक गयी और वो वहाँ से भाग निकला। हमने इसके बारे में कभी बात नहीं की लेकिन वो जानता है कि मैं जानती हूँ और उतना ही काफ़ी है। और फिर मैं मौका पाकर उसे ताना ही देती हूँ। जैसे "तुम्हारी पसन्दीदा फ़िल्म कौन सी है रजत? टूटसी, या प्रिसिल्ला क्वीन ऑफ़ द डेज़र्ट या फिर चाची न. १?"

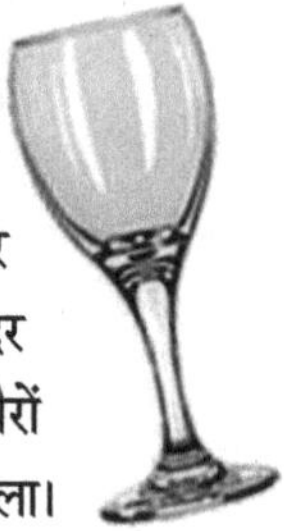

मैं लॉकर रूम पहुँची तो अहसास हुआ कि एक बार फिर गड़बड़ हो गयी थी। मैं फिर से पेटीकोट घर पर भूल आयी थी। उफ! फिर से जीन्स के उपर साड़ी पहननी पड़ेगी। मैं इतनी बार कर चुकी हूँ कि अब एक्सपर्ट हो गयी हूँ लेकिन आरामदायक

नहीं होता। उपर से ज़्यादा मोटी भी लगती हूँ। सब सोचते हैं कि मुझे अभी तक काम पर कोई अच्छा लड़का क्यों नहीं मिला। सब साड़ी की वजह से – मैं इसे मर्द विकर्षक बुलाती हूँ – मेल रिपॅलेंट। मुझे मालूम है कई औरतें इसमें बेहद गज़ब लगती हैं। मैं उनमें से एक नहीं हूँ। बहुत अच्छी लगूँ तो सजा हुआ आलू लगती हूँ। और फिर वो दिन तो भूल जाइए जब मैं जीन्स के उपर साड़ी लपेटती हूँ। यह तो डिज़ाइन की ग़लती है। साड़ी में पेटीकोट पहले से जुड़ा होना चाहिए। यह सुझाव गुड्डा को ज़रूर दूँगी।

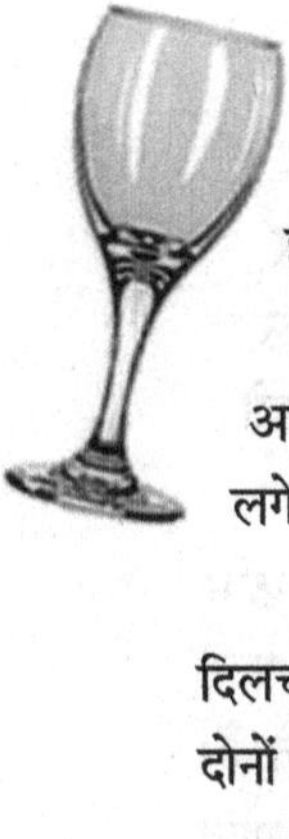

मैं बीस मिनट बाद लॉकर रूम से निकली और बॉस को कमरे में बन्द पाया। मैंने ऑपरेटर के कमरे में झाँका और पूछा, "वो फ़ोन पर है क्या?"

काम में चुस्त और हमेशा जिज्ञासु फ़ोन ऑपरेटर ने अपना बोर्ड देखा। "पिछले पच्चीस मिनट से बीबी के साथ लगे हैं। मेरे ख़याल से उनकी क्लास ले रही है।"

"थैंक्स।" मेरे बॉस के प्रेम किस्सों में पूरे होटल की दिलचस्पी होती है। एक बीवी है और एक प्रेमिका। और उन्हें दोनों को सम्भालता देखने में हम सब को मज़ा आता है।

"जब फ़ोन आया तो मैंने आवाज़ पहचान ली थी," मेरे मन की बात बूझते हुए उसने कहा। "पत्नी है, प्रेमिका नहीं।"

"थैंक्स अगेन।"

"एक दिन वो पकड़े जायेंगे। सच में, एक दिन जब वो अपनी प्रेमिका से बात कर रहे होंगे, मैं क्रॉस कनेक्शन कर दूँगी। आज जैसे आकर मुझ पर चिल्लाये..." वो बुड़बुड़ा रही थी।

उसकी शिकायतों के बीच में ही मैंने दरवाज़ा बन्द कर दिया। किस्मत से केबिन साउन्ड प्रूफ़ था। उन्हें यूँ ही 'बिचेज़ ऑन स्विचेज़' नहीं बुलाते लोग।

ऐसा लगता है मानो बॉस की दो पत्नियाँ हैं। उनकी प्रेमिका भी पत्नी जैसी ही पेश आती है। हमारे डिपार्टमेन्ट का वो सबसे आम रहस्य है। उसके हक में एक ही अच्छी बात थी कि वो बेचारे डी. पी. जी. को नचाये रखती है। अगर कभी उसका कॉल मिस हो जाये तो फिर सवालों का सिलसिला थमता ही नहीं था : "कब फ़ोन आया; तुमने क्या कहा?" आदि। एक बार मुझे काफ़ी मज़ा आया जब दोनों फ़ोन पर एक ही समय पत्नी और प्रेमिका उनसे बात करने की ज़िद कर रही थीं। बदकिस्मती से बॉस उस समय जनरल मैनेजर के साथ मीटिंग में थे तो खेल जमा नहीं। भगवान ज़रूर मर्द ही होगा। नहीं तो इतने सारे बेवफ़ा आदमी बच कैसे जाते हैं!

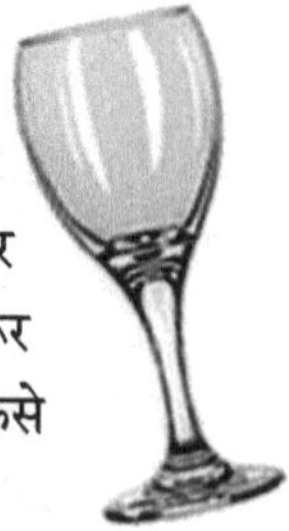

प्रेमिका की ही मेहरबानी है कि बॉस सण्डे को काम करते हैं। सुनने में आया है कि वो नहीं चाहती कि बॉस पत्नी के साथ पूरा दिन बितायें तो वो मंगलवार को छुट्टी लेते हैं। इसलिए हमें इतवार के दिन उनकी उपस्थिति का गौरव प्राप्त होता है। एक वो दिन जब हम कुछ तफ़रीह कर सकते हैं।

"बॉस पिछले पंद्रह मिनट से तुम्हारे बारे में पूछ रहे हैं। मुझे बहाने बनाने पड़े।" रजत ने साफ़ बता दिया कि मुझ पर एहसान किया था। पत्नी की डाँट खाते समय वो ज़रूर मुझे याद कर रहे होंगे –"एक मिनट ज़रा रुको जानेमन, देखूँ आईशा

आई कि नहीं।"

"सच! थैंक्स।" मैंने झूठी मुस्कुराहट दी।

"आईशा, रजत, अन्दर आओ ज़रा।" बॉस बुला रहे थे। यह क्या हो रहा था? और मैं इस बातचीत में वैसे शामिल की जा रही थी? आख़िरकार मैं भी 'बॉयज़ क्लब' का हिस्सा बनने जा रही थी। मैं बमुश्किलन अपने डेस्क तक पहुँची थी कि प्रेमिका जी आ पहुँची। मैंने बत्तीसी चमका दी।

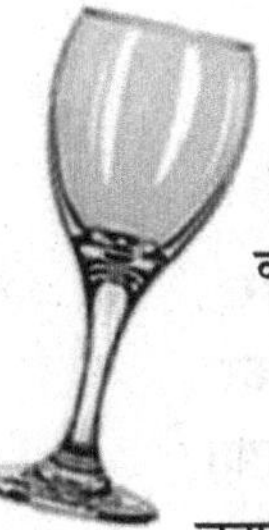

"हैलो आईशा। तुम बहुत अच्छी दिख रही हो। तुम्हारा साड़ी पहनने का स्टाइल बहुत अच्छा है। इसका राज़ तो बता ही दो।" दूसरी औरत हमेशा प्यार से बात करती है, मानो पत्नी के साथ लगातार मिस हँसमुख के खिताब की दौड़ में लगी हो।

"मैं जीन्स के ऊपर बाँधती हूँ," मैंने हँसकर कहा।

"बदमाश लड़की! कोई बात नहीं, मैं उन्हें नहीं बताऊँगी।" जैसे बॉस को कोई दिलचस्पी हो कि साड़ी के नीचे क्या है।

और तभी पालतू कुत्ता आ पहुँचा। "अरे मिस रूबी, आप तो गज़ब ढा रहीं हैं। चलिए आपको ऑफ़िस तक ले चलूँ।"

क्या चीज़ है यह आदमी? मानो इसके पास मक्खन लगाने के नुस्ख़ों की किताब है।

"बाय"

"बाय मिस रूबी।"

(उनकी) प्रेमिका इतनी बुरी भी नहीं । देखने में वो अच्छी

हैं, हालाँकि उस पर ख़र्चा काफ़ी होता होगा। उसे कोई भी मिल सकता है। तो फिर वो मेरे तोंद वाले शादी शुदा बॉस के चक्कर में क्यों फंसी हुई थी? दुख की बात तो यह है कि कई ऐसी औरतें हैं जिन्हें केवल शादीशुदा मर्द पसन्द आते हैं। उनको वो कभी-न-मिलने-वाली चीज़ को पाने का चेलैन्ज लुभाता है। लेकिन तोंद...वो मुझे समझ नहीं आती!

और तभी दरवाज़ा खुला और पत्नीश्री अन्दर आयीं। वह एक बुज़ुर्ग औरत के साथ लॉबी में दाख़िल हुईं।

"गुड आफ़्टरनून मैडम।"

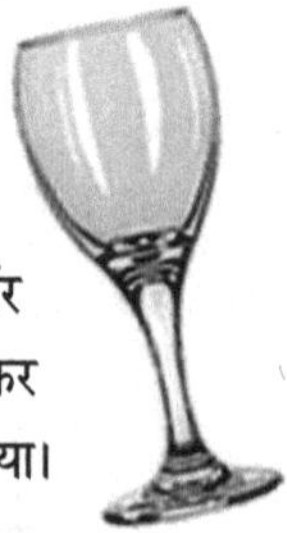

"गुड आफ़्टरनून आईशा। कैसी हो?"

"बहुत अच्छी मैम।"

"मेरे पति को बता दोगी कि मैं आई हूँ?" उसने आर्डर दिया। "माँ आप बैठ जाइए।" बुज़ुर्ग औरत की तरफ़ मुड़कर कहा। क्या बात है। भगवान में मेरा विश्वास लौट आया। पत्नी और सास मिलने आये थे।

मैंने बॉस का एक्सटेंनशन मिलाया तो वो बिज़ी था। पत्नी काउन्टर पर खड़ी लाल नाखून से तबला बजा रही थी। मैंने हेड ऑपरेटर को फ़ोन मिलाया। "नीरजा क्या सर को फ़ोन करके बता सकती हो कि मैम लॉबी में हैं?

"एक पत्नी उनके दफ़्तर में बन्द नहीं है क्या?" नीरजा हँस रही थी।

"ठीक है नीरजा मैं होल्ड करती हूँ।" "आजकल बहुत काम है क्या?" पत्नी बातचीत की कोशिश कर रही थी।

"बिलकुल नहीं। आजकल कमरें खाली हैं।"

"सच? टुटु तो आजकल रोज़ देर रात तक काम कर रहे हैं," उन्होंने शक्र जताते हुए कहा।

"वो तो सर के पास कई और ज़िम्मेदारियाँ भी हैं, रिपोर्ट वग़ैरह।" मैं उनका बचाव कर रही थी लेकिन क्या करूँ, पापी पेट का सवाल है!

"अभी तक फ़ोन क्यों नहीं आया?" थोड़ी देर में वो चिल्लाई।

"मैं फिर से कोशिश करती हूँ मैम।" मैंने फ़ोन उठाया।

'नीरजा बात हुई क्या?'

"नहीं आईशा। शायद कोई ज़रूरी फ़ोन होगा क्योंकि उनकी पत्नियाँ तो यहीं हैं। हाँ यह हो सकता है कि डिस्टर्ब नहीं होने के लिए उन्होंने फ़ोन उठाकर रख दिया हो..." पत्नीश्री सुनने के लिए कान लगा रही थीं। हे राम! अब मैं क्या करूँ। रजत सिग्रेट पीने के लिए गायब हो गया था।

"ठीक है नीरजा। कोशिश करो।" मैंने जल्दी से फ़ोन रखा, इससे पहले कि हम सब को फांसी चढ़वा दे नीरजा।

"अभी भी बिज़ी है?"

"जी मैम।"

"कोई बात नहीं। मुझे सिर्फ़ एक मिनट का काम है। मैं उनके ऑफ़िस तक चली जाती हूँ।"

"वो वहाँ नहीं हैं।"

"पर तुम अभी तो ऑफ़िस का नम्बर मिला रही थीं और वो बिज़ी भी था।"

बाप रे! काफ़ी तेज़ हैं यह तो।

"मुझे उन्हें कुछ देना है।" इससे पहले कि मैं उन्हें रोक पाती वो जा चुकी थीं। मेरे पास कोई चारा नहीं था तो मैं उनके पीछे दौड़ी। सच कहूँ तो मुझे इसमें बहुत मज़ा आ रहा था। भगवान अगर तुम मर्द हो तो मुझे माफ़ करना और अगर औरत हो तो फिर जय हो!

पत्नीश्री हील वाली सैंडिल में तेज़ी से आगे बढ़ी जा रही थीं और मैंने उन्हें रोकने की अधमरी कोशिश की, कहीं कोई देख रहा हो तो। "मैम, पैकेट मैं दे दूँगी सर को।" उन्होंने मेरी तरफ़ ध्यान नहीं दिया। दरवाज़ा बन्द था। 'शायद वो हैं नहीं मैम।"

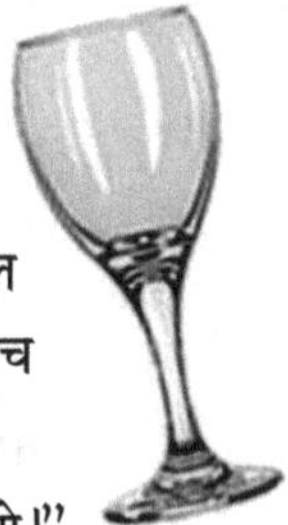

"नहीं, बत्ती जल रही है," कहते हुए उन्होंने हैण्डल घुमाया। वाह, यह औरत काफ़ी तेज़ है। बॉस अब तक बच कैसे गया?

"ताला लगा है। सर कभी नहीं लगाते। कहीं और होंगे!" इस समय तो वो मेरी बात सुन भी नहीं रही थीं। उन्होंने दरवाज़ा खटखटाना शुरू किया और बेचारी का एक ख़ूबसूरत नाखून टूट गया।

"उफ़, अब यह बनवाने नेल बार जाना पड़ेगा।"

"मैं खटखटा देती हूँ मैम।" केवल उनका दर्द देखकर मैंने दरवाज़ा ठोकने का प्रस्ताव दिया। ठीक है, थोड़ी बहुत क्यूरियॉसिटी और कुछ प्लेन ओल्ड बिचिनॅस भी। अगर टूटू का भण्डा फूटना है तो फूटे!

मैंने दरवाज़ा ठोका लेकिन कोई जवाब नहीं मिला। हो

सकता है बॉस वाक़ई में नहीं हैं। सच कहूँ तो मुझे किसी भी तरह का सामना करने से कोफ़्त होती है। मतलब होने वाले किसी सामना के बारे में सोच कर अच्छा लगता है, ख़ासतौर से जब कुछ मसालेदार हो लेकिन तमाशबीन के तौर पर, उसमें हिस्सा लेने के लिहाज़ से नहीं।

मुझे मानना पड़ेगा कि दरवाज़ा ठोकने में कुछ ज़्यादा ही उत्साहित हो गयी। ठोकने का दूसरा राउण्ड शुरू करते ही मैंने पत्नीश्री की तरफ़ मुड़कर शाबाशी लेनी चाही और मुँह के बल बस गिर ही गयी क्योंकि अचानक दरवाज़ा खुल गया। सामने बॉस खड़े थे और उनके जेल लगे बाल कुछ बिखरे हुए से थे। उनके सामने सोफ़ा पर आलती पालथी मारे मिस रूबी बैठी थीं। किसी हाल में 'इन्टरवियू कैंडिडेट' होने का नाटक नहीं करने की हालत में।

चूँकी दुबली पत्नी श्री मेरे भारी-भरकम शरीर के पीछे छिपी थी, बॉस गुर्राये, "क्या बात है आईशा, आग कहाँ लगी है?" *उम्मीद है, आपके पिछवाड़े।*

"हैलो बेबी!" मिस रूबी बोलीं। पत्नी श्री मेरे पीछे से निकली और मुझे जवाब देने की तकलीफ़ से बचा लिया।

"हैलो रूबी!" तुम जीजू को तंग क्यों कर रही हो?" मैंने ठीक सुना क्या? जीजू? मतलब यह ... रुको ... पत्नी श्री और प्रेमिका बहने थीं!

"टुटु, मम्मा बाहर बैठी हैं। यह रहा लिफ़ाफ़ा। ख़ैर, मैं चलती हूँ। तुम घर जल्दी आओगे क्या?"

"देखता हूँ..." बॉस ने कहा।

"मैं भी साथ चलती हूँ," उठते हुए मिस रूबी ने कहा।

"नहीं रहने दो। मुझे मम्मा को डॉक्टर के पास ले जाना है। दिस इज़ मोर फ़न।" वो चल दीं।

"आईशा, मैंने तुम्हें कहा था कि लॉबी मत छोड़ना।" बॉस ने मुझे नाराज़गी से देखा।

"सॉरी सर," मैं बुदबुदाई। मुझे क्यों शर्म आ रही थी?

मैं हैरान परेशान अपने डेस्क पर वापस गयी। बैठते ही फ़ोन बजा।

"तो पकड़े गये क्या?" नीरजा खुशियाँ मना रही थी।

"नहीं। और अब काम करो," मैंने कहा और फ़ोन रख दिया। मैं मैनेजमेंट का हिस्सा हूँ। कुछ तो आदर मिलना चाहिए।

मैं वहाँ बैठी पूरे हादसे के बारे में सोच रही थी। मैंने परिवारवाद के बारे में तो सुना था, लेकिन यह तो अलग ही बात है। परिवारवाद की नयी परिभाषा। हालाँकि हम इंडियन्स् ऐसी चीज़ें बचपन से पढ़ते सुनते हैं मुझे याद है मैं छठी कक्षा में थी जब हमने महाभारत पढ़ी थी और तब भी मुझे द्रौपदी के बारे में जान कर हैरानी नहीं हुई थी। वैसे वो तब की बात थी जब हमें सेक्स के बारे में कुछ पता नहीं था। वैसे भी वो पुराणों की बात थी और यह हक़ीक़त है। लेकिन यह हक़ीक़त मेरे गले से नहीं उतरती। चाहे कितना ही अजीब लगे, मुझे अपने बिल चुकाने के लिए आदमी की ज़रूरत नहीं है, हाँ उसके लास्ट नाम की ज़रूर चाह है।

पुनर्जात कुमारी कन्या

अगली सुबह लता दीदी का फ़ोन आया। वो अपने मायके, नासिक से लौटी थीं और चाहती थीं कि मैं जा कर माँ का भेजा अपना 'सान्त्वना पैकेट' उनके यहाँ से ले लूँ। मेरे हिसाब से, 'सान्त्वना पैकेट' काफ़ी धोखेबाज़ शब्द हैं। कभी-कभार मुझे लगता है कि अगर मेरी शादी हुई होती, तो मम्मा शायद मुझे कोई काम की चीज़ भेजने की कोशिश करतीं, मेरी सास या मेरे पति की खातिर। मैं जानती हूँ मैं काफ़ी एहसानफरामोश बेटी जैसे बात कर रही हूँ, लेकिन कोई मुझे बताए मैं मूसल और ओखल का क्या करूँगी? मैंने कहा काम ख़त्म होने के बाद मैं पैकेट लेने जाऊँगी। मैं तो खुशी-खुशी कई दिनों तक इस काम को टाल दूँ लेकिन इससे मायके में ग़लत सन्देश जायेगा और नीना मासी तो ख़ासकर ग़लत मतलब निकालेंगी। फिर मुझे काफ़ी सुनना भी पड़ेगा।

शाम को मैं 'वेलकम' लिखे नारियल की जटा से बने डोरमैट पर खड़ी थी। लता दीदी ने दूसरी घण्टी पर दरवाज़ा खोला और मुझे अपने सीने से लगा लिया।

"ये डोरमैट खराब लगते हैं।"

"अच्छा। यह सब सुझाव तुम अपने घर कि लिए रखो," उन्होंने जवाब दिया।

"मियाऊ... तुम्हें क्या हो गया है? मायके में एक महीना ज़्यादा हो गया तुम्हारे लिये?"

"और तुम घर कब जा रही हो? मासी तुम्हे बहुत याद करती है।"

मैंने दरवाज़ा बन्द किया, लेकिन जवाब नहीं दिया। लता दीदी के सामने निश्चित तौर पर कुछ भी कहना खतरे से खाली नहीं। पलक झपकने से पहले खबर घर पहुँच जाती है और फिर माँ नाराज़ हो रही होंगी कि मैं उन्हें कुछ नहीं बताती।

"जीजू कहाँ हैं?"

"टुअर पर, हमेशा की तरह।" क्या कुछ नाराज़गी थी उनकी आवाज़ में? नहीं, हो नहीं सकता। उनकी तो आदर्श शादी है। "तुम क्या लोगी?"

"कुछ नहीं। पैकेट कहाँ है?"

"देखो कैसे बच्चों जैसे खुश हो रही हो!"

"मुझे तो तुम जानती हो..."

लता दीदी एक आम की पेटी लेकर आईं। शायद माँ ने आम भेजे हों। उससे अच्छा कुछ नहीं हो सकता, लेकिन ना यह आम का मौसम था और न मेरी किस्मत इतनी अच्छी। मैंने पेटी खोली। उसमें हर बार की तरह : एक बोतल आचार था जो कभी नहीं खाऊँगी, बुकनू, एक फूलदार बेडकवर जो मैं कभी नहीं बिछाऊँगी, हाँ धूप रोकने के लिए परदे की तरह

शायद इस्तेमाल कर लूँ। और सबसे मज़ेदार था किसी एक साधू की तस्वीर जो इतनी बड़ी थी कि उसे छिपाने के लिए एक अलमारी लग जाये। और उसी समय माताश्री का फोन आ गया। "बेटा पैकेट मिला?"

"हाँ। और यह महाशय कौन हैं?"

"कौन?"

"यह बाबा!"

"ओह, वो स्वामी रमण हैं। बहुत शक्तिशाली हैं। तुम्हें मिंकू याद है, गोयल आण्टी की बेटी? उसे कोई लड़का नहीं मिल रहा था। फिर वो स्वामी रमण के पास जाने लगे और दो महीनों में उसकी सगाई हो गयी।"

"अच्छा? मिंकू की सगाई हो गयी है?" मुझे मिंकू, मुँह फुलाए वह घोड़ीनुमा लड़की याद है। और कैसे पड़ोस की सब आँटियाँ उस पर तरस खाती थीं। कहती थीं उसका चेहरा इतना लंबा था और रंग दबा हुआ, जो कि 'काला' कहने का दूसरा तरीका है। सब का मानना था कि उसकी शादी सबसे आख़िर में होगी। लेकिन शायद वो बाज़ी मैंने मार ली।

"हाँ बेटा, सबकी..." माँ की आवाज़ में दुख झलक रहाम था।

"तो यह बाबा बहुत शक्तिशाली हैं?" मैंने झूठे उत्साह से बात बदली।

"अरे शक्तिशाली से ज़्यादा हैं। उनकी अच्छी जान-पहचान है। मिंकू के मंगेतर का परिवार भक्त है उनका। उन लोगों ने तो नहीं बताया, लेकिन मुझे ख़बर हो जाती है। अब मैं बाबा

के पास अक्सर जा रही हूँ। उनके भक्त बहुत जानेमाने लोग हैं... क्या पता..."

मेरे कुँवारेपन के चलते माँ आख़िरकार धर्म की तरफ़ झुक ही गयी थीं। हर चीज़ में कुछ अच्छाई होती है।

"माँ, शायद लता दीदी कुछ कहना चाहती हैं।" मैंने बात बीच में काटकर फ़ोन लता दीदी को दे दिया।

"तुम रात को यहीं रुक रही हो न... अगर तुम्हारे और कोई प्लान नहीं हैं तो," बाद में लता दीदी ने कहा।

"नहीं कल सुबह जल्दी की शिफ़्ट है।"

"पक्का?"

मेरी बहन, उन सब विवाहित लोगों कि तरह है तो नाप-तौल कर सेक्स करते हैं और मेरी लव लाइफ़ के बारे में जानने के लिए वो काफ़ी व्याकुल रहती हैं। पता नहीं क्यों, लेकिन शादीशुदा लोगों को लगता है कि आज़ाद, कुँवारे लोग रोज़ सेक्स करते हैं। सच कहूँ मैं तो पुर्नजात कुमारी कन्या हूँ और अगर मैं सिगरेट और शराब छोड़ दूँ तो मैं सन्त बन सकती हूँ।

"अब मुझे चलना चहिए।"

"अरे कुछ तो खा लो। क्या तुम्हारी आजकल की डायट में तरबूज खाया जा सकता है?"

"अगर उन्हें वोडका में भिगोया गया हो तो," मैं मुस्कुराई।

मैंने तरबूज खाया और साथ में कसम भी कि यही मेरा रात का खाना था। कसम पन्द्रह मिनट बाद पास के केएफसी

तक पहुँचने तक सलामत रही।

"आईये मैम," काउन्टर पर खड़े लड़के ने मेरा ज़ोरदार स्वागत किया।

"चार नम्बर और आज बड़ा वाला नहीं।" कभी-कभी कुछ समझौते करने पड़ते हैं। तेल में भीगे आलू की चिप्स और बर्गर में क्या सुकून मिलता है।

हाथ मे तैलीय पैकेट लिये मैं कार की तरफ़ जा रही थी कि एक बड़ा सा कूड़ादान सामने प्रकट हो गया। यह हमारे देश में कब से होने लग गया? मैं हमेशा संकेत ढूँढती रहती थी और शायद यह एक संकेत था। मैंने उसी पल फैसला कर लिया कि ग़लत जगहों पर सुकून और सान्त्वना खोजना बन्द कर दूँगी। राघव को मुझ पर काफ़ी गर्व होगा।

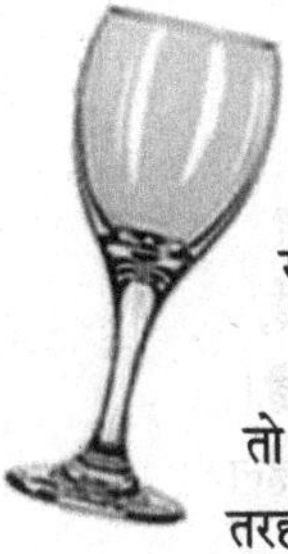

अगली सुबह लॉबी में मैं जब साड़ी पहन कर घुसी तो मुझे अपने डायट के बेमानी होने का एहसास हुआ। जिस तरह हमें यह पहननी होती है, मेरे फ़िगर में बदलाव तो किसी को दिखेगा ही नहीं। मैं इसे सास-बहु साड़ी कहती हूँ। आगे आँचल और ज़रा भी त्वचा की झलक नहीं।

होटल में एक हलचल थी। जब कुछ होने को हो, तो पता चल जाता है। आप कह कुछ नहीं सकते क्योंकि ऐसी चीज़ें बोली नहीं जातीं, लेकिन हवा में एक जादू होता है। हर छोटी चीज़ में यह जादू दिखता है, दरबान के खड़े होने में, फूलों की सजावट में, रिसेप्शनिस्ट की लिपस्टिक के रंग में। लेकिन सबसे साफ़ संकेत है बॉस की लॉबी में मौजूदगी अपनी प्रेम गुफ़ा में बन्द होने के बजाये।

"गुड मार्निंग सर।"

"ओह, गुड मार्निंग आईशा,"

"क्या बात है? आज सब बहुत चुस्त है?"

"सुहैल मुस्तफा आ रहा है।"

"वो पाकिस्तानी क्रिकेटर?"मैं खुशी से चिल्लाई।

"शान्त आईशा। अब पागलपन मत करना। पता नहीं उसका नाम सुनकर तुम लड़कियों को क्या हो जाता है," बॉस ने परेशान होकर कहा।

"मुझे कुछ भी नहीं होता सर। मुझे रिसेप्शन स्टाफ को ब्रीफ़ करना होगा।" मैंने शान्त स्वर में कहा।

मैं वहाँ से निकली और बॉस की नज़रों से दूर होते ही दौड़ पड़ी। मैं लॉकर रूम में भागी, लाल लिपस्टिक लगाई, जूड़ा बनाया और थोड़ा और परफ़्यूम लगाया। क्या बात है! शीशे में मैंने ख़ुद को निहारा। ठीक है, मैंने झूठ बोला। सुहैल मुस्तफ़ा के नाम से ही मुझे कुछ कुछ होता है।

बदकिस्मती से, मेरे बॉस को भी कुछ कुछ होता है क्योंकि गाड़ी से उतरने से लेकर कमरे में जाने तक बॉस उससे परछाईं की तरह चिपके रहे। हमें तो सिर्फ़ दूर से झलक भर मिली। मैं लॉकर पर वापस गयी और थोड़ी हल्के रंग की लिपस्टिक लगाई। *कभी और सही*, मेरे दुखी मन ने कहा।

शायद किसी ने मेरी दुआ सुन ली। मैं कम्पयूटर देखने लगी ही थी कि एक भारी भरकम आवाज़ ने मेरा ध्यान खींचा। "कुछ पैसे बदलवाने हैं।" ऊपर देखा तो ६ फुट ३ इन्च का हीरो वहाँ खड़ा मुस्कुरा रहा था। ठीक है, वो शादीशुदा था,

अलग धर्म का था और उसके देश से कभी कभार हमारी जंग हो जाती है। मुझे माताश्री का दिल का दौरा साफ़ दिखाई दिया। लेकिन बेगम न.२ बनने का ख़्वाब काफ़ी सुहाना था। "मैडम, मुझे कुछ पैसे बदलने" उसने दोहराया।

"जी सर, बिलकुल," मैं एकदम जाग उठी। वह सामने की कुर्सी में बैठा तो मैं तो जन्नत पहुँच गयी। मैंने उसकी तरफ़ ना घूरने की कोशिश की और धीरे धीरे उसके डॉलर रुपयों में बदले। हर कदम धीमा। अब बस उसके सिगनेचर की ज़रूरत थी। पेन लेते समय उसकी उंगलियों ने मेरा हाथ छुआ। उसने फ़टाक से साईन किये और पेन मुझे लौटा दिया। हमारी उंगली एक बार फिर टकराई।

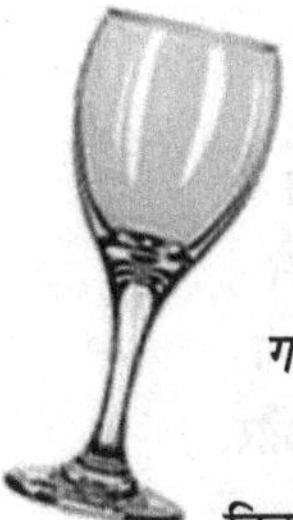

यह पेन अब कोई इस्तेमाल नहीं करेगा। इसे मैं अपने गले में लटका लूँगी, मैंने तय किया।

"डू यू नीड एनिथिंग एल्स फ्रॉम मी?" उसने फ़्लर्ट किया। ठीक है, उसने सिर्फ़ पूछा लेकिन मुझे तो फ़्लर्ट करने जैसा लगा।

"नो सर, थैंक यू।" मैं थोड़ा शरमाई।

"तो मेरे पैसे मिलेंगे?" उसने पूछा और थोड़ा आगे झुका। मैं तो वाक़ई जन्नत में थी। मैंने फ़टाफ़ट पैसे दिये और मूर्खों सी मुस्कुराई।

मैं उसको वहाँ से जाते हुए पीछे से निहार रही थी कि एक आवाज़ आयी, "थोड़ी और फुर्ती आईशा।" बॉस की आवाज़ थी, प्याज़ की महक और ज़हर उग़लती।

एक दिन मैं उसे जान से मार दूँगी।

ऑर्किड से निकलते समय मैंने अकाउन्टेन्ट से अपना मेडिकल का पैसा लेने की सोची। महीने का आख़िर था और मुझे पैसों की ज़रूरत। बदकिस्मती से ऐसा सोचने वाली मैं अकेली नहीं थी। मैं लाइन में खड़ी हुई और मेरी किस्मत की बॉस मेरे ठीक पीछे आ कर खड़े हो गये। मैं उनसे बिलकुल बात करने के मूड में नहीं थी। लाइन में खड़े होने की एक मुश्किल : अगर आपके पीछे कोई जान पहचान वाला हो, आपको मजबूरन बात करनी पड़ती है। शुक्र है उनका फ़ोन बज गया और मैं बात करने से बच गयी। मेरे खिड़की तक पहुँचने तक उनकी बातचीत जारी थी और मैं सुनते सुनते बोर भी हो गयी थी। उन्होंने अपनी बात ख़त्म की "मी टू" और 'मुआह!' से। उनके ब्लूटूथ की वजह से किसी को पता नहीं चलेगा कि वो फ़ोन पर थे और लोग सोचेंगे वो 'मुआह!' मेरे लिए था। मैं चिल्लाना चाहती थी।

"इस बार सही सही केमिस्ट के बिल लाई हो ना?"खड़ूस राव बोला।

"जी मिस्टर राव, पूरे दो हज़ार पाँच सौ रुपये के।" किसी मामूली फॉरमैलिटी के कारण मैं उसे मेरा पैसा काट कर खुश होने का मौका नहीं देने वाली थी। मेरे पूरे करियर में मैं कभी अकाउन्टेन्ट की गोल खिड़की से अपने पूरे पैसे लेकर नहीं जा पाई हूँ। लेकिन आज ऐसा नहीं होगा। राव को देखकर लगता

है यह उसकी कम्पनी है – उसे पैसे देने में इतना कष्ट जो होता है। या तो यह अकाउन्टेन्ट की ख़ासियत होती है या फिर यही ऐसा है। ज़रूर वो सी.ए. न होकर कैशियर होने का काम्पलेक्स था। मैं उस खड़ूस की तरफ़ मुस्कुराई लेकिन कोई जवाब नहीं मिला।

"देखूँ," मेरे बिल छीनते हुए उसने कहा। *यह आदमी कभी मुस्कराता भी है?*

मैंने मुड़कर बॉस की तरफ़ देखा लेकिन वो किसी को मैसेज करने में जुटे थे।

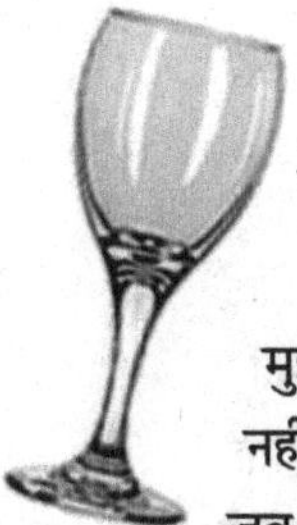

"यह लो। दो हज़ार तीन सौ अस्सी रुपये।" राव ने पैसे आगे किये।

"अरे मैंने दो हज़ार पाँच सौ के बिल दिये थे! आप मुझे कम पैसे दे रहे हैं?" मैंने ज़ोर से कहा। बात पैसे की नहीं उसूल की थी। अब तो बॉस भी ध्यान दे रहे थे। और जब तक मुझे अहसास हुआ देर हो चुकी थी। मुझे उस चालू मुनिम ने फंसा दिया था। मुझे काग़ज़ पकड़ाते हुए आख़िरकार उसके चेहरे पर जीत की मुस्कराहट थी। दाँत भी थे उसके जबड़े में!

"दोस्त, तुमने सुहैल मुस्तफ़ा को एक सौ बीस रुपये ज़्यादा दे दिये थे। वो तुम्हारे पैसों से पूरे किये जायेंगे।"

मैंने काग़ज़ को देखा, फिर राव को और फिर बॉस को, जो मुझे अपनी नाराज़ नज़रों से देख रहे थे।

"पता है, क्या?" अपने पैसे छीनते हुए मैंने कहा, "मुझे इसका कतई अफ़सोस नहीं!"

कल, कल और आज

शाम को मीशा के आते ही मैंने उसे करण के घर में मिला ई-मेल दिखाया। "यह चोरी है क्या?"

"नहीं, यह कोई चीज़ थोड़ी है। वो आराम से एक और प्रिंट आउट ले सकता है।"

"पता नहीं। मुझे बहुत ख़राब लग रहा है।"

"ज़रा सोचो आईशा। टेबल पर रखा एक काग़ज़ का टुकड़ा था। अगर तुमने ग़लती से उस पर नंबर लिखा होता और फिर उठा लिया होता तो? तुम्हें कैसे पता चलता ज़रूरी काग़ज़ था या नहीं?" मेरी जानकारी में मीशा सबसे अनैतिक लोगों में से एक थी और मैं कई बार इस बात के लिए आभारी रही।

"तुम ठीक कह रही हो मिश।"

"अब तुम्हें फ़िक्र इस बात की करनी है कि आगे क्या करना है?"

"कुछ नहीं... ठीक है यार ... उसने मुझे कभी कुछ नहीं कहा है। ऐसा तो नहीं कि हमारे बीच कोई रिश्ता है... हाँ

उसने मुझे किस ज़रूर किया था। और मानना पड़ेगा कि मुझे काफ़ी अच्छा लगा था।"

"देखो। तुम्हें अपनी किस्मत ख़ुद बनानी है। इसका मतलब कॉम्पटिशन को निपटाना।"

"मैं ऐसा कर सकती हूँ?"

"हम सब के अन्दर यह कला छुपी होती है। न चाहते हुए भी तुमने तान्या का पत्ता साफ़ कर दिया। बस तुम्हें अपने अन्दर की डायन को खुला छोड़ना है। और डायन से मेरा मतलब ख़राब तरीके से नहीं।"

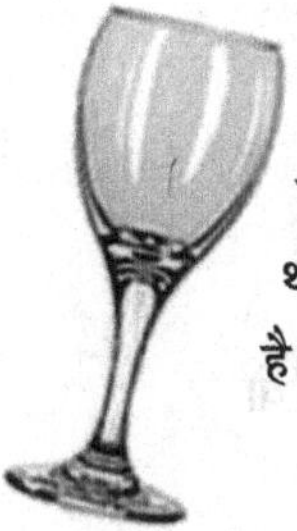

तान्या उस दिन पार्टी से काफ़ी ग़ुस्से से गयी थी। मुझे करण के बिस्तर पर बेहोश पाकर वो काफ़ी नाराज़ थी। करण को मज़ा आ रहा था। यह सब मीशा का वर्णन है। मैं तो दूसरी ही दुनिया में थी।

"पता नहीं मेरे अन्दर कोई डायन है कि नहीं।"

"हम सब में होती है डार्लिंग। फ़िक्र मत करो, वो कहीं नहीं जायेगा।"

मैं फिर से खुश हो रही थी, लेकिन मीशा सोच में खोई हुई थी। और उसकी वजह भी थी। शादी का बाज़ार गर्म था आजकल। तो फिर, हमे ही क्यों कमी महसूस हो रही थी। वो मेरे बगल में सोफ़े पर बैठ गयी और मेरी सिगरेट उठाई। मैंने दूसरी जला ली। "तुम्हें क्या लगता है वो यहाँ लड़की ढूँढने आया है?" मैने पूछा और अन्दर ही अन्दर मना रही थी कि यह ग़लत हो।

"हो सकता है, लेकिन अब तुम मिल गयी हो। मुझे यक़ीन है। अब नहीं देख रहा।"

"तुम्हें ऐसा लगता है?"

"बिलकुल।" मीशा ने पूरे विश्वास के साथ जवाब दिया। एक और वजह कि वो मेरी बेहतरीन दोस्त है। वो उन ख़यालों को लफ़्ज़ देती है, जिन्हें मैं कहने से डरती हूँ। "और इससे समझ लेना चाहिए कि मोरेलिटी नहीं झाड़नी चाहिए। इसलिए तुम अभी तक सिंगल हो। हमेशा सही करने के चक्कर में।"

"और तुम्हारे दांव-पेंच से तुम्हें क्या मिला है?"

"मुझे कोई मिल गया है," उसने मुस्कराते हुए कहा।

"कौन?"

"वो पार्टी वाला लड़का याद है?"

"पार्टी की मेरी यादें कुछ धुँधली हैं," मैंने कहा। "वो बैंकर है और कोई नाम है?"

"हाँ, शरद महादिक।"

यह इतना जाना-पहचाना क्यों लग रहा था?

करण के एक महत्वपूर्ण क्लायंट की भतीजी की शादी थी और उसने फ़ोन करके पूछा अगर मैं ग्रैंड ऑर्किड में उनकी मदद कर सकती थी। "बिलकुल," मैंने प्यार से कहा लेकिन सच कहूँ तो मैं आग-बबूला हो रही थी। मज़ाक नहीं कर रही लेकिन शादियाँ मुझे एकदम पागल कर देती हैं... पूरी पागल। मुझे शादियों से कोई एतराज़ नहीं है। (वो सिर्फ़ वेलेंटाइनस् डे से है। उस दिन मैं शिवसेना समर्थक बन जाती हूँ।) मैं सिर्फ़

अपने होटल में होने वाली शादियों के ख़िलाफ़ हूँ। होटल का हर कर्मचारी उनसे चिढ़ता है, मेहमानों की बदतमीज़ी, बिखरे फूल और बटर चिकन की फैली तरी की वजह से।

मैंने पूरा हफ़्ता हनीमून स्वीट तैयार करने में बिता दिया। हमेशा की तरह 'मैरेज पार्टी' का सब कुछ चाहिए था और हमेशा की तरह हमारे भी नियम थे। सबसे विवादास्पद होता है बिस्तर पर गुलाब की पंखुड़ियाँ डालने का मसला। यह हमें बिलकुल मंज़ूर नहीं। शरीर के नीचे कुचली गुलाब की पंखुड़ियों के निशान चादर से कभी नहीं छूटते। और ग्रैंड ऑर्किड को यह कतई मंज़ूर नहीं। मैं इसी झगड़े में फंसी हुई थी – रोमाँस और होटल के नियमों का झगड़ा। दूसरा मुद्दा मोमबत्तियों का था। मुझे बताया गया था कि एक कमरे में सिर्फ़ दो। कमरे में हम आग का खतरा नहीं मोल ले सकते। इसके चलते मैरेज पार्टी और मैनेजमेंट में घमासान छिड़ गया। बेवकूफ़ों की तरह मैं मदद के लिए डी.पी गुप्ता के पास पहुँची। "आईशा यह कोई पहली शादी तो नहीं हो रही होटल में; सम्भालो तुम!" ठीक है, सम्भालो अपनी मोमबत्तियाँ, और उसके लिए अगर मुझे पूरी रात कमरे के बाहर अग्निशामक थामे बैठना भी पड़े तो क्या।

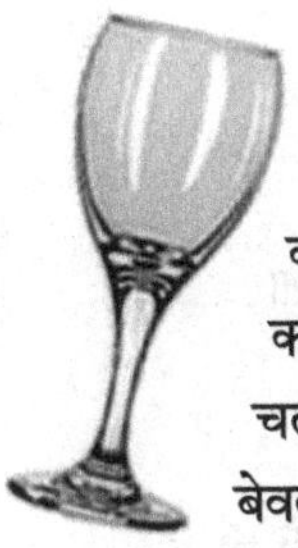

शादी से एक दिन पहले, होटल के लान में सगाई होनी थी और मैं आख़िरी पल तक इधर से उधर भाग रही थी सब कुछ चेक करने के लिए।

शादी का झँझट तब सुहाना हो गया जब करण ने मुझे शाम को साथ जाने के लिए कहा। हम लोग रेड कार्पेट पर तो

नहीं चलने वाले थे लेकिन उसके क्लायंट की भतीजी की सगाई है। लेकिन जल्द उसके उसके साथ औपचारिक फंक्शन पर दिखने का दबाव मुझे खाने लगा। शुरुआत हुई सीधे से सवाल से – कि शाम को पहनूँ क्या और फिर वहाँ से आगे मुझे क्या करना होगा, वो मुझे कैसे इण्ट्रोड्यूस करेगा? शायद मीशा ही इन सब सवालों का जवाब दे सकती थी।

"मुझे लगता है कि वो कहेगा, 'यह मेरी दोस्त आईशा है।' तुम्हें क्या लगता है मीशा?" मैंने फ़ोन पर पूछा।

"नहीं, वो 'गर्लफ़्रैंड दोस्त' कहेगा।"

"गर्लफ़्रैंड कितना बचकाना है। हम बच्चे थोड़ी हैं। आजकल गर्लफ़्रैंड कौन कहता है?"

"तो फिर 'प्रेमिका' कह देगा। कितना माडर्न!" मीशा हँस रही थी।

"या फिर पार्टनर।"

"कुछ ज़्यादा ही गे हो जायेगा वो। चलो देखते हैं। तो फिर, तुम क्या पहन रही हो?"

"पहननी तो साड़ी चाहिए लेकिन फिर मैं मेहमान भी नहीं हूँ, होटल मैनेजमेंट का हिस्सा हूँ। मैं वेस्टर्न पहन लेती हूँ।"

"अरे नहीं, साड़ी ही पहनो।"

"लेकिन साड़ी में मैं मोटी लगती हूँ।"

"ठीक से पहनो तो नहीं।"

"ठीक है। लेकिन तुम्हें मेरी मदद करनी पड़ेगी... और

मेरे पास कोई ढंग की साड़ी नहीं है।"

"मैं दे दूँगी।"

"अनु से माँग लूँगी। आपकी पेशकश के लिए शुक्रिया लेकिन साड़ी चाहिए, दुपट्टा नहीं। तो फिर शरद महादिक की क्या खबर है?" मैंने पूछा। मुझे भी उसकी प्रेम कहानी में भी उतनी दिलचस्पी लेनी चाहिये जितनी वो मेरी कहानी में लेती है।

"वो काफ़ी इन्टरनेशनल कान्फ्रेन्स करता है और इसलिए मैं बात नहीं कर पाती, ख़ासकर शाम को। सच कहूँ तो बहुत ग़ुस्सा आता है।"

"उसे काम होगा..."

"हाँ...शनिवार, इतवार को भी काम करता है।"

"तो तुम मिलते कब हो?"

"बाक़ी दिन, रात को खाने पर। बहुत रोमाँटिक होता है। वो फूल वूल बहुत भेजता है। उस दिन मैं कहीं गयी हुई थी तो उसने ऑर्किड का गुलदस्ता भेजा।"

"तो वो समय के मामले में कंजूस है, लेकिन पैसों के मामले में नहीं। समीर या चीप दीप से तो बेहतर है।"

"प्लीज़ उनसे तो कोई मुकाबला नहीं।"

सच है कि कोई मुकाबला नहीं। मैं हमेशा पैसा चुनती। हे भगवान, डेट पर जाना कितना मँहगा है, और केवल लड़कों के लिए ही नहीं। आदमियों के लिये पेट्रोल, रेस्तरां के बिल इत्यादि का ख़र्च होता है। औरतों के खर्चे छिपे हुए होते हैं –

नये कपड़े, लगातार पार्लर जाना, पैर वैक्स करवाना, हेयर कलर, नए जूते..." हम लोग वैसे भी यह सब करते हैं, लेकिन जब कोई आदमी ज़िन्दगी में होता है, यह सब जल्दी जल्दी करना पड़ता है। लेकिन आमदनी तो उतनी ही रहती है। आजकल हर चीज़ के लिए लोन मिलता है, लेकिन बदकिस्मती से डिज़ाइनर कपड़ों के लिए नहीं। लाइफ इज़ जस्ट नॉट फ़ेयर। और मौका मिले तो मैं वाशिंग मशीन छोड़ स्वारावस्की जड़ी साड़ी खरीद लूँ। और यक़ीन मानिये, ऐसे बहुत से लोग होंगे।

मीशा ने अपना वादा पूरा किया और मुझे हमारी राष्ट्रीय पोशाक पहनाने आ पहुँची। कितना हुनर मीशा में है इसका पहली बार मुझे अहसास हुआ कि साड़ी में भी मेरी कमर दिख सकती है। प्लीट पर उसने क्रिस्टल का ब्रोच लगाया। वो आँचल से ढंक गया था, लेकिन पतले कपड़े में से झलक रहा था। पता नहीं अपनी नाभी पर ध्यान आकर्षित करना सही था या नहीं, लेकिन आज मैं जुआ खेलने को तैयार थी। मेरे ब्लाउज़ में बाजुएं थीं, जो मीशा को पसन्द नहीं आया, लेकिन वैसे वो अपनी मेहनत के नतीजे से उतनी ही खुश थी जितनी मैं। यह साड़ी मेरी दोस्त अनुष्का की कृपा से मुझे मिली थी।

डोरबेल सुनते ही मैंने कहा, "ही इज़ हियर!"

दरवाज़े पर ड्राइवर को देखकर मुझे थोड़ी निराशा हुई। साहिब कार में इन्तज़ार कर रहे थे। इन मामलों में मैं थोड़े पुराने ख़यालों की हूँ। मुझे लगता है कि जब कोई लड़का आपको लेने या छोड़ने आये, उसे दरवाज़े तक आना चाहिए, इतना तो

बनता है। केवल गुंडे अपने ड्राइवर और चम्मचों को लेने भेजते हैं।

मेरे मन में यह ख़याल घूम रहा था कि मैंने करण को कार से टिककर खड़े देखा। वह फ़ोन पर बात कर रहा था और सीधे मेरी तरफ़ देख रहा था। मैं अचानक सकपका गयी। नए-नए रिश्ते का यह सबसे ख़राब दौर होता है। इस दौर में सारा ज़ोर शक्ल-सूरत पर होता है। सबसे ज़रूरी होती है 'चाल'। एक बार तिरछी नज़रों का दौर ख़त्म होता है तो फिर आता है 'अब मैं तुमको खुल के देख सकती हूँ,' दौर। लेकिन मैं अभी इस दौर के लिए तैयार नहीं थी। हे *भगवान, प्लीज़ मैं गिरूँ नहीं।*

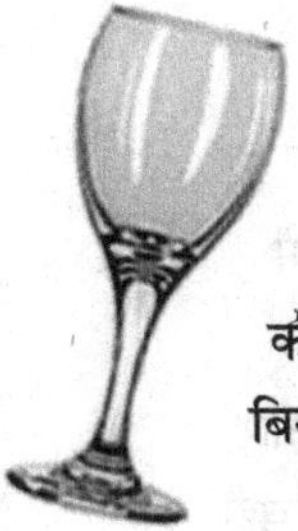

मैंने 'चाल' का समय कम करने की पूरी कोशिश की और करण तक जल्द से जल्द पहुँचने की कोशिश की, बिना गिरे।

करण मुस्कुराया। "तुम बहुत अच्छी लग रही हो! यह साड़ी तुम्हे बहुत सूट कर रही है।" *या तो यह प्यार है या फिर वो अंधा हो रहा है।*

"सच? मुझे टाईम ही नहीं मिला। आज इतना काम..." मैंने बहुत आराम से झूठ बोला।

इस सगाई पर काफ़ी पैसे ख़र्च हुए थे। तरह-तरह के फूलों से प्रवेश द्वार सजा था। सब तरफ़ मेरा 'टच' नज़र आ रहा था। बेलों से ढ़का लम्बा रास्ता है। मैंने सुनिश्चित किया

था कि फटेहाल लाल हरे कारपेट, जो आमतौर पर इन अवसरों पर इस्तेमाल किये जाते हैं, उन्हें हटा कर असली चीज़ डले – हरी घास, वो जो कारपेट की तरह लिपटी हुई आती है। हाँ, इस सब में मेरी लैंडस्केपर से लगभग लड़ाई ही हो गयी और मुझे भरोसा दिलाना पड़ा था कि उसकी घास ख़राब नहीं होगी। चीखती शहनाईयों की जगह हल्का संगीत बज रहा था। मेरी आँखें कैवियार की ट्रे लिए वेटरों पर लगी थी। लेकिन बीच में शैम्पेन के ग्लास लिए वेटर आ गये। मैं काफ़ी खुश थी।

इस शानदार खान पान से मैं और करण गुज़रे तो मैंने ख़ुद से वादा किया कि अगर मेरी सगाई होगी तो ऐसे ही होगी। नहीं, इससे भी बेहतर।

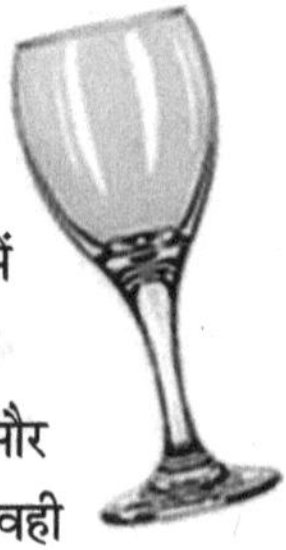

"वो रहे मिस्टर सिन्हा, चलो उनसे मिलें," भीड़ में देखते हुए करण ने कहा।

मैंने नीला सूट पहने करण के क्लायंट को देखा और भगवान बचाये, वो और कोई नहीं सिनफ़ुल सिन–हा था। "वही जो अपना गंजापन छिपाने की कोशिश कर रहा है?"

"आईशा" करण ने टोका, "उसके बाल उड़ रहे हैं, थोड़ी तो दया दिखाओ।"

सिन–हा होटल का नियमित मेहमान है, या फिर श्राप। एस. एस. जैसा हम लोग उसे बुलाते हैं काफ़ी घटिया आदमी है और शरीर के कुछ ख़ास अंगों पर नज़रें टिकाकर बात करता है...आप समझ गये होंगे। मुझे काफ़ी आश्चर्य हुआ जब उसने मेरा चेहरा देखा और मुझे पहचान लिया।

"हैलो करण, हैलो आईशा। तुमने बहुत अच्छा काम किया

है। यह जगह तो शानदार लग रही है," उसने हाथ बढ़ाते हुए कहा।

"शुक्रिया मिस्टर सिन्हा।" मैं भी मुस्कुराई। *और ख़बरदार जो नज़रे नीची कीं।*

"क्या आप लोग मिले खुशहाल जोड़े से? चलिये मैं ले चलता हूँ।' चलते हुए मुझे सिन्हा के चुपड़े हाथ का अपनी बाँह पर होने का अहसास हो रहा था। और फिर दुल्हन के अंकल को जब लोगों ने रास्ता दिया और स्टेज नज़र आया, मेरी दुनिया स्लो मोशन में हिलने लगी। तरह तरह के फूलों से सजे इस स्वर्ग में मुझे नर्क का अहसास हुआ। मिलने वालों की लाइन की मंजिल पर खड़ा था 'एक्स', मेरा पूर्व प्रेमी, खूबसूरत और वो शेरवानी पहने जो कभी मैंने ही खरीदवाई थी।

इस पल के मैंने इतने सपने देखे थे कभी और आज वो सार्थक हो रहे थे, बस एक अन्तर था कि दुल्हन दूसरी थी। अगर धरती पर नर्क कहीं है, तो यहीं है! न केवल 'एक्स' की सगाई हो रही थी, उपर से उसने मुझे बताया नहीं था और फिर उसने और उसकी मंगेतर ने मैचिंग रोहित बाल के बनाये कपड़े पहने हैं। सोने पे सुहागा।

क्यों मैंने ज़्यादा ध्यान नहीं दिया और कम-से-कम दुल्हा-दुल्हन के नाम पता लगाने की कोशिश नहीं की। सारा समय घास और कारपेट की लड़ाई में बर्बाद कर दिया था।

खुशहाल जोड़े से मिलने की लाइन अचानक बहुत छोटी लगने लगी और मैंने तय किया कि चाहे मर जाऊँ लेकिन चेहरे

पर शिकन तक नहीं पड़ने दूँगी । मैंने हिम्मत जुटाई और चेहरे पर मुस्कान चिपका कर लाइन में खड़ी हो गयी। 'एक्स' के सामने जाने में मुझे अटपटा क्यों लग रहा था जब मेरे बगल में एक आदमी था और मैं भी बहुत लाजवाब दिख रही थी। शुक्र है मैंने आख़िरकार साड़ी पहन ली थी।

हमारे आगे बस तीन और लोग थे लेकिन 'एक्स' ने अभी भी मुझे नहीं देखा था। करण सिन्हा के साथ बातों में मशगूल था। *क्या करण ने मेरी तरफ़ देखा और मुस्कराया? क्या वो मेरी हिम्मत बढ़ा रहा था? क्या उसे मेरे अन्दर चल रही उधेड़ बुन का अन्दाज़ा था?* उस नकली मुस्कुराहट से मेरे मुँह में दर्द हो रहा था। इस समय तो चेहरे के भाव भी नहीं बदले जा सकते थे। सब कुछ सूई की नोंक पर टंगा था। और भगवान भी छोटी छोटी चीज़ों को देखते हैं।

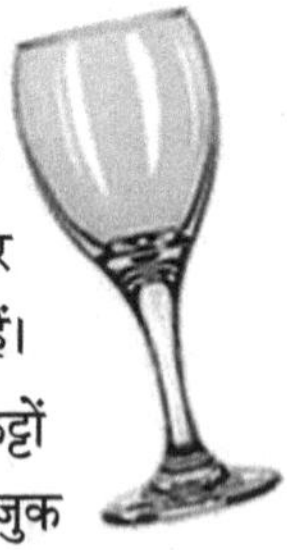

और तभी उस बुरे वक़्त में मेरी हील स्टेज के दो फट्टों के बीच फंस गयी। पूरी लापरवाही और ऊपर से मेरी नाज़ुक मानसिक हालत के चलते मेरी हालत ख़राब थी। सिन्हा और करण जोड़े के करीब पहुँच गये थे। मैंने पैर मरोड़ कर हील निकालने की कोशिश की, लेकिन बेकार था। अचानक मुझे अपने पीछे खड़े लोगों का एहसास हुआ। मुझे लोगों की बुड़ बुड़ सुनाई दे रही थी और उनकी बेचैनी भी महसूस हो रहा था। मेरी वजह से लोगों को खाने तक पहुँचने में देर हो रही थी। मैं वहाँ लाचार खड़ी थी, चेहरे पर बेवकूफों वाली मुस्कान लिए। किस्मत से पीछे खड़ीं मददगार और शायद भूख से बेहाल आण्टी मेरी परेशानी समझ गयीं।

आगे बढ़ने से पहले इन औरतों के बारे में दो शब्द। शादियों, रिसेप्शन और रोके पर ये हमेशा मौजूद रहती हैं, वो हर जगह दिखती है लेकिन ख़ास जगह है बूफ़े (खाने) के पास या फिर बार से करीब बीस फीट दूरी पर जहाँ से वो पतियों पर कंट्रोल भी रख सकती हैं और शराब से दूरी भी। लेकिन ये आँटिया काफ़ी मददगार भी होती है। आपका गिरता पल्लू सम्भालने में सबसे आगे, चाहे आँखों से इशारा करके या फिर आगे बढ़ के। अपनी एक्स रे वाली नज़रों से वो आपकी ड्रिंक भी पहचान लेती हैं और स्टिंग ऑपरेशन कर रहे एफ. बी. आई. एजेन्ट की तरह वो शादियों में फैली रहती हैं। कुछ अंकलों के विपरीत यह आँटियाँ बेशर्मी से आपको घूरती हैं और अगर यह एक साथ होती हैं तो आपके ऊपर कई जोड़ी आंखें टिकी होती हैं। मेरे ख़याल से यह अनुभव किसी गोलीमार दस्ते के सामने खड़े होने जैसा होगा। फ़र्क इतना कि अगर आप कुँवारी हैं तो इनके सामने आपको मुस्कराना होगा। क्या पता इनमें से कौन किसी लड़के की मम्मी या मासी हो।

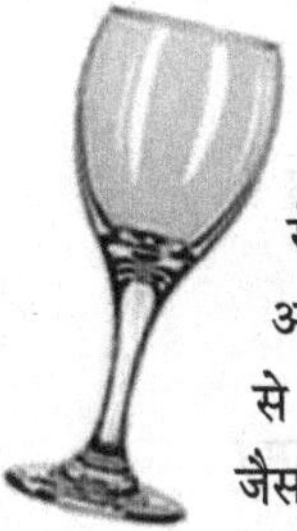

"सीधी खड़ी रहो, मैं झुककर निकाल देती हूँ," आण्टी ने कहा।'

"शुक्रिया आण्टी।"

ठीक इसी पल करण और सिन्हा जोड़े को बधाई देने पहुँच गये थे। और मैं इस हाल में फंसी हुई थी।

"उफ़, यह तो बुरी तरह फंस गया है। छोटू सामने जाकर आण्टी को दूसरी तरफ़ से खींचो।" उन्होंने एक लड़के को कहा

जो कहीं से छोटू नहीं लग रहा था। वो कम-से-कम १९ साल का होगा ।

छोटू ने मेरी दोनो बाहें पकड़ी और खींचने लगा। "मैं उतनी भी बड़ी नहीं हूँ," मैंने कहा।

"मालूम है," मुझे कुछ ज़्यादा ही करीब पकड़कर उसने कहा। हे *भगवान छोटू तो लीचड़ है।*

इस खींचतान के बीच, करण और 'खुशहाल जोड़े' ने मुड़कर हलचल का कारण ढूँढा। और फिर सबकी नज़रें मेरी तरफ़ थी। लेकिन न तो करण और ना ही एक्स यह देखकर चौंके कि इस सब का कारण मैं थी। होने वाली दुल्हन चौंक गयी थी। हील के निकलते ही मैं लड़खड़ाती हुई करण के पास पहुँची। चोट मेरे अहम् को लगी थी।

"तुम ठीक हो?" करण ने पूछा।

"हाँ।" यह उसका तकिया कलाम लगता है, और हमारे रिश्ते का अहम हिस्सा भी।

"आईशा, इनसे मिलो," सिन्हा ने हमें मिलवाया।

एक्स वाक़ई खुश लग रहा था। वैसे अगर मैंने भी रोहित बाल के कपड़े पहने होते मैं भी खुशी से फूली नहीं समाती चाहे जिससे मेरी सगाई होती। लेकिन मुझे देखते ही उसके भाव बदल गये।

"ग्रुप फ़ोटो प्लीज़," सिन्हा ने कहा।

"ज़रूर। मुबारक हो," मेरी नज़रे लड़की पर टिकी थीं और मैं 'एक्स' को पूरी तरह से नज़रअन्दाज़ कर रही थी। *यह*

बिस्तर में वाहयात है, मैं कहना चाहती थी। मैंने ऐसी कोई बात नहीं कही। मीशा ठीक कहती है। यह सब नाटक है। हम सब वो होने का दिखावा करते हैं जो हम हैं नहीं। अपनी कमज़ोरियाँ छिपाने के लिए शक्तिशाली होने का ढोंग करते हैं या फिर ज़रूरत हो तो कमज़ोर होने का। अन्त में इस सब का कोई मतलब नहीं।

लेकिन किसी पाँच सितारा होटल में शादी या सगाई के मौके पर अगर किसी चीज़ का मतलब है तो वो है प्लेटों की गिनती का। इसलिए मैं इतना गिर गयी जितना कोई पूर्व प्रेमी आपको गिरा सकता है। मैंने हर कौर के लिए एक नयी प्लेट उठायी।

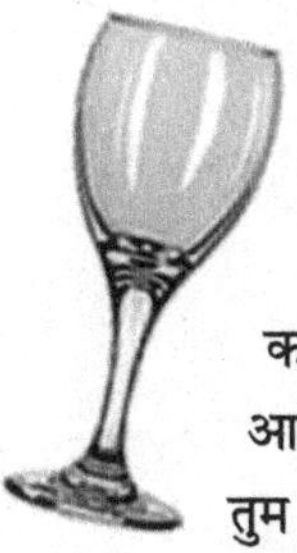

मैं एक के बाद एक प्लेट हटाये जा रही थी और करण मुझे गौर से देख रहा था। "एक मिनट" उसने आख़िरकार कहा, जब मैं अठारहवीं प्लेट हटाने को थी। "तो तुम कैसे जानती हो उसे?" खाने से दूर ले जाते हुए उसने मुझसे पूछा।

"कौन सिन-फ़ुल?" मैंने पूछा।

"नहीं," उसने कहा, "दूल्हे को"

"वो मेरा दूल्हा बनने को था एक वक़्त," मैंने कहा। करण कुछ चौंका और फिर पल भर का सन्नाटा। "माफ़ करना आईशा। अगर मुझे पता होता तो मैं तुम्हें यहाँ नहीं लाता।"

"कोई बात नहीं। बहुत पुरानी बात है।"

"तुम्हें लगता है?" करण कहीं दूर देखकर सोच में डूबा था।

मैं उसकी तरफ़ मुड़ी और वो कहा जिसका मुझे काफ़ी समय से एहसास था। "हाँ," काफ़ी वक़्त हो गया है। पक्का।"

"चलो कोई दूसरी पार्टी ढूँढें? मुस्कुराते हुए उसने मेरा हाथ पकड़ा और उसकी आँखों में राहत जगमगा रही थी।

"हाँ, मेरे ख़याल से यहाँ मेरा काम ख़त्म। वैसे तुम्हें पता है तुम्हारा क्लायंट बहुत बड़ा लीचड़ है?"

"आईशा..." करण हँसा, "हम अभी पार्टी से निकले भी नहीं हैं।"

लड़के भी रोते हैं

उस पार्टी से निकलकर हम लोग पोलो क्लब गये। करण ने

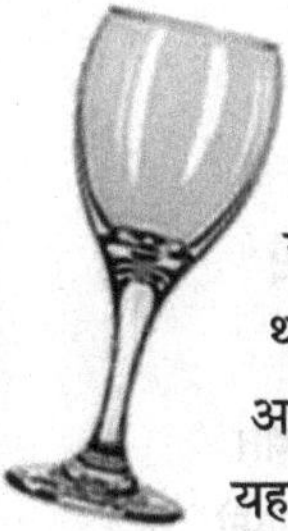

हमारे लिए एक कोने की मेज़ ढूँढीं । मैंने चैन की सांस ली। हम लोग आधी बोतल वाइन का लुत्फ उठा चुके थे जब एक दम्पति हमारी टेबल तक आया। आदमी कुछ जाना पहचाना लग रहा था लेकिन मुझे याद नहीं आ रहा था। होटलों में काम करने की यह भी एक दिक़्क़त है : आपके दिमाग़ में नाम और चेहरे ठूस जाते हैं, अक्सर तो यह बिना नाम के चेहरे होते हैं।

"आईशा, यह हैं शरद और उसकी पत्नी वीना।" करण ने परिचय कराया।

"हम तुम्हारी पार्टी में मिले थे। लेकिन मुझे नहीं लगता आईशा को रात का कुछ याद होगा," शरद हँसा।

मुझे सब कुछ याद आ गया। यह वही घटिया आदमी था जो छत पर मुझे लाइन मार रहा था। चाँद की रोशनी में बेहतर लगता है यह। पोलो क्लब की रोशनी में यह भूरी आँखों वाला, गोरा चिट्टा आदमी और घटिया आदमियों जैसा दिख रहा था।

"तुम्हें पार्टी में मिस किया वीना।"

"हाँ, मुझे भी ख़राब लगा। काम के सिलसिले में बाहर गयी हुई थी। शरद ने कोई बदमाशी तो नहीं की न?" वीना के शब्द निकले नहीं कि साफ़ पता चल गया कि वो घर की बॉस थी।

मेरे एक पुराने साथी ने कहा था कि फ़ीमेल बॉस को दो कैटेगरी मे रखा जा सकता था। माँ या चण्डी माँ। उस समय मुझे उसकी बात बकवास लगी थी लेकिन वीना को देखकर मैं समझ गयी। वो मल्टीनेशनल कम्पनी में काम करने वाली सख़्त औरत थीं। उसके पीछे चुपचाप खड़े शरद पर मुझे सच में तरस आ रही थी।

"तुम इन्हें कैसे जानती हो?" उनके जाने के बाद मैंने करण से पूछा।

"जब यहाँ आया था, उन्हें एक पार्टी में मिला था। सोचो कल उनकी शादी को पाँच साल पूरे हो जायेंगे। काफ़ी जल्दी शादी हुई होगी उनकी।"

"हाँ..."

वीना ने जाते जाते अपना विज़िटिंग कार्ड मुझे दिया। "कभी मिलते हैं," कहते हुए। किस तरह का इन्सान लोगों से दोस्ती करने के लिए विज़िटिंग कार्ड का इस्तेमाल करता है? मैंने कार्ड देखा तो मुझे जवाब मिल गया। एफ.एम.सी.जी.टाइप की कम्पनी की वाइस प्रेसिडेंट ऐसा करेगी। वीणा प्रसाद-महादिक। ओह, तो यह आजकल की उन औरतों की तरह थी जो शादी के बाद अपना नाम नहीं बदलतीं, बल्कि साथ ही पति का नाम जोड़

लेती हैं। आजकल यह फ़ैशन में बहुत था लेकिन मेरे हिसाब से नाम कम और कोई कम्पनी ज़्यादा लगता है।

जो हो रहा था वो समझने के लिए आपको बहुत बड़ा बुद्धिजीवी होने की ज़रूरत नहीं थी। शरद महादिक मीशा का नया बॉयफ़्रेंड। मेरे पेट में मरोड़ पड़ रही थी और चेहरा तमतमाने लगा था।

"आईशा, तुम ठीक तो हो?" करण ने पूछा।

"तुम पूरे समय यह सवाल पूछना बन्द करोगे?" मैंने चिड़चिड़ा कर कहा।

करण चौंक गया और मैं भी झेंप गयी। मैं उस पर झुँझलाना नहीं चाहती थी। मुझे समझ नहीं आया मैं क्या कहूँ। "घर चलें करण? कल जल्दी ऑफ़िस जाना है।"

"हाँ। शायद कुछ ज़्यादा ही हो गया," उसने कहा।

मैंने कोई जवाब नहीं दिया और बाकी की शाम चुप्पी में गुज़री। मैं कार से उतरकर घर तक गयी। वो मुझे दरवाज़े तक छोड़ने नहीं आया। ऐसे तो नहीं होना था इस शाम का अन्त। करण का यह थोड़ी मानना था कि मैं 'एक्स' को आज भी चाहती हूँ। लेकिन अपनी दोस्त की इज़्ज़त बचाने के लिए यह कीमत चुकानी है, तो मुझे कोई ऐतराज़ नहीं।

"मिश, सॉरी तुम्हें उठा रही हूँ।" दरवाज़ा बन्द करते ही मैंने मीशा को फ़ोन किया।

"सब ठीक है? साड़ी खुली तो नहीं?"

"नहीं। सब ठीक रहा। पता है, किसकी पार्टी थी?"

"मैं नींद में हूँ यार, बता दो।"

"एक्स की सगाई थी।"

"अच्छा? लो नींद उड़ गयी। बताओ क्या हुआ?"

किसी को बुरी खबर देना आसान नहीं होता, चाहे वो आपकी सबसे करीबी दोस्त क्यों न हो। मैंने ऐसा एक बार पहले भी किया था जब अनुज के बारे में अनुष्का को बताया था और अब बेचारी मीशा की बारी है।

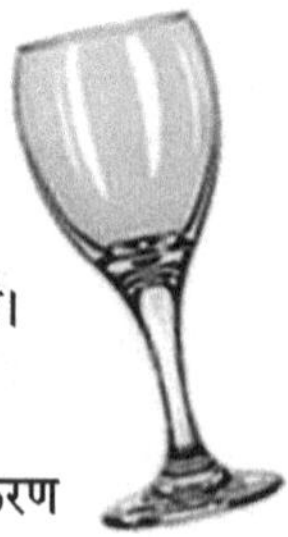

अगले दिन सुबह सात बजे मीशा मेरे घर पहुँच गयी। हमारी बातचीत के बाद वो सोई कहाँ होगी। और मुझे तेज़ बुखार था और सिर फटा जा रहा था।

"आज मेरी बारी है तुम्हें जगाने की," उसने कहा।

"हम्म।"

"तुम्हें क्या हो गया? क्या हालत बना रखी है? करण भी शादी शुदा है क्या?"

"एक दिन तो होगा। लेकिन मुझसे नहीं।"

"इतना बुरा रहा?"

मैंने जवाब नहीं दिया। "मुझे फ़्लू हुआ है। आज काम पर नहीं जाऊँगी।"

"चाय बनाती हूँ, फिर तुम मुझे सब कुछ बताना। तुम बात तो कर सकती हो ना?"

"तो काफ़ी सख़्त है उसकी पत्नी?" मेरी पूरी कहानी सुनने के बाद मीशा ने पूछा। "तो फिर मेरे प्लान के लिए वो

बहुत अच्छा है।"

"मीशा, वो हसीन मोड़ देकर छोड़ने वाली बातें... उन सब का क्या हुआ?"

"लेकिन उसने मुझे बेवक़ूफ़ बनाया आईशा। और वो ग़लत है। पता है, मैं उसके साथ लगभग सो ही गयी थी?"

"वो तुमने नहीं बताया।"

"क्योंकि कुछ अटपटा सा अनुभव था।"

"तुम बच नहीं सकतीं। तुम्हें बताना पड़ेगा।"

हम लोग पलंग पर पड़े थे। मैं कम्बल में घुस गयी और मीशा मुझे पूरा किस्सा सुनाने लगी। उसके और शरद के रिश्ते की शुरुआत काफ़ी ज़ोरदार थी। दोनों एक दूसरे की तरफ़ आकर्षित थे। बातें कम और एक्शन ज़्यादा। शरद सेक्सी भी था और रोमांटिक भी। उनकी डेट पर फूल और 'किस' की भरमार होती। हालाँकि सब कुछ बहुत जल्दी हो रहा था, मीशा कभी कोई दबाव महसूस नहीं हुआ। उसे इतना महत्व पहले किसी ने नहीं दिया था। शरद के काम के चलते कुछ बंदिशें थीं, लेकिन फिर भी वे लोग कुछ वक़्त साथ बिता लेते। वो हर पल को हसीन बना देता।

कुछ दिन पहले रात को खाने के बाद (ज़रूर उसकी बीवी शहर के बाहर गयी होगी), शरद और मीशा एक-दूसरे की बाहों में उलझ गए। वो लिफ़्ट में मीशा के घर जा रहे थे और शरद ने उसे दीवार से सटाकर चूमा... (किस्मत से मिसेज़ मुखर्जी कोलकाता गयी हुई थीं।) लिफ़्ट से निकलते ही वो लोग घर में घुसे और फटाफट कपड़े उतरने लगे। कमरे तक

के रास्ते में कपड़े फैले पड़े थे और काफ़ी चुम्माचाटी के बाद वो बस करने ही वाले थे कि अचानक सब कुछ थम गया। वो एकदम रुक गया। काफ़ी अटपटा था सब कुछ लेकिन एक तरह से मीशा को सुकून भी था। वो कुछ नहीं बोली और शरद चला गया। वैसे भी वो कर भी क्या सकती थी? उसने ख़ुद को समझा लिया कि 'परफ़ॉरमेंस एँजाइटी' रही होगी। हो जाता है कभी कभार। कुछ ज़्यादा ही मर्द मानते हैं कि उनके पुरुषत्व का असली टेस्ट बिस्तर में होता है और उन्हें हमेशा अच्छा परफ़ार्म करना है।

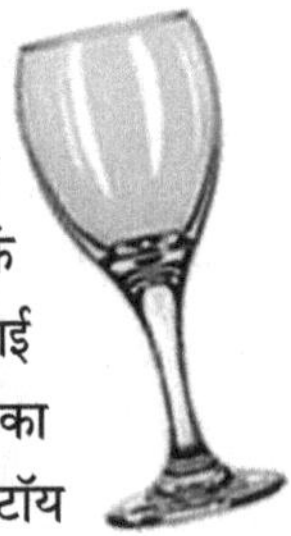

सच कहा जाए तो इतना दवाब आदमियों पर पहले कभी नहीं रहा। आजकज बैटरी से चलने वाले उपकरण जीत जाते हैं। उनकी तो बराबरी नहीं है। कभी-कभी लड़कें भी रोते हैं। सच्चाई मान ही लेते हैं : आजकल अगर काई औरत कहती है दिल-दो ज़रूरी नहीं कि वो हिन्दी में आपका दिल माँग रही हो! (हो सकता है वो अंग्रेज़ी में सेक्स टॉय डिल-डो की बात कर रही हो।)

ख़ैर उस दिन शरद टूट कर घर चला गया और मीशा को पूरा यक़ीन है कि वो अपनी मर्दानगी का सबूत देने का कोई मौका नहीं छोड़ेगा और मीशा देगी उसे वो मौका!

मीशा ने शरद को फ़ोन किया और दोपहर को मिलना तय हुआ। इस बार मीशा ने होटल चुना : "मूड अच्छा हो जायेगा, डार्लिंग।"

दोपहर को प्रेमी से मिलने से ज़्यादा उत्तेजक और कुछ नहीं होता। फ़ोरप्ले के लिए मीशा ने सेल फ़ोन का इस्तेमाल किया। एस.एम.एस. के ज़रिये।

"चलो, अब काफ़ी हो गया," फ़ोन रखते हुए मीशा ने कहा। फिर उसने वीणा-प्रसाद महादिक का कार्ड उठाया और मुझे कहा,"जब मैं तुम्हें मिस कॉल दूँ तो इसे फ़ोन कर देना।"

शरद से मिलने के लिए मीशा मेरे घर से बारह बजे निकल गयी। एक बजे फ़ोन करके उसने कहा कि शरद पहुँचने वाला था और मैं उसकी पत्नी को पन्द्रह मिनट में फ़ोन करूँ।

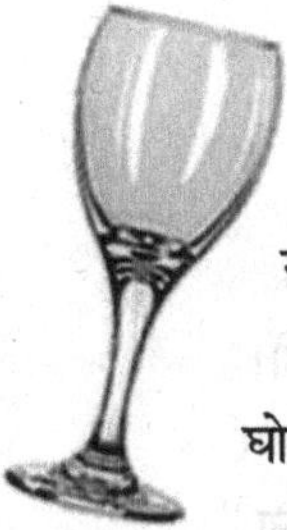

"बस उतना ही वक़्त चाहिए तुम्हें?" मैं थोड़ा घबरा रही थी। कुछ गड़बड़ हो गयी तो?

"मेरे हिसाब से तो वो भी ज़्यादा ही होगा। वो तो घोड़े पर सवार है," मीशा हँसी।

शरद ठीक एक बजे होटल पहुँच गया, हाथ में फूलों का गुलदस्ता और एक बोतल वाइन लिए।

"हैपी ऐनीवर्सरी," मीशा प्यार से बोली। शरद चौंका। "बुद्धू, आज हमें मिले इक्तालीस दिन हो गये हैं।" वो शान्त हुआ और मीशा का ग़ुस्सा बढ़ने लगा। लेकिन यह भावुक होने का समय नहीं था।

"इकतालीस दिन की एनीवर्सरी होती है?" शरद ने पूछा।

"मैं खुशमिज़ाज लड़की हूँ। खुशियाँ मनाना अच्छा लगता है," शरद के गले में बाँह डालते हुए मीशा ने कहा। उसने

दरवाज़ा बन्द किया और शरद को बिस्तर तक ले गयी। शरद को देखा तो पल भर के लिए वो उस पल में खो गयी और सब प्लान छोड़कर उसके करीब लेटने का जी हुआ। लेकिन उसने सब ख़याल दिमाग़ से निकाल दिये, कुछ चीज़ें ऐसी होती हैं जो (अच्छी) लड़कियाँ नहीं करतीं। "मैं ज़रा अपना सेल फ़ोन स्विच ऑफ़ कर दूँ। मैं अगले एक घण्टे तक डिस्टर्ब नहीं होना चाहती।" उसने मुझे मिस कॉल दिया।

मैं पीसीओ के बाहर ही खड़ी थी और फ़ोन करने अन्दर गयी। *यह होते हैं रिश्ते?*

"मैडम, लोकल या एसटीडी?" बीड़ी पीते पीसीओ वाले ने पूछा।

"लोकल।" *इससे क्या फ़र्क पड़ेगा?*

"मैडम फिर आप इस फ़ोन से करें, बूथ से नहीं। वो मुझे पीसीओ की तमीज़ सिखा रहा था। पीले फ़ोन पर साइन लगा था : एक रुपये का सिक्का। "नया सिक्का डालना," उसने बिना ऊपर देखे कहा। उसका सिर एक फटी मैगज़ीन में धंसा हुआ था।

क्या बात है, एक के बाद एक मुसीबत! मैंने जेब में हाथ डाला। एक रुपये का नया सिक्का निकालकर फ़ोन में डाला। वो पीला हाथी मेरा सिक्का खा गया और पहले अंग्रेज़ी फिर हिन्दी में कुछ कुछ सुना भी दिया। मेरे पास समय नहीं बचा।

"भईयाजी, बहुत अरजेन्ट फ़ोन करना है।"

"मोबाइल कि लैंडलाइन?" मेरी आवाज़ में हड़बड़ाहट

सुनकर उसने आख़िरकार ऊपर देखा।

"मोबाइल।"

"पहले बताना था। फाइव रुपीस लगेंगे।"

मैं फटाक से अन्दर गयी और काम पर लग गयी। मैंने आवाज़ बदलकर, फिरंगी सा एकसेन्ट बनाकर शरद की पत्नी को फ़ोन किया और मीशा ने जैसा कहा था, वैसा किया। मैंने फ़ोन रखा तो मना रही थी कि वो मेरी बात संजीदगी से ले। काम ख़त्म करके मैं वापस घर गयी और बिस्तर में घुसकर मीशा के फ़ोन का इन्तज़ार करने लगी।

बिलकुल परफ़ेक्ट टाइमिंग। मेरे फ़ोन के बाद, मैडम ने अपने दिलफेंक पति को फ़ोन किया जो उस समय बाथरूम में था। मीशा ने फ़ोन उठाया और "हू इज़ स्पीकिंग" के जवाब में चुपचाप फ़ोन काट दिया। उसने आगे की तैयारी पहले कर ली थी। उसने शरद के कपड़े उठाये, और फ़ोन के साथ एक बैग में डाल दिये। एक खूबसूरत फूलोंवाला एनीवर्सरी कार्ड टेबल पर सजाया। कमरे में लगे फ़ोन की तारें पहले ही निकाल दी गयी थीं। "मैं बस अभी अन्दर आती हूँ, डार्लिंग," नहाते हुए शरद को कहकर मीशा कमरे का दरवाज़ा डबल लॉक करती हुई बाहर निकल गयी।

"आज तो वो गया!" मैं मीशा के फ़ोन के लिए बेताबी से इन्तज़ार कर रही थी।

"तुम कहाँ हो?"

"लॉबी में।"

"पागल लड़की, निकलो वहाँ से! तुम्हें ड्रामा करना है क्या?"

"मुझे इसका अन्त देखना है। वैसे भी उसकी पत्नी मुझे पहचानती नहीं है। और शरद मुझे देख भी लेगा तो पहचानने से रहा।"

मैंने मीशा को मिसेज़ महादिक का हुलिया समझाया और उसे देखते ही मीशा ने फ़ोन काट दिया। पत्नी सीधी लिफ़्ट की तरफ़ गयी। पाँच मिनट बाद वो लौट आयी। साफ़ था, उसके पति ने दरवाज़ा नहीं खोला था। वो लॉबी मैनेजर के साथ कमरे तक गयी। अच्छा है, भीड़ जुट रही थी।

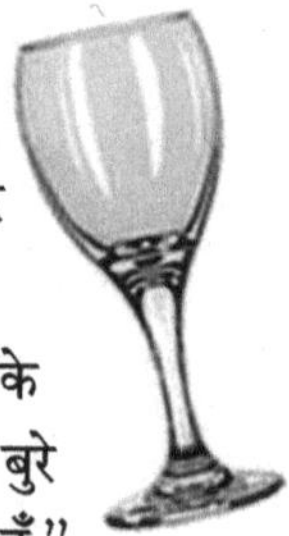

होटल में चेक इन करने से पहले मीशा ने कमरे के सारे तौलिए और बाथ रोब हटवा दिये थे। "मुझे बहुत बुरे रैश हो जाते हैं इसलिए मैं अपना तौलिया लेकर चलती हूँ," कमरा बुक करते समय उसने रिसेपशनिस्ट से कहा था। अब शरद पूरी तरह गीला और नंगा था। उसके हाथ में मीशा द्वारा दिया गया एनीवर्सरी कार्ड था। इसके लिए वो शुक्रगुज़ार था क्योंकि दरवाज़ा अचानक खुलने पर वह अपनी नंगापन छिपा सका। और हाँ, जिन्हें दिलचस्पी है, उनके लिए, कार्ड बहुत बड़ा नहीं था।

पंद्रह मिनट बाद, मिसेज़ महादिक लॉबी में लौटीं। उससे चार कदम पीछे लज्जाता हुआ शरद था बाथ रोब पहने। वो बिल चुकाने गये।

“वो रिसेप्शन पर हैं... मैं जाकर उसके बगल से निकलूँगी,” मीशा ने मुझे फ़ोन पर कहा।

“रहने दो मिश।” सामना करने की बात होती है तो मैं बहुत बड़ी डरपोक हूँ।

लेकिन मीशा को जीत का नशा था। वो बाथ रोब पहने शरद के बगल से गुज़री और उसे आँख मारी। *और आपको लगता था यह सब फ़िल्मों में होता है।*

(ज से जगह)

लगता है 'एक्स' की सच्चे प्यार की खोज पूरी हो गयी है। सगाई के बाद ही उसका फ़ोन आया। उसका कहना था कि वो मुझपर अपनी लव लाइफ़ का कोई बोझ नहीं डालना चाहता था क्योंकि हम सब अब आगे बढ़ गये थे। शायद वो ठीक कह रहा है लेकिन जिज्ञासा तो होती है।

"तुम जानना नहीं चाहते कि उस रात मैं किसके साथ थी?" मैंने पूछा।

"करण। सिन्हा अंकल के साथ काम करता है।"

"तुम इतने चालू हो न। तुम्हें आश्चर्य नहीं हुआ मुझे इतने शानदार आदमी के साथ देखकर?"

"आईशा, शानदार आदमी," की तुम्हारी परिभाषा कुछ अधूरी है। वैसे भी आम तौर पर वे गे होते हैं। अब कुछ और कहूँ?"

मैंने फ़ोन काट दिया।

भूत को पीछे छोड़ भविष्य पर ध्यान देने का वक़्त आ

गया था। मैं करण को खोना नहीं चाहती थी। मेरी वजह से वो सोच रहा था कि मैं अभी भी 'एक्स' से प्यार करती हूँ। उसे सच्चाई दिखानी होगी।

दिवाली और क्रिसमस के बीच शादियों का लगन था। मेरे ज़्यादातर जानने वालों की शादी हो चुकी है या फिर दूर दराज़ तक होती नहीं दिख रही थी। इसलिए मेरे पास कोई न्यौता नहीं था। हाँ 'एक्स' की सगाई का न्यौता अलग था।

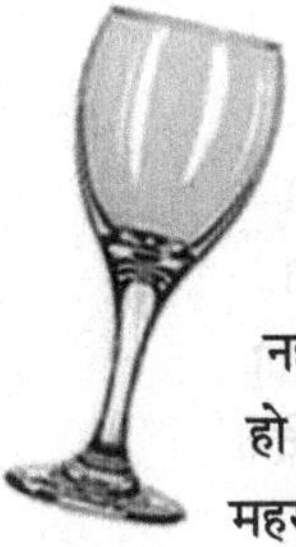

अपने पुराने रिश्ते के बारे में अपने ख़यालात इस तरह दिखाने पर मैं कुछ शर्मिंदा थी। करण मेरे ख़यालों में कुछ ज़्यादा ही मँडरा रहा था। मैं नहीं चाहती मेरा दिल दोबारा टूटे।

मैंने उस रात उसे फ़ोन किया लेकिन ठीक से बात नहीं हुई। मुझे लगा कि मेरी वजह से हम दोनों में दूरी पैदा हो गयी थी। थोड़ी बहुत बातचीत हुई लेकिन एक तनाव महसूस हुआ था।

"आईशा, अगर तुम्हें कुछ और वक़्त चाहिए तो ठीक है। शायद हम कुछ वक़्त समय साथ बिता रहे हैं।"

"एक दूसरे को बेहतर जानने के लिए वो ज़रूरी है न?"

"हाँ, लेकिन उसके लिए मानसिक रूप से तैयार भी होना चाहिए।"

"पर मैं तैयार हूँ।"

"शायद मैं नहीं हूँ, आईशा।"

"ओह," मुझे उसका इशारा समझ में आया। 'क्या तुम

कहना चाहते हो कि तुम्हारा जी भर गया...”

“ऐसा नहीं है। डोन्ट ओवर रिएक्ट। मिलते हैं अगले हफ़्ते किसी दिन...”

हमदर्दी में मिलना चाहता है। अगर उसे स्पेस चाहिए तो फिर मैं ज़रूर दूँगी।

“ठीक है...” मैंने अपनी निराशा छिपा ली।

कहते हैं औरतों को समझना मुश्किल होता है, वो जटिल मानी जाती हैं। मेरे ख़याल से ऐसा कहना आलसीपन है। सबसे मुश्किल और जटिल तो मर्द का अहम् होता है। जिन लड़कियों की सगाई या शादी हो जाती है शायद वो मर्द के अहम् और लिबिडो को मदारी की तरह एक साथ सम्भालने में लगी रहती हैं। और हम कुँवारी लड़कियां, बेवकूफ सी, सिर्फ़ एक पर ही ध्यान देती हैं। और मैं तो एक की तरफ़ भी ध्यान नहीं दे रही थी। इसलिए स्पेस देनी ही पड़ेगी।

करण से बात किये दो दिन हो गये थे। मैं बिस्तर में पड़ी थी। उससे बात करने के बाद मेरी तबीयत और बिगड़ गयी थी। उसे फ़ोन करने की पूरे दिन इच्छा होती रही, लेकिन मैंने ख़ुद को रोक लिया। हैरानी की बात है बॉस मेरी बीमारी को लेकर काफ़ी नर्म थे। उन्होंने होटल से हल्का खाना भी भेजने की ज़िद की। मैंने मना कर दिया।

अपनी जीत के बाद खिलखिलाती मीशा आ पहुँची। मुझे पता था कि यह ज़िन्दादिली ज़्यादा देर नहीं चलेगी। लेकिन मैं उसकी खुशी में खलल नहीं डालूँगी।

"वो लॉबी में देखने लायक थे। काश मैं वहाँ होती जब दरवाज़ा खुला।"

"चलो अच्छा है सब ख़त्म हो गया। अगली बार सावधान रहना।"

"अब अगली बार नहीं। अब मैं शादी करने वाली हूँ।"

"शादी? कब?"

"मार्च में सोच रही हूँ," मीशा ने जवाब दिया।

"मेरी समझ में नहीं आ रहा। तुम कर क्या रही हो? तारीख तय करके फिर लड़का ढूँढोगी?"

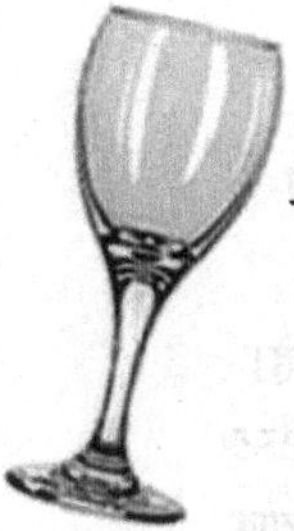

"हाँ, कुछ ऐसा ही। मैं अभी भी desivivah.com पर हूँ।" बल्कि दो और हैं..."

"तुमने मुझे कुछ नहीं बताया।"

"तुम्हें बताऊँ और ज्ञान झेलूँ?"

ज्ञान झेलूँ... क्या हम आख़िरकार अपनी माँ ही बन जाते हैं?

मिश ठीक कर रही थी सच्चे प्यार की खोज छोड़कर। कोई गारण्टी नहीं है कि कंप्यूटर से कोई बहुत अच्छा लड़का मिलेगा, लेकिन जो भी मिलेगा कम-से-कम शादी तो करना चाहेगा।

मेरे ख़याल में सबकी ज़िन्दगी में एक पल आता है जब मिस्टर राइट की खोज 'अभी मिस्टर राइट' में तब्दील हो जाती है। अकेलेपन से भागने के चक्कर में अधूरे रिश्ते जुड़ते हैं। और फिर हमारी सोच हो जाती है, "जो होगा सो होगा।" शायद

यह ठीक है, तारीख तय करना और जीवन साथी ढूँढना। और कुछ नहीं तो हम सब डेडलाइन के साथ बेहतर काम करते हैं।

मीशा ने कंप्यूटर ऑन किया और मैं सूप पीने लगी। नेट पर दुल्हा ढूंढना काफ़ी मज़ेदार है। इलेक्ट्रॉनिक स्वयंवर जैसा। हाँ टेंशन तो होती है, ख़ासतौर पर जब आप किसी में दिलचस्पी दिखायें और जवाब का इन्तज़ार कर रहे हों। मुझसे पूछें तो काफ़ी हिम्मत चाहिए ख़ुद को वहाँ रखने में।

"मैंने जिस किसी में दिलचस्पी दिखाई उन में से किसी का जवाब नहीं आया है," मीशा ने कहा। वो निराश थी। उसने तकिये से टेक लिया और स्क्रीन को ताकती रही।

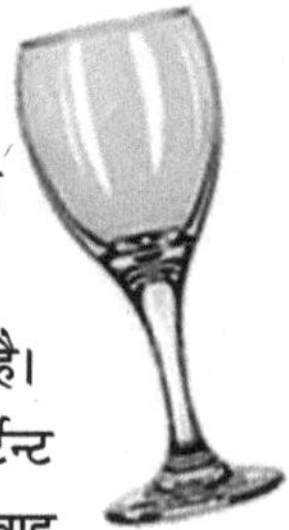

"कोई बात नहीं, टाइम लगता है," मैंने सान्त्वना देनी चाहिए।

नई वेबसाइट है तो ठीक लेकिन लम्बा प्रोसेस है। उसे गूगल की तरह होना चाहिए जहाँ आप कुछ इमपार्टेन्ट शब्द डाल दें, जैसे लम्बा, देखने में अच्छा, अच्छी तनख़्वाह, वग़ैरह इत्यादि और आपको लड़का मिल जाये।

"उसमें क्या मज़ा है?" मीशा ने मेरे शानदार आइडिया को कन्डम कर दिया।

"आसान तो हो जायेगा..."

"शायद तुम ठीक कह रही हो आईशा।" मेरी सहेलियाँ और मैं सही लड़का ढूंढने के नायाब तरीके सोचते हैं और उतनी ही आसानी से हम ख़ुद को कमज़ोर भी साबित कर लेते।

हम लोग बाकी लड़कियों की प्रोफ़ाइल देख रहे थे। और

एक जानी पहचानी प्रोफ़ाइल दिख गयी।

मेरी। और फिर बाक़ी सब धुँधला गया।

वहाँ दिये मेरे डीटेल्स को पढ़कर मैं और भी परेशान हो गयी। ना केवल मेरा प्रोफ़ाइल इस वेबसाइट पर था, मुझे 'हट्टा कट्टा' कहा गया था।

"मीशा मैंने तुम्हें कहा था, मुझे हटा दो!"

"आईशा मैंने तुम्हें इस वेबसाइट पर तो डाला ही नहीं था। वो तो desivivah.com था..."

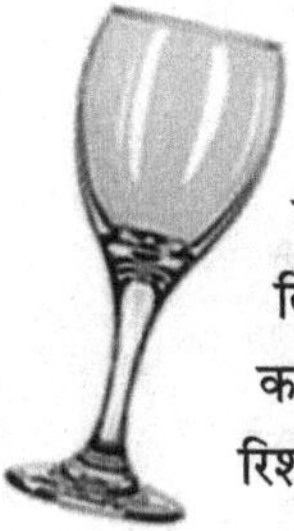

"प्लीज़"...

"आईशा मैं तुम्हें हट्टी कट्टी तो कभी नहीं कहूँगी। कभी भी नहीं।" वो मुझे ऐसे देख रही थी मानो मैंने उसका दिल तोड़ा हो। यह तो सच है कि मीशा मुझे कभी हट्टी कट्टी नहीं कहेगी। "देखो आईशा, यहाँ लिखा है कि किसी रिश्तेदार ने डाला है।"

मुझे विश्वास ही नहीं हो रहा था। दाहिनी तरफ़ ऊपर के कोने में साफ़ लिखा था कि यह प्रोफ़ाइल एक महीने पहले किसी रिश्तेदार द्वारा बनाई गयी थी। मम्मा तो नहीं हो सकतीं। उन्हें इण्टरनेट नहीं आता। या फिर आता है? मैं करीब साल भर से घर नहीं गयी थी। हो सकता हैं सब बदल गया हो। क्या वो प्याज़ लहसुन वाला लड़का यहीं से आया था? क्योंकि घर वालों की तरफ से मेरे बड़े शहर आने के चार साल बाद रिश्ते आने बहुत कम हो गये थे और पच्चीस बरस की सीमा पार करने के बाद तो बिलकुल बन्द ही हो गये थे।

पता करने का एक ही तरीका था। मैंने माँ को फ़ोन मिलाया और मीशा को चुप रहने को कहा। अगर माँ को पता चल गया कि मैं किसी बाहर वाले के सामने नाराज़गी जता रही हूँ तो ज़िन्दगी भर उनसे माफ़ी माँगती रह जाऊँगी। मुझे चिल्लाने का हक़ तो है लेकिन किसी के सामने नहीं। आख़िर मुझे भी कुछ संस्कार दिये गये हैं।

"हैलो बेटा।" माँ ने पहली घण्टी पर फ़ोन उठा लिया। वो किसी ऐसी जगह थीं जहाँ बेहिसाब घंटिया बज रही थीं। "तुमने बहुत शुभ समय पर फ़ोन किया है। मैं स्वामी रमन के यहाँ हूँ..."

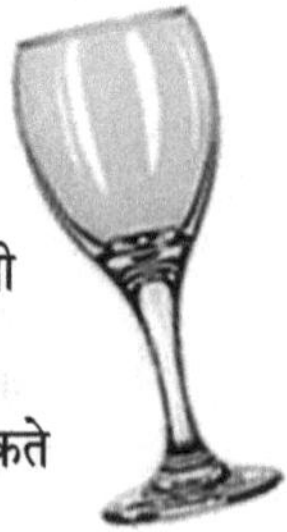

"इतने शोर में आपको फ़ोन कैसे सुनाई दिया?"

"वाइब्रेटर मोड पर था बेटा।" वाइब्रेटर मोड जानती हैं तो फिर नेट पर भी काम कर सकती हैं।

"माँ, आपसे बात करनी है। आप बाहर निकल सकते हो?"

"अच्छा एक मिनट।"

मैं रूकी रही और मेरी माँ उस भीड़ भाड़ से बाहर का रास्ता ढूँढकर बाहर निकली। जैसे जैसे घन्टियों की आवाज़ कम हुई मेरा यक़ीन बढ़ता गया कि यह काम उनका ही था।

"माँ, क्या आपने मुझे किसी शादी वाली वेबसाइट पर रेजिस्टर किया है?" मैंने सीधे पूछा।

"क्यों?"

"मुझे सच बताओ माँ। मैं मज़ाक नहीं कर रही।"

"हाँ बेटा, किया था," माँ ने कहा।

माँ से निपटने के लिए हमला ठीक नहीं होता, ख़ासतौर से तब जब उन्हें लगे कि वो सही चीज़ के लिए लड़ रही हैं।

"मुझे बहुत बुरा लग रहा है कि आपने मुझे बताया नहीं," मैंने दुखी होकर कहा। "और आपने प्रोफ़ाइल में मुझे हट्टा कट्टा कहा..."

"बेटा इन बातों में सच बोलना ही ठीक है।" वो कुछ नरम पड़ी।

"पर आपने तो मुझे साल भर से नहीं देखा है, बहुत कुछ बदल गया है।"

"हो सकता है। लेकिन ऐसी बातों में थोड़ा ध्यान रखना पड़ता है। एक उम्र के बाद ख़ासतौर पर अकेली रहने वाली लड़की...कई मुश्किलें होती हैं..."

"जैसे?" मुझे फिर ग़ुस्सा आ रहा था। माँ ही सेल्फ़ रिलायंट और ज़िन्दादिल होने को अड़चन मान रही थीं।

"तुम तो जानती हो लड़कों को फ़्रेश लड़कियाँ पसन्द होती हैं..."

"फ़्रेश! हम किसकी बात कर रहे थे, सब्ज़ियों की? यह आप शादी और खाने को क्यों जोड़ती रहती हैं?"

"फ़्रेश लड़कियाँ मतलब..." माँ ने आगे कहने की कोशिश की।

"प्लीज़, सीधे सीधे वर्जिन कहो ना। इतना मुश्किल है?"

"बदतमीज़ी मत करो।"

"फ़्रेश तो सबसे वाहियात तरीका है बोलने का।" मुझे बोलने के बाद एहसास हुआ कि मैं ज़्यादा बोल गयी थी।

"वैसे भी मैं पूजा स्थल पर हूँ। और मैं अपनी ज़िन्दगी में और टेंशन नहीं चाहती।"

मैंने फ़ोन पटक दिया। वैसे शायद दोनों ने ही एक साथ फ़ोन पटके।

गूची मम्मा से मुलाकात

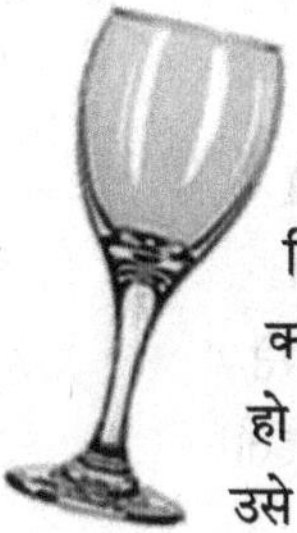

करण मुँबई चला गया और मैं काम में जुट गयी। मैं उतने ही उत्साह से काम में जुटी जितना कोई ठुल्ला त्योहार के दौरान नाईट शिफ़्ट के लिए जुटता है। बॉस मुझे देखकर कुछ ज़्यादा ही खुश थे और शाम को फ़टाक से जल्दी निकल लिए। उन्हें पिछले कुछ दिन काम करना पड़ा होगा क्योंकि पालतू कुत्ता रजत बीमार था। अगर तुम 'चमचे' हो और ऑफ़िस में काम ज़्यादा हो और तुम न आओ तो उसे गद्दारी ही समझा जाता है। मुझ पर ऐसा कोई दबाव नहीं।

मैं एक दिन के लिए रानी की भूमिका में आ गयी। करण के आने में बस तीन दिन बाकी थे। हाँ, हाँ मैं उल्टी गिनती कर रही थी। हमारे बीच स्थिति वैसी ही बनी हुई थी। लेकिन बीमारी के समय मुझे सोचने का समय मिल गया और मैंने तय कर लिया था कि अब इसे सुलझाना ही होगा। वैसे भी मुझे उसकी याद आ रही थी।

मैं अपने डेस्क पर बैठी काग़ज़ों का ढेर देख रही थी कि तभी मेरी नज़र एक काग़ज़ के टुकड़े पर पड़ी जो मैंने मोड़

कर रखा था। विमेन्स् मैंगज़ीन का एक क्वेस्चनैर। इसमें ऊपर लिखा था : "क्या आपको अपनी नौकरी छोड़नी चाहिए?" यह ख़याल तो मुझे रोज़ आता है लेकिन अभी इसका टाइम नहीं। पहले मुझे रिसेप्शनिस्ट के पास जाना था, मेरी ग़ैर मौजूदगी में घटी हर घटना का ब्यौरा लेने।

मैं आगे झुकी और फुसफुसाई, "तो क्या हो रहा है रिश जान?" ऋषी हमारा इन-हाउस गॉसिप मिल है।

"आज मिस लेखा चेक इन कर रही हैं," वह बोला।

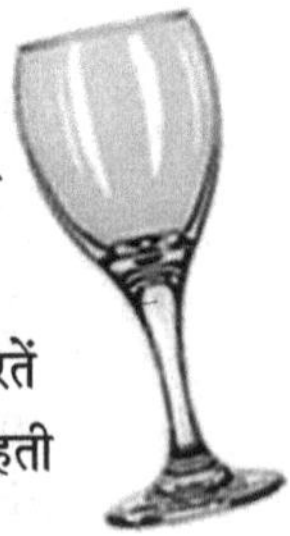

"मुझे तो वो मोटी लगती है!" हमारी अपनी ब्यूटी क्वीन और पब्लिक रिलेशन आफ़िसर भी आ गयी। किसी भी थोड़ी बहुत सुन्दर औरत का होटल में चेक इन करना हमारी इस ब्यूटी क्वीन के लिए मुकाबला बन जाता है।

"तुम सिर्फ़ जलती हो। वैसे भी थोड़ी चर्बी वाली औरतें अच्छी लगती हैं। कुछ गद्दा मिल जाता है, मेरी माँ कहती थीं," ऋषि ने सपाट से जवाब दिया।

"आह-हा, तुम्हें क्या पता?" सीमा वहाँ से कमर मटकाती, संगमरमर के फर्श पर हील खटखटाती चली गयी। वहाँ खड़े सारे बेलबॉय ने गहरी आहें भरीं, मैंने उन्हें झूठे ग़ुस्से में घूरा।

"तुम्हारी माँ वाकई में ऐसा कहती थीं?"

ऐसी बात का उस छोटे बच्चे पर क्या असर पड़ा होगा? शायद ज़िन्दगी भर के लिए मोटी औरतों और शराब से लगाव।

"नहीं, ऐसे ही कह दिया। सब कुछ माँ पर डाल दो।"

“आईशा, मिस लेखा की माँगे तो देखो। यह मूवी स्टार भी ना!” वह हाथ में एक काग़ज़ देख रहा है।

“दिखाओ,” मैंने उत्सुकता से कहा। ऋषि और मैं ख़ास दोस्त हैं और मिलकर हमने वो लिस्ट देखी।

“मिनरल वॉटर वो भी एविआन। गूस डाउन के तकिये...आठ – ना एक, ना दो, ना तीन बल्कि पूरे आठ।”

“देखो तो सैंतालीस लकड़ी के हैंगर चाहिए उसे। कितने दिन रुक रही है?”

“दो।”

“लकड़ी के हैंगर! टीक के हैं क्या?” मैंने तंज कसते हुए पूछा।

“फूलों में केवल स्पाइडर ऑर्किड...हर समय बर्फ़ पर शैम्पेन ... फ़ोन पर कड़ी नज़र... मैकरोबॉयोटिक डॉयट... सिर्फ़ शेफ़ को खाने का ऑर्डर... ख़ास वॉटेज के बल्ब...”

“बस, मैं और नहीं सुन सकती। मुझे रोना आ रहा है,” मैं चिल्लाई।

“कोई बात नहीं जानू, अगले जन्म में,” ऋषि ने कहा।

“मुझे उसकी ज़िन्दगी नहीं चाहिए। बस जब वो आये मैं शिफ़्ट पर नहीं होना चाहती।”

घण्टों गेंदे की माला लिए खड़े रहने का ख़याल ही डरावना था। उसके आने से बॉस तो पागल ही हो जायेंगे।

“चलो, अब मुझे पूल को देखना है,” आँख मारकर ऋषि वहाँ से जाने लगा।

"पूल?" मैंने पीछे से पूछा।

"मैंने पूल कहा क्या? सॉरी, ब्राज़ील की फुटबॉल टीम का पूल पर आने का समय हो गया है। उन्हें शायद कुछ मदद की ज़रूरत हो! बॉय!"

मैं मुस्कराई और सब तरफ़ नज़र दौड़ाई। सब कुछ ठीक लग रहा था। शैम्पू की वजह से कारपेट कुछ गीले लग रहे थे लेकिन शाम तक सूख जायेंगे। फिर मैंने दरबान को उबासी भरते हुए देखा। इसका कुछ करना पड़ेगा।

मैं डेस्क पर पहुँची कि फ़ोन बजा। करण था।

"हैलो।" उसकी आवाज़ सुनना कितना अच्छा लग रहा था। उसे मुँबई में बस दो घण्टे हुए होंगे और वह मेरे बारे में सोच रहा था।

"आईशा, मैं डिस्टर्ब तो नहीं कर रहा?"

"मुझे लगा तुम्हें वक़्त चाहिए,"...मैंने थोड़ा सा छेड़ा।

"केवल औरतों को नहीं हक़ अपनी बात से पलटने का।"

"ओह हो!"

"आई नीड टू आस्क फ़ॉर ए ह्यूज़ फ़ेवर।"

ये मर्द भी! काम है तो फ़ोन किया है।

"येस, एनिथिंग, टेल मी...।" और उसने बता दिया।

उन लोगों को एक सुझाव जो अब तक यह किताब पढ़ रहे हैं, 'एनिथिंग' जैसे शब्द ध्यान से इस्तेमाल करने चाहिए, जैसा मुझे बाद में पता चला। काम था गुच्ची माँ – मतलब करण की माँ को एयरपोर्ट से लाना। वो कुछ हफ़्ते बाद लन्दन

से दिल्ली आने वाली थीं लेकिन क्रिसमस की भीड़ से बचने के लिए पहले आ रही थीं। उन्हें कल पहुँचना है और करण नहीं आ पायेगा। क्या मैं मदद कर सकती थी? उन्हें एयरपोर्ट से लाना था और अपने होटल में एक रात ठहराना था।

मैंने कई तरीके सोचे थे ये जताने के कि मैं उसे चाहती थी, जैसे कि उसे एयरपोर्ट से लाना या उसके घर जाकर उसके पौधों को पानी देना, या उसकी मछलियों को खाना देना। यह सीधे साधे तरीके थे थोड़ा प्यार जताने के। इनसे ज़िन्दगी और रिश्तों को कोई ख़तरा नहीं होता। प्यार एडवेन्चर स्पोर्टस सरीखा है, बन्जी जम्पिंग की तरह, लेकिन उसमें फ़्री फॉल शामिल नहीं।

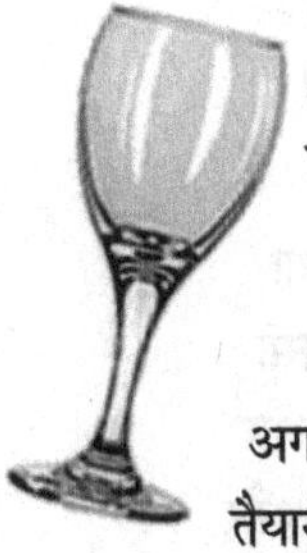

अगले दिन काम पर पहुँचकर मैंने गुच्ची मम्मा की आने की तैयारी की। होटल में कमरा बुक था। हाँ? स्वागत के लिए फूल और गुलदस्ता? हाँ। कुछ चॉकलेट रख सकतीं थी, लेकिन फ़ोटो से तो नहीं लगता कि वो कुछ खाती हैं। लेने जाने के लिए टैक्सी? हाँ। मैं अपनी कार नहीं ले जा सकती, उसमें सिग्रेट की महक थी। कपड़े तैयार? हाँ। नहीं। वो करने हैं, लेकिन पहले मीशा, रिक, दरबान, बाई, उन सबसे पूछकर जो बदकिस्मती से मुझे जानते हैं!

सब तैयार था। मैं हल्के रंग का सलवार कमीज़ पहनूँगी। छोटे कुर्ते वाला। वो तब भी फैशन में रहे होंगे जब गुच्ची मम्मा विदेश गयी थीं, आशा पारेख के ज़माने के। मतलब? इसका

एक ही मतलब है : कपड़े बदलो।

आख़िरकार मैंने तय कर लिया। मीशा ने फिर आकर मुझे लाल साड़ी पहनाई। मैंने उसे एक झप्पी दी और लिफ़्ट की तरफ भागी। लिफ़्ट ऊपर जा रही थी, यह शुभ ही होगा ना? ख़ैर मैं जब बाहर पहुँची तो एक काली मरसेडीज़ मुझे एयरपोर्ट ले जाने के लिए खड़ी थी। मैंने शक़ से ड्राइवर को देखा। कोई ग़लती हो गयी थी। मैंने तो एस्कोडा मँगवाई थी। मुझे अपनी जेब के छेद बड़े होते नज़र आ रहे थे।

"नहीं मैडम, कोई ग़लती नहीं है। आज एस्काडा है नहीं।" *तो यह फ़्री अपग्रेड था। लगता है आज मेरी किस्मत ठीक थी।*

फ़्लाइट रात बारह बजे आनी थी। करण ने कहा था कि मुझे जाने की ज़रूरत नहीं, बस एक भरोसेमंद टैक्सी का इन्तज़ाम कर दूँ। यहाँ के सब ड्राइवर भरोसे वाले हैं और मुझे मरसेडीज भेजने जितने बेवकूफ़ भी। लेकिन मीशा और अनुष्का से बात करने के बाद तय हुआ कि पहला इम्प्रेशन अच्छा बनाने के लिए जाना चाहिए। और मैं तैयार थी, ब्राईडल लाल साड़ी, काली गाड़ी में।

मैं पौने बारह बजे एयापोर्ट पहुँच गयी और मच्छरों से बचने के लिए कार में ही बैठी रही और फ़्लाइट आने के पाँच मिनट पहले उतरने का फ़ैसला किया। मैं बैठी हुई करण से हुई बातचीत के बारे में सोच रही थी। उसे डर था कि मैं उसकी माँ को पहचान नहीं पाऊँगी। मैंने उसे याद दिलाया कि मैंने उनकी फ़ोटो देखी थी। वैसे पार्टी की रात मैंने पूरी शाम उनकी

फ़ोटो के साथ बिताई थी। *अगर उन्होंने एक और फ़ेस लिफ़्ट नहीं करवाया हो तो मैं उन्हें पहचान लूँगी।* नहीं, यह मैंने नहीं कहा उससे।

मेरी घड़ी में बारह बजने में पाँच मिनट बाकी थे। काम पर लगने का समय। मैंने दरवाज़ा खोला लेकिन वो खुला नहीं। दूसरा खोला। वो भी नहीं खुला। अपनी ट्रेनिंग के मुताबिक़ ड्राइवर तो पहुँचते ही गाड़ी से उतर गया था। और ड्राइवरों की तरह ग़लत समय पर वहाँ से कट लिया था।

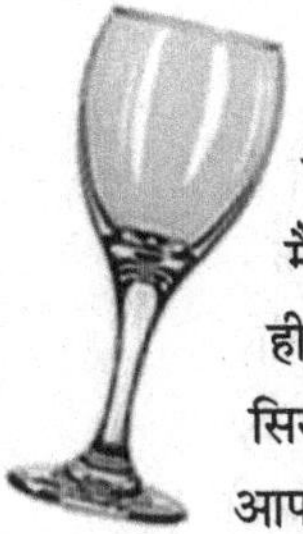

मैंने खिड़की खटखटाई, हाथ से थपथपाई, फिर मुट्ठी से पीटी लेकिन कुछ नहीं हुआ। ड्राइवर के निकलने के बाद हल्की सी क्लिक की आवाज़ तो आई थी लेकिन मैं अपने ख़यालों की दुनिया में खोई हुई थी और ध्यान ही नहीं दिया। बहुत बड़ी ग़लती। इस कार में सेन्ट्रल लाकिंग सिस्टम था जिसमें चाबी निकलने के कुछ पलों में कार अपने आप लॉक हो जाती है। आगे का दरवाज़ा देखती हूँ। ड्राइवर का दरवाज़ा खोलने के चक्कर में मेरा पैर साड़ी पर पड़ा। कुछ फटने की आवाज़ आई। ऊपर से आगे के दोनो दरवाज़े बन्द थे। बेकार में मेरी साड़ी फटी। बैठे रहने के अलावा कोई चारा नहीं था। दो बार हार्न बजाया लेकिन कुछ नहीं हुआ। साड़ी तो पूरी गयी। जब मम्मा भाटिया मेरी साड़ियों का जायज़ा लेंगीं, यह समझाना बहुत मुश्किल होगा। लेकिन इसकी फ़िक्र बाद में करूँगी। पहले इस मुसीबत से निकलना होगा।

मैंने टैक्सी कम्पनी को फ़ोन किया और अपनी हालत बताई। पाँच मिनट बाद ड्राइवर भागता हुआ आया, उसने जल्दी

दरवाज़ा खोला और मैं चिल्लाई, "कहाँ निकल गये थे आप?" मुझे मालूम था जवाब होगा बीड़ी, गुटका या पेशाब। पूरे पन्द्रह मिनट निकल गये हैं और शायद एक अच्छा लड़का हाथ से निकल गया था।

लन्दन से आने वाली ब्रिटिश एयरवेज़ की फ़्लाइट पंद्रह मिनट पहले आ पहुँची थी और मैं पंद्रह मिनट लेट थी। कोई बात नहीं, मुझे भारतीय इमिग्रेशन और कस्टम डिपार्टमेन्ट पर पूरा भरोसा था। वहाँ से निकलने में कम-से-कम पैंतालीस मिनट लगेंगे।

लेकिन पता है क्या? सब कुछ बदल गया है और मेरी किस्मत भी! कस्टम वालों पर अपने पड़ोसी ठुल्लों जितना भरोसा नहीं किया जा सकता । मुझे पता लगा कि लन्दन वाली फ़्लाइट दस मिनट पहले ही निपट चुकी थी और अब फ़्रैंकफ़र्ट वाली फ़्लाइट इमीग्रेशन में लगी थी। *ओके, काम डाउन...* गुच्ची मम्मा निकल चुकी थीं। ज़ोर से बोलने से कुछ राहत मिली। फटी हुई लाल साड़ी पहने, ख़ुद से बातें कर रही मुझको को लोग मुड़ मुड़कर देख रहे थे।

कोई बात नहीं। होटल फ़ोन करके देखो पहुचीं क्या?

नहीं पहुँची थीं। ठीक है, रास्ते में होंगी। कोई दिक़्क़त नहीं।

और यहाँ मेरे ख़यालों को पर लग गये। यह महिला बीस साल से भारत नहीं आयी थी और हमारी महान राजधानी तो कभी नहीं आयी थी। और मेरी वजह से कोई पागल सनकी गुण्डा उन्हें शहर के सुनसान इलाकों से ले जा रहा होगा। ठण्डी

हवा में भी मेरे पसीने छूट गये। मैं तो गयी । अगर वो होटल नहीं पहुँची तो? कुछ हो गया तो? और अगर करण को बता दिया तो? अगर उसने मुझे छोड़कर तान्या से शादी कर ली तो? एक ही रास्ता था जवाब जानने का ।

"ड्राइवरजी, गाड़ी होटल ले चलो।"

होटल जाते समय मैं वर्मा ख़ानदान का भविष्य देख रही थी।

तान्या मैडम ने एप्रन पहना हुआ था और गुच्ची मम्मा और करण आराम कर रहे थे। वो लोग खाना खा रहे थे और बातचीत कर रहे थे। गुच्ची मम्मा ने कहा "शुक्र है करण, तुमने उस लड़की को छोड़ दिया। सोचो उसकी वजह से मैं मर ही जाती!"

"हाँ मम्मा। हम लोग बाल बाल बचे।" करण ने कहा।

"और उसके कपड़े...बच्चे भी डरते थे उससे," करण का हाथ मलते हुए तान्या ने कहा। सब हँसने लगे...

"मैडम हम पहुँच गये हैं।" ड्राइवर ने मेरी तरफ़ देखा।

मैं डरावनी हक़ीक़त को लौटी। कार से उतरी। हम लोग उड़ कर होटल पहुँचे थे। मैं रिसेप्शन तक दौड़ी और पाया कि गुच्ची मम्मा बीस मिनट पहले पहुँची थीं और 'डू नार्ट डिस्टर्ब' कह दिया था। मैं मिल नहीं सकती थी। मेरा इम्तहान अभी एक दिन और चलेगा।

"आईशा तुम कैसी लग रही हो? क्या हुआ?" रजत मुझे

ऊपर से नीचे देख रहा था। *डैम हिम!*

"यहाँ आने में साड़ी पर पैर पड़ गया।" मैंने उससे नज़रें नहीं मिलाई।

"तुम्हें होटल आने में अपने कपड़ों पर ध्यान देना चाहिए। भद्दा लगता है।" अनुवाद : *कल सुबह बॉस को इसके बारे में पता लग जायेगा।* कुछ ग़लत कहने के डर से मैं चुप रही। वैसे भी मुझे लग रहा था कि अगर मैंने मुँह खोला तो उसका सिर चबा जाऊँगी। मैं जाने को मुड़ी तो उसे अपनी नयी महबूबा से फुसफुसाते सुना।

पता नहीं मुझे क्या हो गया। लेकिन घर वापस जाते समय मैंने कार सर्विस को फ़ोन किया। एक वी. आई. पी. गेस्ट की सेक्रेटरी बनकर मैंने रजत का एयरपोर्ट का पिकअप कैंसिल कर दिया। मिस्टर शुल्ट्ज हमारे होटल के रेग्यूलर और तुनकमिज़ाज मेहमान हैं। मुझे भरोसा है कि वो एयरपोर्ट पर हमारे होटल का बूथ ढूँढ लेंगे और होटल पहुँच जायेंगे। दिक़्क़त मेरे साथी रजत को होगी। उस रात एलफ़्रेड शुल्ट्ज ने रजत का बैण्ड बजा दिया। वो जनरल मैनेजर से बात करने पर अड़ गया। मेरी फटी साड़ी अब किसी को याद नहीं!

मैंने करण को वापस फ़ोन करने की सोची लेकिन एक बज चुका था। उसे यह सब कैसे समझाऊँगी? अच्छा एक बात बतानी है : एयरपोर्ट से लौटते समय उसका फ़ोन आया था लेकिन मैंने उठाया नहीं। क्या कहती? *हैलो करण, आई लास्ट यौर मदर! वो कोहरे भरे हाईवे पर किसी पागल टैक्सी वाले*

के साथ होंगी। लेकिन अब वो अपने कमरे में सुरक्षित थीं तो मैं उससे बात कर सकती हूँ, लेकिन अब सुबह करूँगी। आज के लिए काफ़ी हो गया था।

मुझे सुबह सात बजे काम पर पहुँचना था। मतलब चार घण्टे की नींद। वो चार घण्टे भी ज़्यादा थे। मैं रात भर करवटें बदलती रही, ख़ुद को समझाती रही कि अपनी तरफ़ से मैंने सब कुछ किया था। बस किस्मत ख़राब थी। किसी की ग़लती नहीं थी। यह मान लेना सुकून देता है कि गड़बड़ हो चुकी है।

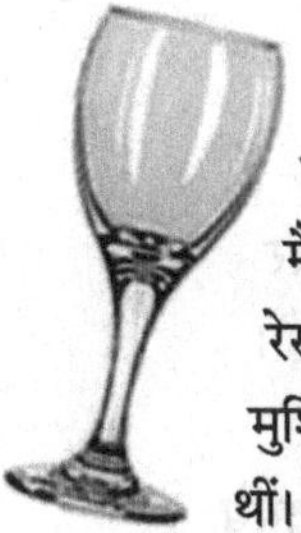

अगली सुबह गुच्ची मम्मा को नाश्ते के लिए जाता देख मैं कुछ हिल गयी और खम्भे के पीछे छुप गयी। वो मुझे पहचानती भी नहीं और मैं छुप रही थी। लेकिन मैं तांक झाँक करने से बाज़ नहीं आयी। मैं उनके पीछे रेस्तरां तक गयी और उन्हें देखने की कोशिश की। ज़्यादा मुश्किल नहीं था क्योंकि वो बूफ़े टेबल का जायज़ा ले रही थीं। उनकी प्लेट पर दो आड़ू और एक स्मोक्ड टोमेटो था। उन्होंने क्रसाँ, ब्लूबेरी मफ़िन... सब छोड़ दिया था। खाने लायक हर चीज़।

मैं उन्हें देखने के लिए करीब खड़ी हो गयी। वो बहुत कायदे से तैयार थीं। गुलाबी रंग के कपड़े और मैचिंग जूते। सजे बाल और ना के बराबर मेकअप। उन्हें मेकअप की ज़रूरत भी नहीं थी। उनकी नर्म त्वचा पर उम्र दिखती ही नहीं। उनके गले में मोतियों की दोहरी माला है। वो बिलकुल वैसी हैं, जैसा मैंने सोचा था। और उनको देखकर मेरी जान निकल गयी।

उसी पल करण का फ़ोन आया। मैंने भी उठा लिया।

"हैलो।"

"हैलो आईशा। तुमने तो मुझे डरा दिया था। कल रात तुमको क्या हो गया था?" उसके पहले फ़ोन के बाद मैंने अपना फ़ोन स्विच ऑफ कर दिया था। किस्मत से, इससे पहले कि मैं कुछ ग़लत कह दूँ, करण ने आगे कहा, "सब कुछ करने के लिए शुक्रिया।" वो ताना कस रहा था क्या? अभी हमारा रिश्ता इतना नया है कि मुझे समझ नहीं आता। "मम्मा को कार भी मिल गयी थी निकलते ही, और कमरा भी बहुत अच्छा है। मैंने तुम्हें फ़ोन करने की कोशिश की थी, लेकिन कोई जवाब नहीं मिला। मुझे रात को तुम्हारा जाना ठीक नहीं लग रहा था।"

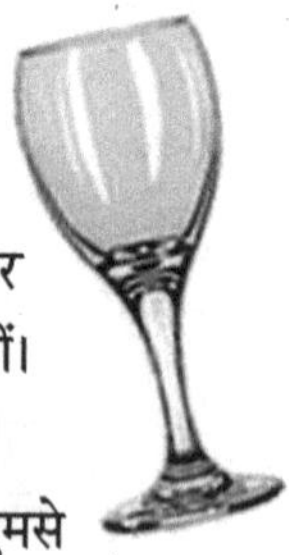

कौन सी कार? मैं बच्ची तो नहीं जो फ़ेरी गॉडमदर में विश्वास करूँ। मैंने कुछ नहीं कहा। "कोई दिक़्क़त नहीं। मैं तुम्हें बाद में फ़ोन करूँ करण? कुछ काम है।"

"हाँ बिलकुल। वैसे माँ को फ़ोन कर लेना। वो तुमसे मिलने को बेताब हैं। आज रात को डिनर पर चलते हैं। मैं शाम तक लौट आऊँगा।"

"साउण्डस् ग्रेट।" मैंने मन ही मन तय किया कि मैं रात को खाने पर जाने से पहले जी भर के खा लूँगी। अगर उबली सब्ज़ियाँ खानी हैं तो भरे पेट पर खाऊँगी।

मैं फ़टाफ़ट ऑफ़िस गयी तहक़ीकात करने। ग़लती से कार भेज दी गयी थी। मैंने कहीं और से कार मँगवाई थी, लेकिन होटल को नहीं बताया था, तो उन्होंने एक कार भेज दी थी। *यह कम्पनी मुझे पसन्द है। मैं यहाँ लम्बे समय तक काम करूँगी।*

मैं गुच्ची मम्मा, नहीं... करण की माँ के लिए तैयार थी। लॉकर रूम जाकर देखा तो पाया रात भर जागने से आँखों के नीचे के गड्ढे और बढ़ गए थे, लेकिन उससे मैं थोड़ी दुबली ही लग रही थी। मैंने मेकअप ठीक किया, साड़ी सम्भाली और अपने डेस्क पर लग गयी। मैंने गुच्ची मम्मा के लिए उनके कमरे में मेसेज छोड़ने का फैसला किया। उन्हें नाश्ते पर क्या डिस्टर्ब करना। वैसे भी उनकी प्लेट देखते हुए, कुछ ही मिनटों में फ़्री हो जायेंगी।

मैं डेस्क पर बैठी और दिन भर के काम की लिस्ट देखी। दोपहर से पहले, आजकल चल रही न्यूरोलोजिस्ट कान्फ्रेंस के भागीदारों के लिए उनके कमरे में वेलकम पैकेज रखवाना, होटल में एक और शादी के लिए इन्तज़ाम देखना और फिर वही बोरिंग पेपर वर्क काम। पता नहीं मैं वेडिंग प्लानर कब बनी या फिर यह डीपीजी का जले पर नमक छिड़कने का तरीका है, क्योंकि शादियाँ तो मेरी ज़िम्मेदारी नहीं है।

काग़ज़ का ढेर हटाकर मैंने फ़ोन उठाया। मैं गुच्ची मम्मा को फ़ोन करने ही वाली थी कि बॉस हाज़िर हो गये। मैं अंधविश्वासी हूँ। मेरा मानना है कि जब आप कोई बहुत ज़रूरी काम करने जा रहे हों तो टोकना अशुभ होता है।

"गुड मार्निंग आईशा। शाम को एक ट्रेनिंग है। मैं नहीं जा सकता। तुम्हे मेरी जगह जाना होगा।"

"लेकिन सर..."

"आईशा, व्हिस्की टेस्टिंग सेशन है। वहाँ तुम्हें मज़ा

आयेगा। छह बजे शुरू होगा। पहुँच जाना।" और वो सुबह की मीटिंग के लिए चले गये। मैंने तय किया कि मैं बदला ज़रूर लूँगी। अब हद हो रही थी।

अब गुच्ची मम्मा को फ़ोन किया जाये, लेकिन पहले तय करना था कि उन्हें आण्टी कहूँ या मिसेज़ वर्मा। वो मेरे होटल में मेहमान हैं, लेकिन करण की माँ भी हैं। क्या आण्टी कुछ ज़्यादा हो जायेगा? नहीं। ज़्यादा तो मम्मीजी होगा!

उन्होंने एक घण्टी पर फ़ोन उठा लिया। गुडमार्निंग आण्टी। मैं आईशा हूँ, करण की फ्रेंड। मैं आपको होटल में वेलकम करना चाहती थी..."

"मैडम, मैं हाउसकीपिंग हूँ। गेस्ट कमरे में नहीं है।"

"तो फिर पहले नहीं बता सकतीं थीं?" मैंने फ़ोन पटक दिया और ग़ुस्से में हमेशा की तरह मेरे माथे पर शिकन पड़ गये।

"एक्सक्यूज़ मी," एक धीमी आवाज़ आयी।

मैंने शिकन भरा चेहरा ऊपर उठाया तो गुच्ची मम्मा के सामने खड़ी थीं।

ओह शिट! मेरे चेहरे पर बदसूरती टपक रही थी! मैंने फट से मुस्कराहट चिपकाई।

"क्या तुम आईशा हो?" उन्होंने पूछा। उनकी आवाज़ में अब भी मिठास थी।

"जी।" मैं मुस्कराई।

"मैं करण की माँ हूँ। मैं तुम्हें इतना कुछ करने के लिए

शुक्रिया कहना चाहती थी।"

"प्लीज़, इठ वॉज़ माई प्लेज़र।"

"चलो, शाम को खाने पर बात करते हैं। करण भी आ जायेगा। तुम काम करो। मैं ज़रा स्पा जा रही हूँ। शाम को मिलते हैं।"

मुझे गुच्ची मम्मा वाक़ई में अच्छी लगीं। ठीक है वो बोटोक्स वाली होंगी, लेकिन उनमें वो रूखापन नहीं था जो किसी लड़के की ज़िन्दगी की सबसे महत्वपूर्ण 'दूसरी' औरत से जोड़ा जाता है। वो सौम्य और शालीन हैं। मुझे लगता है कि हममें काफ़ी बनेगी।

और बॉस फिर लौट आए। "आईशा, मैंने तुम्हारा नाम दे दिया है। छह बजे पहुँच जाना।" वो वहाँ से खिसक लिए। वो एक ही कारण से यह मौका गवां रहे थे, और वो था कि ट्रेनिंग छह बजे है। साली को सहलाने का समय।

उबकाई और शादी का सवाल

सवा छह बजे थे और मैं होटल के पिछले हिस्से में स्थित राजकमल बैंक्वेट हॉल में बैठी थी। व्हिस्की टेस्टिंग अभी शुरू नहीं हुई थी। मुझे काम के बाद ८.३० बजे करण और उसकी माँ से मिलना था। मैं बस वहाँ से जाने को थी कि लोग आने लगे। मिलने मिलाने के बाद हमने सिंगल मॉल्ट व्हिस्की के शानदार स्वाद के साथ स्कॉटलैंड के पहाड़ों की यात्रा शुरू की।

आप को तब चढ़ गयी होती है जब आपके ख़याल बैगपाइपर से हट कर उनको बजाने वाला आदमियों पर जाता है और फिर इस बात पर जाता है कि उन आदमियों ने अपनी किल्ट(स्कॉटलैंड की पारम्परिक पोशाक) के नीचे क्या पहना होगा। इन टेस्टिंग सेशनों की एक ही दिक़्क़त है कि शुरू तो यह मिलने मिलाने से होता है, फिर थोड़ा बहुत पीना बीच में, लेकिन पता भी नहीं चलता कब हद पार हो जाती है।

चाहे मुझे कितनी चढ़ जाये मैं उसे छिपा लेने में माहिर हूँ। मेरी बात मानिए, यह सोशलिस्ट मतलब 'सोशलाइट' होने का हिस्सा है। यह थोड़ा ज़्यादा हो गया। यह 'वॉनाबी' होने

का हिस्सा है । वैसे मैं काम पर हूँ। या नहीं भी। छह बजे मेरी शिफ़्ट ख़त्म हो गयी थी इसलिए मेरी नौकरी तो सुरक्षित है।

"आईशा, खेल ख़त्म। चलो।" हम दीवार और एक अनन्त टेबल के बीच फंसे हुए थे। रजत मेरे उठने का इन्तज़ार कर रहा था ताकि वो जा सके।

"ख़त्म?" मैं थोड़ी निराश थी। अच्छी चीज़ों का अन्त बहुत जल्दी हो जाता है। छह कुर्सियों पर अपना बड़ा पिछवाड़ा खिसकाकर मैं बाहर निकली। मुझे इस तरह के इन्तज़ाम बहुत ख़राब लगते हैं। कोई कैसे निकले? मेरा सहयोगी दूसरी तरफ़ से निकल गया और मुझ पर हँस रहा था।

"वेरी स्मार्ट," कुर्सियों पर खिसकते हुए मैं ज़ोर से बोली। क्या व्हिस्की थी। मेरा भी सर शौन कौनरी जैसा एक्सेन्ट हो गया है। अच्छा, ठीक है, तो मुझे थोड़ी सी चढ़ गयी थी।

मैंने घड़ी देखी तो सम्भलने के लिए मेरे पास पंद्रह मिनट थे। मैंने बैग से 'नक्स वोम' निकाली और कुछ गोलियाँ गटकीं। क्या 'नक्स वोम' का ओवरडोस होता है? और फ़ोन बजा।

"हैलो बेटा, कैसी हो?" मम्मा भाटिया। हमारा झगड़ा ख़त्म लगता है।

"ठीक हूँ मम्मा। मैं थोड़ी जल्दी में हूँ। बाद में फ़ोन करूँ?"

"क्यों क्या हुआ?"

"कुछ नहीं, बस जल्दी में हूँ।"

"लेकिन काम तो ख़त्म हो गया?" पूछताछ जारी रही।

"ठीक है, मैं एक लड़के और उसकी माँ को मिलने जा रही हूँ," मैंने कहा और तुरन्त ही बोलने का पछतावा हुआ। शराब पीने के बाद अपनी माँ से कभी बात नहीं करनी चाहिए।

"अरे बेटा! कितनी अच्छी खबर है। स्वामी रमन की जय हो! तुम क्या पहन रही हो?"

"मम्मा बाद में..."

"अच्छा ठीक है। ऑल द बेस्ट। पहले क्यों नहीं बताया?"

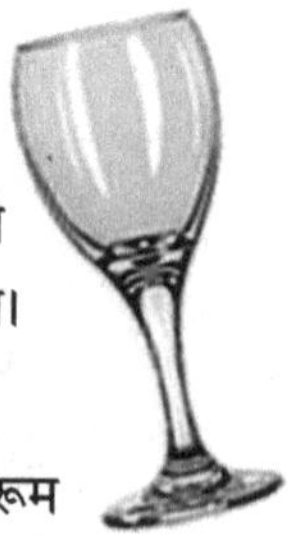

"मम्मा इसके बारे में बाद में बात करें?" मैंने 'शादी के बाद सब माफ़' वाला भाषण बीच में ही रोकना चाहा।

"ठीक है, लेकिन घर पहुँचते ही फ़ोन करना।"

यह बताना मुझे भारी पड़ने वाला है। मैं लॉकर रूम में गई और अपना हुलिया ठीक करने की कोशिश की। मुँह पर ठण्डा पानी मार रही थी कि फिर फ़ोन बजा। मैं एक हाथ से फ़ोन सम्भाल रही थी और दूसरे से तौलिया।

"बेटा साड़ी ठीक रहती..."

"मैं सीधी ऑफ़िस से जा रही हूँ मम्मा। और जीन्स पहन रही हूँ। उन्होंने मुझे होटल की साड़ी में देख लिया है तो उन्हें पता है मैं साड़ी में कैसी लगती हूँ।"

"बात वो नहीं है। बात अच्छा इम्प्रेशन बनाने की है।"

"मालूम है मम्मा। अगली बार। ओके बाय।"

इस समय मैं उनको नहीं सम्भाल सकती। मैंने फ़ेस वॉश लगाया और मलने लगी। फ़ोन एक बार फिर बजा।

"तुमने कुछ ज़ेवर तो पहने हैं ना? हीरे वाले? वो तुम्हारे इमिटेशन वाले नहीं।"

"यहाँ नहीं हैं मेरे पास। घर पर हैं," मैंने जवाब दिया। मैं कोशिश कर रही थी कि फ़ोन पर झाग न लगे।

"बेटा, कितनी बार बताना पड़ेगा? ख़ानदानी असर पड़ता है। सुनो, मैं लता को कह देती हूँ – वो होटल ले आयेगी।"

"बस करो मम्मा। आपको बताकर ग़लती की। प्लीज़ बीच में मत पड़ो। अब मुझे तैयार होना है। तुम फ़ोन मत करना। मैं कर लूँगी।"

"ठीक है, बेटा।" मम्मा की आवाज़ में निराशा थी। और मेरी आँखों में साबुन। यह फ़ेसवॉश उतना भी जेन्टल नहीं है। मेरी आँखें लाल हो गयीं। फिर फ़ोन बजा।

"प्लीज़ फ़ोन करना बन्द करो। मैं बाद में करूँगी।" मैं चिल्लाई।

"आईशा, तुम ठीक तो हो?" करण था।

"ओह, हैलो, क्रैन्क कॉल..."

"और तुम उन्हें वापस फ़ोन करोगी? नया तरीका है इससे निपटने का।"

"मैं जानती हूँ फ़ोन करने वाले को। अच्छा बताओ, क्या सीन है?" मैं मना रही थी कि प्रोग्राम कैंसल हो जाये।

"कुछ ख़ास नहीं, हम लॉबी में तुम्हारा इन्तज़ार कर रहे

हैं। तुम तैयार हो?" हे *राम*!

ख़राब किस्मत! मेरी ज़िन्दगी में यह नहीं बदलता।

"मैं तुम्हें दस मिनट में पार्किंग में मिलूँ?"

मेरी आँखें लाल थीं। थोड़ी चढ़ी हुई थी लेकिन वो तो मैं छुपा लूँगी। जीन्स मुचड़ी हुई थी लेकिन अँधेरे में किसको दिखेगी? लेकिन मेरे बाल बहुत अच्छे लग रहे थे। मैं अच्छी चीज़ों पर ध्यान दूँगी। मेरी चाल में थोड़ी लचक थी लेकिन किसी आम आदमी को कुछ पता नहीं चलेगा। सब सोचेंगे हील में कोई दिक़्क़त है। वो अलग बात है कि आज मैंने हील पहनी ही नहीं थी। लेकिन अब मैं तैयार थी। जितनी हो सकती थी।

मैं फ़टाक से पार्किंग में पहुँची। थोड़ा दौड़ना पड़ा लेकिन कोई बात नहीं। पीछे की सीट पर बैठते हुए मैंने गहरी सांस ली और मेरा दिलो दिमाग़ परफ़्यूम से भर गया। बुरा नहीं था लेकिन मेरे सिर पर चढ़ रहा था और मितली आने लगी थी।

"आईशा, यह मेरी मम्मा है। मम्मा, यह आईशा है।" करण ने हमें मिलवाया।

"हम तुमसे तेज़ हैं करण। हम सुबह मिल चुके हैं।" गूची मम्मा मुस्कुराई।

मैं खुलकर मुस्कुराई और फिर याद आया कि मैं माउथ फ़्रेशनर तो भूल गयी थी। मेरे मुँह से पूरी मधुशाला महक रही थी, वो भी स्कॉटलैंड की! मैं कोई ऐसी वैसी बेवड़ी नहीं हूँ!

"हम लोग नताशा को लेंगे और फिर इतालियानो चलेंगे। तुम्हें नताशा याद है न आईशा?" करण ने पूछा।

मुझे झटका लगा। "हाँ, बिलकुल।" *वाह! अब नकचढ़ी नताशा भी शाम सुहानी बनायेगी। मुझे पता होता तो अपनी बुलेट प्रूफ वेस्ट पहनकर आती।*

हम लोग कुछ जल्दी ही उसके पास पहुँच गये और वो गाड़ी में बैठ गयी 'वेलकम मासी' कहती हुई। वो ज़िन्दादिली की मिसाल थी। उसकी ज़िन्दादिली मुझे देखने तक ज़िन्दा रही।

कबाब में हड्डी!

"हैलो।"

"तुम्हें आईशा याद है न?" करण ने पूछा।

"हाँ बिलकुल।"

यह शाम बहुत भारी लग रही है। किस्मत से परिवार की खबरें बाँटने में सबका ध्यान बँट गया।

मेरा फ़ोन बजा। मम्मा भाटिया आसानी से मानती नहीं। इस बार मैंने फ़ोन काट दिया। मेरी माँ फ़ोन पर बहुत ज़ोर से बोलती हैं और मैं नहीं चाहती कि कार में बैठे लोग उनकी बातें सुनें। ख़ासतौर से जब बात उनके बारे में ही थी।

"फिर वही फ़ोन कर रहा है क्या?" करण ने फ़िक्र जताते हुए पूछा। "आईशा को आज क्रैंक कॉल्स आ रहे थे।"

नताशा ने मुँह बनाया और भौंए उचकाईं। उसकी आँखें मानो कह रही हों 'तुम्हें तो मैं खूब जानती हूँ।' *अब तो मैं उसकी भौंओं से भी बात करने लगी हूँ।*

ऐसा क्यों होता है कि अगर आप किसी को पसन्द करते हैं तो उसकी हर बात का मतलब ढूँढने लगते हैं। उसकी और उसकी माँ, पिता, भाई बहन, यहाँ तक की उसका कुत्ता भी। मैं सच कह रही हूँ। ग़लत मत समझना। मुझे कुत्ते बहुत पसन्द हैं लेकिन तब नहीं जब मेरी प्रेम कहानी का भविष्य उनके पूँछ हिलाने पर टिक जाये। आपने किसी कुत्ते प्रेमी को डेट किया है? बॉस्की का पूँछ हिलाना बहुत बड़ी बात बन जाता है।

"नहीं, कोई और था।" मैं वापस लौटी।

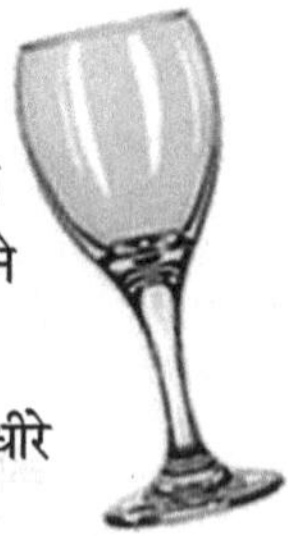

हम बार पर बैठे और करण ने सूला सतोरी वाइन ऑर्डर की। टेबल बीस मिनट में तैयार हो जायेगी, वेटर ने बताया। मैंने वाइन मना कर दी। इतना जी घबरा रहा था मेरा। उलटी मेरे गले तक पहुँच गयी थी। ध्यान बाँटने के लिए मैंने सब तरफ़ नज़र दौड़ाई।

"तुम्हारे लिए थोड़ी सुस्त जगह है न?" नताशा ने धीरे से कहा।

उसकी बात अनसुनी करके मैं अपनी मितली पर ध्यान लगा रही थी। मैं आम तौर पर व्हिस्की नहीं पीती। बातचीत निक्की आण्टी पर पहुँची तो मेरी नज़रें भी कमरे भर में घूमने लगीं। मैं किसी का निरादर नहीं कर रही थी। बस अपनी मितली से ध्यान हटाने के लिए कहीं और लगाना ज़रूरी था।

मैंने बारमैन की शक्ल पर उबकाई देखी। यहाँ काम करने वाले या तो उबे हुए थे या सुस्त। बारमैन वहाँ बैठी एक औरत की बातें सुनने का नाटक कर रहा था। उस औरत के लम्बे लाल नाखूनों के बीच सिग्रेट पर मेरी नज़र ठहर गयी रुकी।

मुझे इस समय उसकी काफ़ी ज़रूरत थी। और तभी वो औरत श्यूँ से स्टूल पर घूमी और चेहरा सामने आया। बॉस की पत्नी।

सच कहूँ तो मुझे उस औरत पर दया आती है। यहाँ शराब गटक रही थी और बॉस का नामोनिशान नहीं। वो तो अपने छः बजे के सेक्स में मस्त होंगे और यह दस बजे तक धुत्त! वो फिर घूमीं और उनकी नज़र मुझ पर पड़ी।

"आइश," स्टूल से उतरकर मेरी तरफ़ बढ़ी।

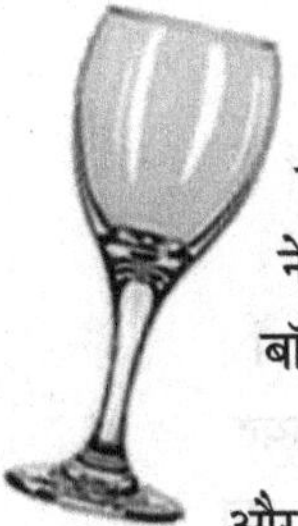

भागने की गुँजाइश नहीं थी तो मैंने चुपचाप हार मान ली और गाल आगे कर दिया। लेकिन उनकी किस सीधे मेरी नाक पर पड़ी और वो धम से मेरे बगल वाले स्टूल पर बैठ गयी। मैंने सब को मिलवाना चाहा लेकिन मैडम ने बाज़ी मार ली। 'हैलो क्यूटी, हम पहले मिले नहीं है।" बॉस की बीवी करण को निहार रही थीं।

वो मुस्काराया। "हैलो। मैं करण हूँ और यह मेरी माँ और यह मेरी बहन नताशा।" वो एकदम शान्त था। गे लड़के, हिरोइन, नशे में धुत्त फ़्लर्ट करती औरतें...उस पर कोई असर नहीं।

"तो यह तुम्हारा बायफ्रेंड है? क्लेवर गर्ल!" उन्होंने मुझे आँख और कोहनी मारी। "लेकिन आईशा तो शेयर कर लेगी, है ना? आख़िर मेरा आदमी पूरा दिन इसके पास होता है, है न डार्लिंग?" एक और धक्का। पिछले धक्के में गूची मम्मा की वाइन का ग्लास गिरने से बचा था और इस बार मैंने बस उलटी कर ही दी थी।

"बहुत हो गया!' नताशा खड़ी हुई और नाराज़गी जताते

हुए अपना नैपकिन ज़ोर से नीचे फेंका। "भईया आपको लगता है कि यह लड़की परफ़ेक्ट है लेकिन यह तो पूरी कुलटा है। पता नहीं क्या क्या करती है...यहाँ मासी नहीं होती तो मैं आपको बताती। इसने मुझे तक पटाने की की कोशिश की थी!"

करण के चेहरे का रंग उड़ गया था। गूची मम्मा इतने बोटॉक्स के इन्जेक्शन लगवा चुकी है कि उनके चेहरे पर कोई भाव नहीं थे। बाकी सबका ध्यान इधर था।

"तो आईशा नॉटी गर्ल है... कितनी दिलचस्प बात है!"अपने दो टूक शब्द बॉस की बीवी ने भी जोड़े। मैंने उनको नज़रअन्दाज़ किया और करण की तरफ़ देखा। मेरे लिए सिर्फ़ वही महत्वपूर्ण था। वो मुझे उम्मीद भरी आँखों से देख रहा था और मुझे उस पर दया आ गयी।

"नताशा ठीक कह रही है। वो मुझे मिली थी जब मैं अनुज के साथ थी और उसके लिए डेट ढूँढ रही थी। शायद मुझे उस कार वाले वाकिये के बाद उसके लिए ख़राब लग रहा था। नताशा को लगा हम साथ हैं और कुछ उल्टा ही सोच लिया। मैं तो सिर्फ़ अनुज की मदद कर रही थी। और यह मेरे बॉस की पत्नी हैं इसलिए उनका आदमी दिन भर मेरे साथ होता है।" करण के चेहरे पर राहत थी और गूची मम्मा हँस रही थीं। लेकिन मेरा सब्र ख़त्म हो गया। उल्टी अब ऊपर उठ रही थी। मैं दौड़कर बाथरूम तक गयी। मैंने दरवाज़ा बन्द किया और दीवार से टेक लगा कर आँसू पोंछे। एक बार फिर फ़ोन बजा।

"हैलो बेटा। कैसा चल रहा है? ख़ैर, ज़्यादा बातें मत

करना। चुप रहकर सुनना। ज़्यादा बताना नहीं चाहिए, वो बाद में तुम्हारे खिलाफ़ जा सकता है..." अब बात शायद बहुत आगे बढ़ गयी थी।

जब मैं लौटी तो नताशा और गूची मम्मा जा चुके थे और करण ने कोने में एक टेबल ढूँढ ली थी। करण ने पहले मुझे बिठाया और फिर बगल वाली कुर्सी पर बैठ गया। "मम्मा थकी हुई थीं तो मैंने उन्हें और नताशा को टैक्सी में घर भेज दिया। इस सब के लिए माफ़ी चाहता हूँ। ऐसे ही तुम्हारे लिए मुश्किल समय रहा है..." *उसे अभी भी लगता है कि मुझे 'एक्स' से प्यार था। इस शाम का तो कोई मुकाबला ही नहीं।*

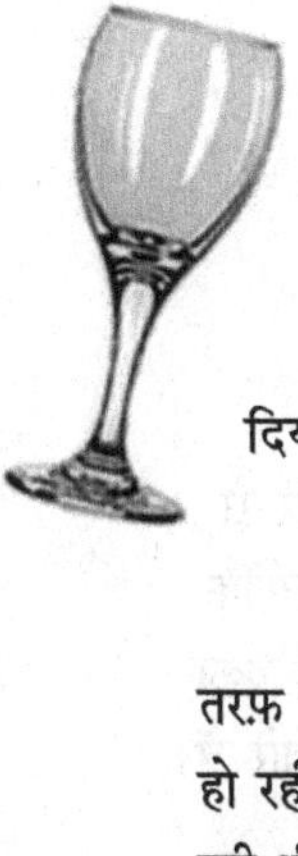

"बॉस की बीवी कहाँ हैं?"

"उनके ड्राइवर को बुलाकर मैंने उन्हें कार तक पहुँचा दिया।"

"शुक्रिया। यह सब इतना एमबैरेसिंग है।"

और फिर अचानक करण एक घुटने पर था और मेरी तरफ़ बत्तीसी फाड़कर देख रहा था। और मेरी, हालत ख़राब हो रही थी। हाथ भींचे मैं उसकी तरफ़ डर और आशा से देख रही थी। अब क्या होगा? "एक मिनट दोगी?" उसने आख़िरकार कहा।

मुझे समझ में नहीं आ रहा था क्या कहूँ। मैंने सिर हिला दिया।

करण ने पीछे की जेब से एक काग़ज़ निकाला। "क्या आप कम उम्र सुन्दरी," उसने बनावटी ढ़ंग से कहा, "ऊपरी

मध्य वर्ग परिवार की हैं, लिटेरचर में एम. ए, गोरी और सभ्य?" मैं उसे घूर रही थी और वो पल भर के लिए रुका।

"क्या तुम नासिक की रहने वाली हो, चार लोगों के छोटे से परिवार से और..."

"यह सब क्या है?" मैंने काग़ज़ छीनने की कोशिश की।

उसने काग़ज़ बचाया और आगे पढ़ने लगा।

"क्या तुम हट्टी कट्टी सौम्य सुन्दरी हो?"

बहुत हो गया! मैं शर्म से लाल थी। उसे वेबसाइट से माताश्री भाटिय वाली प्रोफाइल मिल गयी थी!

"तुम्हें यह मज़ाक लग रहा है?"

मेरा चेहरा तमतमा रहा था। मैं उठ खड़ी हुई।

"आईशा रुको।" करण ने आवाज़ दीं।

मैं रुक गयी लेकिन पलटी नहीं।

करण खड़ा हुआ, मेरे कंधों पर हाथ रखे और धीरे से मुझे घुमाया। "सॉरी आईशा। यह सिर्फ़ एक मज़ाक था क्योंकि मैं सीधे सीधे कहने से डरता हूँ। लेकिन अब नहीं।" वह रुका और सीधे मेरी आँखों में देखा। वो..."तुम्हारा शादी के बारे में क्या ख़याल है?"

"इन वॉट कॉन्टेक्सट?"

"पता नहीं...प्रिन्सेस डायना और प्रिन्स चार्ल्स के कॉन्टेक्सट में? कॉन्टेक्सट क्यों ज़रूरी है?"

"मेरे ख़याल से उसे प्रिन्स चार्ल्स से शादी करनी ही नहीं चाहिए थी..."

"ठहरो। मैं तो ताना मार रहा था। तुम्हारा क्या मानना है?"

"मेरा कुछ मानना नहीं है। शादी अन्तर्राष्ट्रीय आतंकवाद या विश्व शान्ति जैसे महत्वपूर्ण तो नहीं है।'

"तो तुम्हारे लिए शादी महत्वपूर्ण नहीं है?"

"ऐसी भी नहीं है, बस उतनी नहीं जितना आतंकवाद ..."

"मैं बात कर रहा था शादी, और मैं और..."

"तुम, शादी और अन्तर्राष्ट्रीय आतंकवाद... अच्छा है।"

"ठीक है बाबा। यह सब छोड़ो।" करण ने मुझे और करीब खींचा। "चलो 'वर्ड असोसिएशन' का खेल खेलते हैं। मैरेज, मी?"

मेरे हाथ पैर फूलने लगे।

मिनट भर हुआ होगा लेकिन ऐसा लग रहा था हम अरसे से वहाँ चुप खड़े एक दूसरे को देख रहे थे। "सो...विल यू?"

"आई...डोंट नो।"

"तुम्हें पता नहीं?" वह चौंक गया। "लोग हाँ कहते हैं या ना या फिर शायद। लेकिन पता नहीं?"

"वो इसलिए...मुझे सच में पता नहीं। मतलब तुम मुझे पसन्द हो एण्ड ऑल दैट..."

"ऑल दैट?" उसके जवाब में रूखापन था। "मतलब?"

मैं तुम्हें पसन्द करती हूँ लेकिन यह अचानक... पिछले

हफ़्ते हमारी बातचीत भी बन्द थी और अब यह?"

"रहने दो आईशा। मैं टाले जाने के मूड में नहीं हूँ।"
"करण, मैं तुम्हें टाल नहीं रही हूँ..."

उसने हाथ से इशारा करके मुझे चुप होने को कहा। कुछ ग़लत कहने के डर से जो मैं अक़्सर कह देती हूँ, मैं चुप हो गयी।

और फिर, ऐसे ही, वो चला गया। मैं बहुत देर तलक वहाँ खड़ी रही, बिना कुछ सोचे। ज़िन्दगी में पहली बार अपना बर्त्ताव समझने के लिए मेरे पास कोई तरीका नहीं था।

कश्ती ख़ाली हो रही थी

कभी कभी मुझे लगता है कि प्यार करने की चाह प्यार पाने की चाह से ज़्यादा प्रबल होती है। इसीलिए तो हम उन लोगों से प्यार करते हैं जो हमारे प्यार के काबिल नहीं। 'प्यार' एक पेशा, एक बुलावा बन जाता है। हम अन्दर से हिम्मत जुटाते रहते हैं और जज़्बाती दिवालियेपन की तरफ़ बढ़ते जाते हैं। *मैंने करण को शादी के लिए इन्कार क्यों कर दिया? मैं सोंच क्या रही थी? क्या मुझे पता नहीं था कि माँ कितनी खुश होतीं?*

और तभी फ़ोन बजा। "बच्चे, तुम्हारी माँ हमारे पास हैं। उन्हें तुम्हारी बहुत फ़िक्र हो रही है।" एक पतली आवाज़ थी।

"नमस्ते स्वामीजी!" मैं फुसफुसाई। पता नहीं उन्होंने मेरी आवाज़ सुनी थी कि नहीं, लेकिन वो बोलते रहे। धर्मगुरुओं को फ़ोन पर भी भाषण देने की आदत होती होगी।

"अब चिन्ता मत करो। टाइम आ गया है।" मानो धरती के अन्त की भविष्यवाणी कर रहे हों। "समय अब ठीक चलेगा। अब रिलैक्स करो । बहुत आशीर्वाद बेटा।" मैं कुछ बोल ही

नहीं सकी। हिन्गलिश बोलने वाले यह धर्मगुरु हमारे देश के लिए वरदान हैं। शुक्र है वो इतनी आसानी से मिल जाते हैं। वो मौहल्ले के लाला की तरह हैं जो कलर्क वाली अंग्रेज़ी और ठेलेवाले की हिन्दी बोलता हो। और दुकान पर सब्जियों के साथ फेस ब्लीच भी रखते है। ऊपर से होम डेलिवरी!

ऑफ़िस पहुँचकर मैंने मीशा को फ़ोन किया। वो मान कर चल रही थी कि मैं शाम को खाली नहीं थी और अपने ही प्लान बना लिये थे उसने। किसी भी रिश्ते में पड़ने का सबसे ख़राब पहलू यही है कि आप के दोस्त मान लेते हैं कि ज़िन्दगी में किसी आदमी के आ जाने से आप अब ग़ायब हो जायेंगे। अगर इस जुड़ाव से कोई खुश होता है तो वो है आपके 'डिन्क' दोस्त। उनमें भी पति लोग ज़्यादा खुश होते हैं, क्योंकि अब और कोई भी खाने का बिल देगा। यह सच है कि आदमी अपनी बीवियों की सिंगल दोस्तों का भी बिल भरते हैं।

"तो शाम की तैयारियाँ कैसी चल रही हैं?" मैंने मीशा से पूछा। मीशा स्पीड डेटिंग के लिए जा रही थी। अमेरिका की प्यार की 'तीव्र गति खोज' भारत भी आ पहुँची थी। मुझे लगा वो किसी का किसी से वहाँ मिलने का किस्सा सुनायेगी। लेकिन ऐसा नहीं हुआ।

"नहीं जा रही" मीशा ने जवाब दिया।

"क्या हुआ?"

"तुम्हे मेरे बचपन का दोस्त गुरिन्दर याद है, जो कैनेडा में रहता है? वे एक रात के लिए दिल्ली आ रहा है। उसके

भटिण्डा जाने से पहले मुझे उससे मिलना है।"

"उससे तो तुम सालों से नहीं मिली हो। मिलना ज़रूरी है क्या?"

"बड़े पापा ने कहा है।" बड़े पापा मीशा के ताऊ जी हैं। उनकी बात कोई नहीं टालता।

"गड़बड़ लगती है... लड़का दिखाने का मामला लगता है।"

"अरे वो तो बिलकुल अजीब है।"

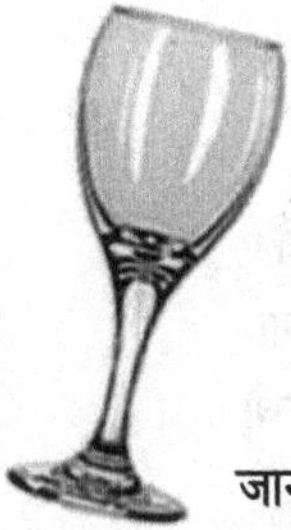

"तो उसे ले जाओ स्पीड डेटिंग पर।"

"और सारे भटिण्डा को बता दूँ मैं यह कर रही हूँ। यह गुरिन्दर तो बिलकुल बुद्धू है। घबरा जायेगा।"

"तो क्या करोगी?"

"पता नहीं।... किसी ऐसी जगह जायेंगे जहाँ मुझे कोई जानता ना हो और फिर उसे वापस होटल छोड़ दूँगी।" मीशा बहुत दुखी लग रही थी।

"कोई बात नहीं, यह स्पीड डेटिंग फिर होगा जल्दी।"

"जनवरी से पहले नहीं। मुझे लगा था न्यू यर की पार्टी के लिए कोई मिल जायेगा।"

मैं समझ सकती हूँ। ३१ दिसम्बर की शाम अकेला होना बहुत ख़राब लगता है। ठीक करवा चौथ और वेलेन्टाइनस् डे की तरह। शायद उनसे भी ज़्यादा। हालाँकि करवा चौथ काफ़ी लोकप्रिय है, फिर भी उत्तर भारतीय त्यौहार है और वेलेन्टाइस् डे, छोटो के लिए है। लेकिन न्यू यर ईव सब मनाते हैं, चाहे

बच्चे हों या बूढ़े। देखा जाये तो बारह बजने से पंद्रह मिनट पहले तक सब बहुत अच्छा रहता है। और फिर बेबर्दाश्त हो जाता है, क्योंकि सब लोग अपने खोये हुए या फिर शराब में डूबे पति, पत्नी को ढूँढने में जुट जाते हैं। आप वहाँ खड़े रह जाते हैं और लोग धक्का-मुक्की करते हैं, अपने प्रियजनों को खोजने में। और ठीक बारह बजे बत्ती बन्द हो जाती है और आप अकेले खड़े होते हैं और वे कुछ पल अनन्त लगते हैं।

कुछ साल पहले एक न्यू यर ईव, जब मैं किसी ख़ास के साथ थी, रात के बारह बजे हम ट्रेफ़िक में फंसे प्रसार भारती सुन रहे थे। और वो इसलिए क्योंकि 'एक्स' पचास फुट गहरे कोहरे में एक पार्टी से दूसरी में जाना चाहता था। उसके बाद मैंने उससे एक हफ़्ते तक बात नहीं की थी। उसके तीन महीने बाद हम अलग हो गए। मेरा मानना है कि ३१ की उस मनहूस शाम का ही हाथ था इसमें। सोचो ३१ का उल्टा १३ होता है।

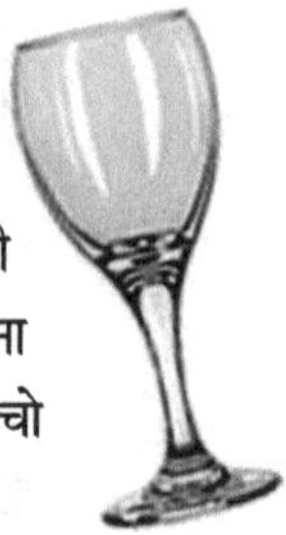

न्यू यर ईव के लिए डेट ढूँढने के मीशा की कोशिश पर इस नये लड़के ने पानी फेर दिया था। वो कुछ कर भी नहीं सकती थी। बड़े पापा को टाला नहीं जा सकता था। उसने सलवार कमीज़ पहनी और सिगरेट भी नहीं ले गयी साथ। उसने अपनी ऊँची एड़ी हील ज़रूर पहनीं। अगर भगवान ने गुरिन्दर को ऊँचाई नहीं दी है तो फिर यह उसकी प्राब्लम है। उस सुहावनी शाम जब वो घर से निकली मिसेस मुखर्जी भी खुश हो गयीं।

वो तय समय पर होटल पहुँची और गुरिन्दर को फ़ोन किया। उसने पंद्रह मिनट में नीचे आने का वादा किया। मीशा

लॉबी के एक सोफ़े पर बैठ गयी। वहाँ से सब दिख रहा था। वो सब तरफ़ नज़र रख सकती थी। आराम से बैठकर उसे अपनी सिगरेट की याद आ रही थी और सोच रही थी कि ज़िन्दगी भी अजीब है। पिछली बार इस होटल में तब आयी थी, जब उस बासटर्ड शरद की शादीशुदा ज़िन्दगी तबाह कर रही थी। और अब यहाँ सलवार कमीज़ पहने शराफ़त से लॉबी में बैठी थी मानो वो इतनी शरीफ़ हो कि किसी आदमी के साथ कमरे में अकेले जाने का सोच भी नहीं सकती थी। लेकिन मीशा अपने बारे में सोचने में ज़्यादा समय नहीं बिताती। उसके ख़यालों की पटरी बदली और तुरन्त ही सामने लैपटॉप लिए बैठे गोरे को घूरने लगी। वहीं वो हर बदसूरत आदमी का उस तक आने इन्तज़ार कर रही थी। यह रशियन रूले सीखने जैसा था। हर बदसूरत आदमी का प्रकट होना सिलेंडर के घूमने जैसा होता है। और वो घूमता रहता है, मीशा उस आदमी का उसके पास पहुँचने का इन्तज़ार करती है। वो आदमी आगे बढ़ जाता है तो मीशा चैन की सांस लेती है और अगले बदसूरत आदमी का इन्तज़ार करती है। अचानक उसे किसी ने कंधे पर छुआ। गुरिन्दर पीछे से आ गया था।

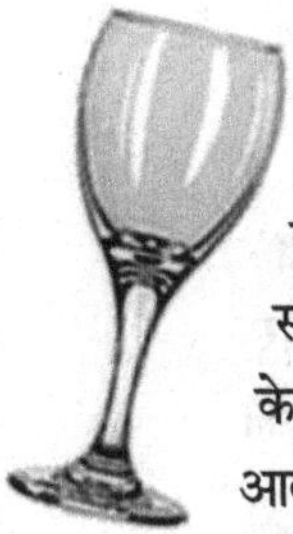

वो दाग वाला चेहरा देखने के लिए पीछे मुड़ी लेकिन डिम्पल वाले गाल और चमचमाती आँखें पायीं। उसका चेहरा कह रहा था कि मीशा को मानना होगा कि वो बहुत सुन्दर था और ऊँचाई में तो कोई कमी नहीं थी।

"गुरू?" मीशा को अपनी आँखों पर विश्वास नहीं हो रहा था।

"जी, मेरे ख़याल से तो मैं ही हूँ।" और इतने में ही मीशा यश चोपड़ा की फ़िल्मी दुनिया में खो गयी। बिना किसी चेतावनी के वो सरसों के खेत में अपने प्रेमी को मिलने दौड़ रही थी और फिर गुरू के साथ नरगिस के खेतों में भाग रही थी बॉलीवुड ओर वैन गॉ का मिलन! और फिर सब कुछ बदल गया।

अचानक दूसरा नाविक भी नाव छोड़कर भाग गया। मैं सिंगलहुड की कश्ती में अकेली रह गयी थी। मीशा गुरू के साथ भटिंडा चली गयी। मैं मज़ाक नहीं कर रही, वो अगले दिन ही चली गयी। उन्होंने रात भर बातें की और तय किया कि उनके लिये 'दिस वॉज़ इट!' बस ऐसे ही, दोस्ती प्यार में बदल गयी। बड़े पापा और कम्पनी इस बात से बहुत खुश थी और रोके को भी तैयार हो गयी। और सब बस चार दिनों में! मुझे अभी भी लगता है कि यह उनकी चाल थीं, लेकिन काम बन गया।

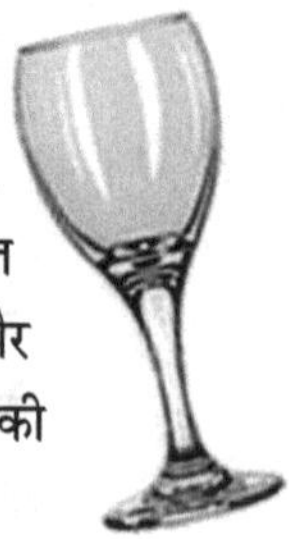

फिर अनुष्का का फ़ोन आया। करण की पार्टी में मिले अपने पुराने दोस्त के साथ वो गार्मेन्ट एक्सपोर्ट का बिज़नेस शुरू कर रही थी और इटली जा रही थी।

"मैं एक महीने के लिए जा रही हूँ। मैं बहुत एक्साइटेड हूँ आईशा । यह मेरी नयी ज़िन्दगी की शुरुआत है।"

"तुम्हें मालूम है न तुम क्या कर रही हो अनुष्का? मतलब, ऐसे अचानक । अगर नहीं चला तो? तुम्हारा पैसा डूब गया तो?"

"मेरे पास इन सवालों का जवाब नहीं है आईशा। मुझे

एक बार कोशिश तो करनी होगी।"

उस शाम मैं लंबी सैर के लिए निकली। मैं, जो हर तरह की कसरत के खिलाफ़ हूँ। लेकिन मैंने सुना था कि सोचने के लिए खुली हवा में टहलने से अच्छा कुछ नहीं होता।

तो मैं टहलने गयी लेकिन कोई फ़ायदा नहीं हुआ। मेरे ख़याल चक्कर घिन्नी बने हुए गोल-गोल घूम रहे थे। मुझे लड़का पसन्द था, उसकी माँ पसन्द थी और उसके जूते भी पसन्द थे, फिर दुविधा कैसी? मुझे मालूम था कि माताश्री भाटिया अपनी कांजीवरम साड़ियाँ पैक करके बस मेरी हाँ का इन्तज़ार कर रही थीं लेकिन वो होने वाला नहीं। इस बार तो नहीं। मीशा की सगाई हो गयी और उसकी शादी हो रही थी। रिक और निक फिर साथ थे और मिसेस मुखर्जी की उपस्थति के बावजूद काम कर रहे थे। अनुष्का इटली जा रही थी। सब आगे बढ़ रहे थे। और यहाँ मैं, वहीं की वहीं खड़ी थी। क्योंकि मैं ख़ुद नहीं जानती थी कि मुझे क्या करना चाहिए। और सच कहूँ तो, मुझे कभी भी यह नहीं पता था।

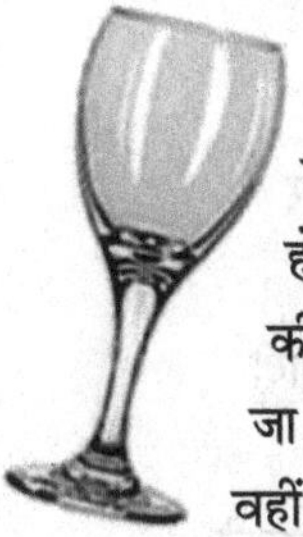

तो मैंने भी छलाँग लगाई

उस रात मीशा ने भटिंडा से फ़ोन किया और अपना फैसला सुना दिया। "आई एम गोइंग टू स्लीप विद हिम।"

"कांग्रेचुलेशनस् मीशा।"

"मैं मज़ाक नहीं कर रही। करना तो पड़ेगा। अगर हम कंपेटिबल नहीं हुए तो?"

"क्या फ़र्क पड़ता है? जहाँ तक मुझे पता है, शादी शुदा लोग सेक्स नहीं करते।"

"यह कुँवारे लोग ख़ुद को दिलासा देने के लिए कहते हैं।"

"तू भी गद्दार निकली!"

"मैं मज़ाक नहीं कर रही। करना ही पड़ेगा।"

"करना चाहती हो या करना पड़ेगा?"

"क्या फ़र्क पड़ता है?"

"क्या उसके मुताबिक़ तुम्हें वर्जिन होना चहिए?" मैंने अख़िरकार मुद्दे की बात की।

"मेरे ख़याल से तो नहीं। हमने इस बारे में बात नहीं

की है।"

"करोगी?"

"नहीं। ज़रूरी नहीं है। वो तो वर्जिन नहीं होगा।"

"फिर ..."

उस रात बिस्तर में लेटे मैं मीशा की बातचीत के बारे में सोच रही थी। सेक्शुअल कंपेटिबिलिटी ज़रूरी है लेकिन काफ़ी है क्या? आजकल मण्डप तक पहुँचने से पहले यह फ़तह होने वाला आख़िरी किला होता है। सगाई करने से शादी-पूर्व-सेक्स करने का सर्टिफ़िकेट मिल जाता है और आजकल सब इसे आज़मा रहे हैं। कितनी दुल्हनें वर्जिन होती होंगीं आजकल?

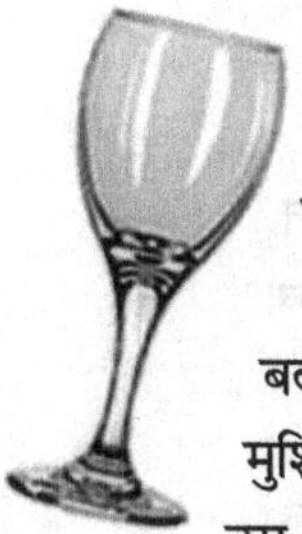

वैसे भी यह सवाल बाबा आदम का है, और करवटें बदलते हुए मैंने इसे दिमाग़ से निकाल दिया। मेरे पास कम मुश्किलें थीं क्या? जिसे मैं चाहती थी, उसे मैंने खो दिया। उस रात के बाद मेरी करण से बात नहीं हुई थी। उसने भी फ़ोन नहीं किया। मुझे सोचने के लिए वक़्त चाहिए... मैंने सोने की बहुत कोशिश की।

मैं काम पर जाने के लिए तैयार हो रही थी कि मम्मा का फ़ोन आया।

"कैसी हो बेटा?"

"तैयार हो रही थी मम्मा। मैं सोच रही थी कुछ दिनों के लिए घर आ जाऊँ।" मैं जानती हूँ मस्त सिंगल लड़कियाँ गोवा या फिर सिंगापुर जाती हैं। लेकिन मेरे बैंक बैलेंस की

कुछ और ही कहानी थी – एक दिवालिया लेकिन मस्त सिंगल लड़की की।

"चलो, अच्छा है। मैं तुम्हें घर आने को कहने ही वाली थी।"

"क्यों?" मैंने शक़ से पूछा।

"मिनी की सगाई हो रही है। वहाँ लड़कों को मिलने का अच्छा मौका है।"

शिट! शिट! शिट!

"मुझे छुट्टी देखनी पड़ेगी..." मैंने बहाना ढूँढना चाहा।

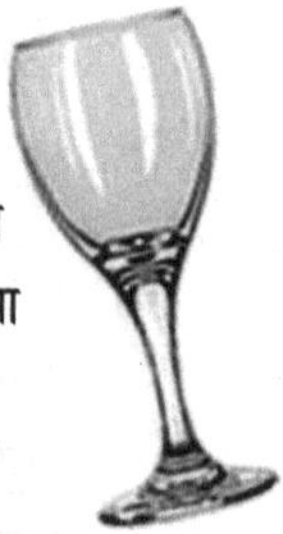

"नहीं बेटा, वो हो जायेगा। तुम्हें घर आये एक साल हो गया है। लता और सचिन के साथ ही टिकट बुक करवा लो। मैं ही उन्हें कह देती हूँ।"

सोने पर सुहागा।

कुछ दिनों बाद मैं ट्रेन में थी, बाइस घण्टे के नासिक के सफ़र पर। डीपीजी ने बहुत सहानुभूति दिखाई। हालाँकि मैं कहती रही कि अगर मुश्किल हो तो मैं जाना टाल सकती हूँ, उन्होंने छुट्टी दे दी, 'हम मैनेज कर लेंगे आईशा' कहकर। करण फिर मुँबई गया हुआ था। यह मुझे इत्तेफ़ाक से पता चला जब ऋषि ने उसका कुछ सामान उसके घर भिजवाया। वो बिना बाय बोले चला गया था। और यह कम था तो लता दीदी लगातार मिनी की अच्छी किस्मत का गुणगान कर रही थीं...उसे कितना अच्छा पति मिला था, कैसे उसकी सही उम्र में शादी हो रही

थी, चौबीस में...। मैं पूरी बातचीत में सिर हिलाती रही और होटल की ट्रेनिंग की बदौलत मुस्कराती रही। इस सफ़र पर मैं सुनने का काफ़ी काम करने वाली थी। अच्छी खबर यह थी कि मेरी ऊपर की बर्थ थी और मैं बीच-बीच में 'हम्म' कहकर काम चला लेती।

मिनी अभी चौबीस की हुई थी। उसके मंगेतर ने कैलीफ़ोर्निया से एमबीए किया था और इन्वेसटमेन्ट बैंकर था। इकलौता बेटा। तो मैं क्या करूँ? मैं दुनिया को पीठ दिखाये, ख़ुद को नींद के हवाले करके लेट गयी। मुझे लता दीदी का "आईशा, आईशा..." सुनाई दे रहा था, लेकिन मैंने अनसुना कर दिया।

चार घण्टे बाद उठी तो मुँह का स्वाद खराब था। धीरे से नीचे उतरी। दिन ढल चुका था। लता दीदी मुँह बनाए बैठी थीं और जीजू के चेहरे पर मुस्कान चिपकी थी।

"जीजू, थोड़ा कोक ले लूँ?" टेबल पर मैंने कोक की बोतल देखी।

"नहीं!" लता दीदी पूरे फ़िल्मी अन्दाज़ में चिल्लाई। मैं चौंक गयी। यह तो मेरे लिये भी कुछ ज़्यादा नाटकीय है। जीजू बीच में बोले, "लेने दो लता, कोई बच्ची थोड़ी है। अरे कोका कोला ही तो है! लो, पी लो।" जीजू ने आँख मारते हुए मुझे बोतल पकड़ाई। मैंने एक घूँट पिया और समझ में आ गया कि थोड़ा सा कोक और बहुत सारी व्हिस्की थी उस बोतल में। मुझे पसन्द नहीं आया। इसलिए नहीं कि मुझे ट्रेन पर पीने से एतराज़ है, बल्कि व्हिस्की और कोक मिलाकर पीना तौहीन है।

जीजू मेरी तकलीफ़ पर हँस रहे थे।

"अभी छोटी बच्ची है, हाँ?" मेरे हाथ से बोतल लेते हुए बोले।

लता दीदी झेंप रही थीं। मैं थोड़ा हँसी और कम्पार्टमेंट से बाहर गयी।

मैंने बेसिन पर खड़े होकर कुल्ला किया और ठण्डे पानी से मुँह धोया। खुले दरवाज़े के पास खड़े होकर पेड़ों को भागते देख ताज़गी महसूस हो रही थी। रात की हवा मेरे मुँह पर पानी की बूँदों को सहला रही थी।

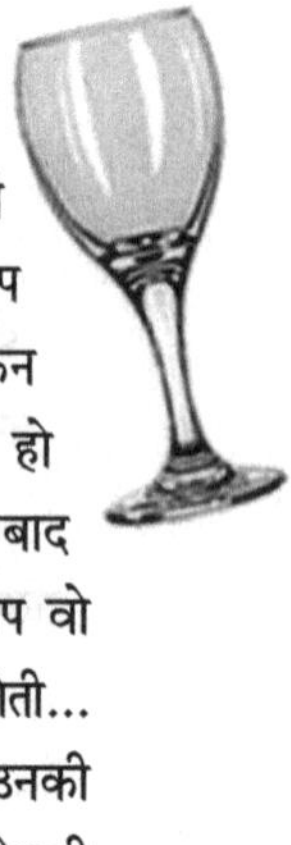

मुझे वहाँ खड़े तीन मिनट ही हुए होंगे कि लता दीदी आ पहुँची। "माफ़ करना आईशा।" ज़िन्दगी में पहली बार मैं अपनी बहन का यह संवेदनशील और कमज़ोर रूप देख रही थी। वैसे तो मैं इस पल का लुत्फ़ लेती लेकिन उनकी हालत ने मुझे रोक लिया। वो मेरे बगल में खड़ी हो गयीं और बोलीं, "शादी ही सबकुछ नहीं। कुछ समय बाद बस दो लोग एक छत के नीचे रह रहे होते हैं। और आप वो समझौते कर रहे होते हैं जिनकी कभी कल्पना भी नहीं की होती... उनकी पीने की लत बढ़ती जा रही है।" मैंने हैरानी से उनकी तरफ़ देखा लेकिन वो आगे की तरफ़ देखती रहीं और बोलती रहीं, मानो पहले कभी इसके बारे में कुछ भी न बोला हो उन्होंने और मुझे एहसास हुआ कि पहली बार ही बोल रही होंगी। "अब नशे के लिए पीते हैं। हर रात एक लड़ाई है। लेकिन मैं क्या करूँ? अब दस साल हो गये हैं और मैं भी सिर्फ़ ग्रेजुएट हूँ। कहाँ जा सकती हूँ? पापा भी रिटायर हो गये हैं। अच्छा है तुमने

जल्दी नहीं की आईशा। तुम्हारे पास नौकरी है, दोस्त हैं, एक अस्तित्व है..." फिर वो मेरी तरफ़ मुड़ी और कहा, "पता है तुम कभी तन्हा नहीं रहोगी।"

मेरे पास कोई जवाब नहीं था। मैं उन्हें कहना चाहती थी कि अकेलापन तो दिमागी होता है। लेकिन मुझे ख़ुद को भी यह बात ओछी लगी।

मुझे काफ़ी हैरानी हुई कि मैं ख़ुद को उतना नहीं जानती जितना बेहतर लता दीदी जानती हैं। सच है कि कभी तन्हा नहीं रही हूँ। मैं दोस्तों के साथ अपने कुंवारेपन को रोती रहती हूँ लेकिन वो तो मज़ाक ज़्यादा होता है, मस्ती करने का एक तरीका। मैं न अकेली हूँ और न तन्हा। हाँ मुझे शादी तो करनी है लेकिन क्या मैं शादीशुदा ज़िन्दगी के लिए तैयार हूँ?

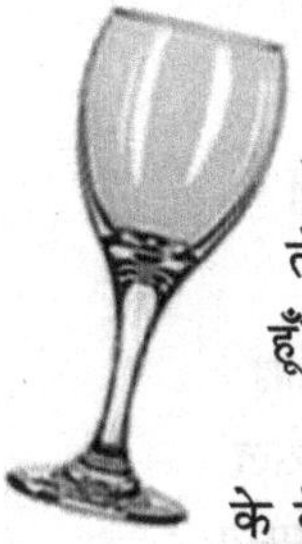

कुछ घण्टों बाद मैं भोपाल के प्लेटफार्म पर लकड़ी के बेन्च पर बैठी थी। थोड़ा पीछे चलते हैं। लता दीदी से बात करने के बाद मैं अपनी बर्थ पर चढ़ी और फिर पूरी रात करवटें बदलती रही। कुछ तो करना पड़ेगा। मैं उस आदमी को नहीं खोना चाहती थी। आख़िरकार, मैंने लता दीदी के लिए एक नोट लिखा और खाली कोक की बोतल के नीचे रखकर भोपाल स्टेशन पर उतर गयी।

सुबह के पाँच बज गये थे और दिन चढ़ रहा था। मैं धीरे से उठी और सोते लोगों के ऊपर से होते हुए स्टेशन के बाहर निकली। जहाँ लोग फ़िक्र करते हैं कि कहाँ सोये, कुछ बेवकूफ़ फ़िक्र करते हैं कि किसके साथ सोयें! मैंने एयरपोर्ट

तक टैक्सी ली ओर वहाँ से मुँबई की पहली फ़्लाइट। मैंने सीट बेल्ट बाँधी और आँखें बन्द कीं तो मेरे दिमाग़ में सेलीन डियोन का गाना 'आई ड्रोव ऑल नाइट' बज रहा था। मुँबई पहुँचकर क्या करूँगी, यह मैंने सोचा नहीं था।

मैंने एयरपोर्ट से करण के होटल तक टैक्सी ली। वो पाँच मिनट पहले निकला था। होटल में किसी को पता नहीं था कि वो कब लौटेगा।

"बार खुला है क्या?" मैं लॉबी में नहीं बैठना चाहती थी।

"11.30 बजे खुलता है मैम!"

"ठीक है, मैं इन्तज़ार करूँगी। मतलब मिस्टर वर्मा का, बार खुलने का नहीं।"

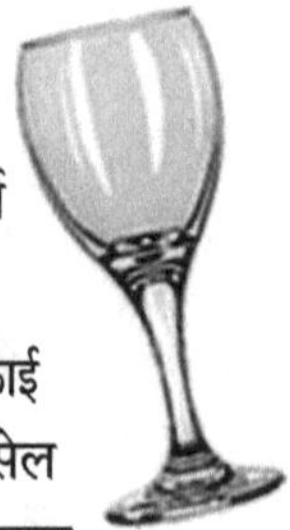

वैसे भी क्या फ़र्क पड़ता है? मैं इस आदमी को सफाई क्यों दे रही थी? मैं लॉबी में आराम से बैठ गयी और सेल फ़ोन ऑन करने के बारे में सोचा। पर फिर नहीं किया। मम्मा आग बबूला हो रही होंगी, और उनकी ग़लती भी नहीं थी। मैंने मीशा को मैसेज भेज कर बता दिया कि मैं ठीक ठाक हूँ।

एक घण्टे बाद, इन्तज़ार से थककर मैं बार में चली गयी। 11.30 बजे थे और मोर्चा खोलने का समय। मुझे हिम्मत की ज़रूरत थी। मैंने स्क्रूड्राइवर माँगा। उसमें सन्तरे का जूस होता है जो स्वास्थ्य के लिए अच्छा होगा न? तीन स्क्रूड्राइवर के बाद मैं रिसेप्शन पर करण की बीवी होने का दावा कर रही थी। उसे अपनी एनीवर्सरी पर सरप्राइज़ देने आई थी। मोहब्बत की दुनिया दीवानी है और मुझे उसके कमरे तक पहुँचा दिया

गया। यह इतना आसान था तो मैंने दो घण्टे पहले क्यों नहीं किया? जवाब आसान सा : दो घण्टे पहले मैं टुन्न नहीं थी!

उसके कमरे में मुझे अजीब से अपनेपन का एहसास हुआ। *दिस इज़ माई मैन एण्ड दिस इज़ हिज़ स्टफ़।* बिस्तर के बगल में टेबल पर एक किताब थी और उसके बगल में रीडिंग ग्लासेज़। मुझे नहीं मालूम था कि वो चश्मा पहनता है।

बहुत क्यूट लगता होगा चश्मे में। मैंने ख़ुद को रोका और तांक झाँक बन्द की। 'मिशन प्यार स्वीकार' शुरू करने का वक़्त हो चला था। मैंने अपनी इकलौती सेक्सी नाइटी निकाली। आप सोच रहे होंगे, मैंने पैक ही क्यों की थी यह? मुझसे मत पूछो, बस सिंगल लड़कियों का दस्तूर होता है। मैंने वाइन की बोतल खोली और झाग से भरे बाथटब की तरफ़ बढ़ी। करण ने एक बार बताया था कि उसके बॉस वक़्त के बहुत पाबन्द हैं और मिनट मिनट का हिसाब लेकर चलते हैं। बेचारा करण, यहाँ मैं आराम से बाथटब में वाइन पी रही थी और वो घड़ी की सुई की नोक पर एक मीटिंग से दूसरी में भाग रहा होगा।

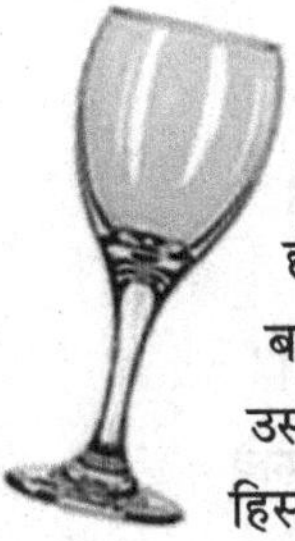

आधे घण्टे बाद मैंने शावर चालू किया और फुव्वारे का आनन्द लिया। मैंने गर्दन आगे करके ध्यान से देखा : हाँ वो नये मसाज वाला शावर था। शादी के बाद मैं करण के साथ टूअर पर ज़रूर जाऊँगी। यह तो मस्त है। मैंने एक नरम तौलिया लपेटा और बाल एक तरफ़ किये। फिर मैंने वहाँ से कोलोन की एक बोतल उठाई – गूची फॉर मैन और गर्दन और कंधों पर ढेर सारा डाला।

मैं वाइन की दूसरी बोतल खोलने ही जा रही थी – वो हिम्मत वापस पाने के लिए जो शावर में बह गयी थी – तौलिया पकड़े, कि बिना किसी चेतावनी के दरवाज़ा खुला। करण नही, कोई अजनबी था; पचास साल का, तोंद वाला और शॉक में।

"तुम कौन हो?" उसने बदहवास होकर पूछा।

"तुम कौन हो?" मैंने तौलिया और वाइन की बोतल को कस के पकड़ा।

मैं बुत बन गयी थी। वैसे भी भागती कहाँ? वो दरवाज़ा रोके खड़ा था।

"यह मेरा कमरा है... और यह सब काफ़ी लुभावना है, लेकिन मैं शादीशुदा हूँ।" उसने मेरी तरफ़ लालच से देखा।

"और यह तुम्हारा कमरा नहीं है, मेरे पति का है।"

"सतीश,"...और काग़ज़ के बण्डल पर सिर झुकाये मेरा हीरो आ पहुँचा।

"ओह, करण, थोड़ी मुसीबत आ..."

करण ने ऊपर देखा और चिल्लाया, "आईशा?"

सवाल है... नहीं, बयान है...शायद आरोप है पता नहीं। लेकिन गड़बड़ है।

"तुम इसे जानते हो?" वो आदमी हैरानी से करण की तरफ़ मुड़ा।

लेकिन करण चुप था और मैं ... एक तरह से नंगी! वो जाग उठा। "हाँ, यह मेरी गर्लफ़्रैंड है। आईशा, यह मेरे बॉस

हैं।"

मुझे विश्वास नहीं हो रहा था। पहली बार मेरा बायफ्रैंड मुझे इस हालत में देख रहा था और उसका बॉस भी! वो हमारा इंटरो करवाने में क्यों लगा था? उसे मेरे आगे खड़े होकर मेरी इज़्ज़त नहीं ढकनी चाहिए?

"यह तो कह रही थी कि इसके पति का कमरा है?" उस आदमी ने आगे पूछा।

"मेरे होने वाले पति का," मेरी सारी हिम्मत इस एक जवाब में डली थी।

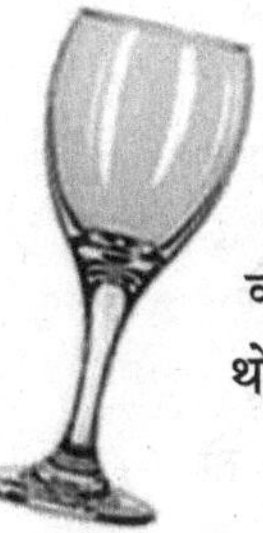

"आईशा..." करण ने कुछ कहना चाहा।

"नहीं। ठहरो। कोई शब्द खेल मत खेलो। प्लीज़ करण। यह थोड़ा अटपटा ज़रूर लगेगा, लेकिन हम शादी थोड़ी टालकर पहले एक दूसरे को अच्छे से जान लें?"

"वाह।" उस आदमी ने कहा।

करण धीमे से मेरे पास आया और मेरे हाथ थामे। "मैं तुम्हें समझने का दावा तो नहीं करता आईशा, लेकिन तुम्हें प्यार ज़रूर करता हूँ।"

"तो फिर हम साथ हैं न? साथ, क्योंकि हमें एक-दूसरे का साथ पसन्द है? इसलिए नहीं कि ऐसा करना चाहिए?"

"मतलब?" वो चकरा रहा था।

"मेरे कहने का मतलब यह है कि मुझे फ़र्क नहीं पड़ता कि मैं इंडिया की सबसे बूढ़ी दुल्हन बनूँ।

"मुझे मंजूर है।" करण मुस्कराया और मेरे बाल सहलाये।

"लेकिन... दूसरी औरतों के बिना रहना मंज़ूर होगा तुम्हें?" मैंने हिचकते हुए पूछा।

"कौन दूसरी औरतें? अब तो काफ़ी समय से सिर्फ़ तुम हो। वैसे भी तौलिये में लिपटी औरत को न कहना थोड़ा मुश्किल है।"

"ऊप्स!" मैं शर्मा रही थी।

"तुम्हें शायद कुछ वक़्त चाहिए होगा करण। मैं लॉबी में रहूँगा।" वो आदमी चला गया लेकिन हमें कोई फ़र्क नहीं पड़ा।

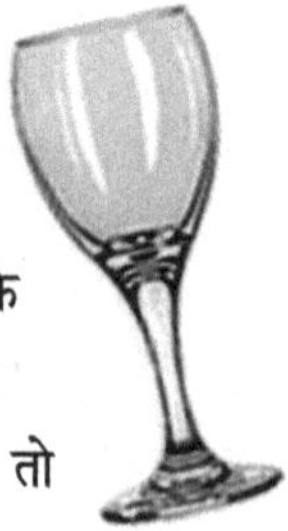

"मैं तुमसे प्यार करता हूँ आईशा। मैं अब काफ़ी वक़्त से जानता हूँ कि हम एक दूसरे के लिए बने हैं।"

"तो पहली नज़र में ही प्यार हो गया था?" मैंने मौके का पूरा फ़ायदा उठाया।

"नहीं, पहली नज़र नहीं। पहली बार तुम्हें देखा तो तुम्हारे हाथ में टॉयलेट पेपर था, याद है?"

"अच्छा छोड़ो।"

"और चाहे मुझे यहाँ जितना मज़ा आ रहा है, मुझे वापस काम पर जाना है और तुम्हें अपने बॉस के कमरे से निकालना है।"

"मुझे लगा तुम्हारा कमरा है।"

"दोनों कमरे मेरे नाम से बुक है।"

"ओह।"

"हाँ। चलो, कपड़े पहनो।"

"पर मुझे नहाना है।"

"देखने से तो अभी नहाई हो?"

"हाँ लेकिन अभी मुझ से तुम्हारे बॉस की महक आ रही है!"

उसे समझ में नहीं आया और मैंने भी नहीं समझाया। उसके बॉस का कोलोन धोना था अपने ऊपर से। उसके बॉस का कोलोन? छी! काफ़ी घिनौना ख़याल था।